L'HEURE H

CLIVE CUSSLER ET GRAHAM BROWN

L'HEURE H

Traduit de l'anglais (États-Unis) par
JEAN ROSENTHAL

BERNARD GRASSET
PARIS

L'édition originale de cet ouvrage a été publiée par Putman, en 2013, sous le titre :

ZERO HOUR

Couverture : © Keith Wright/Getty Images (bateau + explosion), Hadel Productions/Getty Images (ciel + océan), Doug van Kampen-van Kampen/ Getty Images (hélicoptère)

ISBN : 978-2-246-85704-4
ISSN 1263-9559

Prologue

18 avril 1906
Comté de Sonoma, Californie du Nord

LE TONNERRE RETENTIT DANS LA CAVERNE au moment même où un éclair bleuté jaillissait entre deux gigantesques colonnes métalliques. Au lieu de disparaître, il se scinda en deux lueurs éblouissantes qui s'enroulèrent autour des piliers comme des flammes poussées par le vent pour remonter sous la voûte d'un dôme métallique. Là, elles se mirent à pivoter jusqu'à former une spirale qui disparut dans un dernier soubresaut aveuglant.

L'obscurité revint, accompagnée de relents d'ozone.

Dans la caverne, un groupe d'hommes et de femmes restait immobile, encore fasciné par le spectacle de cet éclair impressionnant. Ils avaient déjà tous été témoins de ce genre de phénomènes électriques et attendaient la suite de cette démonstration.

— C'est tout ? s'exclama d'une voix bourrue un homme robuste et trapu.

Le général de brigade Hal Cortland s'adressait à Daniel Watterson, personnage blond, presque frêle, qui se tenait debout devant les commandes de l'énorme machine d'où avait jailli l'étincelle.

Lunettes sur le nez, Watterson examinait une batterie de cadrans discrètement lumineux.

— Je n'en suis pas vraiment certain, murmura-t-il pour lui-même. Personne n'avait jamais poussé l'expérience aussi loin, pas même Michael Faraday ni le grand Nikola Tesla.

Si Watterson ne se trompait pas – si ses calculs, sa théorie et les années passées sous la tutelle de Tesla lui permettaient d'envisager ce qui allait se produire –, le jaillissement lumineux dont ils venaient d'être témoins ne devrait être qu'un prélude.

Il coupa le courant, retira ses lunettes et s'éloigna du tableau de contrôle. Malgré l'obscurité, il perçut, venant des colonnes, une douce lumière bleutée. Il leva les yeux vers la coupole et distingua une tache colorée qui courait le long du dôme.

— Eh bien ? insista Cortland tandis qu'une aiguille oscillait à peine sur un cadran de la console.

— Non, général, répondit calmement Watterson. Je ne crois pas que ce soit tout à fait terminé.

Alors qu'il parlait, ils entendirent un grondement sourd venir du fond de la grotte semblable à une chute de pierres dévalant au fond d'une lointaine carrière. On pouvait supposer que le son étouffé et la vibration ressentie avaient traversé des kilomètres de roche pour leur parvenir. Le bruit s'amplifia pendant quelques secondes avant de diminuer et de cesser totalement.

En ricanant, le général alluma une torche électrique.

— Mon garçon, n'imaginez pas qu'Oncle Sam engagera des frais pour cette exhibition de pétards mouillés.

Watterson ne répondit pas. L'oreille tendue, il guettait quelque chose. N'importe quoi, au point où il en était.

Quant au général, il s'apprêtait à partir.

— Allons, messieurs, la séance est terminée. Sortons de ce trou.

Alors que le groupe commençait à s'ébranler dans un crissement de chaises raclées sur le sol, Watterson leva une main et cria d'une voix de stentor :

— S'il vous plaît ! Que chacun reste à sa place !

Les observateurs s'immobilisèrent. Watterson sentit alors une vibration lui traverser le corps, comme si elle suivait un circuit précis. Ce phénomène n'était pas douloureux comme aurait pu l'être une décharge électrique et ne provoquait aucun spasme. C'était une sensation qui le laissa étourdi et légèrement euphorique.

— Ça vient, murmura-t-il.

— Quoi donc ? demanda le général.

— Le retour, annonça Watterson en se tournant vers lui.

Cortland attendit quelques secondes avant de recommencer à ricaner.

— Vous autres scientifiques, vous êtes comme des camelots dans une foire : vous vous imaginez qu'à force de vous répéter, nous commencerons à vous croire ! Mais je n'entends rien qui...

Le général s'interrompit brusquement : il percevait à nouveau un grondement étouffé, avec plus d'insistance cette fois, tandis qu'une lueur bleutée serpentait autour des colonnes en palpitant au rythme des ondes sonores.

Quand le spectacle s'interrompit, ils restèrent figés, attendant la suite. Quarante secondes plus tard, leur patience fut récompensée. Une troisième vague sonore semblable au passage d'un convoi de marchandises fit trembler sous leurs pieds le sol de la caverne, tandis qu'un éclair atteignait en tourbillonnant le sommet de la coupole pour redescendre le long des colonnes avant de disparaître à mi-hauteur du sol.

Watterson recula précipitamment pour fuir la zone dangereuse.

Quelques instants plus tard, une quatrième secousse ébranla la caverne. Les colonnes parurent s'embraser au contact des éclairs qui crépitaient de toutes parts. Les parois de la grotte se mirent à trembler. Des nuages de poussière et des éclats de pierre tombèrent en pluie depuis la voûte, forçant le groupe à courir se mettre à l'abri.

Watterson aperçut le général Cortland qui, en pleine lumière, arborait un grand sourire. Les rôles s'étaient inversés : Cortland semblait satisfait alors que Watterson commençait à s'inquiéter. Il se dirigea vers le tableau de contrôle pour l'examiner : il ne s'expliquait pas cette dernière vibration.

Une cinquième vague se déclencha, coupant court à ses réflexions. La vibration et le jaillissement lumineux étaient d'une telle force que même le général douta de la normalité de ce phénomène.

— Qu'est-ce qui se passe ? demanda-t-il d'un ton inquiet.

Watterson l'entendit à peine. Il se posait la même question en voyant que toutes les aiguilles des cadrans – jusqu'alors immobiles – pointaient vers le rouge.

Une accalmie aussitôt suivie d'une sixième poussée précipita les aiguilles dans la zone rouge. La secousse fut d'une rare violence. Des roches tombaient de tous côtés, créant une large crevasse qui zébra les parois de la caverne que l'armée avait auparavant consolidées par des coulées de béton. Watterson dut se cramponner au panneau de la console pour ne pas tomber.

— Qu'est-ce qui se passe ? répéta le général.

Watterson ne le savait pas, mais cela n'augurait rien de bon, en tout cas.

— Faites évacuer tout le monde ! cria-t-il. Qu'ils partent – tout de suite !

Le général désigna la cage de l'ascenseur qui les ramènerait à la surface, cent vingt mètres plus haut. Le petit groupe se précipita dans cette direction, tel un troupeau affolé. Mais les secousses s'accentuèrent, la paroi du fond céda, libérant des centaines de tonnes de roche et de béton qui s'abattirent sur les spectateurs avant qu'ils aient pu pénétrer dans la cabine. Ceux qui se trouvaient le plus près de cette avalanche furent aussitôt ensevelis, alors que les autres réussirent à s'échapper à temps pour éviter de disparaître sous les débris de la cage d'ascenseur qui venait de s'effondrer.

Le vacarme devint assourdissant. Watterson paniquait. Ses mains couraient sur les boutons de contrôle et tapotaient les cadrans.

Cortland l'empoigna par l'épaule en criant :

— Arrêtez ce foutu engin !

Watterson l'ignora. Il essayait de comprendre ce qui se passait.

— Vous m'avez entendu ? hurla le général. *Arrêtez cette foutue machine !*

— Mais elle l'est ! répliqua Watterson en se libérant de l'emprise du général.

— Quoi ?

— Elle s'est arrêtée après la première étincelle, expliqua Watterson.

La dernière vague s'apaisait mais, sur le panneau de contrôle, il voyait déjà la suivante se former : les aiguilles avaient à nouveau franchi la zone rouge. Watterson pâlit. Chaque vague étant plus forte que la précédente, il n'osait imaginer quelle puissance atteindrait celle qui arrivait.

— Mais alors, d'où provient cette énergie ? demanda Cortland.

— De partout. De tout ce qui nous entoure. C'est ce que cette expérience était censée prouver.

La caverne recommença à trembler. Cette fois, les éclairs ne restaient pas cantonnés autour des colonnes, ils frappaient les parois, le plafond, le sol. Des éclats de pierre et des nuages de poussière jaillissaient de tous côtés.

Au milieu des hurlements de panique, Watterson restait là, impuissant, et le bref sentiment de victoire qu'il avait éprouvé laissait place à une impression de désastre total. Il perçut soudain au-dessus de lui un craquement menaçant, et la caverne fut si violemment secouée que Watterson et le général eurent du mal à rester debout. Au-dessus d'eux, un craquement sinistre se fit entendre. Ils levèrent brusquement les yeux : au plafond, une fissure courait d'un mur à l'autre, rayonnant dans diverses directions comme les fils d'une toile d'araignée.

Lorsque le dôme céda, des tonnes de roche s'effondrèrent sur eux.

La mort les frappa instantanément. Ni Watterson, ni le général Corland n'auraient jamais conscience de la violence qu'ils avaient déchaînée, pas plus que du séisme qui allait bientôt ravager la ville de San Francisco.

1

Décembre 2009

MALGRÉ LA TEMPÊTE QUI S'ANNONÇAIT, Patrick Devlin se tenait debout sur le pont arrière du *Java Dawn*, un remorqueur de haute mer relié par un gros câble à la carcasse rouillée d'un vieux bateau de croisière, le *Pacific Voyager*.

De fortes vagues déferlaient sur le flanc du remorqueur, frappant sa coque à coups redoublés. La pluie tombait en rafales qu'il était difficile de distinguer des embruns poussés par le vent.

Devlin paraissait minuscule auprès du matériel de remorquage et de chargement qui comprenait, entre autres, une grue de quinze mètres et un puissant treuil. Pourtant, Patrick Devlin mesurait près d'un mètre quatre-vingts. Corpulent mais tout en muscles, il se tenait voûté pour se protéger du froid. Avec sa barbe grise de plusieurs jours, son visage basané et ridé par le soleil, il avait le physique du vieux marin boucané qu'il était.

Compte tenu du temps qui ne cessait de se gâter, de la mer déchaînée et de la tension de plus en plus forte qui s'exerçait sur le câble, il parvint à la triste conclusion que quitter le port avait été une décision catastrophique, et qu'il leur faudrait beaucoup de chance pour surmonter cette tempête.

Au moment où Devlin décrochait le téléphone, une énorme vague fit fortement tanguer le remorqueur.

— Quel est notre cap ? cria-t-il dans le récepteur.

— Plein sud, répondit le capitaine.

— Nous ne tiendrons jamais le coup avec ces vagues qui arrivent par le travers. Il faut suivre la houle.

— Nous ne pouvons pas, insista le capitaine. Cela nous entraînerait au cœur de la tempête.

Se cramponnant au bastingage pour ne pas tomber, Devlin regarda une vague venir se briser sur le pont.

— C'est de la folie. Nous n'aurions jamais dû quitter Tarakan.

Tarakan était un petit port perdu où ils avaient ramassé le *Voyager*. Le vieux rafiot y était amarré depuis quelques années pour y subir des réparations à la suite d'une avarie, mais il avait été vite abandonné car la compagnie de navigation qui en était propriétaire avait fait faillite.

Le bateau avait ensuite été vendu à un mystérieux acheteur qui, pour des raisons inconnues, l'avait laissé rouiller trois ans dans le port de Tarakan. Sans doute, supposait Devlin, à cause de problèmes résultant de la faillite de la companie et des négociations pour décider qui règlerait les réparations.

Quoi qu'il en fût, le navire, quand ils l'avaient découvert, ressemblait à une épave rouillée de la proue à la poupe, impropre à la navigation. Les réparations sommaires effectuées à l'endroit où un cargo l'avait éperonné laissaient visible une marque en forme de H près de l'étrave.

Maintenant, pris dans une tempête qui s'annonçait terrible, il allait probablement sombrer.

— Est-ce que l'amarre tient ? interrogea le capitaine.

Devlin jeta un coup d'œil sur l'unique câble reliant le *Voyager* à l'énorme treuil fixé à l'arrière du remorqueur, en proie à une tension extrême.

— Le câble tient, annonça Devlin. Ce vieux seau rouillé commence à piquer du nez dans les vagues : il est nettement plus bas sur l'eau. Il faudrait faire revenir l'équipe d'inspection.

Sans écouter Devlin, le capitaine avait laissé trois hommes à bord du bateau dans le but de repérer les voies d'eau. Une opération dangereuse en même temps qu'inutile puisque si le navire prenait l'eau, ils ne pourraient rien faire pour y remédier.

Et s'il commençait à sombrer – comme Devlin maintenant le craignait –, il faudrait alors couper le câble et le laisser couler avant qu'il n'entraîne avec lui le *Java Dawn*, geste tout simplement meurtrier en raison des trois hommes à bord, pensait Devlin.

Le gros remorqueur piqua du nez et s'enfonça dans le creux d'une vague le plus profond qu'ils aient rencontré. Le câble se tendit en vibrant, et la tension fit remonter l'arrière du bateau : les hélices du *Java Down* tournèrent dans le vide. Le temps qu'il franchisse la crête suivante, le *Voyager* avait à son tour plongé dans un creux : la plaque d'acier renforcé fixée sur la traverse s'était tordue tandis que l'arrière du remorqueur était à nouveau immergé.

Devlin prit ses jumelles. Bien que le mouvement des vagues déformât sa vision, il constata que le *Voyager* s'enfonçait dangereusement.

— Capitaine, l'étrave plonge nettement. L'épave prend de la gîte à bâbord.

Le capitaine hésitait. Devlin en connaissait la raison : ce remorquage devait rapporter une petite fortune, mais à condition que le bateau arrive à bon port.

— Bon sang, capitaine, rappelez les hommes! cria Devlin. Faites-les au moins revenir.

— Padi, nous les avons rappelés. Ils ne répondent pas. Il a dû leur arriver quelque chose.

Devlin sentit son sang se glacer.

— Il faut envoyer un canot.

— Avec cette mer ? C'est trop dangereux.

Pour illustrer ses propos, une nouvelle vague frappa le robuste remorqueur par le travers, déversant des milliers de litres d'eau qui s'écrasèrent sur la rambarde avant de ruisseler sur le pont puis de s'écouler dans la mer. Quelques instants plus tard, une autre vague le submergea plus violemment encore.

Tandis que le *Java Dawn* se redressait, Devlin se tourna vers le *Voyager*.

Manifestement le bateau était en train de sombrer. Soit il s'agissait d'un ou de deux panneaux d'écoutille qui avaient lâché, soit les réparations hâtivement bricolées n'avaient pas tenu.

— Il va falloir le larguer, constata le capitaine.

— Oh, capitaine !

— Il le faut, Padi. Détachez le câble. Les hommes ont un canot avec eux. Si nous coulons, nous ne leur serons d'aucun secours.

Une nouvelle vague déferla sur le pont.

— Bon sang, capitaine, un peu de pitié.

— Padi, coupez-moi ce foutu câble ! C'est un ordre !

Devlin savait que le capitaine avait raison. Il lâcha le téléphone et se dirigea vers le levier de largage d'urgence au moment où une autre lame déferlait sur l'arrière du pont. Elle frappa si violemment Devlin qu'elle le projeta sur le sol jusqu'aux planches du pont.

Lorsque Devlin se releva, le câble avait disparu dans l'eau : le *Voyager,* maintenant submergé, s'enfonçait rapidement dans l'océan et entraînait avec lui le remorqueur, dont l'arrière était déjà inondé.

— Padi !

Le cri venait du téléphone qui pendait au bout de son fil, mais Devlin n'avait plus besoin d'entendre les ordres du capitaine. Il saisit la poignée de largage d'urgence et, de toutes forces, abaissa le levier.

Un claquement sinistre retentit. L'énorme câble se détacha, balayant le pont comme un python affolé. Le remorqueur fit une telle embardée que Devlin fut projeté contre le bastingage. Il avait l'arcade sourcilière en sang et un œil au beurre noir.

Un instant assommé, il reprit vite ses esprits et se retourna pour voir le vieux rafiot s'enfoncer doucement, presque paisiblement, sous les vagues, puis disparaître quelques secondes plus tard. Les hommes qu'ils avaient abandonnés étaient sans doute morts. Mais le *Java Dawn* était libre.

Devlin saisit le téléphone.

— Revenons sur place, ordonna-t-il, les hommes ont peut-être été projetés par-dessus bord.

Les hélices directionnelles permirent au remorqueur d'amorcer une dangereuse rotation. La manœuvre était à peine achevée que Devlin était déjà sur l'étrave et scrutait l'eau.

Un ciel obscur, une mer presque noire avec des reflets argentés : un décor parfait pour un film en noir et blanc.

Tandis que les projecteurs du remorqueur balayaient la zone, tous les regards étaient fixés sur la mer. Comme Devlin, ils cherchaient leurs camarades. En vain…

À bord du *Java Dawn,* tous allaient passer les dix-huit heures suivantes à essayer de retrouver les marins perdus.

Mais en vain...

2

Aujourd'hui

SÉBASTIEN PANOS SE FAUFILA DANS L'ÉTROIT COULOIR tel un chat de gouttière s'aventurant dans une ruelle obscure derrière les cuisines d'un restaurant. Le passage sombre ressemblait à un conduit d'égout et l'humidité était telle qu'il se demandait, par moments, si les eaux polluées ruisselant de l'extérieur jusqu'à la station d'épuration souterraine ne suintaient pas des parois dans le but de les tuer tous.

Cependant, rien n'était plus horrible que l'île où se trouvait le chantier avec, en son centre, cette redoutable carrière. Par comparaison, la station d'épuration semblait un paradis, même si Panos ne pensait maintenant qu'à s'en évader.

Ingénieur cypriote dont le sang grec se mêlait à celui d'ancêtres turcs, Panos s'était laissé entraîner dans ce cauchemar par la promesse d'un gros contrat avec à la clef suffisamment d'argent pour faire vivre sa famille à l'aise pendant une génération. En échange, on ne lui avait demandé que trois ans de son existence dans le secret le plus absolu. Mais au bout de six mois, il éprouvait déjà un certain malaise. Et, à peine un an plus tard, il regrettait la terrible erreur qu'il avait commise.

En effet, chaque demande de congé se heurtait à un refus, et toute communication avec l'extérieur était espionnée et fréquemment coupée. À la moindre ébauche de protestation, c'étaient des menaces à demi voilées. *Sa famille pourrait avoir des ennuis s'il ne restait pas jusqu'à l'expiration de son contrat.*

Pour mener à bien un mystérieux projet, on avait recommandé à Panos ainsi qu'aux autres ingénieurs de se méfier les uns des autres. Impossible de distinguer celui en qui on pouvait avoir confiance de celui dont il fallait se méfier. Chacun redoutait l'autre et faisait ce qu'on lui demandait, et c'est ainsi qu'une année succédait à la précédente.

Panos vivait donc comme un matelot enrôlé de force sur un bateau par un sergent recruteur, sans autre choix que celui d'obéir ou de risquer sa vie, et sans plus d'illusions sur le sort qui l'attendait. Le projet était à tel point secret qu'en toute logique, quand il serait réalisé, tout témoin serait gênant.

Personne n'en sortira vivant, avait dit en plaisantant un de ses compagnons de travail. Le lendemain, l'homme avait disparu.

Panos se rappelait qu'un jour on lui avait proposé de faire venir sa famille. Certes, il n'était pas très croyant, mais il remerciait encore le dieu, le destin ou on ne sait quel instinct qui l'avait incité à refuser. Quelques-uns avaient pourtant accepté, mais en les croisant sur l'île dans un état bien plus pitoyable que le sien, il avait compris qu'ils étaient devenus beaucoup plus vulnérables car, en plus de leur propre vie, ils risquaient maintenant celle de leur famille. Certains avaient même fait des enfants dans les profondeurs de ce monde putride qui empestait le soufre. Tous vivaient comme des esclaves s'épuisant à bâtir une pyramide.

Panos s'était senti libre rien qu'*en pensant à s'évader*, pourtant il doutait de réaliser un jour son rêve. Du moins était-ce avant de découvrir le billet dans son casier.

Ce fut le premier d'une série de mystérieux contacts provenant d'un invisible ange de miséricorde.

Il avait d'abord cru à un piège, une sorte de test pour voir s'il allait mordre à l'hameçon, mais aujourd'hui cela n'avait plus d'importance. La liberté lui faisait signe : évasion ou mort, il les accueillait toutes deux à bras ouverts.

Il tenta l'expérience, et reçut alors de nouveaux billets qui arrivaient toujours à l'improviste et dans lesquels on lui proposait de l'aider à s'enfuir à une condition : il devrait remettre les plans de la redoutable installation à ceux qui pourraient empêcher le dément de réaliser cet abominable projet. Un lieu de rendez-vous avait été fixé : Panos n'aurait qu'à y arriver vivant.

Concentré sur cet objectif, il continua sa descente dans le passage détrempé qui conduisait à la salle de plongée. Il était tard et personne à cette heure ne devait se trouver là. Il utilisa une clef déposée dans son casier par un mystérieux contact, ouvrit la porte et se glissa à l'intérieur de la pièce.

La salle de plongée, très peu meublée, se réduisait à un espace de six mètres sur douze au milieu duquel se dressait un sas. Par l'épais hublot d'observation, il distingua un bassin circulaire empli d'eau.

Panos alluma l'éclairage, illuminant une eau d'une limpidité parfaite car saturée d'un poison qui la rendait totalement stérile. Sa couleur, au lieu d'être bleue, turquoise ou verte, était sombre avec des reflets rougeâtres.

Il prit une profonde inspiration en souhaitant ardemment que la combinaison étanche qu'il devait enfiler le protègerait des toxines. Du moins l'espérait-il.

Il jeta un coup d'œil vers un tableau blanc. Comme promis, trois nombres y étaient inscrits : le 3, le 10 et et le 075. Son complice invisible était passé par là.

Panos mémorisa les chiffres puis s'empressa de les effacer avant de se diriger vers des casiers. Dans le troisième, il trouva une combinaison de plongée, deux bouteilles d'oxygène ainsi qu'une montre étanche dont l'aiguille était bloquée sur le chiffre 10 : palier qu'il devrait respecter en remontant à la surface au rythme de dix mètres par minute pour éviter les accidents de décompression. Il avisa également une boussole montée sur bracelet. Lorsqu'il referait surface, il devrait suivre un cap de 075 degrés puisque c'était dans cette direction qu'il trouverait de l'aide. Enfin, il découvrit un couteau de plongée, seule arme dont il disposerait en cas de besoin.

Il fixa le bracelet-montre à son poignet et porta les bouteilles d'oxygène jusqu'au sas. Il glissa ensuite la boussole dans sa poche puis vérifia que ce qu'il avait promis d'apporter – les diagrammes de la station et un disque dur bourré de données – étaient bien protégés dans un coffret étanche. Il fourra ce dernier sous sa chemise, ramassa la lourde combinaison et s'assit pour l'enfiler. À peine avait-il glissé une jambe à l'intérieur qu'il perçut un déclic à l'autre bout de la salle.

Une clef tournait dans la serrure.

La poignée pivota et la porte s'ouvrit toute grande sur deux hommes qui entrèrent en discutant.

Ils ne remarquèrent pas immédiatement la présence de Panos et furent surpris quand ils l'aperçurent.

Panos savait que la combinaison de plongée et les bouteilles d'air le trahissaient. Le couteau à la main, il fonça sur les hommes sans leur laisser le temps de réagir. Il poignarda le plus proche à l'épaule. L'homme s'écroula en l'agrippant. Son camarade en profita pour sauter sur lui en lui faisant une clef au cou.

Panos parvint à se redresser mais les deux hommes heurtèrent le bureau.

Panos fut le premier à réagir. Il donna à son adversaire un coup de genou en plein visage puis, empoignant une lampe de bureau, il l'abattit sur le front de l'homme qui s'affala sur le sol, assommé. Malheureusement, l'homme qu'il avait poignardé à l'épaule se précipitait déjà vers la porte.

— Non ! s'écria Panos.

Ne disposant d'aucun moyen pour l'arrêter et de certainement bien peu de temps avant qu'une sonnerie d'alarme ne se déclenche, Panos décida d'abandonner la combinaison sur le sol pour pénétrer dans le sas. Il pressa un bouton afin de fermer la porte intérieure et entreprit de desserrer les courroies qui maintenaient le harnais et la bouteille d'oxygène.

Panos sentit ses oreilles bourdonner alors qu'un sifflement annonçait la bonne étanchéité et pressurisation du sas. Même si la pression dans la station était deux fois plus élevée qu'à l'extérieur, cela ne suffisait pas à empêcher l'eau de s'engouffrer par le bassin. D'où la nécessité de rendre le sas étanche.

Il enfila le casque de plongée. Le verrouillage semblait fonctionner, l'air lui arrivait bien. Il chaussa ses palmes et se laissa tomber dans cette eau aux reflets rougeoyants.

Le silence l'enveloppa aussitôt. Nageant vers le fond et fuyant la lumière, il s'enfonça dans les ténèbres. Après avoir dépassé le bâtiment submergé, il commença à donner de grands coups de pied pour remonter vers la surface. Ou du moins c'est ce qu'il pensait.

À cent mètres de fond, l'obscurité était totale. Il ne tarda pas à se trouver désorienté. Pris de vertige, il avait l'impression d'être agité de soubresauts alors que son corps restait parfaitement immobile.

Allumer son projecteur ne changea pas grand-chose. Cette eau rouge ne reflétait rien. Il commença à s'affoler en pensant que les hommes de la station n'allaient pas tarder à se lancer à sa poursuite.

Qu'avait-il fait ?

Il exhala une nuée de bulles et, machinalement, suivit la direction qu'elles prenaient : elles se déplaçaient latéralement, pourtant c'était impossible. Il savait que les bulles ne pouvaient que *monter* vers la surface. Personne ne pouvait modifier les lois de la nature.

Refusant de tenir compte des sensations que lui transmettait son oreille interne, il suivit les bulles. Il lui semblait non pas qu'il remontait à la surface, mais au contraire qu'il s'enfonçait vers le fond dans cette masse d'eau où la mort l'attendait.

Il continua ainsi jusqu'à ce qu'il retrouve peu à peu son sens de l'équilibre. Il émettait de plus en plus de bulles, fouettait l'eau avec plus de vigueur, nageant maintenant vers la surface aussi vite qu'il en était capable.

Dans sa hâte, il ne tint pas compte des paliers de décompression qu'il aurait dû respecter toutes les dix minutes et, comme il remontait trop vite vers la surface, des crampes commencèrent à bloquer ses articulations.

Malgré la douleur, Panos réussit quand même à émerger et, pour la première fois depuis des mois, il put contempler le ciel d'un bleu pervenche : le crépuscule approchait.

Il regarda autour de lui. De tous côtés il ne vit que de hautes murailles de sable : mais où donc se trouvait-il ? Les arrivées sur l'île, tout comme les départs, se faisaient toujours sous anesthésie : on les endormait ici et ils se réveillaient sur l'île ou inversement.

Malgré ses articulations douloureuses, Panos parvint à extraire la boussole de sa poche. Il se mit à nager en suivant un cap de 075 degrés. Ses crampes le faisaient de plus en plus souffrir alors que de soudains éclairs aveuglants semblaient lui transpercer le cerveau.

Il continua à lutter et réussit à atteindre une petite plage de sable bordée d'une paroi rocheuse qui n'excédait pas trois mètres. Pour lui cependant, elle semblait haute comme une montagne.

Comment l'escalader ? Dans son état, il en était incapable. Il voulut se mettre debout mais s'écroula, paralysé par les crampes.

Il perçut un bruit de pas qui s'approchaient rapidement et en déduisit que c'était la fin. Pourtant, deux mains le soulevèrent avec douceur.

Il se trouva face à un visage dissimulé par un foulard.

— Vous êtes remonté trop vite.

— Il le... fallait... bien, parvint à dire Panos. Ils m'avaient... découvert.

— Découvert ?

— Dans le sas... dit Panos.

— Ça veut dire qu'ils vont rappliquer.

Le sauveteur inconnu saisit Panos sous les aisselles et sans ménagement le traîna jusqu'à une jeep. Il le jeta à l'arrière et ferma le rabat de toile.

Pendant que Panos se recroquevillait derrière la banquette, son sauveur, maintenant au volant, tournait la clef de contact.

Le moteur se mit aussitôt à rugir. Ils ne tardèrent pas à filer sur un chemin défoncé, chaque cahot réveillant chez Panos de nouvelles douleurs.

— Je meurs ! cria-t-il.

— Non, répliqua le conducteur. Mais ça ne va pas s'arranger. Prenez votre détendeur. Ça vous aidera.

Panos parvint à replacer le détendeur de plongée dans sa bouche et mordit vigoureusement l'embout en respirant à fond. Malgré cela, une nouvelle crise de spasmes le secoua tandis que la jeep bondissait sur les cahots.

Panos courba la tête, ce qui parut le soulager quelque peu. Il avait les bras crispés et les doigts recroquevillés.

— Avez-vous les papiers ? demanda l'homme. Et les disques de l'ordinateur ?

— Oui, répondit Panos en hochant la tête... Pouvez-vous me dire où nous allons ?

L'homme hésita, craignant peut-être d'en dire trop au cas où ils seraient faits prisonniers, mais il finit pas répondre.

— Voir quelqu'un qui pourra nous aider. Quelqu'un capable de mettre un terme une fois pour toutes à cette folie.

3

Sydney, Australie, 19 heures

KURT AUSTIN ÉTAIT CONFORTABLEMENT INSTALLÉ au huitième rang de la salle de l'Opéra de Sydney, dans le plus petit des deux édifices en forme de coquille dont s'enorgueillissait l'Australie.

Cela faisait des années que Kurt projetait de visiter Sydney et d'assister à un concert ou à un opéra. Il avait failli réaliser son rêve quand le groupe U2 y avait donné une représentation, mais un contretemps l'en avait empêché. Maintenant qu'il avait enfin réussi à faire le voyage, voilà que le discours qu'il écoutait était des plus académiques et plutôt soporifique.

Il était venu participer à une Conférence sur les ressources minières sous-marines que parrainaient Archibald et Liselette Muldoon, un riche couple d'Australiens qui avait fait fortune en consacrant quarante années de leur vie à exploiter le sous-sol de la planète dans des conditions parfois périlleuses.

Kurt, directeur du Service des projets spéciaux de la NUMA, la National Underwater and Marine Agency, avait été officiellement invité en tant qu'expert en exploration sous-marine. Il semblait bien que les Muldoon tenaient à sa présence en raison de la réputation qu'il avait acquise dans « l'industrie » du sauvetage en mer – si tant est qu'on puisse qualifier ainsi cette activité.

Au cours de la décennie précédente, il avait en effet été mêlé à divers événements qui avaient fait les gros titres des journaux.

Certains de ces exploits, couverts par le secret défense, n'avaient pas dépassé le stade de la rumeur, alors que d'autres avaient été rendus publics, notamment une récente opération effectuée pour débarrasser l'océan Indien d'un essaim de nanorobots capables de se reproduire tout seuls et qui devaient servir à modifier le climat de l'Inde et d'une partie de l'Asie, condamnant à la famine des milliards d'individus.

Outre sa notoriété, Kurt ne passait pas inaperçu. Silhouette robuste, visage hâlé, cheveux prématurément gris et des yeux au regard vif d'un bleu intense. On le remarquait donc facilement ; le couple Muldoon, bien que charmant, et avait fait de son mieux pour l'accaparer mais, au bout de trois jours de séminaires et d'exposés divers, Kurt ne songeait qu'à fuir.

Comme les lumières s'éteignaient pour permettre à l'orateur de commencer sa projection de photos, Kurt saisit sa chance. Il tira son portable de sa poche et pressa un bouton qui déclencha une sonnerie, donnant l'impression qu'on l'appelait.

Des regards se tournèrent vers lui. Il haussa les épaules comme pour s'excuser et porta le téléphone à son oreille.

— Kurt Austin, murmura-t-il en s'adressant à un interlocuteur imaginaire. Absolument, fit-il d'un ton sérieux. Tout à fait. Ça m'a l'air intéressant. Bien entendu. Je m'en occupe tout de suite.

Il fit semblant de raccrocher et remit le portable dans sa poche.

— Un ennui ? demanda Mrs Muldoon, assise à deux sièges de lui.

— Un appel de la direction. Il faut que j'aille vérifier quelque chose.

— Cela veut dire que vous devez partir maintenant ?

Kurt acquiesça :

— Un problème qui nous préoccupait depuis plusieurs jours s'est aggravé et pourrait devenir catastrophique si je ne pars pas tout de suite.

L'air déconfit, elle se pencha et lui prit la main.

— Vous allez manquer la meilleure partie de la présentation.

— Malheureusement, mon travail est à ce prix, annonça-t-il avec un soupir.

Il se leva, fit ses adieux aux Muldoon et traversa la salle. Il franchit les portes du fond et descendit rapidement les marches qui menaient au foyer. Craignant de croiser d'autres participants et de se faire accaparer, il suivit à gauche un couloir qui menait à une porte de côté.

Il la poussa et déboucha dans l'air moite du soir australien. À sa grande surprise, il découvrit qu'il n'était pas seul.

Devant lui, assise sur une marche, une jeune femme tentait de refixer le talon de sa chaussure. Elle portait une robe de cocktail blanche avec une fleur de la même couleur piquée dans ses cheveux blond vénitien.

Elle sursauta, déconcertée par l'arrivée de Kurt.

— Désolé, je ne voulais pas vous faire peur, s'excusa-t-il.

Elle rougit comme s'il l'avait surprise en train de voler les joyaux de la Couronne. Puis, après un rapide coup d'œil autour d'elle, elle se pencha à nouveau sur sa chaussure, tirant et poussant le talon récalcitrant jusqu'à ce qu'il lui reste dans la main.

— Ça ne va sans doute pas arranger les choses, observa Kurt.

— Mes escarpins préférés, dit-elle avec un accent australien un peu chantant. Ce sont toujours ces chaussures-là qu'on abîme.

Découragée mais faisant montre d'un remarquable bon sens, elle ôta l'autre chaussure, en brisa le talon, puis compara la paire.

— Au moins elles sont assorties, dit-il en lui tendant la main. Je me présente : Kurt Austin.

— Hayley Anderson, répondit-elle. L'heureuse propriétaire des sandales les plus chères de Sydney.

Kurt ne put retenir un rire.

— Je présume que vous aussi vous séchez le *speech* d'ouverture, dit-elle.

— Je plaide coupable, votre Honneur. Est-ce un reproche ?

— Pas le moins du monde. Si je n'avais pas besoin d'être ici, je serais déjà en train de bronzer sur la plage.

Elle se leva et se dirigea vers la porte par laquelle Kurt était arrivé. C'était vraiment dommage que cette rencontre s'achève si vite.

— Ces chaussures plates sont parfaites pour le sable, dit Kurt. Presque aussi agréable que de marcher pieds nus.

— Je regrette, mais si je manquais le discours, je me retrouverais privée de caviar. Vous ne voulez pas revenir avec moi ?

— Vous me tentez, répliqua Kurt. Mais, pour l'instant, je tiens trop à cette liberté chèrement acquise. Si vous vous ennuyez là-bas, vous me trouverez sur la plage de Bondi. Sans doute un peu trop habillé pour une baignade.

Elle eut un petit rire et, apparemment très pressée, se précipita vers la porte. Alors qu'elle tournait la poignée elle s'arrêta, les yeux fixés sur le port.

Kurt se retourna. Dans la lumière déclinante, il distingua le sillage d'un hors-bord qui traversait la rade et s'approchait dangereusement d'un ferry. Un énergique coup de sirène le rappela à l'ordre, mais sans pour autant le faire ralentir.

Kurt en comprit la raison car, un instant plus tard, un hélicoptère de couleur sombre passait en trombe au-dessus du ferry bourré de passagers avant de descendre à toute vitesse en direction du canot.

Le hors-bord vira à gauche, puis à droite, traçant dans l'eau un sillon en forme de S et frôlant dans sa course folle la coque d'un voilier qui voguait tranquillement.

— Ce type est fou, grommela Hayley en suivant avec ahurissement la course du hors-bord.

Kurt examina l'hélicoptère : un Eurocopter EC145 bleu foncé. La cabine pointait à l'avant, comme le museau d'un gros requin, tandis qu'un rotor à quatre pales tournait à toute vitesse. Au bout de la queue de l'appareil, trois stabilisateurs verticaux se dressaient comme les pointes d'un trident.

Kurt ne repéra ni numéro d'immatriculation ni feux de navigation, cependant il vit des éclairs jaillir de la trappe ouverte de la cabine : on tirait des coups de feu.

Il saisit son portable et appela le 911, le numéro de la police aux États-Unis. Pas de réponse.

Hayley fit un pas en avant.

— Ils tirent. Ils essaient de tuer ces gens.

— Quel est le numéro de police-secours ici ?

— 000, dit-elle.

Kurt appela aussitôt. Le temps d'avoir la communication, le canot avait mis le cap droit sur l'Opéra et fonçait vers le quai promenade où fermait la rade.

Le quai était un solide mur de béton avec sur le flanc gauche un unique escalier qui descendait jusqu'à l'eau. Le hors-bord fonçait dans cette direction, toujours poursuivi par l'hélicoptère.

Pour échapper aux tirs, le canot fit une embardée vers la gauche puis reprit sa route, mais finit par heurter de plein fouet l'escalier du quai. Il s'envola comme une fusée avant de retomber sur le flanc une quinzaine de mètres plus loin.

Il amorça alors une longue glissade sur la chaussée cimentée avant de se fracasser contre un réverbère et de se désintégrer. Des éclats de fibre de verre jaillirent dans toutes les directions tandis que les ampoules du lampadaire explosaient sous le choc.

— Service d'urgence, fit une voix dans le téléphone.

Kurt, fasciné par l'accident, restait muet.

— Allô ? Ici le service d'urgence.

Tandis que les débris du canot retombaient en pluie, l'Eurocoptère, dans un grondement de tonnerre, passait au-dessus d'eux en frôlant le toit de l'Opéra.

— Demandez de l'aide ! cria Kurt en tendant le portable à Hayley. La police, une ambulance, la garde nationale. Tout ce qu'ils ont sous la main.

Kurt ne comprenait rien à ce qui s'était passé mais, de la promenade, il avait remarqué deux personnes coincées dans les débris du hors-bord d'où s'échappaient des vapeurs d'essence.

Il dévala l'escalier, courut une dizaine de mètres puis sauta par-dessus un muret pour atteindre la promenade. Au moment où il approchait de l'épave, les pales de l'hélice qui tournait encore touchèrent le ciment du quai, provoquant une gerbe d'étincelles qui ne tardèrent pas à enflammer les vapeurs d'essence. Une vague de flammes s'éleva, suivie d'une formidable explosion.

Kurt se précipita.

À un kilomètre de là et à une bonne centaine de mètres d'altitude, l'Eurocoptère vira brusquement au-dessus des faubourgs de Sydney.

Sanglé dans son harnais, le tireur leva la main en criant :

— Doucement.

Il se débattait avec sa mitraillette Heckler & Koch, tentant d'y fixer un gros chargeur de cinquante balles, et n'avait aucune envie d'être largué comme un vulgaire colis.

— Il nous faut faire encore un passage, annonça le pilote, pour nous assurer qu'ils sont morts.

Son camarade doutait que quiconque ait pu survivre à un tel crash, mais ce n'était pas son problème. Alors que l'hélicoptère revenait vers la jetée, il renonça à installer le gros chargeur et se contenta d'en placer un de dix cartouches.

— Tâche de voler bien droit cette fois, conseilla-t-il. J'ai besoin de stabilité pour tirer.

— Entendu, répondit le pilote.

Le tireur se glissa jusqu'à la porte ouverte et s'installa, une jambe repliée et l'autre tendue afin de prendre appui sur la marche juste au-dessus du patin de l'hélico.

Ils amorcèrent leur virage et approchèrent cette fois plus lentement du toit de l'Opéra. Il enclencha le chargeur et se prépara à ouvrir le feu.

Le temps que Kurt atteigne l'épave du canot, les flammes avaient ravagé tout l'arrière. Une silhouette recroquevillée sur le siège passager tentait de se libérer. Kurt le tira pour le dégager, sans tenir compte des cris de douleur qu'il poussait.

Il déposa le blessé à une quinzaine de mètres du canot, remarquant au passage l'étrange façon dont ses mains et ses doigts étaient recroquevillés. Un spectacle assez étrange pour que cette image reste gravée dans son esprit alors qu'il revenait secourir le pilote du canot.

Luttant contre l'âcre fumée, Kurt enjamba les débris du hors-bord tout en constatant que les flammes commençaient à lécher le dos du pilote.

Il essaya de le soulever, mais l'homme était coincé sous un pan du tableau de bord.

— Laissez-moi, cria l'homme. Secourez plutôt Panos.

— S'il s'agit de votre passager, cria Kurt, il est en sûreté. Alors aidez-moi à vous dégager.

Kurt tira et l'homme poussa, mais un fragment du tableau de bord le maintenait prisonnier. Kurt devait trouver quelque chose pour faire levier. Il remarqua une gaffe qui traînait parmi les débris, s'en saisit pour la bloquer entre le pilote et la coque puis, pesant dessus de tout son poids, parvint à dégager un espace suffisant pour permettre au pilote de se libérer.

— Maintenant ! cria-t-il.

— Je n'y arrive pas, dit l'homme en secouant la tête. Je ne sens plus mes…

Après un brusque sursaut, la tête du pilote s'affaissa et un flot de sang vint asperger ce qui restait du tableau de bord. Dans un tourbillon de fumée, le feu repartit de plus belle, attisé par les pales de l'hélicoptère qui tournaient au-dessus d'eux.

Comprenant que l'homme était mort et que son tour n'allait sans doute pas tarder, Kurt sauta hors du canot et, sous une grêle de balles, roula sur le quai pour se mettre à l'abri.

Il leva les yeux. Dissimulé par la fumée qui l'enveloppait, l'Eurocoptère planait en vol stationnaire à moins de vingt mètres d'altitude. Kurt aperçut le tireur qui cherchait vainement une cible, puis l'appareil vira brutalement vers la gauche et s'éloigna.

Alors le pilote, remarquant le passager blessé qui clopinait sur la promenade, intima l'ordre au tireur d'ouvrir le feu.

Des balles ricochèrent de tous côtés jusqu'à ce qu'un projectile fasse mouche et que le malheureux s'effondre à genoux. Le tireur l'aurait achevé sans l'intervention d'Hayley qui traîna le blessé derrière un gros muret de béton et s'accroupit près de lui.

Autour d'eux, les balles crépitaient, faisant voler des éclats de béton et provoquant des nuages de poussière. Par chance, le muret était suffisamment épais pour les protéger.

Comme l'hélicoptère continuait à tourner au-dessus d'eux, Kurt réalisa qu'il ne disposait que de quelques secondes avant que le tireur trouve un angle d'attaque plus favorable.

Il empoigna par le milieu le manche de la gaffe du canot dont l'extrémité était en flammes et la lança comme un javelot. L'hélicoptère se présentait maintenant par le travers et le projectile enflammé fila vers la porte ouverte de la soute tel un missile attiré par la chaleur.

Il atteignit sa cible de plein fouet, manquant de peu le tireur mais se logeant dans la paroi de l'appareil provoquant une vague de feu. Un nuage de fumée s'échappa aussitôt par la porte béante du cockpit. Kurt vit le corps du tireur s'enflammer comme une torche : l'homme avait dû heurter un réservoir de carburant ou d'oxygène.

Lorsque l'hélicoptère amorça un virage, l'incendie avait déjà envahi tout l'appareil qui se mit très vite à pivoter comme une toupie en direction de l'Opéra. L'intérieur de la cabine était devenu un véritable enfer d'où jaillissaient des tourbillons de fumée.

Tournoyant sur lui-même, l'Eurocoptère poursuivit sa course vers la fameuse paroi en verre de la salle de concerts contre laquelle il s'écrasa dans un horrible fracas. En quelques instants, ce ne fut plus qu'une masse à peine reconnaissable au milieu d'un brasier. Ses rotors arrachés continuaient de tourner comme les lames d'une débroussailleuse, des éclats de verre furent projetés à l'intérieur du bâtiment tandis que d'immenses morceaux de vitres se détachaient de tous côtés et explosaient en milliers de fragments en touchant le sol.

Les équipes de secours commençaient à arriver : un groupe de policiers déboula au pas de course pendant que des camions de pompiers se mettaient en batterie. Des ouvriers travaillant près de l'Opéra accouraient avec des extincteurs. Une lance fut branchée à une prise d'eau fixée au mur.

Kurt était certain que tout cela était inutile puisqu'aucun des occupants de l'hélicoptère n'avait réussi à s'extraire du brasier.

Il alla rejoindre Hayley et l'unique survivant du canot allongé dans les bras de la jeune femme. Sa robe blanche était tachée du sang qui s'écoulait des deux plaies béantes causées par les balles qui avaient touché le blessé.

Hayley essayait désespérément de le ranimer : bataille perdue d'avance car les projectiles avaient traversé l'homme de part en part.

Kurt s'accroupit pour l'aider.

— C'est vous Panos ? interrogea-t-il.

Le regard de l'homme vacilla un instant.

— Êtes-vous Panos ?

Il acquiesça d'un faible hochement de tête.

— Qui étaient ces hommes qui tiraient sur vous ?

Cette fois, pas de réponse. Rien qu'un regard vide.

Kurt releva la tête.

— Il nous faut de l'aide par ici ! cria-t-il, cherchant des yeux un infirmier.

Des gens accouraient de partout, et parmi eux Kurt repéra deux hommes qui avaient l'air de policiers en civil. Ils s'arrêtèrent net lorsqu'ils réalisèrent que Kurt les observait.

— J'ai apporté… ce qui était promis, dit le blessé avec ce qui parut à Kurt être un accent grec.

— De quoi parlez-vous ? interrogea Kurt.

L'homme murmura quelque chose, puis tendit une main tremblante, crispée sur quelques feuilles de papier tachées de sang.

— Tartare, souffla-t-il d'une voix qui s'affaiblissait. Le cœur… de Tartare.

Kurt prit les papiers. Ils étaient couverts de curieux symboles, de lignes qui s'entrecroisaient et d'étranges calculs.

— Qu'est-ce que c'est ? demanda-t-il.

L'homme ouvrit la bouche pour répondre, mais aucun son n'en sortit.

— Restez avec nous ! cria Hayley.

Comme il ne réagissait plus, elle se mit à pratiquer un massage cardiaque.

— On ne peut pas le laisser mourir.

Kurt chercha un pouls. Il n'en sentit aucun.

— Trop tard.

— Ça n'est pas possible, dit-elle en appuyant énergiquement sur la poitrine du blessé pour tenter de le ramener à la vie.

Kurt l'arrêta.

— Inutile, il a perdu trop de sang.

Elle leva vers lui un visage barbouillé de sang et de suie.

— Je suis désolé, dit-il. Vous avez essayé.

Elle se redressa, épuisée et secouée de sanglots. Kurt posa une main sur son épaule tout en contemplant l'ampleur des dégâts.

Sur la promenade, l'épave du canot continuait de brûler tandis que des volontaires arrosaient la carcasse enflammée de l'Eurocoptère pour éviter que le feu gagne le bâtiment qui abritait la salle de concerts. Des spectateurs s'étaient arrachés au discours d'ouverture et à l'exposé sur l'exploration sous-marine pour observer la scène avec stupéfaction.

Tout était arrivé très vite. Le chaos s'était soudain abattu sur eux. Et le seul homme qui aurait pu leur fournir quelques explications gisait mort à leurs pieds.

— Qu'a-t-il dit ? demanda Hayley en essuyant ses larmes. Quels mots a-t-il prononcés ?

— Tartare, répondit Kurt.

Elle le regarda.

— Qu'est-ce que cela veut dire ?

Kurt n'était pas certain d'avoir bien compris. Et même si c'était exact, cela ne voulait pas dire grand-chose.

— C'est un mot de la mythologie grecque, précisa-t-il. C'est la prison la plus profonde des Enfers. D'après l'*Iliade,* elle serait encore plus éloignée de l'Enfer que le Paradis de la Terre.

— À votre avis, qu'essayait-il de nous indiquer ?

— Aucune idée, répondit Kurt en haussant les épaules et en lui tendant les papiers. Peut-être que c'est là où il voulait aller. Ou alors, ajouta-t-il en avisant les décombres, la poussière et les relents de matières calcinées qui entouraient le malheureux, c'est peut-être de là qu'il venait.

4

UNE MULTITUDE DE LUEURS ROUGES ET BLEUES se reflétaient sur les célèbres voiles en verre de la toiture de l'Opéra, tandis que les faisceaux aveuglants des projecteurs illuminaient les débris du canot et du fuselage carbonisé de l'hélicoptère. De leur côté, les pompiers déversaient des vagues d'écume sur les deux appareils pour éviter de voir le feu se propager.

Le spectacle attirait la foule. Des banderoles jaunes et des barricades dressées par la police canalisaient les badauds sur la promenade, mais plus d'une centaine de petites embarcations avaient envahi le port et les flashes des appareils photo déchiraient la nuit comme des nuées de lucioles.

À l'ombre d'une porte cochère, Cecil Bradshaw, de la SMA – la Sécurité militaire australienne –, observait l'homme responsable de tout ce capharnaüm.

Un assistant lui tendit un dossier.

— C'est bien trop gros, dit Bradshaw. Je n'ai besoin que de l'essentiel, pas de tous les détails concernant cet homme.

Bradshaw était un robuste gaillard d'une cinquantaine d'années. Avec ses bras de lutteur, son cou de taureau et ses cheveux coupés très court, il avait l'air d'un bulldog et semblait en avoir le caractère. *Vous êtes de mon côté ou bien vous me foutez la paix,* disait-il souvent.

Son assistant ne se laissa pas démonter.

— Il n'y a là que l'essentiel, commandant. Si vous voulez, je dispose encore d'une cinquantaine de feuillets que je pourrais vous imprimer.

Bradshaw répondit par un grognement et ouvrit le dossier. Il le feuilleta rapidement pour voir ce que la Sécurité militaire australienne savait sur ce Kurt Austin. Il avait apparemment mené une brillante carrière à la CIA avant d'appartenir à une organisation américaine appelée NUMA. Le résumé de ses activités semblait digne d'un roman d'aventures.

Bradshaw se demandait quelles étranges circonstances avaient amené Austin ici et justement à cet instant précis. Peut-être était-ce ce coup de chance dont la SMA avait désespérément besoin ?

Austin pourrait faire l'affaire, se dit Bradshaw. *Il pourrait même très bien faire l'affaire.*

— Ne le perdez surtout pas de vue, ordonna-t-il. S'il est aussi malin que le montre son dossier, il va tout de suite chercher à obtenir des informations de Mrs Anderson. S'il le fait, mettez-moi immédiatement au courant.

— Et ça nous avancerait à quoi ?

Bradshaw le foudroya du regard.

— Vous avez eu une promotion dont je n'aurais pas entendu parler ?

— Heu… Non, commandant.

— Et vous n'êtes pas près d'en avoir si vous continuez à poser des questions aussi stupides.

Sur quoi, Bradshaw fourra le dossier entre les mains de son agent et s'éloigna.

De l'autre côté de la promenade, Kurt, assis auprès de Hayley, regardait un infirmier soigner la multitude d'écorchures et de plaies superficielles dont elle souffrait, tout en s'assurant que le choc ne les avait pas trop traumatisés l'un comme l'autre.

Pendant ce temps, un inspecteur de la police de Sydney leur faisait subir un véritable interrogatoire. *Qu'avaient-ils vu ? Qu'avaient-ils entendu ? Pourquoi avaient-ils réagi de cette façon ?*

— Regardez un peu les dégâts, dit l'inspecteur en désignant la façade en ruines de la salle de concerts. Encore heureux pour vous qu'il n'y ait eu personne à l'intérieur.

Kurt estimait en effet que, sur ce point, il avait eu beaucoup de chance.

— Vous auriez préféré que je les laisse nous canarder ?

— J'aurais préféré... commença l'inspecteur... que vous soyez tous les deux restés à l'intérieur en attendant l'arrivée d'unités qualifiées.

Kurt le comprenait fort bien. En cela, la police n'était pas différente de tout autre groupe d'intervention. *Vous auriez dû laisser faire les professionnels.* Ce que Kurt aurait accepté bien volontiers, à cela près qu'il n'en avait pas eu le temps. Il avait d'ailleurs eu l'impression que d'autres « professionnels » se trouvaient déjà sur les lieux.

— La prochaine fois, c'est promis.

— *La prochaine fois ?* grommela l'inspecteur en secouant la tête.

Il referma son carnet et partit interroger un autre témoin.

Resté seul, Kurt examina Hayley.

— Vous êtes une femme courageuse.

Elle secoua la tête.

— Pas vraiment. J'ai juste... Peu importe.

— Vous vous êtes précipitée sous une grêle de balles pour porter secours à un type que vous n'aviez jamais vu. Ça ressemble bien à du courage.

— Vous en avez fait autant, fit-elle observer.

— Exact. Mais je n'avais pas encore réalisé que l'hélicoptère était de la partie. Vous, vous avez traîné ce type derrière le muret pendant qu'ils le canardaient bel et bien.

Elle détourna la tête. Elle avait réussi à se nettoyer le visage avec un chiffon humide, mais sa robe était déchirée par endroits et maculée de sang. Le sang de la victime.

— Pour ce à quoi ça a servi.

Il sentit dans la voix de la jeune femme une véritable tristesse ; peut-être plus intense que celle qu'on éprouve d'habitude pour un inconnu.

— Vous l'attendiez depuis combien de temps ? demanda Kurt.

— Que voulez-vous dire ? répliqua-t-elle.

— Vous étiez assise ici toute seule, lui rappela-t-il. Dès que je suis arrivé, vous avez essayé de me faire rentrer à l'intérieur. À mon avis, vous ne vouliez pas m'avoir dans les jambes au moment où vous contacteriez vos amis dans le bateau. Selon toute probabilité, ils avaient choisi ce lieu public parce qu'ils pensaient y être en sûreté. D'ailleurs, vous avez choisi une robe blanche pour être plus facilement repérable alors que la plupart des gens s'habillent en noir ou en gris pour une soirée de gala. Et enfin, vous vous êtes installée sur ces marches pour observer tous ceux qui approchaient.

Elle esquissa un sourire un peu forcé.

— Ou bien vous vous êtes violemment cogné la tête ou vous avez une imagination débordante. Je suis venue ici pour la conférence. Les Muldoon sont de vieux amis de ma famille. J'ai choisi le blanc parce que j'aime bien qu'on me remarque, parce que c'est l'été et parce qu'on m'a signalé récemment que le blanc était aujourd'hui plus à la mode que le noir.

Il haussa les épaules et se détourna.

— Vous avez peut-être raison. Je me fais sans doute des idées. Mais dites-moi quand même ce que sont devenus les papiers ?

— Quels papiers ?

— Les feuillets tachés de sang que notre défunt ami serrait dans ses mains en prononçant ses dernières paroles. Je remarque que personne ne nous a rien demandé à ce propos. Avec mon imagination débordante, je pourrais croire que quelqu'un les a mis de côté avant l'arrivée de la police. Peut-être même les a confiés aux deux types en civil qui se sont précipités vers nous, mais qui ont dû renoncer en comprenant qu'ils arrivaient trop tard...

Le sourire de façade disparut pour céder place à un air surpris. Elle paraissait au bord des larmes. Kurt la sentait prête à se confier.

— Je ne voulais pas…

Avant qu'elle puisse en dire davantage, un jeune homme en costume sombre apparut sur les marches derrière eux. Kurt distingua sous sa veste le renflement d'un baudrier et le bout d'une oreillette dans son oreille droite.

— On peut dire que vous arrivez au bon moment, grommela Kurt.

L'homme l'ignora.

— Mrs Anderson, Mr Austin, venez avec moi.

Hayley semblait aussi désemparée par cette intervention qu'à l'idée de répondre aux questions de Kurt.

Kurt suivit Hayley et, deux minutes plus tard, ils se trouvèrent à l'intérieur du bâtiment. Un des policiers les fit entrer dans une salle de conférences.

Debout autour d'une table, deux hommes et une femme portant des gants examinaient les feuillets tachés de sang et les passaient aux rayons ultra-violets. Dans un coin de la pièce, une femme pianotait sur un ordinateur portable.

— Rien là-dessus, dit-elle, répondant à une question qu'on lui avait posée avant l'arrivée de Kurt et de Hayley. La ligne suivante, je vous prie.

Le petit groupe se figea en voyant entrer les nouveaux venus.

Un homme trapu, les cheveux courts et les manches retroussées, se tenait également debout derrière la table.

— Sortez tous, grommela-t-il.

« C'est le patron, se dit Kurt. Et il n'a pas l'air content. »

Tous se levèrent, ramassèrent les feuillets sur lesquels ils travaillaient et sortirent un par un. Le dernier referma la porte.

— Ça va ? demanda le grand gaillard à Hayley.

— Non, pas du tout, répondit-elle. J'ai vu devant moi des gens se faire tuer. Vous m'aviez dit que l'opération était sans risque.

— Je pensais que c'était sans risque, répondit l'homme.

Kurt ne s'était pas trompé : une sorte de rendez-vous avait été organisé, mais la réaction d'Hayley prouvait qu'elle n'était pas tout à fait dans le coup.

— Je ne voudrais pas être indiscret, les interrompit Kurt, mais pourrait-on expliquer à l'étranger stupide que je suis ce qui se passe au juste ?

Le patron se tourna vers lui.

— Vous vous êtes mis dans une situation dangereuse, Mr Austin.

— Vous seriez surpris d'apprendre à quel point ça m'arrive souvent.

— Dans votre cas, reprit l'homme, cela ne m'étonne pas en effet. J'ai lu votre dossier. On dirait que les ennuis vous tombent dessus par paquets. Et quand ce n'est pas le cas, c'est vous qui allez les chercher.

— Mon dossier ? demanda Kurt. Pourquoi auriez-vous un dossier sur moi ?

— Parce que je suis Cecil Bradshaw, directeur adjoint de la Section antiterrorisme de la Sécurité militaire australienne et que *vous*, vous êtes un membre itinérant de la National Underwater and Marine Agency ainsi qu'un ancien spécialiste de la CIA.

— Je suis d'accord sur tous les points à l'exception de l'épithète « itinérant ». Je suis ici en vacances.

Bradshaw n'avait pas l'air de le croire.

— Vraiment ? Et vos *vacances* vous font débarquer en plein milieu de l'opération la plus sensible que nous ayons menée depuis des années ?

Avec son expérience, Kurt réalisait sans mal ce que cette situation avait d'équivoque.

— Pure coïncidence, insista-t-il. Je ne suis pas un espion ni rien de ce genre. Je suis ingénieur nautique et chef du Service des projets spéciaux de la NUMA, consacrés principalement à la recherche et au développement. Je vous l'accorde, nous sommes parfois confrontés à des problèmes inattendus. En ce qui concerne la CIA, je m'occupais essentiellement de sauvetage : remettre à flot des navires coulés, récupérer les parties les plus importantes des épaves ou les faire sauter pour empêcher d'autres personnes de s'en emparer. D'ailleurs, tout cela ne date pas d'hier.

— C'est ce que dit votre dossier, déclara Bradshaw.

— Écoutez, reprit Kurt, je suis juste venu ici pour la conférence. Après cela, je comptais faire un peu de surf et de plongée et partir en excursion. En principe, j'évite de rester planté à regarder des gens brûler vifs ou se faire canarder.

Bradshaw sembla soupeser ces propos. Son ton se radoucit quelque peu, tout en restant bourru.

— Bon, Austin. Je veux bien accepter l'idée que vous preniez un peu de vacances. Je ne vous pense pas assez sot pour raconter ce que vous avez vu ici. Et si vous ne nous assurez pas de la boucler, je tiens à votre disposition une cellule aussi douillette qu'un four où vous aurez tout votre temps pour réfléchir.

— OK, fit Kurt, je connais la chanson. Vous voulez me faire signer quelque chose ? Me faire voir un hypnotiseur qui me fera oublier ce que j'ai vu ? C'est bon. Laissez-moi partir pour que je puisse aller tranquillement sur la plage comme j'en avais l'intention. Et vous feriez bien d'être sûr qu'il n'y aura pas de fuite de votre côté, parce que quelqu'un savait que ce petit rendez-vous que vous aviez concocté devait avoir lieu ici.

Hayley et Bradshaw échangèrent un discret coup d'œil. Mais pas davantage. Bradshaw se retourna vers Kurt.

— Vous dites n'importe quoi, fit-il d'un ton assuré. Mais puisque vous êtes là, peut-être nous feriez-vous la grâce de nous donner votre opinion de professionnel ?

— Sur quoi ?

— Commencez donc par les dernières paroles du mort : *Tartare*. Ça vous dit quelque chose ?

Kurt analysa une nouvelle fois la situation. Ces hommes voulaient recueillir un maximum de renseignements. Sur place, au moins trois analystes, en plus de Bradshaw, avaient les moyens d'exploiter un tas d'informations, mais le moindre détail était toujours bon à prendre.

— Juste ce que j'ai dit à Hayley, dit-il.

— Nous sommes en face d'une menace à la sécurité nationale de l'Australie, insista Bradshaw. Peut-être même à celle d'autres pays. Nous avons quatre contacts qui ont déjà laissé leur vie dans cette histoire. L'un d'eux nous a menés à toute une cargaison d'équipements utilisés pour des recherches minières. Vous avez dit que Tartare se trouvait sous terre ?

— C'est exact. Dans la mythologie grecque.

Kurt jeta un coup d'œil vers le bureau sur lequel était posé l'ordinateur portable.

— Comme vous l'avez sans doute découvert, il s'agit d'une prison mythique pour les dieux. Mais, à moins que vous en sachiez plus que moi, elle n'existe pas. Je ne comprends pas ce que ce type essayait de vous dire, et je ne pense pas qu'il faille prendre ses propos à la lettre. « Tartare » est probablement un nom de code. Qui a peut-être un rapport avec les papiers qu'il a remis.

Bradshaw mit une seconde pour encaisser cette remarque, puis entraîna Kurt vers la table de conférence.

— Vous vous prétendez ingénieur. Voyez-vous dans tout ça quoi que ce soit qui vous dise quelque chose ?

Kurt examina les mystérieux papiers. Ils étaient si maculés de sang qu'ils ne représentaient pour lui qu'un vaste charabia. Sur une page, il aperçut des équations truffées de symboles inconnus. Sur une autre, un schéma semblait représenter un dôme de forme circulaire.

— Malheureusement pas, dit Kurt.

Parmi ce qu'il avait sous les yeux, il ne repérait pas un mot ou un symbole qu'il pût déchiffrer.

— Et le canot ? demanda Bradshaw. Vous n'avez rien remarqué avant qu'il soit incendié ? Un sac à dos ? Une valise ? Un ordinateur ?

— C'était ce qu'ils devaient vous apporter ?

— Contentez-vous de répondre à la question.

— Non, fit Kurt. Je n'ai rien vu de ce genre.

— Et le pilote du canot ?

Kurt repensa à la scène sur la promenade.

— Il voulait que je m'occupe de l'autre type. Il l'a appelé Panos.

— C'est tout ?

— Notre conversation a été plutôt brève.

Hayley, le regard triste, détourna la tête. Bradshaw poussa un soupir déçu.

— Eh bien, on peut dire que votre aide nous a été précieuse, conclut-il d'un ton sarcastique.

— Il m'a tout de même sauvé la vie, fit remarquer Hayley.

— C'est vrai, reconnut Bradshaw, avec pour la première fois une note d'humilité dans la voix.

Il se dirigea vers la porte.

— Pardon d'être aussi désagréable, Mr Austin, mais c'est vraiment une sale journée. Allez, et profitez bien de vos vacances !

— Attendez une seconde, fit Kurt qui repensait soudain à un détail.

Il n'avait peut-être pas remarqué de bagage dans le canot, mais il se souvenait de Panos grimaçant de douleur lorsqu'il l'avait sorti du canot et de la façon bizarre dont les doigts de l'homme étaient crispés. Sans parler de son étrange boitillement qui lui était familier. Kurt avait déjà observé cette démarche.

— Ce type était-il votre informateur ?

Hayley allait répondre, mais Bradshaw l'arrêta.

— Allons, insista Kurt, vous voulez que je vous aide ou pas ?

— Les deux morts étaient des courriers, répondit Bradshaw à contrecœur.

— Savez-vous d'où ils venaient ?

Bradshaw secoua la tête.

— Si nous le savions, cette charmante conversation serait inutile.

— Je vous conseille de commencer par regarder sous l'eau, dit Kurt, car cet homme souffrait de MDD.

— De MDD ?

— De maladie de décompression, précisa Kurt. Il avait des bulles d'azote dans les articulations. C'est horriblement douloureux et ça vous fait boiter – enfin si le patient est encore capable de marcher. Ce phénomène est fréquent après une plongée prolongée en profondeur suivie d'une remontée trop rapide. Le traitement habituel, c'est de l'oxygène à cent pour cent et un séjour dans une chambre de décompression pour évacuer le gaz en suspension. Je ne sais pas d'où débarquait ce type mais j'imagine qu'il n'a pas eu le temps de replonger. Ça n'est pas commode quand vous devez d'abord sauver votre peau.

Bradshaw se retint de ricaner.

— Il venait de se cracher en faisant le mariole sans ceinture de sécurité ni casque. Selon toute probabilité, c'est à ce moment-là qu'il a été blessé.

— Il ne boitait pas, il était courbé comme le bossu de Notre-Dame et incapable de se redresser, répliqua Kurt. Ce sont les symptômes les plus caractéristiques de ce qu'on appelle une embolie gazeuse.

Bradshaw parut envisager l'hypothèse de Kurt, puis il secoua la tête.

— Ce n'est pas une mauvaise idée, mais voilà pourquoi vous avez tort.

Il désigna sur les papiers maculés de sang une curieuse tache rouge qui, à la lumière, semblait étrangement irisée.

— Il en était couvert, dit Bradshaw, dans chaque pore de sa peau, sur chaque fibre de ses vêtements. Voilà dans quel état nous avons retrouvé mort le dernier messager.

— C'était dû à quoi ?

— À un type de sol qu'on appelle paléosol, commun dans la brousse australienne mais qu'on ne trouve pas sous l'eau, expliqua Bradshaw. Si on examine l'autre victime, on y trouvera un mélange de métaux lourds et de diverses toxines, dont des traces de manganèse et d'arsenic. Ce qui prouve que ces types travaillaient quelque part dans le désert et non pas à bord d'un sous-marin.

— Il aurait pu se trouver dans un lac et se salir ensuite.

— Êtes-vous déjà allé dans le désert australien ? demanda Bradshaw. Là-bas les lacs ont pour la plupart une durée de vie éphémère, même pendant la saison des pluies – ce qui n'est d'ailleurs pas le cas à cette époque de l'année. Ils sont, comme votre Lac salé, étendus mais peu profonds.

Kurt était déconcerté.

— Je ne sais pas quoi vous dire, déclara-t-il, mais j'en mettrais ma tête à couper : soit cet homme est remonté trop rapidement d'une grande profondeur, soit il a été exposé à une forte pression.

— Merci de m'avoir donné votre opinion, répondit Bradshaw. Nous ne manquerons pas de la vérifier.

Sur quoi, il lui montra la porte.

— Voilà ce qu'on appelle se faire mettre dehors, s'exclama Kurt.

Hayley donnait l'impression qu'elle aurait aimé partir avec lui. Son opinion sur elle était en train changer. Il lui trouvait maintenant l'air hagard et il se demanda une fois de plus quel marché elle avait passé avec Bradshaw.

— Au revoir, murmura-t-elle, et encore merci.

Kurt espérait que ce n'était pas un adieu.

— À bientôt, répondit-il.

Puis il franchit la porte, l'abandonnant avec Bradshaw.

5

DEUX HEURES PLUS TARD, Kurt avait regagné sa suite à l'Intercontinental. Il avait pris une douche, envoyé un long mail au QG de la NUMA et terminé un verre de whisky avant de se coucher.

Mais, après quarante minutes, il contemplait toujours le plafond au-dessus de son lit en écoutant le ronronnement de la climatisation. Il ne cessait de ressasser les événements qui venaient de se produire et mille questions se bousculaient dans sa tête.

« Pourquoi la Sécurité militaire australienne était-elle sur les lieux ? Pourquoi un homme encore couvert de la poussière du désert présentait-il les symptômes d'une décompression trop rapide ? Quel rôle Hayley Anderson jouait ? Était-elle là de son plein gré ? Pour quelle raison ne semblait-elle pas en être satisfaite ? »

Une petite voix lui conseillait de laisser tomber tout ça mais il ne s'y résignait pas.

Il jeta un coup d'œil vers la table de chevet, oubliant qu'il avait recouvert d'une serviette le cadran du réveil pour en masquer la lumière. Il attrapa sa montre posée à côté et regarda les aiguilles lumineuses : elles indiquaient 2 heures du matin.

Il repoussa les couvertures, sauta du lit et se dirigea vers le bureau. S'il n'arrivait pas à dormir, peut-être pourrait-il trouver certaines réponses aux questions qu'il se posait.

Il ouvrit son ordinateur et se versa un verre d'eau avant d'entamer sur Internet des recherches concernant la SMA. Il ne s'attendait pas à tomber sur une énumération des opérations secrètes qu'elle aurait pu mener mais pensait découvrir un indice qui lui donnerait une idée de ce que ces gens cherchaient.

Comme il ne trouvait rien, il songea à Hayley.

— Qui êtes-vous, Mrs Anderson ? Et dans quoi vous êtes-vous embarquée ?

Il chercha sur Google et, à sa grande surprise, trouva une mine d'informations.

Hayley était une scientifique qui avait refusé un poste à Oxford et occupait actuellement une chaire de physique à l'Université de Sydney. Elle avait publié un grand nombre d'articles qui lui parurent tous plus ardus les uns que les autres, sauf un dans lequel elle tentait d'expliquer quelque chose concernant les lois de la gravité et pourquoi Einstein en avait mal interprété la nature.

Plus déconcerté que jamais, Kurt se servit un verre de scotch. « Que diable faisait une jeune femme, qui pouvait démontrer les erreurs d'Einstein, au beau milieu d'une enquête sur des agissements terroristes ? »

Ne trouvant aucune réponse à cette question, pas plus qu'un lien avéré entre elle et la SMA, il reporta son attention sur l'homme qui avait subi une décompression trop brutale – Kurt en était convaincu. La question était de savoir dans quelles circonstances.

La MDD était autrefois appelée maladie des caissons car on l'avait d'abord observée chez les ouvriers des chantiers de construction qui travaillaient dans les caissons pressurisés utilisés pour bâtir les fondations des grands ponts. Cependant les cas les plus nombreux se trouvaient parmi les gens qui faisaient de la plongée sous-marine.

Panos, la victime, était arrivé par bateau en traversant la rade de Sydney. Il avait donc pu effectuer auparavant des plongées. Pourtant, il ne possédait aucune combinaison étanche et portait des vêtements de ville maculés de paléosol, sentant plus la transpiration que les relents d'air marin. Tous ces indices allaient à l'encontre de la théorie de Kurt mais correspondaient davantage à l'hypothèse avancée par la SMA qui pensait qu'un groupe terroriste opérait dans la brousse australienne.

Grâce à ses recherches sur l'ordinateur, il obtint la liste des lacs d'Australie et l'éplucha soigneusement. Comme l'avait souligné Bradshaw, la plupart semblaient peu profonds, quand certains, éphémères, s'asséchaient complètement en été.

— Impossible dans ce genre d'endroits de souffrir d'une décompression trop rapide, grommela Kurt.

Il mit la liste en attente pour scanner une image de l'Australie prise par satellite. En quittant Sydney pour aller vers l'ouest, il constata combien le territoire aride devenait de plus en plus dénudé avec, éparpillés çà et là, de petits coins de verdure. Ici comme dans le sud-ouest des États-Unis et le long de la vallée du Nil en Égypte, la végétation poussait dès la présence du moindre cours d'eau. Bien que dans cette région désertique d'Australie les rivières soient le plus souvent à sec, il est toujours possible de découvrir des nappes aquifères dans le sous-sol. Mais comment expliquer les traces de toxines sur la peau de l'homme puisque personne ne peut nager dans ces lacs captifs ?

Avant de fermer l'ordinateur, Kurt pressa une touche pour scanner quelques fragments de la carte. Soudain, une tache de couleur étrange retint son attention. Il zooma à deux reprises et attendit.

L'image se précisa : dans la zone irisée qui occupait maintenant une partie de l'écran, il découvrit un lac. Un lac strié de reflets arc-en-ciel, d'un éclat éblouissant.

Kurt sut immédiatement ce qu'il avait sous les yeux, et les fragments du puzzle se mirent rapidement en place. Il comprit pourquoi le lac était si violemment coloré et pourquoi le corps du malheureux informateur était couvert de boursouflures et présentait des traces de toxines métalliques.

Ni Bradshaw ni lui ne semblaient s'être trompés.

Il prit son téléphone, composa de mémoire un numéro et attendit.

— Allons, Joe, réponds, murmura-t-il.

Il y eut un déclic sur la ligne puis il entendit une voix ensommeillée au fort accent américain.

Joe Zavala était le meilleur ami de Kurt : certains emploieraient même le mot de *complice.*

— J'espère, annonça Kurt, que les femmes de Cairns ne t'ont pas épuisé car j'ai besoin de ton aide pour une affaire.

Son ami bâilla avant de répondre :

— Précise-moi d'abord si l'affaire est dangereuse, illégale ou susceptible de causer de sérieux dommages.

— Me croirais-tu si je répondais non ? répliqua Kurt.

— Probablement pas. Surtout compte tenu de tes derniers exploits là-bas.

— Tu en as déjà entendu parler ?

— Le QG a appelé et laissé un message. À part cela, on ne parle que de toi aux infos. CNN annonce qu'« un Américain dont on ne connaît pas encore l'identité a fait un malheur à l'Opéra de Sydney ».

— Très drôle.

— Et tu disais que la conférence serait assommante.

— Il semble que je m'étais trompé, rétorqua Kurt. Alors, veux-tu être de la partie ou pas ?

— Actuellement, je suis censé expliquer l'avancée du projet de protection de la grande barrière de corail en faisant une démonstration de nos engins de plongée devant un groupe de journalistes et d'étudiants de Cairns qui, malheureusement, posent toujours les mêmes questions. C'est certain que je préférerais me joindre à toi. Que puis-je faire ?

— A-t-on testé les engins ?

— On l'a fait aujourd'hui.

— Parfait. Alors, emballe-les et apporte-les à l'aéroport. Je te fais préparer un avion pour le transport.

— Je vois. Mais à quoi serviront-ils ?

— On va suivre une idée qui m'est venue.

— Tu sais que tu pourrais expliquer leur fonctionnement par téléphone et laisser les indigènes se débrouiller.

— Si je m'écoutais, c'est ce que je ferais, répondit Kurt, mais ma dernière conversation avec eux n'a pas très bien tourné. Je pense qu'il est préférable de leur faire une démonstration au lieu de leur expliquer comment s'y prendre.

— Tout me semble paré. Alors, où va-t-on ?

— Je ne sais pas encore très bien. Tu verras en arrivant à l'aéroport. Je te retrouverai là-bas.

— Tu peux compter sur moi, dit Joe. *Hasta mañana, amigo.*

Avant que Joe ne raccroche, Kurt avait une dernière chose à préciser :

— Encore un point. Garde ça sous ton sombrero. Ce n'est pas exactement une opération approuvée pas la NUMA.

6

JANKO MINKOSOVIC SE TENAIT AU MILIEU d'une salle octogonale faiblement éclairée. Malgré la température froide – inférieure à dix degrés –, il était en nage. Certes, le fait qu'on maintienne un degré d'humidité frôlant les cent pour cent n'arrangeait rien, mais c'était surtout la peur et l'angoisse qui le mettaient dans cet état.

Il essayait vainement de se maîtriser, mais plus il patientait en silence, plus de sombres pensées se bousculaient dans son esprit.

Tous ceux qui avaient été convoqués dans cette pièce y avaient passé de bien mauvais moments. Le Maître résidait ici. Il régnait en dictateur et, tel un juge, y rendait ses arrêts.

Personne ne le savait mieux que Janko qui avait traîné ici plus d'un homme et l'avait ramené effondré après qu'il se soit vu infliger une lourde peine, quand ce n'était pas une condamnation à mort.

Deux gardes se tenaient derrière lui, serrant dans leurs mains un M16 à canon court de l'armée américaine.

En réalité, ces hommes travaillaient sous son commandement puisqu'il était le capitaine de la Garde. Pourtant ils n'étaient nullement là pour le soutenir, ils avaient simplement obéi aux ordres en le conduisant dans cette pièce où le Maître l'attendait.

— Quelle fonction occupes-tu, Janko ? demanda l'homme à l'imposante silhouette qui lui tournait le dos.

Il parlait d'une voix étrangement voilée car ses cordes vocales avaient été endommagées.

— Comme vous le savez, répondit Janko, je suis chef de la sécurité.

— Et comment, à la lueur des événements récents, juges-tu ton comportement ?

Maximilien Thero se retourna. Janko découvrit alors les multiples traces de brûlures qui sillonnaient son cou et sa bouche déformée par une monstrueuse cicatrice, sans doute causée par un terrible incendie. Le reste de son visage, nez, yeux, oreille droite et menton, était caché sous un masque de latex noir qui dissimulait des traits hideux inspirant la peur.

Janko avait l'impression de regarder une sorte de demi-dieu : un être qui avait, à maintes reprises, survécu aux incendies, aux radiations et au feu des armes. Janko ne voulait pas le décevoir, pas plus qu'il ne pouvait se résoudre à lui mentir. Il rassembla donc tout son courage avant de répondre :

— Nous nous sommes trouvés dans une situation incompréhensible. Malgré toutes mes recherches, je ne suis pas parvenu à découvrir ceux qui ont compromis nos efforts. C'est moi le responsable de cet échec. Et moi seul.

— Tu dis vrai, approuva Thero. Comment est-ce arrivé ?

— Seul le responsable des plongées possède la totalité des clefs, pourtant il est incapable d'expliquer comment Panos a réussi à accéder à la chambre de décompression. Ou bien c'est un menteur, ou bien il y a eu conspiration et c'est alors beaucoup plus grave que la fuite elle-même. Il est impossible d'expliquer la succession d'événements étranges qui se sont produits. Une *seule* personne ne peut pas accéder à tous les secteurs concernés. Vous savez avec quelle rigueur tout est surveillé.

Thero hocha la tête, son souple masque de latex reflétant le peu de lumière qui régnait dans la salle, et déclara :

— Si Panos a réussi à s'échapper, cela signifie qu'il a bénéficié d'une aide étrangère. Sans doute fournie par l'une des personnes à qui nous avons confié le soin de traiter nos affaires à l'extérieur.

Janko n'était pas de cet avis, mais il se garda bien de le contredire.

— Tu imagines à quel point ma position est délicate, Janko. Je ne sais plus à qui me fier. Que ce soit ici ou sur l'île. Et juste au moment où nous nous apprêtons à expédier la prochaine cargaison de diamants, la plus importante que nous ayons jamais eu à envoyer. Pourtant, je ne peux compter sur personne pour mener à bien les transactions.

— Remettez l'affaire à plus tard, suggéra Janko.

— Plus ces diamants attendent, plus nos intermédiaires deviennent gourmands. Je ne veux pas décaler l'opération. Tu vas retourner sur l'île et prendre personnellement les choses en main.

— Moi ? fit Janko, le regard brillant.

— D'abord, tu supprimeras tous ceux avec qui nous avons eu affaire jusqu'à présent, expliqua Thero. Ensuite, tu prendras possession de la cargaison et tu feras le voyage jusqu'à Jakarta où nous attend un acheteur.

Janko n'en croyait pas ses oreilles. Il avait été conduit dans les appartements de Thero en s'attendant à être torturé ou même exécuté. Et voilà qu'il se trouvait chargé d'une mission de rêve.

Il n'hésita pas un instant. Il connaissait les sautes d'humeur de Thero, capable à un moment de vous combler de bienfaits pour, juste après, se montrer d'une cruauté sans borne. Tous les membres de son entourage redoutaient les interminables silences dans lesquels il se murait parfois, sa façon étrange de fixer l'horizon à la recherche de quelque chose qu'il était seul à voir. La paranoïa et le pouvoir formaient un bien dangereux amalgame.

— J'exécuterai vos ordres, déclara Janko d'un ton ferme.

— Prends ces gardes avec toi et exécute ta mission. Je te retrouverai sur l'île. À mon arrivée, je compte voir tous les cadavres de ces traîtres.

Janko tourna les talons, suivi des deux gardes.

Immobile, Thero regarda la lourde porte d'acier se fermer derrière eux. Dans le silence de la salle vide, il réfléchit et décida qu'il pouvait faire confiance à Janko : cela faisait si longtemps qu'il travaillait avec lui.

Il entendit derrière lui un bruit de pas. En se retournant, Thero aperçut un jeune homme en blouse blanche approcher dans la pénombre. C'était son fils George, cheveux blonds coupés court. Il était plutôt frêle et avait l'air fatigué. Il avait conçu la plus récente version d'une arme que Thero voulait utiliser pour littéralement ébranler la planète jusque dans ses fondations.

— Maintenant, les Australiens ne tarderont pas à nous trouver, dit le jeune homme.

— Tu as tout à fait raison, mon garçon. Que voudrais-tu que je fasse ?

— Il n'y a plus aucune raison de conserver cette station. Nous devrions partir en laissant Janko la saborder. Il pourra ensuite nous rejoindre pour s'acquitter de son autre mission.

— Mais cette station nous est utile pour provoquer les désastres que je veux causer, répliqua Thero.

— Le système principal installé sur l'île sera bientôt opérationnel, expliqua George. Nous serons alors invulnérables. Nous devrions transporter là-bas tout ce qui a de la valeur.

— Quand tout cela sera-t-il en état de fonctionner ?

— D'ici quelques jours.

— Parfait ! s'exclama Thero, rayonnant d'orgueil. Tu auras réussi là où tant d'autres ont échoué. Bientôt, nous les mettrons en face de leur incompétence et nous ferons payer toutes les nations qui nous ont tant méprisés.

Le jeune homme ne semblait pas enthousiaste.

— Tu n'es pas d'accord ?

— Prouver que notre système est efficace, que nous sommes capables de puiser de l'énergie depuis le vide qui nous entoure, sans parler de la fortune que cela nous apportera, ne trouves-tu pas que ce soit une revanche suffisante ?

— Non, répliqua Thero, nous en sommes loin. Regarde ce qu'ils nous ont fait. À moi. À toi. Ils se sont moqués de nous et nous ont pillés. Ils ont tué ta sœur et nous ont rejetés comme des pestiférés en nous condamnant à une mort certaine. Et de plus avec la complicité des nations que nous aurions pu aider.

Thero reprit d'un ton plus calme.

— Tu as toujours été plus indulgent que ta sœur. Moi, je ne peux pas me le permettre. Je ne ferai aucun cadeau, en tout cas pas sans avoir d'abord prélevé ma livre de chair.

Son fils leva les yeux vers lui et hocha la tête à contrecœur.

— Il faut d'abord essayer le système, rappela-t-il à son père. Si nous ne le mettons pas parfaitement au point, aucun de nos rêves ne se réalisera.

— Seulement des essais très limités alors, répliqua Thero. Le monde ne doit rien deviner avant que sonne l'Heure H.

7

INSTALLÉ SUR LA PISTE DE L'AÉROPORT DE CAIRNS, Joe Zavala s'assurait que les petits submersibles étaient bien fixés sur une palette et remorqués jusqu'à un avion prêt à décoller.

Un mètre soixante-quinze, le regard pénétrant de sa mère et une silhouette massive qu'il tenait de son père, Joe Zavala était un ingénieur qui profitait pleinement de la vie.

Il voyageait à travers le monde, rencontrait des gens passionnants et consacrait le reste de son temps à mettre au point ses jouets favoris dans les décors les plus variés : des bateaux naviguant à des vitesses stupéfiantes, des sous-marins expérimentaux et parfois même des avions.

Contrairement à la plupart des hommes, Joe était parfaitement conscient de sa chance.

Il avait un visage toujours souriant et un entrain contagieux. Ce qui n'était pas le cas du robuste responsable du chargement qui surveillait la palette à embarquer dans le petit avion affrété par Kurt.

— Ce n'est vraiment pas possible, répéta l'homme pour la troisième fois en feuilletant l'inventaire de la cargaison.

Joe portait un costume gris foncé, une chemise blanche et une cravate rose : un déguisement qu'il avait méticuleusement choisi quand Kurt lui avait dit que cette mission ne devrait en rien impliquer officiellement la NUMA.

— Que voulez-vous que je vous dise ? déclara Joe d'un ton excédé. Il faut que ça parte. Mes instructions sont claires : « Accompagner la cargaison jusqu'au point de livraison. »

L'homme fit la grimace.

— Mais vous embarquez du matériel de plongée et deux combinaisons étanches ?

— Apparemment.

— Pour aller en plein désert ?

— Vraiment ? fit Joe, d'un ton surpris.

L'Australien hocha la tête.

— Alice Springs, mon vieux, ça se trouve du côté du Red Center. C'est comme si vous transportiez tout ce bazar au Sahara.

Joe toussota et marmonna :

— Bah, ça ne m'étonnerait pas que ce soit pour la prochaine expédition. Vous savez, dans la boîte pour laquelle je travaille, les gens sont un peu dingues.

L'homme rendit les documents à Joe en poussant un soupir.

— De toute façon, il y a trop d'excédent de poids. Et je ne vais pas décharger la moitié de la cargaison pour embarquer ça, décréta-t-il en tournant les talons pour stopper la palette incriminée...

Sans le laisser continuer, Joe lui passa un bras par-dessus les épaules en se penchant amicalement vers lui.

— Écoutez-moi, dit Joe. Je sais que c'est n'importe quoi, et *vous* le savez comme moi. Mais si je n'embarque pas ce bazar avec moi, ça va me coûter cher, expliqua Joe en glissant une liasse de billets dans la main de l'employé.

Cinq cents livres australiennes au total.

— Pour le dérangement, dit-il en donnant une tape amicale dans le dos de son nouveau copain.

L'homme palpa discrètement les billets comme un joueur de poker qui ne veut pas dévoiler la somme qu'il s'apprête à miser. Un sourire s'épanouit sur son visage : c'était un joli pourboire.

— C'est vraiment une perte de temps, ronchonna-t-il d'un ton beaucoup plus amène. Mais encore une fois, qu'est-ce qu'on en a à foutre ?

— C'est exactement ce que je pense, dit Joe.

L'homme se retourna et cria à son équipe :

— Débarquez les autres palettes et chargez-moi celle-ci. Et que ça saute. On n'est pas payés à l'heure !

Au moment où ils se mettaient au travail, une jeune femme sortit du bureau de la compagnie de fret, un large sourire aux lèvres, pour apporter à Joe un verre d'eau glacée.

— Merci, dit Joe le regard admiratif.

— Il n'y a pas de quoi, monsieur.

Elle lui fit un clin d'œil avant de tourner les talons. Joe dut se retenir pour ne pas la suivre.

Habitué à travailler plutôt les mains dans le cambouis, il ne s'était jamais pris à jouer les patrons, cependant, en buvant à petites gorgées l'eau bien fraîche tout en regardant les hommes en plein soleil chambouler la cargaison, il commençait à se dire que ce n'était pas si désagréable.

Il jeta un coup d'œil au responsable du fret, resserra son nœud de cravate et décréta :

— Ma foi, on pourrait s'y faire.

Quelques heures plus tard et à plus de quinze cents kilomètres de là, Kurt Austin, assis dans la cabine d'une camionnette, regardait le CASA-212 atterrir et rouler vers lui sur la piste centrale du minuscule aéroport régional d'Alice Springs.

Dès qu'il fut à l'arrêt, Kurt démarra pour le rejoindre. Tandis que l'équipe au sol se mettait au travail, il monta sur le plateau de la camionnette et fit basculer le bord du hayon afin de former une rampe. Il achevait juste de le bloquer quand les hommes firent rouler vers lui la palette chargée des sous-marins monoplace.

Kurt attacha un câble pour les hisser sur le plateau de la camionnette puis, l'opération terminée, sauta à terre.

Quelques instants plus tard, Joe Zavala descendait de l'avion, superbe dans son costume sur mesure.

— Je ne me rappelle pas t'avoir vu aussi élégant, s'exclama Kurt.

— Je fais partie de la direction maintenant, répondit Joe. Il faut savoir s'habiller quand on veut réussir.

Kurt eut un petit rire. Joe et lui étaient de vieux complices. Ils s'étaient connus à la NUMA et étaient prêts à tout plutôt que de rester à croupir d'ennui derrière un bureau. Ils s'étaient fait jeter dehors d'au moins vingt bars, on les avait à plusieurs reprises traités de perturbateurs, d'indésirables. Cependant, dans le monde dangereux et exigeant de la NUMA, ils n'avaient pas leur pareil pour garder leur sang-froid et mener à bien les missions les plus périlleuses.

— Au fait, tu me dois cinq cents dollars.

Surpris, Kurt s'arrêta devant la portière.

— Pourquoi donc ?

— J'ai dû graisser la patte d'un type pour faire embarquer ce bazar.

Kurt ouvrit la portière de la camionnette et s'installa au volant.

— Puisque tu es maintenant à la direction, mets ça sur ta note de frais.

— C'est toi, ma note de frais, répliqua Joe en montant de l'autre côté de la banquette. Maintenant, explique-moi ce que nous foutons ici, dans ce coin le plus asséché du désert avec tout un matériel de plongée.

— Je te le dirai en route, déclara Kurt en démarrant.

Ils quittèrent l'aéroport et se dirigèrent à l'ouest d'Alice Springs, en plein désert.

Pendant qu'ils roulaient, Joe se changea et Kurt lui exposa la situation, en commençant par lui raconter les événements de Sydney et son étrange rencontre avec Hayley Anderson et Cecil Bradshaw de la SMA.

— L'homme était couvert d'une poussière ocre qui avait pénétré la trame de ses vêtements. Bradshaw a appelé ça du paléosol, c'est-à-dire un sol spécial, totalement stérile, et qu'on trouve communément dans le désert, ce qui explique en partie pourquoi cette région est si aride. Après analyse, la peau du mort montrait également des traces de dépôts de divers métaux lourds toxiques. Comme on en trouve souvent dans les exploitations minières.

— Autant de symptômes convergents, dit Joe.

— Exactement, poursuivit Kurt. Le problème reste que ce type présentait aussi les symptômes de la maladie des caissons. Or, par ici, la plupart des lacs sont éphémères ; même ceux qui ne s'assèchent pas après un an sont peu profonds.

De la main, il désigna le paysage. À perte de vue, dans toutes les directions, le désert.

— Et pourtant, tu as découvert dans le coin un endroit où l'eau est à la fois profonde et toxique.

Kurt acquiesça.

— Tu n'as jamais entendu parler de Berkeley Pit ?

Joe secoua la tête.

— C'est une mine de cuivre à ciel ouvert du Montana où les mineurs ont creusé trop profondément et percé la nappe phréatique. L'eau a commencé à suinter des roches aquifères, inondant peu à peu la mine. Les derniers prélèvements ont révélé sur près de trois cents mètres de profondeur des infiltrations qui ne cessent d'augmenter. Les minéraux en suspension dans l'eau lui donnent une étrange coloration rouge orangé, et la concentration de minerais est telle qu'un vol d'oies sauvages qui s'étaient arrêtées là n'ont jamais pu repartir : l'exposition à de telles doses de produits toxiques n'a pas tardé à les tuer.

— Intéressant, dit Joe. Mais nous ne sommes pas au Montana, mon vieux.

— C'est vrai, or il se trouve justement que certains Australiens exploitent des mines à ciel ouvert. Le désert en regorge. Et certaines semblent remplies d'eau.

Impressionné, Joe hocha la tête.

— D'accord, dit-il. Mais sont-elles assez profondes pour qu'il puisse y avoir des victimes d'accidents de plongée ?

— Certaines le sont plus que Berkeley Pit.

— Alors, tu tiens peut-être quelque chose, reconnut Joe. Mais pourquoi voudrais-tu que quelqu'un plonge dans une fosse saturée de toxines ?

— Je l'ignore. Cependant Bradshaw m'a dit que ces types pouvaient représenter une menace pour la sécurité nationale australienne. De plus, une mine inondée par des eaux toxiques offre deux avantages aux yeux de ce genre de conspirateurs.

— Lesquels ?

— Pour commencer, reprit Kurt, les gens évitent ce genre de lacs susceptibles de libérer des gaz empoisonnés. Ensuite, leurs eaux ne sont pas transparentes.

— Tu crois qu'on y cacherait quelque chose ? demanda Joe.

— Hum... ce serait très efficace dans un monde rempli de satellites.

— Techniquement, précisa Joe en hochant la tête, ce serait en effet un moyen redoutable pour dissimuler quelque chose dans un monde cerné par une multitude de satellites. Oui, je vois ce que tu veux dire.

— Merci de cette précision, dit Kurt en riant.

Après avoir roulé pendant deux heures sur une nationale déserte, parcourant plus de cent cinquante kilomètres depuis Alice Springs, ils suivaient maintenant un chemin de terre.

Kurt jeta un coup d'œil dans le rétroviseur. Un épais nuage de poussière les escortait. S'ils étaient suivis, le moteur des indiscrets se serait étouffé depuis longtemps dans cette poussière qu'ils soulevaient sur leur passage.

Il ralentit en apercevant une clôture de barbelés qui courait le long du bas-côté, percée d'une ouverture d'où partait un chemin de terre menant à une petite dune.

— Ce doit être là.

Tournant le volant à fond, Kurt franchit la clôture avec la camionnette.

— Soyons clairs, insista Joe. Nous n'avons aucune idée de ce qui se passe, ni dans quoi nous nous engageons. Mais nous faisons tout cela parce que ta théorie n'a pas plu à un connard de bureaucrate.

— Ouais.

— Tu as des problèmes, amigo. À commencer par le besoin pathologique de prouver que tu as raison.

— C'est le plus petit de mes travers, précisa Kurt alors qu'ils approchaient du talus. Ce n'est pas parce qu'ils ne m'ont pas cru, mais parce qu'ils ne m'ont même pas pris au sérieux.

Kurt conduisit la grosse camionnette jusqu'au sommet de la dune : en contrebas, se trouvait une vaste dépression emplie d'une eau aux reflets cramoisis. C'était là qu'était jadis la mine de Tasman, à quelque trois cents mètres environ de profondeur. La paroi retenant la nappe d'eau souterraine s'était écroulée et, comme Berkeley Pit au Montana, la mine de Tasman s'était lentement remplie d'une eau toxique qui arrivait à moins de trente mètres du bord de la cuvette.

Kurt engagea leur camionnette sur un chemin qui descendait vers l'eau en serpentant et fut surpris de repérer un groupe de véhicules qui stationnaient sur les lieux : quatre gros engins tout-terrain couverts de poussière et deux jeeps, tous de modèles récents. Avec leurs vitres teintées et leur couleur uniforme, ça sentait à plein nez le parc automobile gouvernemental.

— On dirait qu'ils t'ont pris plus au sérieux que tu le pensais, constata Joe.

Kurt freina en douceur. Cette scène avait quelque chose de bizarre et il mit un moment à comprendre pourquoi.

— Où sont-ils ? demanda Kurt.

Joe haussa les épaules.

Parmi les six véhicules garés n'importe comment, deux avaient les portières ouvertes et un troisième le hayon relevé. Du matériel épars jonchait la plage polluée comme si les protagonistes avaient été interrompus brutalement.

Tous avaient mystérieusement disparu.

8

DEPUIS LA CAMIONNETTE, Kurt observait le périmètre du lac et scrutait l'eau. Pas le moindre signe de vie.

— Ils ont sans doute été enlevés par des extra-terrestres, déclara Joe en levant les yeux vers le ciel.

Kurt le foudroya du regard.

— Je ne plaisante pas, insista Joe. J'ai lu dans un article sur les ovnis que plusieurs témoins assurent en avoir observé des tas en Australie. Et c'est exactement le genre d'endroits qu'ils doivent adorer.

Kurt jeta un coup d'œil aux véhicules garés dans tous les sens en pensant aux oies mortes retrouvées près de Berkeley Pit. Il se demanda si une sorte de gaz toxique n'avait pas eu raison de leurs occupants.

Il ouvrit un carton posé entre les deux sièges de la camionnette et en sortit deux bouteilles d'oxygène de la taille d'une grosse Thermos, deux masques et un échantillonneur d'air conçu pour mesurer le degré de nocivité d'environ cent soixante-dix produits toxiques susceptibles d'être en suspension dans l'atmosphère.

— L'Agence australienne pour la protection de l'environnement classe ce site comme dangereux, mais seulement à cause de sa nappe d'eau. L'air est censé être pur. Je me doutais que nous ne pécherions pas par excès de prudence.

Kurt saisit l'échantillonneur et le mit en marche tandis que Joe vérifiait le niveau de pression des bouteilles d'air. Puis Kurt fendit la vitre de l'appareil juste assez pour y introduire la canule d'un capteur. Au bout de trente secondes, un voyant vert se mit à clignoter.

— La qualité de l'air est parfaite. Meilleure que celle de Los Angeles en été.

— Ça ne ferait d'ailleurs pas de mal qu'elle soit vérifiée de temps en temps, suggéra Joe.

Kurt acquiesça et redémarra.

La camionnette repartit à petite allure. Quand elle parvint à l'endroit où étaient garés les véhicules, Kurt s'arrêta.

Une deuxième expérience avec l'échantillonneur se révéla satisfaisante.

Kurt ouvrit alors la portière. Il régnait un silence de mort. Pas le moindre oiseau ni le plus petit insecte, brin d'herbe ou pousse sur la rive empoisonnée.

— C'est plutôt désolé, murmura Joe.

— On se croirait sur la Lune, dit Kurt alors qu'il fixait à sa ceinture l'échantillonneur d'air et attrapait une des bouteilles d'oxygène avant de descendre de la camionnette.

Pendant que Joe sortait de son côté, Kurt s'approcha du véhicule le plus proche. Le hayon était relevé. Plusieurs carabines y étaient rangées ainsi qu'un tas de cabans bien pliés dans un carton sur lesquels on pouvait lire les initiales SMA en gros caractères.

— On dirait qu'ils prévoyaient une opération, murmura-t-il.

— Par ici, j'ai découvert plein d'éprouvettes, cria Joe depuis l'une des jeeps. Certaines sont pleines d'eau. Peut-être prélevaient-ils des échantillons ? Il y a également des pièces de sonar. Tu crois qu'ils ont plongé dans le lac ?

Kurt se retourna. L'eau tranquille du lac empoisonné miroitait devant eux comme un carreau de verre sombre.

— Ils n'y seraient pas allés tous en même temps. En tout cas, pas de leur plein gré.

Une grosse mouche vint bourdonner à son oreille. Le premier signe de vie depuis leur arrivée. Elle le frôla puis s'éloigna. Kurt sentit un filet de sueur couler sur sa tempe.

Il leva les yeux vers la crête de la cuvette. Rien de ce côté, aucune trace de combat. Tout cela le rendait perplexe.

Il prit un fusil dans un râtelier et le chargea, introduisant les cartouches aussi silencieusement que possible.

Joe vint le rejoindre.

— Tu crois qu'ils ont été attaqués ?

— Dans ce cas, l'embuscade a été rondement menée. Tu vois des traces de balles ? De sang ?

— Rien, répondit Joe.

— Tu as peut-être raison avec cette histoire d'extra-terrestres. Prends un fusil à tout hasard.

Comme Joe suivait son conseil, un éboulis de pierres fit sursauter Kurt. Il tourna les talons juste à temps pour voir un petit tas de cailloux dévaler le flanc d'une dune. Il s'accroupit et visa dans cette direction, mais personne ne se manifesta.

Joe vint le rejoindre.

— Qu'est-ce que tu crois ?

Kurt gardait les yeux fixés sur la dune.

— Couvre-moi.

Joe acquiesça. Kurt fit quelques pas puis se précipita au pied de la dune qu'il escalada en un instant. Il jaillit au sommet, prêt à faire feu sur tout ce qui pourrait se trouver là.

Aussitôt, sa tension céda la place à l'horreur.

Un amas de corps d'hommes et de femmes gisait pêle-mêle. Leurs vêtements en lambeaux semblaient faire partie du même uniforme.

Kurt se laissa glisser jusqu'à eux, remarquant au passage une série de traces laissées sur le sable par quelqu'un qui avait certainement tenté d'escalader la pente. Il s'approcha d'un grand gaillard dont le visage à demi enfoui dans le sable lui parut malheureusement familier.

— Bradshaw ! s'écria Kurt en s'accroupissant auprès de lui et en le retournant.

Comme il tâtonnait pour trouver son pouls, Bradshaw poussa un faible gémissement.

— Joe, viens par ici ! Examine les autres !

Pendant que Joe accourait, Kurt arracha un lambeau de la chemise de Bradshaw pour le nouer autour de sa jambe blessée qui était en piteux état afin de confectionner un garrot. Ce dernier avait deux autres blessures, heureusement superficielles.

Une fois le tourniquet bien en place, Kurt saisit son bidon et aspergea d'eau le visage de l'Australien.

— Bradshaw, vous m'entendez ?

Bradshaw remua les lèvres et marmonna quelques mots incohérents.

Kurt attrapa alors sa petite bouteille d'oxygène et appliqua le masque sur le visage de Bradshaw. Dès l'arrivée de l'oxygène, ce dernier commença à se ranimer, cherchant à retirer le masque, mais Kurt réussit à le maintenir en place jusqu'au moment où le regard du blessé se fixa sur lui.

— Que s'est-il passé ? demanda Kurt en lui retirant le masque.

— Ils sont descendus, murmura Bradshaw.

— Qui ça ?

Pas de réaction.

— Bradshaw, vous m'entendez ?

Joe venait de les rejoindre et, essoufflé, annonça :

— Tous les autres sont morts. Tués par balles tirées presque à bout portant. Je dirais qu'on les a jetés par terre et abattus à la mitrailleuse.

— Bon Dieu, s'exclama Kurt.

— Tout ça ne me plaît pas du tout, amigo, marmonna Joe en constatant que les dunes les encerclaient. Nous sommes plantés là comme des cibles dans un stand de tir.

— Si quelqu'un nous avait repérés, répondit Kurt, il y a longtemps que nous serions morts.

Remettant le masque sur le visage de Bradshaw, il ouvrit la valve à fond. L'Australien sembla réagir et devint plus cohérent. Kurt lui retira une nouvelle fois le masque.

— Austin ? murmura Bradshaw, abasourdi. Qu'est-ce que vous… Qu'est-ce que vous faites ici ?

— J'ai eu une intuition, répondit Kurt. Que s'est-il passé ?

— Je… ne… sais pas, nous sommes tombés dans un guet-apens. Avant de comprendre ce qui arrivait, j'étais par terre pris dans une fusillade assourdissante…

Bradshaw s'interrompit en raison d'une forte quinte de toux sans doute provoquée par le sable et la poussière qu'il avait respirés. Kurt voulut lui remettre le masque sur le visage, mais Bradshaw le repoussa.

— C'était une embuscade. Vous aviez raison. Il a dû y avoir une fuite.

— Avez-vous vu qui c'était ? D'où ils venaient ?

— Non, parvint à répondre Bradshaw, qui semblait sur le point de perdre à nouveau connaissance.

— Il faut qu'on vous tire d'ici, décréta Kurt en tentant de soulever le grand gaillard. Joe, viens m'aider.

Ils l'attrapèrent chacun d'un côté et réussirent ensemble à le soulever.

— Hayley, murmura Bradshaw.

Kurt regarda autour d'eux. Il ne la vit nulle part parmi les morts.

— Elle était avec vous ?

Bradshaw acquiesça d'un signe de tête.

— Elle est descendue, répondit Bradshaw en désignant le lac. Elle est descendue avec l'autre plongeur.

— Qu'y a-t-il là-bas ?

— Une sorte de structure. Nous pensions découvrir une machine, mais c'est énorme. Ça ressemble plutôt à… une espèce de labo. Elle est descendue pour regarder parce qu'elle est la seule à pouvoir comprendre ce que c'est. Mais ils nous ont tiré dessus, et puis…

— Et puis quoi ?

L'Australien vacilla puis se reprit, l'air désespéré.

— Et puis ils sont descendus avec elle. Ils sont tous là-dedans maintenant. Tous.

9

KURT ET JOE TRAÎNÈRENT BRADSHAW vers l'un des camions tout-terrain. Il avait reçu trois balles et perdu beaucoup de sang. Kurt pensait qu'il ne tiendrait plus très longtemps.

Il attrapa une trousse de secours et la lança à Joe.

— Fais ce que tu peux pour lui et trouve un moyen pour demander de l'aide. Si tu ne peux contacter personne, emmène-le d'ici.

— Et que vas-tu faire maintenant ? s'inquiéta Joe.

Kurt venait de monter sur le plateau du camion et s'efforçait d'arracher l'emballage d'un des sous-marins individuels.

— Y aller.

— Mais tu ne sais pas ce qu'il y a au fond !

— Un laboratoire avec une drôle de machine, dit Kurt en répétant les explications énigmatiques de Bradshaw. Et une jeune femme qui s'est mise dans un joli pétrin.

— Alors, tu comptes nager pour les retrouver ? demanda Joe d'un ton ironique.

Kurt avait maintenant regagné la cabine du camion et tournait la clef de contact.

— Pas du tout. J'y vais en voiture.

Le moteur du gros diesel se mit à tourner. Kurt embraya et le camion démarra. Il tourna à gauche vers le lac, les gros pneus du camion laissant de larges ornières sur le sable.

Si quelqu'un d'autre que Joe l'avait observé, Kurt aurait dû expliquer avec force détails ce qui allait se passer, mais Joe connaissait mieux que personne les véhicules les plus inimaginables car il les avait souvent lui-même perfectionnés. À l'aéroport, en découvrant le camion, il n'avait pas tardé à tirer quelques conclusions. S'il n'avait pas déjà tout compris, ce serait bientôt chose faite.

Kurt accéléra dans la descente, fonçant droit dans le lac. L'eau monta rapidement au-dessus des roues mais le camion continuait tranquillement sur sa lancée.

Dès qu'il fut à flot, Kurt empoigna le levier en acier inoxydable qui dépassait du tableau de bord et le poussa en avant d'un cran. Les énormes roues du camion remontèrent hors de l'eau tandis qu'une hélice, fixée à l'arbre de transmission, se déployait à l'arrière.

Kurt jeta un coup d'œil au panneau de contrôle. Tous les voyants étaient verts. Cela signifiait que l'hélice était bien connectée au système de propulsion.

Il accéléra. L'hélice fouetta l'eau rougeâtre et le véhicule amphibie avança poussivement. L'engin, bien qu'un peu lourd à l'avant, se conduisait comme une péniche mais, par chance, Kurt n'avait pas un grand trajet à effectuer.

Il tourna un autre jeu de commandes afin d'activer un sonar. Un câble largua l'appareil qui réagit aussitôt à la fréquence des ondes sonores soulevée sur son passage. Un tracé apparut bientôt sur l'écran de contrôle.

Plus Kurt s'éloignait du bord, plus la pente devenait abrupte. La largeur en haut de la fosse était de mille cinq cents mètres et se rétrécissait vers le fond, suivant la forme d'un gigantesque entonnoir avec une base large et plate.

— Voyons un peu cette profondeur, marmonna Kurt tandis que les chiffres défilaient sur l'écran.

Actuellement, le bord de la fosse se dressait à plus de trois cents mètres au-dessus du fond original et le niveau de l'eau arrivait à environ trente mètres de la rive, très probablement en raison des années d'érosion qui avaient commencé à combler le bassin. Ici, la profondeur de l'eau atteignait deux cent soixante-dix mètres. Kurt avait du mal à s'imaginer en plein désert, flottant sur un lac suffisamment profond pour abriter un sous-marin de la Seconde Guerre mondiale qui se serait échoué en plongeant trop profondément.

Il avait atteint à peu près le centre du lac quand le sonar repéra une masse coiffée d'une sorte de dôme ressemblant à un château d'eau comme il en existe au milieu des champs de blé du Middlewest. L'édifice était surmonté d'une sorte de bulbe d'où s'échappait un réseau de tuyaux qui descendaient en un bouquet serré pour s'enfoncer, Kurt en avait l'impression, au centre du lac.

Il se demanda quelle était cette chose étrange. Et quel en était l'usage.

Bradshaw avait employé le terme d'*installation*, ce qui pouvait signifier un lanceur de missiles ou Dieu sait quoi. À notre époque, on n'avait plus besoin de construire une tour gigantesque surmontée d'une énorme coupole pour déchaîner la fureur nucléaire.

Le dôme disparut de l'écran pour laisser place à une nouvelle image : des nacelles cylindriques et des containers empilés les uns sur les autres et de la hauteur d'un bâtiment de sept étages. L'ensemble semblait fixé à la paroi la plus abrupte du lac et était relié au dôme par des portiques munis de câbles.

Le haut de la structure se situait à une profondeur d'environ soixante-quinze mètres et la base à près de cent. Le dôme se dressait au-dessus, un peu de côté.

Kurt était impressionné : construire un édifice de cette dimension à près de quatre-vingts mètres de profondeur était déjà un exploit. Mais réussir à le faire en secret et dans un lac d'eau toxique relevait de l'exploit.

Il lâcha la poignée de l'accélérateur pour permettre à l'engin de s'arrêter en douceur au milieu du lac. Kurt se leva de son siège et grimpa sur le plateau du camion.

Il se trouvait juste au-dessus de la structure principale. Il n'avait plus qu'à y descendre.

Joe passa quelques minutes à essayer de soigner Bradshaw avec ce qu'il avait pu trouver dans la trousse de premier secours. Le blessé était d'une pâleur effrayante et semblait mal en point. Au toucher, sa peau était froide. Il avait besoin de soins d'urgence.

Joe l'abandonna un instant pour fouiller dans la camionnette. Il attrapa un émetteur radio portatif et essaya en vain de l'allumer. Le voyant lumineux qui aurait dû s'éclairer d'un joli vert restait éteint. Il tripota l'interrupteur : aucun résultat, pas le moindre grésillement ou parasite. La batterie était à plat.

En cherchant un chargeur, Joe avisa les clefs de contact qui pendaient au tableau de bord. Il se pencha et par réflexe tourna la clef dans un sens puis dans l'autre. Toujours rien. Le plafonnier restait éteint, pas le plus petit signe d'activité, aucun voyant ne s'allumait, aucune voix pour lui rappeler que la portière n'était pas fermée.

Bizarre.

Il sauta à terre, saisit son fusil et inspecta les véhicules les uns après les autres.

Sur les six véhicules apparemment neufs aucun n'avait de jus. Même chose pour les radios et les deux portables. Dans la boîte à gants de la dernière jeep, une torche électrique possédait juste assez de courant pour que le filament de l'ampoule rougisse une seconde ou deux avant de s'éteindre.

Joe sentit ses cheveux se hérisser sur sa nuque. Il revint vers Bradshaw.

— Pourquoi toutes les batteries sont-elles à plat ?

— À plat ?

— Dans les voitures, sur les radios, partout, expliqua Joe. Il faut qu'on vous emmène à l'hôpital, mais je ne trouve aucun moyen d'appeler à l'aide.

Le regard de Bradshaw devint vitreux. Il ne répondit pas. Joe n'était même pas sûr qu'il l'entende encore.

Il se leva et jeta un coup d'œil au lac. Bradshaw devait être évacué d'urgence et le seul moyen de transport disposant de courant était le petit engin amphibie qui flottait maintenant à huit cents mètres de lui au milieu d'un lac empoisonné.

10

KURT ENFILA UNE COMBINAISON DE PLONGÉE et s'approcha du sous-marin monoplace qui flottait à l'arrière du plateau de la camionnette. À la NUMA, on avait donné à ce petit engin jaune vif l'affectueux surnom de « fonceur » mais qui ne correspondait pas véritablement à ses prouesses réelles.

À l'avant pointaient deux ailerons surmontés d'une calotte que le pilote pouvait rabattre et verrouiller.

Les machines, actionnées par une batterie au lithium comme celles utilisées sur les voitures électriques, étaient équipées de grosses pinces, de puissants phares et d'une importante quantité de bouteilles de plongée.

La calotte et l'essentiel de la carrosserie étaient faits de matériaux thermoplastiques conçus pour résister à de fortes pressions. Certes ces machines n'avaient pas encore été utilisées à de grandes profondeurs, mais Kurt était confiant car il avait toujours trouvé les créations de Joe plus robustes que l'imposait le cahier des charges.

Après quelques rapides essais, il était prêt à se lancer. Il débarrassa l'engin de la bretelle qui le retenait, prit place dans la nacelle, à cheval sur la selle, jambes positionnées vers l'arrière, et laissa la machine glisser dans le lac.

L'eau monta contre les flancs de la coque. Par le hublot, Kurt en remarqua la couleur : rosée à la surface, mais plus foncée à mesure que l'eau absorbait la lumière du jour. Il se demanda un instant jusqu'à quel point cette mixture était toxique. Puis il appuya sur l'accélérateur et quitta la rampe du plateau en se disant qu'il fallait être fou pour plonger là-dedans.

Au début, la machine resta à quelques mètres au-dessous de la surface, puis en ajustant le levier de plongée le réservoir de ballast s'emplit d'eau. Il poussa le guidon vers l'avant et l'engin commença à s'enfoncer dans le lac.

Kurt continua sa descente pendant une vingtaine de secondes puis vira sur la gauche. Il se trouvait maintenant à vingt-cinq mètres de profondeur et l'eau autour de lui prenait la teinte du vin rouge. Quinze mètres plus bas, on aurait dit du sang séché : quels que soient les ingrédients en suspens, ils filtraient efficacement la lumière. Plongeant encore plus bas, Kurt commença à distinguer le haut du dôme.

Il était lisse mais moucheté comme si une substance minérale avait été projetée sur la surface incurvée. Peut-être du calcium, du cuivre ou du manganèse, en tout cas, quelque chose qui reflétait davantage de lumière que l'eau.

Kurt accéléra. Il éjecta ce qui restait d'air dans le ballast et poursuivit son inspection dans l'obscurité la plus totale.

Le toit du bâtiment qui abritait le laboratoire se trouvait à environ une vingtaine de mètres en dessous du sommet du dôme. Kurt espérait qu'il serait recouvert de la même substance minérale, ce qui lui aurait permis de le repérer sans l'emboutir et d'éviter ainsi de signaler sa présence aux occupants.

— Soixante-cinq mètres, dit-il en lisant tout haut le cadran de la jauge. Soixante-huit mètres.

L'obscurité était totale. Il avait l'impression de sombrer dans un trou noir.

— Soixante-dix mètres, murmura-t-il.

Si la sonde fonctionnait correctement, dans quelques mètres il heurterait le toit du laboratoire. Pourtant, il n'apercevait toujours rien.

Il pompa une bouffée d'air dans le réservoir, tel un automobiliste remettant un peu de pression dans un pneu, pour ralentir sa descente.

Sur le cadran, il lisait maintenant soixante-treize mètres, mais toujours rien. À soixante-quatorze mètres, il envoya une nouvelle giclée d'air et à soixante-quinze mètres, ses nerfs lâchèrent.

Il actionna le levier jusqu'à ce que la machine atteigne le degré de flottabilité nulle. La descente cessa et l'engin resta immobile dans le noir.

Kurt tapota le commutateur, juste ce qu'il fallait pour envoyer un léger courant dans le circuit mais pas assez pour obtenir un bon éclairage. Les phares s'allumèrent une seconde puis s'éteignirent. Cet éclair fugitif révéla, à moins d'un mètre, une masse rougeâtre et le toit rouillé du laboratoire.

« Au moins, je suis au bon endroit », se dit Kurt.

Si cette construction biscornue était un laboratoire, on devait forcément pouvoir y entrer. Eau toxique ou pas, c'était effectivement l'endroit le plus sécurisé : construire une installation étanche et l'immerger.

Kurt risqua un nouveau coup de phares et passa de l'autre côté de la structure. En descendant un peu plus bas, il vit une faible lueur filtrer d'une porte.

— C'est gentil de me laisser un peu de lumière, ironisa-t-il.

À cet instant précis, la machine pencha violemment sur la droite et un étrange claquement métallique se propagea dans l'eau.

Kurt comprit aussitôt ce qu'il venait de se passer. En dérivant, il avait heurté les attaches maintenant en place le dôme et le faisceau de câbles qui en sortait. Le choc avait créé une vibration qui se propageait dans l'eau comme si on avait pincé la corde d'une gigantesque guitare. Le bruit se répercuta contre les parois du puits et lui revint en écho.

Kurt redressa son engin pour s'assurer qu'il n'y avait aucune fuite. La calotte semblait intacte. Il poussa un soupir de soulagement et reprit sa descente en espérant éviter de nouveaux ennuis.

— D'où vient ce bruit ? demanda un des hommes qui posait un bloc de plastic sous un groupe de serveurs.

— Je n'en sais rien, avoua Janko.

Il avait entendu toute sorte de crissements et de grincements depuis son arrivée dans la station, surtout quand les hommes avaient testé le dôme ou y avaient puisé de l'énergie, mais rien de comparable à ce bruit étrange.

— L'eau déforme souvent les sons, observa un technicien.

C'était vrai, cependant Janko n'était pas le seul à se demander si cette structure était solide. Pas besoin d'être un savant pour se douter que l'acide rongeait lentement le métal des parois.

— Avec tous ces produits chimiques qui infestent ce lac depuis des années, dit-il, qui sait s'ils n'attaquent pas la coque ! Dépêchez-vous de poser vos explosifs. J'ai hâte de sortir d'ici et de voir sauter ce bazar avant que tout s'écroule sur nous.

Les hommes semblaient d'accord. Ils redoublèrent d'ardeur et, quelques instants plus tard, ils avaient achevé de miner la rangée d'ordinateurs.

— C'est terminé.

— Parfait, approuva Janko.

Les explosifs serviraient à détruire les circuits et les banques de mémoire. L'incendie qui suivrait ferait fondre le reste avant que l'eau ne s'engouffre. À supposer même qu'ils réussissent à récupérer ce qui restait sous près de trois cents mètres d'eau empoisonnée, les techniciens spécialisés de tous les services de renseignements du monde ne pourraient jamais rien tirer de ce qu'ils auraient récupéré.

Cela signifiait qu'il n'avait plus qu'une tâche à accomplir.

Janko se retourna et braqua son fusil sur les deux silhouettes assises sur le sol. Un homme, une femme. Tous deux bâillonnés et les mains entravées derrière le dos.

L'homme était soit un membre des forces de l'ordre, soit un militaire. L'air décidé, il dévisageait Janko, le mettant presque au défi de les abattre. La femme était plus avenante, même séduisante avec ses cheveux blonds vénitiens. La peur se lisait dans ses yeux et Janko se dit qu'il allait commencer par elle pour abréger ses souffrances. Il brandit son arme.

— Vous êtes fou ? cria un technicien.

Furieux, Janko se tourna vers lui.

— Nous avons ouvert à fond les robinets d'oxygène ainsi que les réservoirs d'acétylène, expliqua l'homme. La station est bourrée de gaz inflammables. Si vous pressez la détente, vous ferez tout sauter. Si vous voulez les tuer, utilisez un poignard.

Janko abaissa son fusil et regarda les prisonniers. Avaient-ils déjà compris dans quelle situation ils se trouvaient ? Avaient-ils réalisé qu'en les supprimant il se tuerait du même coup ? Qu'importe si les prisonniers restaient en vie pour l'instant puisque dans quelques minutes ils deviendraient les tristes victimes d'une formidable explosion et d'un gigantesque incendie.

— Alors, déclenchez le détonateur à retardement, et partons d'ici.

Janko regarda le responsable régler l'appareil sur 10 et enclencher le bouton MARCHE. Le cadran indiquait 9h59 : le compte à rebours avait commencé. Sans un regard derrière lui, Janko tourna les talons et se dirigea vers l'échelle métallique pour regagner le sous-marin qui l'attendait.

Sur la plage, Joe passait en revue les solutions qui s'offraient à lui. D'une façon ou d'une autre, Kurt reviendrait mais, vu l'état de Bradshaw Joe ne pouvait pas attendre son retour. De même qu'il n'envisageait pas non plus de nager cinq cents mètres dans un lac empoisonné pour aller récupérer la machine amphibie.

Il se tourna soudain vers les véhicules abandonnés. Ils devaient tous posséder des chargeurs. S'il parvenait à en faire démarrer même un seul, il pourrait allumer une radio et appeler des secours. L'aide viendrait sous forme d'hélicoptères : le premier pour transporter en urgence jusqu'à un hôpital le commandant de la SMA blessé, et deux ou trois autres bourrés de commandos ou d'équipes de SWAT pour cerner le lac et le sécuriser.

Il fallait deux heures pour gagner par la route Alice Springs, mais seulement trente minutes de vol. Pour Bradshaw, cela ferait peut-être la différence entre la vie et la mort.

— Si seulement ces bagnoles avaient des manivelles, marmonna Joe en pensant aux voitures d'autrefois.

Il envisagea d'en faire démarrer une car ces deux jeeps avaient une boîte de vitesses à transmission manuelle et la plage descendait en pente jusqu'à l'eau. Cela pouvait marcher, mais il n'était pas certain d'atteindre une vitesse suffisante.

Il arriva près d'une jeep, mit le levier de vitesse au point mort et poussa la voiture avec son épaule. En y mettant toutes ses forces, il parvenait à la faire bouger, mais à cause du sable mou il n'avançait guère plus vite qu'un homme au pas. Dès que la jeep atteignit le bord de l'eau, il s'écarta.

Il s'attendait à voir les roues avant rouler dans l'eau et s'immobiliser, pourtant le véhicule continua d'avancer. L'eau envahit l'habitacle par la portière ouverte et, quelques secondes plus tard, la voiture s'enfonça dans le lac et disparut. La dernière image qu'il en garda fut celle du timon de la remorque qui pointait du pare-chocs arrière comme un pavillon sur le pont d'un navire en train de sombrer.

Il jeta un coup d'œil en direction de Bradshaw qui semblait avoir perdu connaissance et grommela :

— De toute façon, inutile que tu voies ça.

Joe resta perplexe un instant, se demandant ce qu'il s'était passé. Puis il comprit : comme dans la plupart des mines à ciel ouvert, toute l'excavation se faisait par paliers. Une pente abrupte, puis une section plate suivie d'une nouvelle dénivellation, et ainsi de suite. La plage n'était qu'une large terrasse en escaliers qui arrivait jusqu'au bord du lac.

Joe se tourna vers les autres véhicules, esquissant un nouveau plan. Cela coûterait encore un véhicule à la SMA mais s'il ne se trompait pas, cela permettrait de faire démarrer l'autre jeep.

Kurt leva les yeux sur une piscine couleur cerise. Il avait amené sa machine sous la station et découvert la porte étanche.

Prudemment, il manœuvra pour entrer et refit surface dans un bassin.

Kurt accéléra un instant, heurtant une sorte de plateau, puis repoussa la calotte de son engin et sauta sur le pont. Quelques instants plus tard, il avait franchi une seconde porte étanche et découvert la salle qui abritait le matériel. Il aperçut une paire de bouteilles d'oxygène et deux casques de plongée. Le même genre d'équipement que celui trouvé dans un des camions de la SMA.

« Des plongeurs sont donc parvenus jusque-là, se dit-il. Mais où sont-ils passés ? »

Il supposa, en raison de la singulière énergie qu'il sentait monter en lui, qu'il respirait un mélange à fort taux d'oxygène. Surprenant. Il se serait plutôt attendu à un triple mélange d'hélium, oxygène et azote, plus efficace à une profondeur constante. Pour s'assurer que ce n'était pas son imagination qui lui jouait des tours, Kurt récita les premiers mots du discours que Lincoln avait prononcés à Gettysburg : « Voilà quatre-vingt-sept ans… »

Sa voix n'était pas déformée : l'air ne contenait donc pas d'hélium, ou alors en très faible dose. Il se débarrassa de la carabine M4 à canon court qu'il avait prise avec lui puisque aucun échange de tir n'était possible au fond du lac Tasman. Un seul coup de feu ferait sauter toute l'installation.

Il sortit un grand couteau de plongée de l'étui fixé à son mollet et se demanda si les événements tourneraient ou non en sa faveur.

Quelques mètres plus loin se trouvait une échelle. Il grimpa les échelons. En explorant l'étage supérieur, il tomba sur deux salles où s'entassait un énorme stock de batteries. Sur un panneau mural, des indicateurs de charge s'affichaient. La plupart des voyants verts étaient allumés, quelques-uns en jaune, rares ceux qui étaient rouges. Kurt s'étonna que l'installation soit suffisamment puissante pour charger tout ce stock, sinon à quoi servait-il ?

Il monta à l'étage supérieur et découvrit ce qu'il supposa être les cabines de l'équipage. Des placards vides et des lits défaits donnaient l'impression que l'endroit avait été abandonné.

Il revint à l'échelle centrale, grimpa d'abord au deuxième étage mais trouva l'écoutille fermée. Il gagna alors le troisième niveau : idem. Il s'apprêtait à l'ouvrir lorsqu'il perçut un bruit de pas précipités venant dans sa direction.

Il se figea sur place.

— Allons remue-toi ! hurla un homme.

Kurt s'apprêtait à descendre d'un étage quand les pas s'éloignèrent vers la gauche.

Il entrebâilla le panneau et jeta un coup d'œil autour de lui. Personne.

Silencieusement, il se tourna vers le fond de la pièce. Et découvrit trois hommes devant une porte étanche qui lui rappelait la porte d'un immeuble de bureaux. Lorsqu'elle s'ouvrit, deux hommes s'y engouffrèrent pendant qu'un troisième attendait son tour.

Kurt crut soudain entendre quelqu'un descendre de l'échelle. Il leva les yeux au moment où un nouveau personnage se laissait tomber à côté de lui.

— Qu'est-ce que…

Kurt lui plaqua une main sur la bouche et lui plongea dans la poitrine la lame de son poignard, le clouant littéralement à la cloison. Un deuxième homme atterrit à son tour, heurtant au passage le bras de Kurt et faisant tomber son poignard sur le sol.

Kurt se retourna. D'un violent coup de coude à la tempe, il le fit dégringoler.

Entre-temps, un troisième larron avait surgi en se laissant glisser le long des montants de l'échelle pour aller plus vite. Il attaqua Kurt par-derrière et essaya de l'étrangler.

Kurt le repoussa et l'envoya heurter la cloison, mais cela ne suffit qu'à desserrer un peu l'étreinte de son adversaire. Alors il le repoussa de nouveau et lui donna un violent coup de tête sur la nuque. Sous le choc, l'homme lâcha prise. Au même moment, la porte étanche s'ouvrit sur une cabine d'ascenseur. Kurt fut projeté à terre tandis que le troisième assaillant basculait en arrière dans la cabine.

Au moment où Kurt se relevait, la porte se referma sur les quatre hommes. Il eut juste le temps de voir l'un d'eux hocher la tête avec un sourire sadique.

Quatre contre un, et ils s'enfuyaient. Kurt ne voyait qu'une seule raison : ils avaient sabordé la station.

Un bref coup d'œil au cadavre affalé sur l'échelle vint confirmer cette impression. L'homme avait dans sa poche de poitrine une pince coupante, une bobine de fil électrique dépassait de sa ceinture ainsi qu'un rouleau de chatterton rouge et bleu. Selon toute probabilité, l'installation allait sauter.

Kurt saisit la pince coupante et grimpa les barreaux de l'échelle. À en juger par la précipitation du petit groupe, il ne devait pas disposer de beaucoup de temps devant lui.

11

JOE SUIVAIT SON PLAN. Il avait mis en place un système de poulie, en fixant l'extrémité d'un câble à l'avant de la dernière jeep. Puis il l'avait déroulé jusqu'au pare-broussailles d'un des camions tout-terrain et attaché à l'arrière d'un autre.

Son plan était simple : pousser dans l'eau le véhicule ainsi accroché. Quand il tomberait dans la dénivellation, le câble se tendrait et tirerait la jeep assez rapidement pour que Joe passe une vitesse et la fasse démarrer.

Une fois prêt à partir, il examina une dernière fois Bradshaw, croisa les doigts et s'approcha du camion qui servait de poids mort. Faute de courant électrique, il dut briser la fenêtre qui coulissait dans la portière. Il ouvrit les autres portes ainsi que le hayon sans oublier le capot afin que l'air s'échappe et que l'eau s'engouffre pour faire sombrer le camion plus rapidement.

Il bloqua le levier de vitesse sur le point mort et sauta à terre. Les pieds solidement plantés dans le sable, Joe se mit à pousser. Lentement, le lourd véhicule s'ébranla, prenant peu à peu de la vitesse en roulant sur le sol plus ferme du rivage. Après un dernier effort, Joe recula, manquant trébucher dans la bouillie toxique.

Le camion continua sa course en se remplissant d'eau, puis le câble se tendit et le stoppa.

Joe revint en courant jusqu'à la jeep. Il bondit sur le siège, s'assura que la clef de contact était bien tournée et une fois le pied sur la pédale d'embrayage, il desserra le frein. La jeep commença à avancer, d'abord lentement, puis elle prit de la vitesse tandis que le camion qui la tractait la tirait sur le sable.

Joe attendit autant qu'il put avant d'enclencher une vitesse et d'accélérer prudemment. Au bout de quelques secondes, le moteur se mit à tourner de façon satisfaisante et, lorsqu'il cessa d'accélérer, Joe obtint un ralenti tout à fait convenable.

Il serra à nouveau le frein à main, descendit pour libérer le câble fixé à l'avant de la voiture. Brusquement détendu, ce dernier jaillit de la poulie, brisa le pare-brise du pare-broussailles avant de zigzaguer sur le sable, tel un serpent de mer, derrière le camion qui s'enfonçait dans le lac.

Joe salua le gros véhicule et remonta à bord de la jeep. Il brancha la radio sur le chargeur et regarda le voyant rouge s'allumer.

Jetant un coup d'œil au rétroviseur, il se félicita :

— Bien joué, Zavala. Vraiment bien joué.

Estimant qu'il faudrait quelques minutes à la radio pour capter une station, il décida d'examiner Bradshaw et se précipita vers lui. L'homme, toujours inconscient, respirait encore.

— Tiens le coup mon vieux, murmura Joe.

Sur le lac, l'eau commençait à s'agiter. Des remous se formaient près du centre, à mi-distance du rivage et du camion qui continuait à s'enfoncer. Quelque chose s'agitait sous l'eau, comme si un orque chargeait vers le rivage.

Joe espéra un instant que Kurt revenait avec son engin. Mais il vit surgir à la surface un sous-marin de poche d'environ six mètres de long, doté d'un large fond bordé d'une ceinture caoutchoutée qui se révéla vite précieuse lorsque le submersible se mit à filer sur l'eau en laissant sur son passage une grosse traînée d'écume.

— À la fois sous-marin et aéroglisseur, s'émerveilla Joe. C'est encore plus fort qu'un camion flottant.

L'aéroglisseur vogua vers le nord, puis vira légèrement vers l'est pour sortir de l'eau de l'autre côté du lac et s'engager sur la rampe.

Joe réalisa qu'il avait sous les yeux le groupe qui avait tendu une embuscade aux agents de la SMA, cherchant à s'enfuir.

Il se précipita vers la jeep dont le moteur tournait toujours au ralenti et s'installa au volant. Il marqua un temps, songeant à Bradshaw, mais pour l'instant il ne pouvait rien pour lui. Dès que la radio serait chargée, il appellerait des secours.

Il embraya et écrasa la pédale d'accélérateur. Les pneus firent gicler le gravier et Joe se lança à la poursuite de l'aéroglisseur.

Au fond de la station, Kurt continuait à chercher Hayley. Il inspecta le plus rapidement possible deux niveaux successifs avant de pousser le dernier panneau qui s'ouvrait sur une pièce ressemblant à une salle de contrôle.

Au fond, dans un coin, deux silhouettes étaient assises sur le sol, ligotées et bâillonnées. Kurt se précipita vers elles et ôta le bandeau qui muselait Hayley.

— Des explosifs, balbutia-t-elle aussitôt. Sous le panneau.

Kurt la libéra et lui laissa le couteau avant de courir vers le panneau derrière lequel il découvrit des pains de plastic et un minuteur indiquant 01:07. Il était gradué en secondes.

Il saisit des pinces coupantes tandis que Hayley libérait l'homme ligoté auprès d'elle. Il s'apprêtait à couper un des fils quand tous deux se précipitèrent vers lui.

— L'un de vous s'y connaît en explosifs ? demanda-t-il.

Ils secouèrent la tête.

— Nous devrions sortir d'ici, fit Hayley d'une voix étranglée.

Le cadran affichait 00.59. Ils avaient moins d'une minute. Kurt secoua la tête.

— Nous n'y arriverons jamais.

L'homme de la SMA tendit la main vers le minuteur. Kurt le repoussa.

— Appuyez sur le mauvais bouton et vous nous ferez tous sauter.

Il désigna le cadran en haut duquel clignotait l'icône d'un petit verrou. Si Kurt ne se trompait pas, il fallait entrer un code pour arrêter le compte à rebours.

— On ne peut pas se contenter de rester là à ne rien faire, dit l'homme.

— Quarante secondes, leur rappela Hayley.

Kurt examina le détonateur. Un modèle classique, apparemment sans le bricolage d'un poseur de bombes. Kurt avait déjà utilisé ce genre d'appareils pour saborder quelques navires et il était pratiquement certain qu'il s'agissait d'un système à sécurité intégré branché sur deux fils, un rouge et un bleu.

— Trente secondes.

L'homme de la SMA bouscula Kurt pour mieux regarder.

— Comment vous appelez-vous ? interrogea Kurt.

— Wiggins.

— Poussez-vous, Wiggins, dit Kurt.

— Vingt secondes, annonça Hayley d'une voix tendue.

— Ça vous avancera à quoi ? demanda Wiggins.

— Ça me permettra d'y voir !

Wiggins s'écarta. Kurt ouvrit aussi grand qu'il put le boîtier.

— Dix secondes… Neuf… huit…

Kurt ne lui laissa pas le temps de dire sept. Il tendit le bras et coupa énergiquement les deux fils.

Rien ne se passa. Ni étincelle, ni explosion, rien du tout. Le minuteur s'arrêta tout simplement sur 00.00.

— Dieu soit loué, s'exclama Hayley.

Apparemment sur le point de s'évanouir, elle prit Kurt par les épaules et s'appuya contre son dos.

— Beau travail, admira Wiggins. C'est Bradshaw qui vous a envoyé ?

— Pas exactement, répondit Kurt.

Avant qu'il ait pu s'expliquer, un sourd grondement ébranla la structure, suivi d'une rapide succession de secousses. Le plancher s'inclina légèrement, puis se redressa et toute l'installation trembla comme un vieil arbre sous le vent.

— C'est le dôme, expliqua Hayley. Ils avaient l'intention de le faire sauter aussi.

Une autre salve d'explosions retentit. Des câbles claquaient et, un instant plus tard, le fracas d'un éboulement puis d'une terrible secousse les fit tous trois tomber sur le plancher.

Kurt se souvint que le dôme se trouvait au-dessus d'eux et il n'eut aucun mal à imaginer les dégâts que sa destruction allait causer au laboratoire. Un crissement métallique, suivi du jaillissement de minuscules jets de vapeur, lui apportèrent une réponse concrète.

12

JOE FONÇAIT DANS LE DÉSERT AU VOLANT DE SA JEEP. Avec ses gros pneus, son puissant moteur et la haute garde au sol du châssis, la jeep bénéficiait des meilleures qualités routières qu'on pouvait exiger d'une voiture. Malheureusement, elle ne pouvait pas rivaliser avec celles d'un aéroglisseur sur un terrain accidenté.

En raison des profondes ornières, des passages défoncés et des buissons trop touffus, Joe avait du mal à maintenir la jeep sur ses quatre roues, tandis que l'aéroglisseur se contentait de les survoler sans dévier de sa trajectoire.

Joe continuait à perdre du terrain jusqu'à atteindre un passage nivelé qui lui rappela les plaines salées dans l'Utah. Sur terrain plat, il commençait à rattraper l'aéroglisseur. Au même moment, le voyant de contrôle de la radio finit par passer au vert.

Joe pressa aussitôt la touche d'appel.

— SMA, vous m'entendez ? demanda-t-il, supposant que c'était bien avec eux qu'il était en contact.

Par-delà les parasites, une voix lui répondit :

— Bradshaw, c'est vous ?

— Négatif, répondit Joe. Bradshaw a été blessé ainsi que plusieurs de vos agents.

— Qui est à l'appareil ? demanda la voix.

Joe s'expliqua du mieux qu'il put et ajouta qu'il était à la poursuite des tireurs présumés qui fuyaient vers l'ouest dans le désert.

— Sur quelle route êtes vous ?

— Je ne suis pas sur une route, expliqua Joe. Nous roulons dans le désert plein ouest depuis la mine engloutie.

Une réponse à peine audible lui parvint, puis la communication fut de nouveau coupée. Joe s'empressa de remettre le chargeur en marche. Devant lui, l'aéroglisseur avait changé de cap et se dirigeait droit sur lui.

Joe tenta de virer à droite mais un peu trop tard. Un éclair jaillit et, brusquement, tout devint noir.

— Il faut sortir d'ici, cria Kurt en les poussant tous vers l'échelle.

Hayley passa la première suivie de Wiggins, Kurt fermant la marche.

Une nouvelle secousse ébranla la structure et Kurt faillit lâcher prise. Il empoigna le panneau au-dessus de lui et le poussa de toutes ses forces. Impossible de l'ouvrir, tant le cadre s'était déformé.

— L'impact a dû fausser les lames du pont, suggéra Wiggins.

Kurt fit une nouvelle tentative en s'aidant de tout son poids, en vain. L'eau commençait à couler dans la gaine de l'échelle, une eau avec laquelle Kurt ne voulait surtout aucun contact.

— Alors descendons, dit-il à Wiggins.

Ils se glissèrent jusqu'au niveau inférieur et rejoignirent Hayley qui était déjà en train d'ajuster son casque. Ils portaient tous des combinaisons étanches. Théoriquement, cet équipement les protégerait des toxines du lac.

L'eau dévalait maintenant de toutes parts et des craquements sinistres se faisaient entendre. D'un instant à l'autre, la station risquait d'imploser.

— Impossible de remonter directement, déclara Kurt. Vous êtes tous les deux restés en bas trop longtemps. Vous risqueriez de souffrir de la décompression comme l'homme qui vous servait de courrier.

— Mais il faut pourtant partir d'ici, dit Hayley.

— Cramponnez-vous aux poignées de mon engin, leur proposa Kurt. Je vais vous remorquer aussi loin que possible.

Elle acquiesça et bloqua hermétiquement son casque.

Kurt remonta dans son sous-marin en prenant soin de bien verrouilla la calotte. Les lumières s'éteignirent alors que Hayley et Wiggins attachaient leurs bouteilles d'air. Kurt alluma le phare de son engin pour les éclairer et leur permettre de terminer leurs préparatifs.

Quand ce fut fait, Wiggins se tourna vers Hayley en levant les pouces. Elle en fit autant.

— Allons-y, dit Kurt.

Ils poussèrent alors le sous-marin dans le bassin d'immersion et plongèrent à leur tour. Dès qu'ils furent bien accrochés, Kurt expulsa l'air du réservoir de flottaison pour amorcer la descente.

En trois secondes, ils avaient presque atteint le fond.

— Tenez bon ! cria Kurt en espérant qu'ils l'entendraient.

Il tourna avec précaution la commande et le jet d'eau sous pression qui actionnait l'engin se mit à gicler. Kurt accéléra prudemment : s'il allait trop vite, ses passagers risquaient d'être largués.

Tous phares allumés, Kurt scruta l'eau aux reflets rougeâtres. Il plongea de quelques mètres pour éviter des filins et continua d'avancer. Des explosions se faisaient entendre sur son passage : des compartiments entiers de la station étaient en train de céder.

Des éclairs jaillissaient de la multitude de canalisations qui pendaient du dôme endommagé : les explosifs sautaient de tous côtés, illuminant la silhouette du bâtiment abandonné. Le dôme s'écroula sur la station. Le blindage de la coque céda et l'eau s'engouffra à l'intérieur, écrasant tout sur son passage, comme un pied géant s'abattant sur une boîte de conserve. Une onde de choc balaya Hayley et Wiggins avant de les projeter violemment dans un nuage de débris.

Le tourbillon ballotta comme un jouet le petit sous-marin. La tête de Kurt heurta le plafond. Pivotant sur place, il eut le temps d'apercevoir Hayley et Wiggins au moment où des vagues de boue les engloutissaient.

13

Le bruit parvint aux oreilles de Joe comme à travers une brume de sommeil. Cela lui rappela des machines agricoles en train d'arroser un champ qui lui firent penser aux systèmes d'irrigation à haute pression utilisés pour arroser les étendues désertiques au milieu desquelles il avait grandi au Nouveau-Mexique.

Il ouvrit les yeux, mais sa vue était brouillée. Il sentit sur ses lèvres un goût salé et, lorsqu'il posa une main sur sa bouche, il la retira rouge du sang qui suintait d'une coupure au front coulant le long de son nez.

Alors que sa vision devenait plus nette, il réalisa qu'il occupait la place du conducteur dans une voiture. Le pare-brise devant lui était en étoile à la hauteur de sa tête. Et l'avant du véhicule pointait sous un angle bizarre dans le fossé.

Des voix parvinrent à ses oreilles.

— Par ici ! cria quelqu'un.

— Passe-moi une pince.

La portière à côté de lui bougea. Des doigts apparurent, puis un visage s'encadra dans l'ouverture.

— Ça va, mon vieux ? demanda un homme en treillis.

Joe porta une main à son front.

— Je me suis vu en meilleure forme.

— Ne bougez pas. On va vous sortir de là.

Le militaire s'acharna sur la portière tordue, aidé par un autre soldat qui avait apporté un pied-de-biche. À eux deux, ils parvinrent peu à peu à l'entrebâiller.

Pendant qu'ils travaillaient, Joe retrouvait peu à peu la mémoire. Il était en Australie à la poursuite d'un véhicule. Il essaya d'apercevoir l'aéroglisseur, se demandant un instant s'ils ne s'étaient pas heurtés de plein fouet, mais il ne distingua que le flanc du fossé dans lequel il était tombé.

La portière de son côté finit par s'ouvrir et les soldats le sortirent avec précaution de l'épave. Pendant que l'un d'eux fouillait la jeep, l'autre aidait Joe à franchir le fossé et l'emmenait vers un hélicoptère NH90 de couleur brune portant des insignes australiens.

Joe comprit alors que le bruit étrange qu'il entendait venait des rotors du gros appareil qui tournaient toujours.

Un homme en costume noir et à l'air grave vint à sa rencontre.

— C'est vous qui nous avez appelés ? Sur la radio de Bradshaw ?

Joe acquiesça.

— Que s'est-il passé ?

— Comment ça ?

— Les types que je poursuivais, expliqua Joe, vous les avez attrapés ? Ils étaient dans un aéroglisseur.

L'homme haussa un sourcil.

— Un aéroglisseur ?

— Je sais que ça a l'air insensé, dit Joe, mais c'est exact. Je ne peux malheureusement pas vous donner la marque ni le modèle.

L'homme n'était manifestement pas d'humeur à plaisanter.

— Quoi qu'il en soit, nous ne les avons pas vus. (Il désigna la porte ouverte de l'hélicoptère.) Nous allons devoir vous interroger. Cet appareil va vous ramener à Alice Springs.

— Et Bradshaw ?

— Il a été évacué vers un hôpital il y a une demi-heure.

— Une demi-heure ?

Joe était abasourdi. Il pensait avoir envoyé le message à peine quelques minutes plus tôt. Comment avaient-ils retrouvé Bradshaw si vite ?

Ce fut seulement à cet instant qu'il se rendit compte que la nuit était tombée. Lors de sa poursuite, le soleil déclinait déjà vers l'horizon, mais maintenant il avait disparu. Une lueur orangée s'attardait encore dans le ciel qui s'assombrissait.

Les pales de l'hélicoptère commencèrent à tourner plus vite au-dessus de leurs têtes. Le pilote s'apprêtait à décoller.

— Ça nous a pris un moment pour vous trouver, expliqua l'homme.

— Et Kurt ?

— Qui ça ?

— Kurt Austin.

— Je ne le connais pas, dit l'homme. (Il prit le bras de Joe et l'entraîna vers la porte de l'appareil.) S'il vous plaît, nous devons partir.

Joe se dégagea.

— Je n'irai nulle part avant que vous m'ayez dit ce qui est arrivé à mon ami. Il est descendu dans la mine pour sauver vos plongeurs.

L'homme eut une expression étrange.

— Il y a eu une explosion. Si votre ami a survécu, il a été emporté par les eaux. Il ne reste personne du côté du lac, excepté les morts.

Le cœur serré, Joe embarqua à bord de l'hélicoptère et boucla sa ceinture. Le temps d'arriver à la base militaire australienne d'Alice Springs, la nuit était tombée, et le ciel noir était piqueté d'étoiles.

On commença par emmener Joe à l'infirmerie où un jeune médecin l'examina soigneusement afin de déceler d'éventuels signes d'empoisonnement dus au contact avec les substances toxiques ou les métaux irradiés. Après avoir annoncé à Joe qu'il survivrait, il laissa la place à une infirmière encore plus jeune qui nettoya et recousut la coupure qu'il s'était faite en heurtant le pare-brise.

Après quoi, elle lui fit une piqûre au bras.

— Ouille !

— Sérum antitétanique et antibiotiques.

— Très bien, dit Joe en se frictionnant le biceps. Mais n'êtiez-vous pas censée me prévenir que ça ferait mal ?

— Pourquoi mentir ? Je croyais que vous autres Yankees étiez des costauds !

— La journée a été rude, reconnut-il. À propos de Yankees, avez-vous soigné d'autres Américains ce soir ? Un type d'environ un mètre quatre-vingts avec des cheveux argentés ?

— Désolée, dit-elle en remballant son matériel, vous êtes le premier.

L'infirmière partie, on conduisit Joe dans un autre bâtiment de la base, sans doute le cantonnement des sous-officiers.

Son escorte qui ne le lâchait pas d'une semelle l'accompagna dans une pièce meublée de deux couchettes séparées par une table et une chaise. Une vraie chambre d'étudiant, pensa Joe, avec en prime un occupant allongé, les pieds posés sur le montant.

Joe s'avança, puis on referma derrière lui la porte à clef et Kurt Austin se redressa.

— Je suis sacrément content de te voir, dit Joe en souriant. Ils m'avaient fait croire que tu faisais partie de la pile de débris au fond de cette foutue mine.

Kurt se leva et serra Joe dans ses bras.

— Je craignais la même chose à ton sujet. Je ne m'attendais de toute façon pas à faire surface et te retrouver avec Bradshaw en train de prendre un bain de soleil sur la plage. Je craignais que ces gaillards te fassent la peau si tu étais parvenu à les rattraper. (Kurt lui lança un regard intrigué.) À en juger par tous ces points de suture, la poursuite s'est achevée un peu brutalement.

— Je ne les ai pas rattrapés. Je me suis retrouvé dans un fossé. Mais, compte tenu de ce que j'ai réussi à parcourir, j'envisage de m'inscrire l'an prochain pour les 500 miles d'Indianapolis.

— Joe, tu sais bien qu'on ne gagne pas Indianapolis en se crachant dans un fossé !

— Je ne me suis pas craché, amigo, j'ai... (Joe marqua un temps.) OK, je me suis craché, mais je suis certain que ce n'était pas ma faute.

Joe était étonné de ne garder qu'un souvenir flou de cet accident.

— À un moment, je fonçais sur eux… et puis quelque chose m'a ébloui, comme le reflet du soleil sur une vitre, et… j'ai dû donner un brusque coup de volant. Mais franchement, je n'arrive pas à m'en souvenir…

— On croirait entendre Bradshaw, observa Kurt.

— Au fait, comment va-t-il ?

— Vivant, grâce à toi. Il est en chirurgie.

Joe fut heureux de l'apprendre.

— As-tu retrouvé ta scientifique en bas ?

— Elle et un autre plongeur de la SMA étaient soigneusement ligotés et bâillonnés dans une salle bourrée de plastic. Je les ai libérés et nous avons réussi à nous échapper. Malheureusement nous n'avons pu empêcher la station d'imploser.

— Ils vont bien ?

— Pour autant que je sache. Je les ai perdus de vue quand tout a sauté. Quand je les ai retrouvés, ils étaient inconscients. Mais, grâce aux pinces que tu as fixées à l'avant de ton sous-marin, j'ai pu les arrimer et les remonter lentement jusqu'à la surface.

Joe eut un sourire radieux.

— Cet engin est exceptionnel. Je le savais.

— Tu as peut-être un avenir dans l'industrie des submersibles, déclara Kurt. Enfin, à condition que tu renonces au hors piste.

Joe éclata de rire et alla s'installer sur le siège placé devant la table entre les deux couchettes.

— Et maintenant, reprit-il en tapant du poing sur la cloison en parpaing, nous sommes en prison ou en détention préventive ?

— Aucune idée, avoua Kurt. Et je n'ai pas non plus la moindre idée du pétrin dans lequel nous nous sommes fourrés. Mais si jamais ils me laissent parler à quelqu'un, je suis bien décidé à le découvrir.

— Ou bien, dit Joe, explique-leur qu'il s'agit d'un malentendu et voilà tout.

Joe le connaissait si bien qu'il pouvait prévoir la réaction de Kurt : une fois qu'il avait flairé un mystère, impossible de le faire reculer avant de l'avoir éclairci.

Les heures suivantes ne leur apportèrent aucune réponse. Personne, en fait, ne vint les déranger avant minuit passé, puis la porte s'ouvrit et deux soldats australiens en treillis entrèrent – un homme et une femme, sans doute de la police militaire.

— Mr Austin ? Veuillez me suivre, ordonna le soldat.

Kurt se leva d'un air las, et Joe l'imita.

— Pas vous, Mr Zavala, dit la femme. Vous devez rester ici.

Joe feignit la plus vive indignation.

— Quoi ? Personne ne veut m'interroger ? Il se pourrait que je sache une chose ou deux.

— Ne t'inquiète pas. Je suis sûr qu'ils te feront venir quand ils en auront fini avec moi.

Le policier laissa passer Kurt puis l'escorta dans le couloir.

Joe attendit, stoïquement adossé au mur et, à sa grande surprise, la policière resta avec lui, même quand la porte se referma.

Joe eut tout le loisir de l'examiner. Malgré son absence de maquillage et son uniforme mal coupé, elle était plutôt jolie. Il se dit qu'elle était peut-être là pour l'interroger sans en avoir l'air. Dans ce cas, il allait lui faciliter le travail et tenter, lui aussi, de découvrir ce qu'elle savait.

— Vous êtes ici pour me garder à l'œil ? demanda-t-il.

Pas de réponse.

— Vous savez, reprit-il d'un ton suave, il y a quelque chose que j'adore chez une femme en uniforme.

Toujours rien. Il changea de tactique.

— Vous n'êtes pas très sociable, reprit-il. Bon, mais que pensez-vous… des extra-terrestres ?

Toujours muette, elle esquissa cependant un sourire qu'elle n'avait pu réprimer. Joe lui sourit en retour. Il était sur la bonne voie.

Pendant que Joe essayait de faire du charme à la policière, Kurt, guidé par le policier, traversait la moitié de la base. Ils passèrent devant l'infirmerie et longèrent un interminable couloir au fond duquel se tenaient d'autres gardes.

— Troisième porte à droite, indiqua le policier.

Le corridor était sombre. La peinture des murs s'écaillait. À la lueur des rampes lumineuses qui clignotaient au plafond, Kurt aperçut du matériel entassé sous des bâches poussiéreuses. Peut-être l'endroit où ils entreposaient l'équipement utilisé pour leurs séances d'électrochocs.

— Vous ne venez pas avec moi ?

Le garde restait planté les mains derrière le dos.

— On dirait que non.

Kurt respira un bon coup et s'avança lentement dans le couloir jusqu'à la troisième porte. Il tourna la poignée et pénétra dans une pièce faiblement éclairée qui ressemblait à une chambre de soins intensifs. Un tuyau relié à une bouteille d'oxygène était enfoncé dans le nez d'un malade, tandis qu'un autre était une perfusion intraveineuse. Dans le lit, Cecil Bradshaw n'avait pas l'air brillant.

Kurt referma la porte.

Bradshaw tourna la tête. Il avait les yeux creux et à demi fermés.

— Content de vous voir, murmura Kurt. J'ai cru que nous allions rester coincés au fond.

Bradshaw plissa légèrement les yeux, ce qui pour lui était le plus proche d'un sourire. Il tendit la main vers le bouton qui contrôlait l'inclinaison de son lit d'hôpital sans réussir à l'atteindre.

— Pourriez-vous me redresser ?

Kurt actionna la commande jusqu'à ce que Bradshaw se trouve presque assis.

Aussitôt une alarme se mit à clignoter sur l'écran de contrôle pour signaler que le pouls de Bradshaw était à cinquante et sa tension trop basse.

— C'est ce qui arrive quand vous perdez la moitié de votre sang, expliqua Bradshaw. Ils n'ont pas cessé de me transfuser.

— Je suis déjà surpris qu'il vous en reste encore une goutte, ricana Kurt.

— Un sans cœur comme moi n'en a pas besoin de beaucoup.

— Une chance pour vous.

— Je leur ai fait arrêter les calmants, expliqua le chef de la SMA, pour que je puisse vous parler. D'abord, je tiens à vous remercier d'être le genre d'idiot qui ne sait pas renoncer. Je dois reconnaître que Hayley, Wiggins et moi, vous devons la vie.

Kurt parut sensible à ses remerciements.

— Il y a un match de rugby que je voulais voir, répondit Kurt. Trouvez-moi de bonnes places et nous serons quittes.

Bradshaw eut un petit rire qui lui déclencha une quinte de toux.

— L'autre soir, à l'Opéra, j'ai failli vous demander de nous donner un coup de main. Je vous trouvais sympathique. Mais quand vous avez parlé de maladie des caissons, j'ai laissé tomber. Heureusement, parce que vous nous auriez suivis. Et, à l'heure qu'il est, nous serions tous morts.

— Un coup de chance, en effet, approuva Kurt.

— Maintenant, continua Bradshaw, j'espère que nous n'allons pas en rester là à tourner autour du pot, alors je vous le demande carrément : je voudrais que ce soit vous qui preniez en main cette enquête.

Kurt attendit sans rien dire.

— Vous aviez vu juste, il y a une fuite dans mon service. Je ne sais pas comment c'est possible, mais c'est la seule explication logique. On dirait que quelqu'un connaît nos projets presque avant que nous passions à l'action. On nous coiffe toujours sur le poteau.

— Et c'est la raison pour laquelle nous sommes ici, sur cette base aérienne, au lieu d'être dans un hôpital public ?

— Absolument. On a dit à mes hommes que j'étais encore dans le service chirurgical, et on leur racontera ensuite que je suis toujours dans le coma. À part Wiggins et Hayley – qui sont momentanément tenus à l'isolement comme vous et Zavala –, personne n'est au courant de votre présence ni de votre intervention.

— Tout finit toujours par se savoir, observa Kurt, surtout si nous commençons à fouiner partout en posant des questions. De plus, comme nous sommes américains, les choses pourraient devenir délicates ici, en territoire australien.

— Ce le serait en effet, reconnut Bradshaw, si vous restiez sur le territoire australien.

Kurt s'appuya contre le bureau.

— Comment cela ?

— Dans cette opération, répondit Bradshaw, nous avons affaire à des terroristes. Nous croyons que la phase suivante de leur plan sera lancée de l'étranger.

— Sur la foi de quoi ?

— Du rapport de notre informateur. Nous avons été avertis que le projet en plein désert était remplacé par un plan à la fois plus destructeur et de plus ample envergure. Nous en avons la preuve. Étant donné les efforts qu'il a fallu pour construire et dissimuler ce laboratoire – quel que soit le nom qu'on lui donne –, il aurait été tout à fait irrationnel de le faire sauter sans avoir une solution de rechange.

Kurt acquiesça : cela semblait logique.

— En outre, ajouta Bradshaw, la cargaison de matériel d'exploitation minière que nous avons interceptée comprenait quelques-uns des appareils autonomes les plus sophistiqués qu'on puisse trouver, et conçus pour être utilisés en haute mer dans les conditions les plus risquées et par n'importe quel temps. Nous avons repéré un cargo qui quittait Perth pour officiellement rallier le port du Cap. En réalité, il faisait route vers le sud, en direction de l'Antarctique, et non à l'ouest, vers l'Afrique du Sud.

— De nos jours, on ne compte plus les erreurs de navigation, lança Kurt en plaisantant. À votre avis, quelle était leur destination ?

— Nous pensons que Thero se cache en Antarctique.

— Thero ?

— Le cerveau de cette sale affaire.

Kurt saisit une chaise et s'y installa à califourchon, les bras appuyés sur le dossier. Penché vers Bradshaw, il réfléchissait à ce que celui-ci lui demandait. Tout cela piquait sa curiosité, mais non sans quelques problèmes.

— La NUMA n'est pas à proprement parler une agence qui se charge de faire respecter la loi. C'est peut-être Interpol que vous devriez contacter.

— Et attendre six mois qu'ils aient rempli la paperasserie nécessaire ?

Bradshaw secoua la tête.

— D'ailleurs, ajouta-t-il, outre la menace terroriste, d'après ce que j'ai entendu dire, nous aurons à résoudre quelques problèmes scientifiques. Si ces gens choisissent l'océan pour couvrir leurs activités, la NUMA semble être spécialisée dans ce genre d'opération. Et, en raison de ces divers paramètres, ma foi, vous ne serez pas dépaysé.

— C'est exact, acquiesça Kurt.

— Alors, laissez-moi vous passer le relai.

— Ce n'est pas de mon ressort. Je me suis juste conduit de façon spontanée et *stupide*, comme vous dites. Si nous voulons impliquer officiellement la NUMA, il faut que j'alerte ma hiérarchie. Je ne vous promets rien. Cependant, compte tenu de ce que vous me dites, je crois que notre directeur sera de votre avis.

— Pitt ? demanda Bradshaw. J'ai entendu parler de lui. Un type bien, à ce qu'on m'a dit.

— Tout à fait. Mais avant que je le contacte, il faut que je sache exactement de quoi il s'agit, ce que ces gens manigancent. Qui est ce Thero et que veut-il exactement ?

Bradshaw n'hésita pas.

— Avez-vous jamais entendu parler de l'énergie du point zéro ?

À vrai dire, Kurt ne connaissait même pas l'expression avant d'avoir fait des recherches sur Internet concernant Hayley Anderson.

— J'ai vu ce terme dans une revue scientifique, Et j'avoue en avoir lu à peine plus d'un ou deux paragraphes. Il s'agissait, m'a-t-il semblé, d'une certaine source d'énergie.

— Je ne prétends pas m'y connaître en physique, expliqua Bradshaw, je peux cependant vous dire qu'il s'agit de puiser de l'énergie dans des sources censées se trouver autour de nous. D'après cette théorie, le monde entier bénéficierait d'une source d'énergie inépuisable dont l'utilisation et la distribution ne coûteraient pratiquement rien.

— Cela m'a l'air d'une utopie, dit Kurt.

— Peut-être. Mais qui sait ? Ces gens qui nous intéressent y croient. Ils prétendent en avoir découvert le secret.

— Allons donc ! se dit Kurt.

— Énergie gratuite, cela signifie paix, amour et kilowatts. Pourquoi des gens se feraient sauter et tuer pour ça ?

Bradshaw eut une nouvelle quinte de tous qui lui arracha une grimace de douleur.

— Je vais vous remettre un dossier complet sur ce que nous *croyons* savoir. En voici un bref résumé. Tout commence avec un certain Thero, Maximilien Thero. Américain, ingénieur nucléaire de profession et physicien autodidacte, il a passé huit ans dans votre marine à servir sur des sous-marins et des porte-avions. Démobilisé en 1978, il a commencé à travailler à Three Mile Island quelques mois avant l'accident de 1978 qui, si vous en souvenez, a provoqué la fusion d'une partie d'un réacteur.

« Convaincu que le monde avait frôlé une épouvantable catastrophe, il commença à réfléchir sur l'utilité de la carrière qu'il avait choisie et finit par lancer une croisade pour trouver une autre façon de produire de l'énergie. Il entendit un jour parler de l'énergie du point zéro. Pour autant que nous le sachions, il passa des années à réunir des fonds afin de prouver que l'idée était exploitable. Malheureusement, on ne le prit jamais au sérieux.

« Au bout d'un certain temps, il en vint à se persuader que ses efforts se trouvaient contrecarrés par les magnats des compagnies pétrolières, de l'industrie nucléaire pétrolière et autres éminences grises de votre département de l'Énergie. Il prétendit lors d'une interview que votre gouvernement avait mis sa ligne personnelle sur écoute ainsi que celles de son laboratoire. Une enquête du fisc sur le financement de ses recherches ne fit qu'envenimer les choses.

— Ça ressemble à un complexe de persécution.

— Un rapport de la CIA que votre gouvernement nous a communiqué est d'ailleurs parvenu à cette conclusion. Ce type est un paranoïaque. Peu après l'année 2000, il a fui les États-Unis pour venir en Australie.

— Pourquoi l'Australie ? demanda Kurt. Vous ne produisez et n'utilisez pas d'énergie atomique !

— En effet, déclara Bradshaw. Et ce sont justement ces raisons qui l'ont motivé. Il se disait que cela lui faciliterait les choses, d'autant que l'Australie et la Nouvelle-Zélande s'opposaient aux visites de navires de guerre américains équipés d'armes nucléaires. D'après ce que j'ai cru comprendre, il semblait convaincu que mon gouvernement allait l'accueillir à bras ouverts.

— Ce qui a été le cas ?

— Au début, il a reçu la première subvention dont il ait jamais bénéficié et a obtenu un poste à l'université de Sydney tout en s'efforçant de perfectionner sa théorie. En 2005, il a prétendu qu'il serait dans moins d'un an capable d'obtenir un système utilisable. Mais avant qu'il puisse mener à bien son premier essai, mon gouvernement est intervenu et a fermé son laboratoire.

— Pour quelle raison ?

— Je n'ai aucune explication, répondit Bradshaw, sans doute y avait-il des gens qui estimaient ses expériences dangereuses.

Ce n'était vraiment pas une surprise. Des savants paranoïaques se livrant à des recherches dans le domaine nucléaire avaient tendance à rendre les gens nerveux.

— Et que vient faire Hayley dans tout cela ?

— C'est une physicienne. Elle terminait ses études à l'époque où Thero est arrivé et elle a immédiatement travaillé avec lui. Aidée de George et Tessa, le fils et la fille de Thero, tous deux également physiciens, ils formaient une petite trinité en admiration devant Thero.

— Une vraie croisade, murmura Kurt.

— De véritables croyants.

— Vous l'avez donc réduit au silence il y a huit ans, observa Kurt. Mais j'imagine que son histoire ne s'arrête pas là.

— Absolument. Thero et sa famille ont reçu l'ordre de quitter rapidement le pays s'ils ne voulaient pas être expulsés. Ils auraient pu revenir aux États-Unis, mais un investisseur japonais du nom de Tokada, spécialisé dans le capital risque, est venu les aider. Pour autant que nous le sachions, Tokada a promis que le Japon, contrairement à votre pays et au mien, financerait leurs travaux.

— Ça se comprend, fit remarquer Kurt. Le Japon a toujours dû importer son énergie.

— Et dans d'énormes proportions, souligna Bradshaw. Les Japonais importent 98% de leur pétrole et 90% de leur charbon. Leur industrie nucléaire est assez importante mais, après Hiroshima et Nagasaki, l'énergie atomique a toujours été vue d'un mauvais œil et cela même avant que le tsunami ait anéanti les réacteurs de la centrale de Fukushima.

Kurt commençait à y voir plus clair.

— Donc si Thero parvenait à capter cette énergie du point zéro, le Japon pourrait se libérer de tous ses problèmes et le pays entier le saluerait comme un héros en le faisant probablement milliardaire du jour au lendemain.

Bradshaw hocha encore une fois la tête.

— Thero est arrivé ici en 2006, il a installé un laboratoire secret sur Yagishiri, une petite île du Nord. Son fils et sa fille l'accompagnaient, mais pas Hayley.

— Pourquoi ?

Bradshaw essaya de s'installer plus confortablement avec un autre oreiller.

— Eh bien, d'abord elle commençait à trouver qu'ils s'engageaient sur une voie dangereuse. En outre, elle souffre d'une véritable phobie du voyage. Elle ne prend jamais l'avion et n'a même pas de voiture. Jusqu'à hier, cela faisait neuf ans qu'elle n'avait pas quitté Sydney.

Cette annonce surprit Kurt, qui avait vu le courage dont elle pouvait faire preuve.

— Alors comment avez-vous réussi à l'amener jusqu'ici ?

— Avec des calmants.

Kurt éclata de rire.

Après une nouvelle quinte de toux, Bradshaw reprit :

— Deux ans après l'arrivée de Thero au Japon, un accident se produisit, une violente explosion qui détruisit complètement son laboratoire.

— Que s'est-il passé ?

— On ne sait pas exactement. Certains disent que c'est une de ses expériences qui a mal tourné. Des photos prises par satellite n'ont repéré qu'un trou béant et fumant dans le sol. Il semblait impossible qu'il y ait eu des survivants. Des funérailles furent célébrées pour tous ceux qu'on croyait présents sur les lieux de la catastrophe, c'est-à-dire Thero et ses enfants.

— Affaire classée, dit Kurt surpris. C'est un peu facile.

— En effet, fit Bradshaw. Silence complet sur ce sujet jusqu'à l'an dernier où mon gouvernement a reçu une lettre prétendument envoyée par Thero, assurant qu'il voulait se venger et avait l'intention de détruire l'Australie comme on l'avait fait avec sa famille.

Kurt se redressa.

— Mettre en pièces l'Australie ? En créant le chaos, une révolution ou quelque chose comme ça ?

Bradshaw secoua la tête.

— En déchirant le continent en deux.

Kurt regarda Bradshaw. Il n'avait pas l'air de plaisanter.

— Redites-moi ça !

— Voilà le hic. Thero prétend avoir atteint son but et découvert le secret d'une énergie illimitée. Il affirme qu'il aurait voulu en faire bénéficier le monde entier, mais comme on l'a rejeté et parce qu'on a maltraité ses enfants, il utilisera désormais ce nouveau pouvoir pour se venger en commençant par scinder notre île en deux.

— Même en utilisant une forme d'énergie dont je n'ai jamais entendu parler, cela me semble absurde. Un millier de bombes atomiques ne parviendrait pas à scinder l'Australie en deux.

— Exact, confirma Bradshaw. Pourtant c'est concevable si on s'attaque aux plaques tectoniques.

— Qu'est-ce que vous racontez ?

— Je laisserai Hayley vous donner les détails, mais Thero prétend qu'il peut utiliser l'énergie du point zéro pour déclencher des tremblements de terre et affecter le mouvement des plaques continentales.

Kurt avait lu voilà quelques années une étude sur ce sujet. On savait qu'une forte pression, des injections à grande profondeur de certaines substances chimiques étaient capables de lubrifier des lignes de faille, provoquant par endroits de légers séismes. Mais pour la plupart, il s'agissait de phénomènes qui n'étaient perçus que sur les enregistrements des sismographes et non pas dans les rues des villes environnantes. De plus, Kurt n'avait jamais entendu parler de cette énergie du point zéro.

— Thero nous en a déjà fourni une preuve, assura Bradshaw. Dans une lettre précisant ses menaces, il promettait de provoquer un tremblement de terre exactement deux mois après la date d'envoi de sa lettre. Il indiquait le lieu où il se produirait : quelque part entre Adélaïde sur la côte sud et Alice Springs où nous nous trouvons maintenant.

— Un séisme a bien eu lieu le mois dernier, dit Kurt, se rappelant l'information. Un séisme important.

— D'une magnitude de 6,9, précisa Bradshaw. À deux cents kilomètres au nord-ouest d'Adélaïde. Il s'est produit à la date exacte annoncée par Thero. Ce fut le plus fort tremblement de terre depuis des années.

— Mais il n'existe aucune ligne de faille dans cette région, dit Kurt en se rappelant ses études de géologie. L'Australie est située au centre d'une plaque et non pas au bord comme la Californie ou le Japon.

— C'est ce qui m'a été précisé, confirma Bradshaw. Thero affirme qu'il peut modifier cela. Et quand il l'aura fait, l'Australie sera effectivement scindée en deux plaques plus petites là où il n'en existe actuellement qu'une seule.

Kurt sentait son esprit vaciller. *Était-ce vraiment possible ?*

— Ne pourrait-il pas s'agir d'une coïncidence ? D'un coup de chance ? Ou d'une suggestion d'un nouveau détecteur qu'il aurait fabriqué ?

— Hayley elle-même n'en est pas convaincue, répliqua Bradshaw. Et nous ne pouvons pas attendre d'en être certains.

« Non, certainement pas, se dit Kurt. Pas quand il s'agissait d'un dément qui avait perdu tout ce qui comptait pour lui et désirait se faire justice. »

— Pourquoi Hayley s'implique-t-elle dans cette affaire ? demanda-t-il. Elle n'a rien d'un agent. L'autre soir, elle avait l'air au bord de la crise de nerfs. Pourquoi la faites-vous rencontrer ces courriers ?

— Je vous l'ai dit, soupira Bradshaw, nous avons un informateur, quelqu'un dans l'organisation de Thero qui nous a fourni des renseignements. Il ou elle a, je ne sais pourquoi, contacté Hayley après la première menace. Quelle que soit la personne au sein de l'organisation de Thero, elle n'est disposée à traiter avec nous que si Hayley sert d'intermédiaire.

Kurt comprenait le dilemme de Bradshaw.

— C'est une femme courageuse, dit-il, trop pour son bien. Vous devriez la placer quelque part sous la protection de votre service.

— Nous ne pouvons pas la protéger de la catastrophe que Thero s'apprête à déchaîner. En tout cas, pas ici. Et comme elle refuse de voyager, cela limite les options. D'ailleurs elle veut continuer à nous aider. Si vous vous chargez de cette affaire, vous aurez besoin d'elle. Elle est la seule qui comprend les menaces auxquelles nous devons faire face.

Bradshaw avait raison, mais Kurt n'aimait pas cette idée. Des civils mêlés à ce genre d'embrouilles couraient au-devant de bien des avatars.

Bradshaw désigna sur le bureau une enveloppe en papier kraft qui semblait contenir un épais dossier.

— Voilà tout ce que nous savons. Lisez ça et faites-moi connaître votre décision le plus tôt possible. Dans tous les cas, vous aurez vos places pour le match de rugby.

Kurt sourit. Bradshaw était un type bien, coriace, qui surmontait ses souffrances pour passer le flambeau à un autre tout en étant encore capable de plaisanter. Kurt se dit qu'il méritait bien une nouvelle gorgée de sédatif pour rejoindre un moment le pays des songes. Ce qui lui rappela un autre mystère.

— Comment ça s'est passé ici ? Comment ces types vous ont repéré ?

Bradshaw secoua la tête.

— Je m'apprêtais à lancer un appel radio et, tout à coup, je me suis retrouvé par terre alors que quelqu'un tirait des coups de feu.

— Avez-vous vu un éclair ?

Bradshaw resta muet.

— Comme le reflet du soleil sur du verre ?

— Oui, fit lentement Bradshaw. Oui, il me semble.

Kurt hocha la tête. Il était pratiquement certain que le même phénomène s'était produit avec Joe. Thero avait sans doute plus d'une arme à sa disposition.

Il prit le dossier et se leva.

— Je serai plus tranquille en sachant que vous prenez cette affaire en main, marmonna le chef de la SMA.

— Alors, je vous donnerai ma réponse le plus tôt possible.

14

Washington, 22 heures

SOUS LA DISCRÈTE LUMIÈRE DES LUSTRES, une foule d'ambassadeurs, de membres du Congrès et autres dignitaires se pressait dans la salle est de la Maison Blanche.

Après le dîner en l'honneur du Premier ministre indien, les invités avaient l'occasion de discuter et d'échanger des idées sans être entravés par leur position officielle. On racontait que l'on réglait ainsi plus de problèmes qu'au cours des séances formelles de négociation soigneusement orchestrées entre gouvernements.

Dirk Pitt en était persuadé. D'ailleurs, en circulant dans le grand salon, il surprenait des accords en train de se conclure, des traités dont on discutait les termes et bien d'autres conversations qu'on ne s'attendait pas à entendre ici. Ce soir, Dirk Pitt était surtout venu pour rendre service à un vieil ami.

Grand, robuste et semblant apprécier la vie au grand air, Pitt était un homme d'action et un chef né qui gardait toujours le plus grand calme dans les pires situations. Si d'aventure une explosion devait se produire et que tout le monde se précipitait vers les issues les plus proches, Dirk Pitt examinerait les lieux, terminerait son verre puis, calmement, trouverait l'extincteur le plus proche.

C'était donc dans ces dispositions qu'il traversait le salon à la recherche de son vieil ami James Sandecker, ancien directeur de la NUMA et actuel vice-président des États-Unis.

Pitt l'aperçut au fond de la pièce. Même si les cheveux roux de Sandecker commençaient à grisonner, il avait conservé sa fière silhouette de poids coq. Il se tenait les bras croisés derrière le dos, sans doute pour décourager tous ceux qui tenteraient de lui serrer la main. Son attitude et son expression peu amène semblaient suffisamment claires pour écarter les gêneurs les plus résolus.

Pas tous cependant.

— Combien faut-il de sénateurs pour changer une ampoule électrique ? demanda un membre du Congrès, trapu et rougeaud, entre deux gorgées de whisky.

Dirk Pitt suivit cet échange avec amusement. Il s'attendait à une réponse plutôt cinglante et ponctuée d'un ou deux jurons, mais après tout, on était à la Maison Blanche.

— Combien ? répéta sèchement le vice-président.

Le membre du Congrès se mit à rire tout seul de la plaisanterie qu'il s'apprêtait à lancer.

— Personne ne le sait, mais si vous voulez, nous pourrions former une commission et vous donner une réponse d'ici un an ou deux.

Sandecker eut un sourire fugitif mais reprit aussitôt son air sévère.

— Intéressant, lâcha-t-il.

Le rire de son interlocuteur faiblit puis s'arrêta net. La réaction de Sandecker l'avait manifestement déconcerté. Il but encore une gorgée de son whisky, esquissa un petit salut de la main et s'éloigna, non sans se retourner une ou deux fois, l'air perplexe.

— Je trouve que vous vous adoucissez avec le temps, dit Pitt en s'approchant. Il y a quelques années, vous lui auriez cassé la figure…

Il fut soudain interrompu par la sonnerie d'un portable.

— Pour vous ou pour moi ? interrogea Sandecker en tâtant sa poche.

— Je crois que c'est pour moi, constata Pitt en saisissant son téléphone.

Il pianota un code sur son clavier. Les mots « MESSAGE PRIORITAIRE » s'affichèrent sur l'écran.

Sandecker prit un air sérieux.

— Je me souviens de l'époque où les portables n'existaient pas, où un pauvre diable devait se précipiter en courant comme un fou pour vous annoncer une mauvaise nouvelle.

— Les temps ont bien changé, observa Pitt, attendant que le message s'inscrive sur l'écran.

— Pas en mieux. Abattre le messager n'a plus le même charme quand on utilise ces foutus appareils. Quelles sont les nouvelles ?

— Kurt est impliqué dans une sombre histoire en Australie.

Un sourire vint éclairer le visage de Sandecker.

— J'ai appris qu'il avait fait de sérieux dégâts à l'Opéra.

— Vous trouvez ça drôle ? demanda Pitt.

— De vrais enfants, ces Australiens ! expliqua Sandecker. Ils veulent nous faire payer tous les dégâts que vous et Al avaient causés. Quand je pense à toutes les histoires que j'ai dû arranger ou étouffer…

Sandecker se mit à rire en secouant la tête.

— Vous savez que le fisc américain réclame toujours une taxe sur le Messerschmitt que vous avez ramené d'Allemagne ?

Pitt leva les yeux au ciel.

— Cela m'a déjà coûté assez cher comme ça compte tenu de tout l'argent que j'ai déjà investi dans cette aventure.

Pitt avait répondu presque machinalement car il ne suivait plus du tout la conversation. Il déchiffrait le texte qui s'inscrivait sur l'écran de son portable. Face à quelqu'un d'autre, il aurait pu dissimuler son émotion, mais devant un de ses plus vieux amis, c'était sans importance.

— Un problème ? s'inquiéta Sandecker.

— Neuf membres de la SMA tués dans une embuscade. Il semble que Kurt et Joe soient tombés sur les lieux du massacre, qu'ils aient réussi à sauver deux personnes ainsi qu'un homme du service de recherche. Kurt veut communiquer par satellite sur une ligne codée. Il m'informe qu'il se trouve à la base aérienne d'Alice Springs.

— Alice Springs, murmura Sandecker. Intéressant.

Pitt leva la tête.

— Intéressant comme la plaisanterie du clown de tout à l'heure ou *vraiment* intéressant ?

— *Vraiment* intéressant, se contenta de dire Sandecker.

Dirk remit le téléphone dans sa poche.

— Je suppose que vous avez dans ce bâtiment un endroit discret d'où je puisse parler à Kurt ?

— La salle de crise est disponible, proposa Sandecker en prenant son portable pour aussitôt envoyer un message. Je vais alerter l'équipe de communications. Le temps que nous arrivions, tout sera prêt avec du café bien chaud.

— *Nous ?*

— Je ne peux pas vous laisser vous promener dans la Maison Blanche sans escorte comme si vous faisiez partie d'un groupe de visiteurs, expliqua Sandecker. D'ailleurs, il me faut une excuse pour partir d'ici avant de casser la figure de quelqu'un et d'entacher ma réputation.

Vingt minutes plus tard, Pitt et Sandecker se trouvaient dans une annexe de la salle de crise : une pièce, à peine plus grande que celle d'un banal bureau d'entreprise, dans laquelle un immense écran de contrôle et trois plus modestes occupaient la totalité d'un mur. Deux rangées de gros fauteuils complétaient l'ensemble.

Comme l'avait promis Sandecker, un des meilleurs cafés que Pitt eut jamais goûté les attendait. Il en but quelques gorgées pendant qu'un technicien des communications terminait divers réglages avant de s'éclipser.

Pitt s'assit au centre du premier rang de fauteuils et Sandecker prit place à son côté.

Quelques secondes plus tard, un signal d'alerte fut envoyé sur un écran puis apparut le visage mal rasé de Kurt Austin.

— Communication à double sens établie, annonça la voix du technicien dans l'interphone. Vous pouvez vous voir et vous entendre réciproquement.

— Merci, Oliver, dit le vice-président.

Ils virent sur l'écran Austin se redresser.

— Je ne m'attendais pas à vous voir.

— Si vous l'aviez su, vous vous seriez rasé ?

— Absolument. À condition d'avoir sous la main quelque chose de plus aiguisé qu'un couteau à beurre.

— Pas de problème, fit Sandecker en souriant. Au fait, les braves gens de l'île Picket vous envoient leurs meilleurs souvenirs. Ils ont récemment prêté serment comme citoyens des États-Unis. Ils ont décidé de conserver l'île dans l'état où vous l'avez connue, à une exception notable près : ils ont rebaptisé l'anse où ils vous ont découvert. Elle s'appelle maintenant la baie Austin.

— Superbe ! s'exclama Kurt. J'espère vivre assez longtemps pour revoir ça.

Pitt intervint à son tour.

— Vous êtes en vacances depuis à peine une semaine Kurt et vous avez déjà réussi à saccager un site mondialement connu. De plus vous voici, Joe Zavala et vous, empêtrés dans une affaire impliquant la sécurité nationale australienne, et tout cela pour finir à l'hôpital. Je commence à m'interroger sur votre conception du mot vacances.

— Je n'aurais pas dû entraîner Joe dans cette affaire, reconnut Kurt.

— Pas plus que vous y impliquer, précisa Pitt. D'un autre côté, vous avez sauvé des vies, ce qui équilibre un peu les choses.

Kurt hocha la tête en ajoutant :

— C'est sans doute le cas, puisque le chef de la section antiterroriste de la SMA sollicite notre aide.

Kurt entreprit d'expliquer les événements des deux derniers jours, la situation actuelle et la menace implicite qu'elle présentait. Il conclut en partageant ses récentes connaissances sur l'énergie du point zéro et en formulant la requête de Bradshaw.

À mesure qu'il écoutait, Pitt trouvait l'histoire presque incroyable, mais il avait appris depuis longtemps que ce qui paraissait invraisemblable arrivait d'ordinaire très souvent.

— Dans l'immédiat, c'est l'Australie qui est menacée, conclut Kurt. Selon Bradshaw, la lettre de Thero indique que l'Australie sera la première touchée mais que, dans l'avenir, sa vengeance s'étendra aussi sur d'autres pays.

— Vous voulez donc enquêter sur lui. Avez-vous une idée de l'endroit où orienter vos recherches ?

— S'appuyant sur l'achat en contrebande de matériel de recherche minière et sur divers autres indices, la SMA estime que la prochaine phase des travaux de Thero s'effectuerait en mer dans une installation sous-marine ou sur la banquise de l'Antarctique.

Pitt hocha la tête d'un air songeur.

— Cela fait une sacrée étendue : des centaines de milliers de kilomètres carrés. Il faut trouver un moyen de réduire la superficie de la zone de recherches.

— D'après Bradshaw, Mrs Anderson a travaillé sur un certain type de détecteur. Elle pense que le premier séisme a été provoqué par un prototype installé dans la mine submergée mais que l'appareil plus puissant que Thero est en train de construire nécessitera plusieurs tests de calibrage avant d'être utilisé à pleine puissance. Ces essais pourraient présenter certains risques et causer quelques dégâts cependant, si elle a raison, ils nous permettront de repérer le lieu où se cache l'installation.

Sandecker émit un grognement. Pitt se tourna vers son vieil ami.

— Avez-vous une idée, monsieur le vice-président ?

Sandecker se cala dans son fauteuil en caressant sa barbe à la Vandyke. Au bout d'un moment, il se redressa puis se pencha en avant, le visage fermé, le regard fixe : l'image parfaite du chef de guerre qui prend une décision capitale.

— Mes amis, déclara-t-il, ce que je vais vous dire est tout à fait confidentiel. TOP SECRET, en fait. La NSA a mis au point un réseau de détection à distance extrêmement sensible. Il est conçu pour localiser les explosions nucléaires grâce aux rayonnements intenses de neutrons et de rayons gamma qu'elles libèrent. Ces nouveaux détecteurs sont bien plus sensibles et précis que ceux qui équipent actuellement nos satellites chargés de surveiller les essais nucléaires souterrains. Il en existe vingt-quatre, répartis dans diverses bases militaires à travers le monde. Pour des raisons inconnues, plusieurs d'entre eux ont reçu un signal anormal à 7h35 GMT, juste avant le séisme enregistré en Australie.

— Dans quelles stations ? demanda Pitt.

— Celles du Cap, d'Alice Springs et de Diego Garcia. Le signal le plus fort provenait d'ailleurs d'Alice Springs.

— Pouvons-nous avoir accès à ces données ?

— Je vais voir, répondit Sandecker.

— Il peut y avoir un rapport avec ce qui nous intéresse, déclara Kurt. Cela pourrait nous aider à réduire la zone de recherche.

Pitt acquiesça.

— Que vous faut-il pour l'étape suivante ?

— J'aurai besoin de quelques navires, tous ceux dont vous pourrez disposer. Nous aimerions mettre en place un cordon de surveillance capable de repérer la moindre sonorité perceptible. Il me faudrait aussi une assistance technique. Paul et Gamay Trout seraient parfaits pour ce poste, si vous pouviez les faire venir ce serait formidable. Je vous donnerai également une liste de l'équipement technique que demande Mrs Anderson et qu'il faudrait nous expédier à Perth. Nous arriverons là-bas d'ici deux ou trois jours.

— Deux ou trois jours ? répéta Pitt. Perth n'est pas à plus de trois heures de vol d'Alice Springs.

— Je sais, expliqua Kurt, mais nous voyagerons par le train. Je dois escorter Mrs Anderson qui a une peur folle de l'avion.

Pitt aurait préféré réquisitionner un jet pour eux mais ils ne gagneraient pas de temps puisque, de toute façon, il faudrait plusieurs jours pour acheminer sur place les navires et le matériel.

— Compris, dit-il. Soyez prêts à appareiller dès que vous mettrez les pieds sur le quai.

— Ne vous inquiétez pas, assura Kurt.

La conversation terminée, Dirk Pitt songea à la tâche qui les attendait. Repérer, quelque part dans l'immensité de l'Antarctique, le lieu de l'installation sous-marine de Thero ne serait pas aisé, même pour une flotte de navires les plus performants dans la recherche high-tech.

Il se tourna vers Sandecker.

— Vos détecteurs de neutrinos sont-ils munis d'un composant indiquant la direction de l'émission ?

— Dans une certaine mesure oui, reconnut Sandecker, mais pas avec une totale précision, si c'est ce que vous attendez.

Pitt réfléchissait rapidement.

— Serait-il possible de les régler pour qu'ils captent les ondes émises ? Au cas où le capteur que met au point l'amie chercheuse de Kurt ne les recevrait pas ?

— À quoi pensez-vous ?

— S'il s'agit d'un vague vecteur directionnel et si trois stations reçoivent le même signal, cela signifierait que nous pourrions, grâce à des références croisées, le localiser par triangulation, ce qui nous aiderait à affiner la zone où se trouve la cible.

— Je vais voir ce que je peux faire, déclara Sandecker en souriant.

15

À bord du Gemini, *navire de la NUMA*
Océan Indien, à 140 milles nautiques à l'ouest de l'île Christmas

Le *Gemini* était un navire de la NUMA de cent cinquante pieds. De profil, il avait l'allure d'un yacht à la silhouette un peu massive. Conçu pour transporter instruments et engins téléguidés, il disposait également de cabines minuscules où logeait l'équipe de chercheurs.

Pour l'instant, le *Gemini* filait cap à l'ouest. L'équipage, quant à lui, était occupé à tester un nouveau type de sonar capable de capter des ondes au fond de la mer.

Penché par-dessus le bastingage, un talkie-walkie à la main, Paul Trout se dirigeait vers l'extrémité de la plage avant du *Gemini*. Derrière l'étrave du navire qui fendait les flots, une bride de forme triangulaire et longue de trois mètres sortait du flanc de la coque. Cette excroissance, couplée avec sa jumelle dépassant à bâbord, donnait à la proue du bateau une forme étrange évoquant la tête d'une baudroie, d'où le surnom de *Raie* que lui avait donné l'équipage. À juste titre car, tout comme la raie, le bateau était conçu pour balayer les profondeurs de l'océan afin de repérer tout ce qui se trouvait amassé, depuis des éternités, sous les sédiments.

Cela permettait ainsi de faire un formidable saut en avant dans la recherche et l'exploitation des ressources sous-marines. Mais il fallait d'abord s'assurer de la fiabilité de l'appareil, ce qui, jusqu'à maintenant, relevait encore du quitte ou double.

Paul pressa le bouton de contact de la radio.

— Bride déployée et bloquée en position. Branchements sécurisés. Indicateurs d'alignement OK. Confirmation visuelle que la *Raie* est bien positionnée.

— OK, Paul, dit sur la radio une voix féminine. Mais nous recevons toujours un signal bizarre sur le processeur.

Gamay Trout, la femme de Paul, répondait depuis le centre de contrôle du *Gemini* afin de surveiller le flot d'informations recueillies par la *Raie*.

Paul préférait de loin être sur le pont, en partie parce que le centre de contrôle était trop exigu pour son mètre quatre-vingts mais aussi parce que s'engager pour une mission en mer et passer tout son temps dans un réduit obscur entouré d'ordinateurs lui semblait le comble de l'absurdité.

— As-tu repéré des dauphins ?

— Des dauphins ?

— Au cours de nos plongées d'essai, il y en avait trois qui nous accompagnaient, ils avaient l'air très intéressés par la *Raie* et n'arrêtaient pas de la bombarder avec leur sonar.

Il inspecta d'un coup d'œil les deux flancs du navire.

— Aucun dauphin en vue.

Un long silence suivit, et Paul supposa que Gamay s'était lancée dans un long protocole afin de diagnostiquer d'où pouvait venir cet étrange signal. Il en profita pour s'étirer et profiter du ciel bleu, de la brise un peu fraîche malgré la chaleur du soleil.

Comme le silence se prolongeait, il se risqua à taquiner un peu sa femme :

— Tout va bien ?

Pas de réponse. Les ordinateurs donnaient parfois du fil à retordre, et Paul n'avait aucun mal à imaginer le jurons fusant dans le poste de contrôle. Il se félicitait de ne pas être en bas.

Il sourit en voyant une silhouette apparaître en haut de la passerelle et descendre sur le pont.

Gamay approchait. Relativement grande pour une femme avec son mètre soixante-quinze, elle était si bien proportionnée qu'elle n'avait en rien l'allure dégingandée des femmes de cette taille.

Plutôt séduisante quand il le fallait, elle était vêtue pour cette mission, comme le reste de l'équipage, d'un pantalon kaki avec un polo griffé NUMA en lettres d'or. Elle lui sourit, ses yeux bleus pétillant de malice.

— Tu as décidé de venir faire quelques pas avec moi ?

— En fait, fit-elle, je suis venu t'annoncer de mauvaises nouvelles. Il va falloir changer de route et mettre le cap au sud.

— Au sud ? Pourquoi au sud ? Je suis sûr que tu peux remettre la *Raie* sur la bonne voie !

— La *Raie* n'y est pour rien. Nous avons de nouveaux ordres

Paul sentit le bateau virer à bâbord.

— Fichtre, on ne perd pas de temps !

— Dirk veut que nous allions aider Kurt et Joe qui sont embarqués dans ce qu'il a appelé « un projet d'une importance capitale ».

— La dernière fois que j'ai eu de leurs nouvelles, ils étaient en congés, lui rappela Paul. Ce projet ne concernerait-il pas le versement d'une caution ou une exfiltration discrète ?

— Tu connais Dirk. Il n'est pas bavard. Il a précisé qu'on nous donnerait davantage de détails sur place.

Paul était de plus en plus intrigué par ce que lui annonçait Gamay.

— Où allons-nous exactement ? interrogea-t-il en sentant le *Gemini* prendre de la vitesse.

Gamay secoua la tête.

— Tout ce que je sais, c'est que Dirk nous conseille de sortir notre équipement d'hiver.

— Alors, c'est pour ça que tu es remontée, observa Paul.

— Je me suis dit que je ferais mieux de profiter du soleil pendant que je le pouvais encore.

Paul et Gamay travaillaient souvent avec Kurt et Joe. Et, la plupart du temps, les missions qu'ils leur confiaient les surprenaient toujours. Si c'était encore le cas, les deux prochains jours leur offraient leur dernière chance de se détendre un peu.

— Alors, faisons quelques pas au soleil, ma chère amie, proposa Paul.

— Pourquoi pas ? approuva Gamay.

16

Sibérie Orientale, 17 heures

UN ÉPAIS BROUILLARD ENVELOPPAIT LES STEPPES herbeuses de la plaine du Kamchatka. Des nuages gris, dissimulant les pics montagneux, annonçaient la pluie.

— Prêt ? Ouvrez !

Dans un ensemble parfait, les grilles de plusieurs cages se relevèrent, libérant trois oiseaux qui s'envolèrent dans diverses directions.

Anton Gregorovich avait déjà glissé une cartouche dans la culasse de son fusil. Trois détonations, trois coups au but : les oiseaux tombèrent l'un après l'autre dans un jaillissement de plumes.

Fier de sa prouesse, il reposa son arme et se tourna vers ses deux assistants, des garçons d'une quinzaine d'années accroupis derrière des cages disposées en cercle.

— Il en reste combien ?

— Quatre, répondit un des garçons.

— Cette fois, ordonna Gregorovich, ouvrez-les toutes.

Les garçons acquiescèrent et préparèrent les cages dans lesquelles des oiseaux aux ailes grises sautillaient nerveusement.

Gregorovich mesurait un mètre quatre-vingt-cinq et pesait plus de cent dix kilos. Il portait à même la peau un treillis de camouflage inspiré du paysage arctique, en dépit de températures qui ne dépassaient guère le zéro. Il entretenait son corps musclé, sans une once de graisse, grâce à un régime à base de protéines et de cocktails d'aliments énergétiques préparés pour l'équipe olympique russe.

Immobile au milieu de son tableau de chasse, on aurait dit une statue de l'homme idéal taillée dans un unique bloc de pierre.

À bien des égards, Gregorovich était plus en forme que n'importe quel athlète puisque dans son régime entraient des stéroïdes, des hormones de croissance et autres substances prohibées par toutes les fédérations sportives du monde.

Il évoluait dans un milieu où l'échec n'était pas pénalisé par une modeste médaille de bronze ou l'interdiction de participer à une épreuve, mais par la mort.

Gregorovich reprit calmement sa position. Baissant la tête, il ferma les yeux pour écouter l'envol des volatiles.

— Quand vous serez prêts, dit-il calmement.

Les yeux fermés, l'esprit en éveil, il se représentait les garçons déplaçant silencieusement les cages et était fier d'être une nouvelle fois mis à l'épreuve. Les secondes s'égrenaient, puis ce fut le bruit soudain des portes des cages qui s'ouvraient.

Gregorovich releva brusquement la tête et ouvrit les yeux. En un instant, son regard se fixa sur les oiseaux qui, une fois de plus, s'envolaient dans toutes les directions. Comme un cow-boy de vieux western, il sortit des deux étuis fixés à sa ceinture une paire de pistolets Makarov.

Un dans chaque main, il pivota sur la droite en pressant la détente. Deux pigeons furent abattus simultanément. Pivotant ensuite sur la gauche, il repéra la troisième cible qui volait assez bas, visa de la main droite, et fit feu à deux reprises. Le pigeon tomba dans les hautes herbes.

Le quatrième oiseau volait maintenant à cinquante mètres. À deux reprises, Gregorovich tira sur lui de ses deux pistolets. L'oiseau, les deux ailes sectionnées, tomba en spirale, comme un avion de la Seconde Guerre mondiale, et toucha le sol avant que le tireur ait pu de nouveau faire feu pour l'achever.

— Bon sang !

Les garçons, toujours accroupis, l'observaient, la peur au ventre. Il n'eut pas le temps de les rassurer qu'un bruit d'hélicoptère leur parvint de la toundra : un énorme Mi-24 se dirigeait vers eux, une batterie de missiles et de canons à tubes multiples fixée sous la carlingue. Les six pales des rotors brassaient l'air dans un tourbillon incessant.

L'appareil, en amorçant sa descente, ralentissait à mesure qu'il approchait, et finit par se poser sur l'herbe à cinquante mètres de là. Une porte s'ouvrit sur le flanc de la cabine, livrant passage à un homme enveloppé d'un épais manteau qui s'avança vers Gregorovich.

Même à cette distance, ce dernier reconnut Dimitri Yevchenko, un des oligarques russes du pétrole.

À la chute de l'Union soviétique, Yevchenko s'était lancé dans une véritable course au trésor, transformant un champ pétrolier sibérien presque épuisé en une sorte d'empire eurasien. Comme bon nombre de nouveaux milliardaires, Yevchenko s'était montré sans pitié pour parvenir au sommet. Contrairement à la plupart de ses concurrents, il avait anticipé le changement et, maintenant, son entreprise remplissait les coffres des pontes du parti communiste. Il se souciait peu des pots-de-vin qu'il devait verser et les voyait comme de simples prélèvements obligatoires qui faisaient partie de son budget.

Ses méfaits étaient parfois difficiles à dissimuler. Il y a quelques mois, un journaliste, en fouinant, avait failli exhumer certains épisodes peu glorieux de sa vie : opportunément, il avait trouvé la mort dans un accident d'avion. Peu après, un politicien trop curieux qui posait beaucoup de questions avait connu un sort analogue en se noyant dans la mer Noire.

Ce n'était donc pas par hasard qu'on appelait Yevchenko le Boucher sibérien. Pourtant il n'avait jamais tué personne : Gregorovich le faisait toujours pour lui.

— Ramenez les chevaux, ordonna-t-il aux garçons. Je vous retrouverai au village.

Ils obéirent puis disparurent à l'approche de Yevchenko.

— Alors, Gregorovich, on joue avec les enfants maintenant ?

Corpulent, Yevchenko avait récemment pris des rondeurs que dissimulait mal son ample manteau. La vie à Moscou lui profitait.

— Ce sont des gosses du village qui n'ont rien de mieux à faire.

— Je vois. Et toi ? interrogea Yevchenko tandis que Gregorovich enfilait une chemise grise.

— Qu'est-ce qui vous amène ?

— Je sors d'une réunion d'urgence des membres du parti.

— Essaieraient-ils de prendre le contrôle ?

— Non, absolument pas. Ils ont compris que ce qui est bon pour nos affaires profite également à la Russie.

— Alors pourquoi avez-vous la tête de quelqu'un qui a aperçu un fantôme ?

— Parce que c'est le cas.

Yevchenko avait les mains enfoncées dans les poches de son manteau dont le col relevé remontait au-dessus de ses oreilles. On était à la mi-mars, et il grelottait. Le Boucher sibérien paraissait inquiet.

— Venez-en au fait, mon ami, lui conseilla Gregorovich.

— Que craignons-nous ? demanda Yevchenko d'un ton dramatique. Soit l'impossibilité d'obtenir ce que nous désirons, soit la certitude de perdre ce que nous possédons. Nos affaires, notre économie, l'existence même de notre nation dépendent d'une seule chose : l'énergie. Charbon, pétrole, gaz naturel. Nous sommes devenus le plus grand producteur de pétrole brut, et cela fait deux ans que nous dépassons les Saoudiens. Nous sommes le premier producteur de gaz naturel du monde et possédons les plus importantes réserves de charbon de la planète. C'est notre force. Nous vendons notre production à des prix qui ne cessent de grimper à de gros consommateurs d'énergie comme la Chine, l'Inde ou l'Europe. Cependant, nous devons aujourd'hui faire face à une menace qui pourrait en un clin d'œil tout détruire.

Gregorovich, peu intéressé par cet exposé, ramassa son fusil et partit d'un pas décidé, préférant retrouver le pigeon blessé plutôt que poursuivre cette conversation. Malheureusement, Yevchenko lui emboîta le pas.

— Il y a trois ans je t'ai confié une mission, continua Yevchenko. Les Japonais travaillaient alors sur un procédé révolutionnaire permettant de produire de l'énergie à partir de l'air qui nous entoure dans le but d'abandonner leurs importations. Ils envisageaient de construire une flotte de voitures totalement électriques et de mettre au point un réseau national n'exigeant aucune centrale fonctionnant au pétrole, charbon ou gaz naturel. Et ils attendaient avec impatience d'exporter cette nouvelle technologie dans le reste du monde, pour ramasser une fortune et paralyser toute notre économie.

— Les expériences de Yagishiri ?

— Tu t'en souviens donc.

— Bien sûr que oui, répliqua Gregorovich d'un ton sec. C'est moi qui ai détruit les laboratoires et liquidé les chercheurs.

Yevchenko haussa les sourcils.

— Tu en es sûr ?

— Qu'entendez-vous par là ? demanda Gregorovich en avisant dans l'herbe des plumes et des traces de sang.

— C'est comme avec ce pigeon blessé. Tu n'as pas éradiqué totalement la menace.

Gregorovich interrompit ses recherches et se tourna vers Yevchenko.

— Le labo a été anéanti. Nous avons utilisé assez d'explosifs pour faire sauter tout un pâté de maisons. La thermite a tout réduit en cendres et effacé toute trace de leurs travaux. Et j'ai moi-même abattu jusqu'au dernier de ceux qui collaboraient à ce projet.

— Quelqu'un a survécu.

— Impossible.

— Les expériences ont repris, expliqua Yevchenko, mais secrètement cette fois.

Gregorovich se détourna, aspirant à pleins poumons l'air si pur de la Sibérie. Il était persuadé qu'il existait une autre explication.

— Vous savez bien que nous ne faisions que retarder l'inévitable, dit-il. Si cette hypothèse scientifique est valable, quelqu'un finira par le découvrir et terminera les travaux. Si elle se révèle sans fondement, le changement arrivera d'une autre façon. Un jour, un ingénieur inventif réussira à concevoir un panneau solaire d'une totale efficacité, ou bien un moyen de produire de l'énergie en utilisant la force des marées, des vagues ou du vent. Cela sera la fin de tous les Gazom, Aramco et Esso du monde.

— Bien sûr, s'écria Yevchenko. Mais cela n'arrivera pas avant cent ans. Nous avons, ces trois dernières années, investi cent milliards de dollars pour acheter de nouvelles réserves de pétrole et de gaz naturel. Le gouvernement a consacré d'énormes parts du budget à financer l'infrastructure de notre industrie. Nous ne pouvons pas laisser gaspiller ces investissements. Pas maintenant, pas dans la conjecture actuelle.

Tout en continuant à chercher le pigeon, Gregorovich reprit :

— Si les Japonais poursuivent ces recherches, il leur faudra des dizaines d'années pour construire les infrastructures. Et de nombreuses autres encore pour transformer le monde.

— Absolument pas. Quand un changement arrive, c'est toujours brusquement. Il y a dix ans, les téléphones portables étaient des gadgets de riches. Aujourd'hui, tout le monde en possède un. Les milliards de dollars dépensés à installer des lignes téléphoniques vont se révéler totalement gaspillés.

Gregorovich, toujours à la recherche de son pigeon, se tourna une fois de plus vers son vieux mentor :

— Cela ne vous ressemble pas de manifester une telle inquiétude, mon ami. N'auriez-vous pas trop longtemps vécu dans le confort de Moscou ?

— Inutile d'être jaloux, tu pouvais me rejoindre.

— Pour vivre comme vous dans l'angoisse ? fit Gregorovich en secouant la tête. L'utopie dont vous parlez n'est pas près de se concrétiser. Pour moi, cette histoire ne tient pas debout. Qu'est-ce qui vous affole vraiment ?

Yevchenko parut frissonner. Il hésita puis reprit :

— On m'a affirmé que nous devrons payer pour ce que nous avons fait. La menace vient de Thero lui-même, et j'ai eu vent de détails que seule une taupe pouvait connaître. Il a promis que les martyrs de Yagishiri seraient vengés, qu'en leur nom le sang allait couler. Que ce qui, à l'origine, devait assurer la paix serait maintenant un prétexte à déclarer la guerre.

Gregorovich réfléchit un moment. Il n'arrivait pas à imaginer qu'un être humain ait survécu à l'explosion et à l'incendie qu'il avait déclenchés. Le labo avait disparu, laissant place à un cratère de plus de deux cents mètres de large, et le feu avait été d'une telle force que Gregorovich et un membre du commando, pourtant bien loin du foyer, avaient eu le poil quasiment roussi.

— Quelqu'un a utilisé son nom pour vous faire peur.

— Peut-être, reconnut Yevchenko. Mais, qu'importe, il faut que ça cesse.

Gregorovich resta un moment perplexe à se demander qui pouvait avoir monté ce canular.

— Si je me souviens bien, il y avait là-bas une femme, une Australienne, collègue de Thero, amie de son fils et de sa fille. Elle considérait toutes ces recherches comme une perte de temps et décida de rester en Australie quand Thero et son équipe partirent pour le Japon.

Yevchenko hocha la tête.

— Nous avons déjà fait notre enquête : elle n'est pour rien dans cette histoire. Néanmoins, il est certain qu'elle représente un danger pour nous, surtout qu'elle travaille maintenant avec les Américains.

— Comment ont-ils pu être mêlés à votre intervention ?

— Il y a eu un pépin en Australie, expliqua Yevchenko. La femme dont tu parles a été sauvée par un Américain de la National Underwater and Marine Agency. Nous pensons qu'eux aussi recherchent maintenant Thero. Deux de leurs navires viennent d'être déroutés vers Perth et un troisième sur Sydney.

Gregorovich avait entendu parler de la NUMA. Même si ses activités étaient d'ordre civil et que son personnel se recrutait principalement parmi des chercheurs et des écologistes pleins de bonnes intentions, certains en Russie semblaient convaincus qu'elle collaborait avec la NSA, l'Agence de la sécurité nationale.

Gregorovich en doutait mais, il devait bien en convenir, cette agence se retrouvait souvent mêlée aux affaires louches de la CIA.

— Pourquoi la NUMA ?

Yevchenko hausa les épaules.

— Personne ne le sait. Mais il est fort probable qu'ils aient l'intention de mettre la main sur le projet et de développer ce qu'ils vont découvrir au profit des États-Unis. Cette éventualité est absolument inacceptable.

Et c'était sans doute ce que Yevchenko et les dirigeants du parti redoutaient le plus.

— Vous auriez dû m'écouter la première fois, dit Gregorovich. Je vous aurais amené Thero et les autres chercheurs sur un plateau. Ils auraient représenté une belle prise à exploiter.

— Tout ce que nous voulons, c'est un *statu quo*, expliqua Yevchenko. C'était ton boulot de t'en assurer. Et, en ce qui concerne le parti, *ça l'est toujours,* déclara Yevchenko.

Son regard s'était durci, son ton devenait plus ferme. Apparemment, aborder le sujet le mettait en rage.

— Que voulez-vous dire ?

— Il faut que tu trouves Thero ou l'imposteur qui se fait passer pour lui et que tu le liquides. Il faut que tu fasses disparaître toute trace de ses recherches, toute preuve de ses travaux. Et, cette fois, ne laisse rien traîner sur ton passage qui pourrait par la suite nous poser des problèmes.

Gregorovich comprit qu'il ne s'agissait pas d'une simple demande.

— Je n'ai pas raté ma mission.

— Quelque chose t'a quand même échappé.

Cette insinuation exaspéra Gregorovich. Sans aucun doute, il devait exister une autre explication qu'il trouverait tout seul.

— Si vous voulez empêcher Thero de poursuivre ses travaux, il faudra d'abord le localiser. La clef de cette histoire, c'est la femme. C'est la raison pour laquelle les Américains et les Australiens se servent d'elle.

— Que suggères-tu ?

— Avez-vous des hommes qui la surveillent ?

Yevchenko hocha la tête.

— Alors, emparez-vous d'elle et amenez-la-moi donc dans un endroit discret, suggéra Gregorovich.

— Un navire attend ton arrivée avec un groupe de commandos à ta disposition.

— Je préférerais utiliser mes hommes.

— Impossible, répliqua Yevchenko.

Gregorovich se détourna : il venait de remarquer un mouvement dans l'herbe. Devant lui, le pigeon essayait désespérément de traîner jusqu'à la clairière son corps blessé. Un court instant, il songea à l'achever d'un coup de fusil. Mais cela ne l'intéressait plus. Il avait maintenant une nouvelle proie à chasser.

Yevchenko avait lui aussi repéré le pigeon et s'avançait vers l'oiseau lorsque Gregorovich le retint.

— Laissez-le, dit Gregorovich. Laissez-le souffrir.

À la fois satisfait et inquiet, Yevchenko s'arrêta.

— Tu es un homme d'une grande cruauté, Anton Gregorovich. Nous t'avons choisi pour ça. Ne nous déçois pas une nouvelle fois sinon c'est toi qui en souffriras.

17

Jakarta, Indonésie, 5 h 40

LE SOLEIL SE LEVAIT SUR LE PORT DE TANJUNG PRIOK, hérissé d'une forêt de grues et de mâts de charge qui se dressaient dans un voile de brume au-dessus de l'alignement sans fin des navires amarrés aux quais. Situé à sept degrés seulement au sud de l'équateur, le port baignait perpétuellement dans l'humidité apportée par la mer de Java. Même à cette heure matinale, la rade était un véritable sauna, pensait Patrick Devlin en marchant vers le quai.

À soixante ans, après quarante ans de mer, Devlin voyait la retraite approcher. Cette perspective, après une longue nuit de beuverie, le laissait songeur. À quoi occuperait-il cette retraite, lui qui n'avait ni famille ni vrais amis à l'exception de ceux avec lesquels il avait servi ou pris des cuites ?

— Je n'arrive pas croire que c'est la dernière fois que je vois ce foutu port, déclara-t-il en s'adressant à Keane, son compagnon de beuverie, un Irlandais aussi épuisé que lui.

— Cette dernière nuit ici, dit Keane, tu l'as passée comme il faut. En vrai Irlandais… tu les as tous fait rouler sous la table, en leur laissant l'addition en prime !

L'Indonésie avait beau être un État musulman, Jakarta ne manquait pas de débits de boissons. Nombreux étaient les marins qui s'y retrouvaient, car le port connaissait une telle activité que les navires devaient souvent rester à l'ancre en attendant le feu vert pour charger ou décharger leur cargaison. Le trafic avait triplé depuis dix ans, et, malgré la frénésie avec laquelle on construisait de nouvelles installations, elles semblaient toujours insuffisantes.

— Pense un peu, ajouta Keane en trébuchant, se rattrapant de justesse. Quand tu seras rentré chez toi, tu ne te réveilleras plus jamais la gorge sèche, pleine de poussière, la sueur ruisselant sur ton front. Tu n'entendras plus ces foutus haut-parleurs qui hurlent dès l'aube comme des sirènes d'alerte.

L'appel des muezzins, lancé du haut des mosquées de Jakarta, avait la réputation d'être extrêmement bruyant et de retentir à une heure très matinale, bien que le premier appel à la prière ait été déplacé à quatre heures et demie au lieu de trois heures.

Encore fichtrement tôt, estimait Devlin. Pourtant, à bien des égards, cela lui manquerait, tant son attrait pour les pays exotiques était fort.

— J'avais toujours pensé que je finirais capitaine.

— Et que tu renoncerais à tout ça ? interrogea Keane d'une voix pâteuse.

Devlin se mit à rire. Presque toute sa vie, il avait rêvé d'être capitaine, seul maître à bord, mais, à la suite d'un certain événement survenu quelques années auparavant, il s'était demandé si cela valait la peine d'en assumer toutes les responsabilités. Il avait alors commencé à sombrer dangereusement dans l'alcool. Un capitaine n'avait pas de rapports complices avec son équipage, il buvait tout seul dans sa cabine et devait parfois prendre des décisions lourdes de conséquences, comme celles qui obsédaient encore Devlin.

— Jamais de la vie, déclara-t-il avec une conviction qui sonnait faux.

Il passa un bras autour des épaules de Keane d'un geste qui tenait aussi bien de l'embrassade que d'une clef au cou dans une rencontre de catch.

En riant et titubant, ils arrivèrent tous deux au canot à moteur qu'ils devaient prendre pour regagner leur bateau – un cargo chargé de rouleaux de fil de cuivre, ancré au large dans l'interminable file d'attente.

Ils embarquèrent. Devlin s'installa aux commandes du canot pendant que Kevin se trouvait un coin confortable. Devlin n'avait pas encore largué les amarres que Keane, allongé en travers de trois sièges avec un gilet de sauvetage orange en guise d'oreiller, s'était endormi et ronflait bruyamment.

— OK, roupille, mon vieux, Comme d'habitude, c'est moi qui ferai tout le boulot.

Il mit en marche le moteur et, un instant plus tard, il zigzaguait entre les navires au mouillage et les nombreuses embarcations qui passaient çà et là.

Il croisa un couple de remorqueurs en train de traîner un cargo jusqu'au chenal, puis aperçut des matelots donner des coups de peinture sur le pont d'un bateau, alors que d'autres, tels des crabes grouillant sur un rocher, grattaient la carène d'un navire, menant une lutte sans fin contre la corrosion.

Soudain, alors qu'il ralentissait légèrement, il avisa avec étonnement un navire à la coque noire et aux superstructures gris foncé qui lui parut vaguement familier : en dépit de la peinture sombre peu festive, il lui faisait penser à un petit paquebot de croisière. Plus il examinait le bateau, plus il avait le sentiment que quelque chose clochait : pas de canots de sauvetage ni de mâts radars, ni même d'antennes. En fait, aucun des accessoires habituels qui hérissent d'ordinaire les navires modernes.

Malgré son état d'ébriété avancée, Devlin s'efforçait d'en comprendre la raison. Personne sur le pont, aucun signe d'activité, le navire semblait abandonné après avoir été dépouillé de tout ce qui pouvait être revendu en pièces détachées. Sa teinte gris foncé rappelait celle de l'acier carbonisé, pourtant cette couleur n'était pas causée par de la suie : ce navire avait délibérément été peint ainsi. Machinalement, Devlin dirigea le canot dans cette direction et contourna l'étrave. Ce fut alors qu'il repéra un détail qu'on ne pouvait pas manquer de remarquer.

— Ça n'est pas possible, dit-il tout haut en découvrant les traces d'une réparation faite à la hâte.

Des plaques de consistance et d'épaisseur différentes avaient été soudées et rivées pour dissimuler une brèche dans la coque, et malgré l'épaisse couche de peinture qui les recouvrait, il était impossible ne pas remarquer le « H » un peu déchiqueté sous la réparation.

— Réveille-toi, lança-t-il à Keane. Il faut que tu voies ça.

Keane grommela quelque chose et se retourna sur le côté.

— Keane ?

Pas de réponse. Devlin renonça et, bien dégrisé cette fois, se tourna de nouveau vers le navire.

— Un putain de fantôme, murmura-t-il en s'approchant de la coque noire. Un putain de fantôme ou un sacré tour de passe-passe.

En proie à l'incrédulité, il jurait tout bas quand, soudain, le canot heurta le navire. Il tendit la main pour toucher la coque. Sous sa main, la peinture lui parut bizarre : ses doigts palpaient une matière presque caoutchouteuse. Pourtant, le navire était bien réel.

Il sentit monter en lui une colère incontrôlable, une véritable rage d'Irlandais, que venaient alimenter des années de remords. Quelqu'un en ce moment lui jouait un vilain tour, ou avait essayé de le faire des années auparavant.

Devlin coupa les gaz et attacha son embarcation avec un bout de cordeau aux montants de la passerelle.

Sans s'occuper de Keane, il grimpa sur le toit du canot et, de là, escalada tant bien que mal les échelons de la passerelle. Elle trembla sous son poids et vint plusieurs fois heurter la coque. Malgré ce vacarme, personne n'apparut pour lui souhaiter la bienvenue à bord ou lui demander de repartir sur-le-champ.

Devlin escalada les échelons, d'abord lentement, les jambes tremblantes, puis plus vite, convaincu de ne pas se tromper.

— Je vais t'envoyer par le fond, vieux salopard, cria-t-il à l'adresse du navire. Tu peux compter dessus, sacrebleu.

Alors qu'il était presque arrivé, il trébucha et s'étala sur les dernières marches. Hors d'haleine et sur le point de pleurer, il distingua plus nettement sur la poupe les lettres grossièrement dissimulées sous une couche de peinture noire.

Il passa la main sur les lettres qu'il pouvait atteindre pour s'assurer qu'elles étaient, comme le navire, bien réelles.

Pacific Voyager.

Une vague d'émotions déferla sur lui où se mêlaient désarroi, tristesse et exaltation. « Comment le bateau pouvait-il se trouver ici ? Quelqu'un l'avait-il renfloué ? Aux dernières nouvelles, l'épave n'avait toujours pas été repérée. »

Il se mit à sangloter comme un enfant, en espérant qu'il n'était pas en train de faire un mauvais rêve, et resta là jusqu'à ce que des bruits de pas suivis d'un grincement de porte lui parviennent. Une partie de la rampe s'éleva, faisant remonter la passerelle jusqu'au pont principal.

Devlin leva la tête et découvrit un homme dont le visage, bien que barbu, lui parut familier. Étrange moment que celui où leurs regards se croisèrent, remuant de lointains souvenirs.

Le barbu fut le plus rapide. Un sourire attristé se peignit sur son visage.

— Bonjour, Padi, dit-il d'un ton teinté de mélancolie.

— Janko ? fit Devlin ébahi. Tu es vivant ? Dire que je pensais que tu avais coulé avec le bateau.

— Je regrette que tu nous aies trouvés, annonça le barbu en tendant la main pour aider le marin ivre à garder l'équilibre.

— Nous ?

— Je suis désolé, Padi.

Et il lui enfonça entre les côtes un engin qu'il tenait à la main. Cette première attaque coupa le souffle du vieil homme, mais le choc qui suivit fut encore plus violent. Pris de convulsions, Devlin tomba en arrière : il avait déjà perdu connaissance avant de heurter le plancher du pont. Un panneau d'écoutille s'ouvrit derrière Janko et deux hommes surgirent.

— Remontez le canot, ordonna Janko en remettant l'engin dans sa poche.

Un des hommes descendit précipitamment par la passerelle. L'autre regarda Devlin toujours étendu sur le pont.

— Comment diable pouvait-il te connaître ?

— Il était premier maître à bord du remorqueur sur lequel je m'étais fait engager, expliqua Janko. Celui qui nous a largués en pleine tempête. À en juger par la gueule qu'il a, il s'en est remis depuis.

— Qu'est-ce qu'on fait de lui ?

— Descends-le dans la cale. Les corps attirent l'attention. C'est plus facile d'expliquer une disparition, surtout lorsqu'il s'agit du canot d'un pochard.

— Il y a un autre gars dans le canot, cria un homme. Il est complètement dans les vaps.

— Il a dû s'endormir avant d'arriver ici. Ça m'étonnerait qu'il se rappelle quoi que ce soit, murmura Janko. Coupe l'amarre et laisse-le dériver. Le temps qu'il se réveille, il pensera que son copain est tombé par-dessus bord. Un bien triste accident.

L'homme détacha l'embarcation et la poussa au large avant de remonter par la passerelle.

— Il faut partir, dit Janko pendant que les deux hommes ramassaient Devlin pour le porter jusqu'à l'écoutille.

— Et après ? demanda le premier matelot. Qu'est-ce qu'on fera de lui quand il se réveillera ?

— D'abord, on lui montre ce qu'est devenu le bateau qu'il a perdu, expliqua Janko. Ensuite, tu le foutras dans la cale avec l'équipage des cargos coréens. Il pourra creuser comme les autres pour ramasser les diamants de Thero.

18

Désert australien, juste au sud d'Alice Springs

LE *GHAN* FONÇAIT DANS LE DÉSERT comme un grand serpent métallique : les vingt voitures de passagers, tirées par deux locomotives diesel rouge brique, étincelaient au soleil.

Baptisé ainsi en souvenir des explorateurs afghans qui avaient contribué à dresser la carte de ces régions désolées du centre de l'Australie, et orné d'un logo en forme de chameau, l'*Afghan Express* suivait une voie qui traversait à la verticale le continent, de Darwin au nord jusqu'à Adelaïde sur la côte sud, en s'arrêtant presque tous les jours à Alice Springs, à mi-chemin. Un arrêt de quatre heures dans cette gare perdue offrait aux voyageurs l'occasion d'explorer la petite bourgade, puis le train repartait chargé de ses passagers.

Kurt et Hayley réussirent à embarquer juste avant le départ.

— Où allons-nous exactement ? demanda Hayley.

Kurt ne répondit pas. Il avançait à la recherche du wagon Platine, où se trouvaient les installations les plus luxueuses du train. Un steward ouvrit la porte de leur compartiment, révélant un salon confortable meublé d'une petite table et d'une paire de gros fauteuils capitonnés qui se dépliaient la nuit pour faire office de lits. Une porte coulissante sur le côté permettait d'accéder à une salle de bains avec douche. L'espace était aussi exigu que sur un bateau, mais le modernisme de l'installation faisait paraître le compartiment beaucoup plus spacieux.

— Choisissez le côté que vous préférez, dit Kurt, et détendez-vous en attendant le dîner gastronomique.

— Cherchez-vous à m'impressionner ? demanda-t-elle.

— Peut-être bien, reconnut-il. Mais surtout si vous pouviez prendre un petit moment pour me raconter comment vous en êtes arrivée là, j'en serais heureux. Ce n'est pas tous les jours qu'une jeune femme abandonne une vie bien réglée pour se lancer dans une histoire pareille.

Un léger sourire éclaira le visage de Hayley. Elle semblait à la fois surprise et rassurée.

— J'ai l'impression que cela fait une éternité que personne ne s'est préoccupé de ce dont je pourrais avoir besoin. Merci.

— Je vous en prie, lui répondit Kurt en rangeant sa valise tandis que le train s'ébranlait.

Une heure plus tard, la nuit tombait. Par la grande fenêtre du compartiment, on apercevait le ciel indigo se fondre lentement dans la masse sombre des monts MacDonnell. Un spectacle de toute beauté. Un steward frappa, poussant un chariot garni de plats recouverts de cloches d'argent et d'une bouteille de vin.

Kurt régla l'addition, l'agrémenta d'un généreux pourboire puis, jouant tour à tour le sommelier et le maître d'hôtel, déploya une serviette de table sur les genoux de Hayley et lui présenta le vin.

— Cabernet Sauvignon Penngrove 2008.

— J'adore le bon cabernet, déclara Hayley, les yeux brillant comme ceux d'un enfant qui attend un cadeau.

— Celui-ci, je ne l'ai pas goûté. Il m'a été recommandé pour sa douceur mêlée à un soupçon de réglisse et de vanille.

Il ouvrit la bouteille puis servit Hayley en la tenant à une vingtaine de centimètres au-dessus du verre.

— Cela permet au vin de s'aérer. Mais nous devrions le laisser reposer quelques minutes.

— Pourquoi pas ? accepta-t-elle. Ce jus de raisin attend depuis des années, laissons-lui prendre un peu l'air.

Kurt se servit et reposa la bouteille.

Il souleva ensuite le couvercle du premier plat : un potage de couleur verte piqueté de petites taches rouges.

— Soupe d'avocats avec émincé de jambon égayé d'un soupçon d'ail.

— Cela me semble délicieux.

Soulevant le couvercle du second plat, Kurt poursuivit :

— Côtelettes grillées accompagnées d'un gratin de betteraves argentées. Et pour terminer, continua-t-il en soulevant le dernier couvercle, pudding au cognac nappé de crème anglaise.

— Je me contenterai de ce dîner, ironisa Hayley. Mais expliquez-moi comment vous avez réussi à faire apparaître des plats aussi extraordinaires dans un train au milieu de nulle part ?

— Service Platine, ma chère. Le chef est devenu un ami personnel. Surtout depuis quelques heures.

— Si c'est cela voyager, déclara-t-elle, je pourrais peut-être m'y faire.

Kurt se rassit tandis que Hayley goûtait le consommé.

— Je dois dire que c'est la première fois que je rencontre une personne comme vous, courageuse et intelligente, mais qui a peur de voyager, s'étonna Kurt.

— Je sais que c'est bizarre. J'ai pourtant étudié toutes les statistiques. J'ai appris, par exemple, que le moment le plus risqué est le trajet jusqu'à l'aéroport. Je connais et pratique toutes les techniques de relaxation, et je passe la moitié de ma vie à rêver de pays lointains. Mais dès que je sors de chez moi, je sens mon cœur s'emballer.

— En ce moment, fit remarquer Kurt, vous avez plutôt l'air d'aller.

— Peut-être grâce à votre compagnie, rétorqua-t-elle en souriant.

— Alors, considérez-moi comme votre guide personnel et votre protecteur partout où nous irons.

— En vérité, j'adorerais parcourir le monde, et même découvrir l'univers. Je rêvais d'être astronaute. C'est d'autant plus ridicule qu'à l'idée de quitter Sydney, j'ai déjà l'impression d'être malade.

— L'univers, c'est peut-être un peu trop ambitieux. Commençons par aller jusqu'à Perth, proposa Kurt.

Le *Ghan* devait les conduire à Port Augusta d'où ils changeraient de train pour poursuivre leur voyage vers l'ouest.

Ils passèrent les vingt minutes suivantes à bavarder de choses insignifiantes. Ce ne fut qu'après s'être resservi en pudding que Kurt posa la question qui était au premier rang de ses préoccupations.

— Et maintenant, si vous me parliez de l'énergie du point zéro, dit-il.

Hayley but une dernière gorgée de cabernet et fit glisser son verre vers Kurt. Il le remplit à moitié et se versa une rasade.

— C'est un concept relativement simple, commença-t-elle. On désigne ainsi l'énergie qui subsiste dans un système lorsqu'on en a extrait tout ce qu'on pouvait en tirer.

Elle désigna la bouteille de vin.

— Imaginez que cette bouteille soit un système ou un champ d'énergie et que vous ou moi décidions d'en boire le contenu avec une paille.

— Ce que nous ne ferions jamais, fit remarquer Kurt.

— Pas à moins d'être vraiment désespérés, répliqua-t-elle avec un sourire complice. Cependant, à supposer que nous ayons perdu tout sens des convenances et que nous tentions de le faire, nous ne parviendrions à siphonner que la totalité de ce que la paille aspirerait. Tout ce qui resterait de vin hors de son atteinte serait intact. Et ce vin qu'on ne peut aspirer, c'est l'énergie du point zéro.

— À moins de trouver une paille plus longue, dit Kurt.

— Exactement, dit-elle, sauf que la physique nous dit qu'il y aura toujours un moment où cette paille-là n'existera plus.

— Vous pouvez me donner un exemple ?

— Vous allez comprendre facilement si je prends l'hélium comme exemple, expliqua Hayley.

« Lorsqu'on le refroidit, l'activité moléculaire au sein de l'échantillon commence à ralentir, rendant l'hélium liquide. En atteignant le zéro absolu, il devrait passer à l'état solide, faisant cesser toute activité moléculaire dans le prélèvement. Pourtant, même si on abaisse la température jusqu'au zéro absolu avec une pression atmosphérique normale, l'hélium ne deviendra *jamais* solide.

— Ce qui signifie ?

— Qu'il reste toujours un peu d'énergie dans le système. Une énergie qu'on ne parvient pas à extraire.

— Et c'est l'énergie du point zéro ?

— Précisément.

— Alors si on ne peut pas l'extraire, quel espoir a-t-on d'y accéder ?

— Eh bien, annonça-t-elle, tout ce qui est impossible le restera jusqu'à preuve du contraire. Théoriquement, il y a tout autour de nous des champs d'énergie qui restent à leur point zéro. Il faudrait donc *déloger* cette énergie cachée comme on déloge des électrons dans un réseau électrique pour obtenir de l'électricité. Seulement, personne n'est encore parvenu à le faire.

Kurt trouvait que cela ressemblait un peu à l'idée qu'on se faisait de l'éther au bon vieux temps. On croyait jadis que cette substance emplissait le vide entre les planètes et les galaxies, car les savants de l'époque ne pouvaient pas croire que le vide existait tout simplement.

— Est-ce que quelqu'un a essayé ? demanda Kurt. Je veux dire avant vous et Thero.

— Quelques esprits audacieux. Je présume que vous avez entendu parler de Nikola Tesla ?

Kurt acquiesça d'un signe de tête.

— Tesla a été l'un des premiers, reprit-elle. Dans les années 1890, il a commencé à développer ce qu'il appelait la théorie dynamique de la gravité. Il a planché là-dessus pendant des années, jusqu'en 1937 exactement, année où il a annoncé qu'il avait terminé ses recherches, déclarant audacieusement que sa théorie allait remplacer celle de la relativité d'Einstein, ou du moins expliquer comment fonctionne la gravité.

— Parce que nous ne le savons pas ?

— Nous savons ce que *fait* la gravité, corrigea-t-elle, mais nous ne savons pas *comment*. Tesla croyait qu'elle était connectée à une sorte de champ énergétique universel, et que sa concentration était plus forte par endroits. Il pensait aussi qu'en puisant dans ce champ, on obtiendrait alors une source illimitée d'énergie qui apporterait paix et prospérité plutôt qu'explosions thermonucléaires et génocides.

— Vous êtes donc en train de me dire qu'il existe une connexion entre l'énergie du point zéro et la gravité.

Elle acquiesça.

— Si Tesla a raison – et si Einstein et les autres ont tort – alors, oui, il existe des connexions extrêmement complexes entre les deux.

Kurt réfléchit un moment.

— Assez complexes pour concrétiser les menaces de Thero ?

Elle parut réfléchir une seconde.

— Tesla a passé quarante ans à travailler sur sa théorie, dit-elle, c'est-à-dire plus que la moitié de sa vie. Lorsqu'il a annoncé solennellement l'aboutissement de ses travaux, il a affirmé au monde entier qu'il avait finalement complété la théorie dynamique de la gravité et qu'il en avait calculé tous les détails. Mais il n'a jamais rien publié. Il a vécu les années suivantes dans une grande pauvreté, notamment à cause de la perfidie de Westinghouse et d'Edison, emportant dans la tombe le secret de la théorie dynamique de la gravité.

Kurt n'avait jamais entendu parler de cette histoire.

— On n'a jamais retrouvé trace de ses travaux ?

Hayley secoua la tête.

— Quand Tesla est mort, votre gouvernement a saisi, sans aucune raison légale, toutes ses affaires et tous ses papiers avant de les restituer à sa famille un ou deux ans plus tard. Mais ses travaux sur l'énergie du point zéro et sur la théorie dynamique de la gravité n'y figuraient pas.

Kurt réfléchit à ce qu'elle lui racontait. Il savait que Tesla était considéré comme un génie et un savant un peu fou. Et qu'il avait également la réputation d'être un pacifiste. Il était donc concevable que Tesla ait détruit toute trace de ses travaux. Comme il était possible que quelque part dans les vastes archives du gouvernement fédéral, soit classé un « dossier Tesla » contenant les fameux documents disparus. Il nota dans sa tête de transmettre cette information à Dirk la prochaine fois qu'il le verrait.

— Le fait est, continua Hayley, que nous sommes confrontés à une force fondamentale de la nature. Bien des gens vous diraient que mieux vaut ne pas y toucher.

— Mais ce n'est pas le cas de Thero, observa Kurt. Alors, que se passerait-il s'il découvrait vraiment quelque chose ?

— On assisterait alors à une formidable production d'énergie avec, comme effet secondaire, des fluctuations très brèves et extrêmement puissantes de la gravitation.

— Pourriez-vous essayer de me le dire en anglais ? demanda Kurt.

— La Terre ne sera pas pulvérisée ni rien de ce genre. Nous ne nous retrouverons pas en train de flotter au-dessus de nos sièges comme des astronautes, avec une gravité zéro.

— Que verrons-nous alors ?

— La première et la plus spectaculaire manifestation affectera les océans, précisa-t-elle.

— Vous parlez des marées ? interrogea Kurt.

— Exactement. Les océans sont sujets à l'attraction de la Lune, mais cette attraction s'exerce aussi sur les continents, notamment sur les lignes de faille.

— De quel ordre de puissance parlons-nous ?

— Si les documents qu'on nous a transmis sont valables, il s'agit de potentiellement plus d'énergie que l'humanité tout entière a produit et dépensé depuis le début de la Révolution industrielle.

Kurt réfléchit avant de répondre. Pour la seconde fois depuis deux jours, il avait du mal à croire ce qu'on lui disait.

— Comment est-ce possible ?

— Exactement comme il est possible de faire naviguer pendant des années un sous-marin nucléaire avec un simple petit morceau d'uranium, ou d'anéantir une grande ville avec moins de dix kilos de plutonium. Il existe d'énormes quantités d'énergie dissimulées dans des endroits que l'œil humain ne perçoit pas.

— De quoi scinder un continent en deux ? demanda Kurt. Car même si la Californie a connu de violents tremblements de terre qui ont démoli des sections entières d'autoroutes et provoqué l'écroulement de nombreux gratte-ciel, contrairement à la croyance populaire, la moitié de l'État n'a pas pour autant disparu dans le Pacifique.

— Non, reconnut-elle. Personne ne prétend non plus que vous verrez l'océan couper un continent en deux, Thero n'est pas stupide. Son premier tremblement de terre, déclenché probablement depuis sa station dans la mine de Tasman, servait de test, et nous avons toutes les raisons de penser qu'il n'utilisait qu'un modeste prototype. La prochaine fois, il frappera plus fort en choisissant un endroit où Mère Nature aura déjà fait la moitié du travail.

— Que voulez-vous dire?

— Il y a déjà une faille sous l'Australie, expliqua-t-elle, comme la vallée du grand rift en Afrique. La nôtre va d'Adelaïde au nord-est jusqu'à la grande barrière de corail. Elle a commencé à se former il y a cent cinquante millions d'années et, pour des raisons inconnues, a arrêté de s'étendre. Dans cette section, la croûte est mince et la pression engendrée par cent cinquante millions d'années d'immobilité totale est prête à céder.

« Si Thero peut braquer son arme vers ce point et provoquer une distorsion – ne serait-ce que de quelques millimètres – de la force de gravité qui coince la plaque, la pression amassée depuis des millénaires pourrait bien se libérer d'un coup. Nous parlons ici d'une série de séismes, peut-être des centaines, qui se succéderaient rapidement le long de la faille. Ce phénomène qui, normalement, prendrait dix mille ans, pourrait se produire en une semaine, en un jour ou même en quelques heures. On ne pourrait même pas le mesurer sur l'échelle de Richter, ni sur aucun étalon connu. Toutes les métropoles, toutes les villes, tous les villages d'Australie seraient détruits, plus aucune construction ne resterait debout.

Kurt réfléchissait sans rien dire, impressionné par l'évocation d'un tel scénario.

— Je sais, dit-elle, prenant son silence pour de l'incrédulité. Je ne suis qu'une universitaire évoquant un scénario catastrophe. *Le ciel nous tombe sur la tête...* N'oubliez surtout pas que, si cela se concrétisait bel et bien, il y aura toujours quelqu'un qui viendra vous demander pourquoi personne n'a pu prévoir cette épouvantable catastrophe. Eh bien, je vous avertis maintenant : cela va être horrible.

Kurt avait tout d'un coup l'air sombre. Une pensée venait de lui traverser l'esprit.

— Je dois vous demander une chose : pourquoi vous ?

— Je ne comprends pas ce que vous voulez dire.

— Pourquoi est-ce à vous que l'informateur a donné les documents ? précisa Kurt. Pourquoi ne les a-t-il pas remis directement aux autorités ?

Hayley hausa les épaules.

— Je pense que c'est à cause de ma formation. Les affirmations et les calculs seraient un incompréhensible charabia pour quelqu'un de moins spécialisé. Si on avait envoyé le paquet directement à la SMA, je suis certaine que tout aurait fini à la poubelle.

— D'accord, mais pourquoi pas à un autre chercheur ?

— C'est un domaine très pointu, expliqua-t-elle. Nous formons un très petit groupe.

— Mais pas minuscule, dit Kurt.

— Non, reconnut-elle, pas minuscule.

— Alors j'insiste à nouveau : s'il existe d'autres options, pourquoi croyez-vous qu'ils vous ont choisie ?

Elle resta un long moment silencieuse.

— Je ne sais pas, finit-elle par reconnaître d'un ton teinté d'une certaine lassitude et d'un soupçon de culpabilité. Vraiment, je ne sais pas.

Elle détourna les yeux. Et, à cet instant, Kurt sut qu'elle mentait.

Il songea à la presser de dire la vérité mais se retint, étonné de sentir que le train ralentissait.

Hayley leva les yeux.

— Quelque chose ne va pas ?

— Peut-être, s'étonna Kurt.

Il se leva au moment où le convoi freinait à fond.

Une violente secousse ébranla la voiture. Kurt eut du mal à garder son équilibre et saisit le bras de Hayley pour l'empêcher de tomber, tandis qu'assiettes et verres venaient se briser sur le plancher. Alors que le convoi de quatre cents mètres amorçait une longue glissade pour stopper le train, le crissement des roues d'acier était insoutenable.

Sans lâcher Hayley, Kurt jeta un coup d'œil par la fenêtre. Le train suivait un virage qui montait légèrement. En regardant vers l'avant, Kurt vit les deux locomotives diesel qui assuraient la traction du convoi et deux wagons de voyageurs sous lesquels jaillissaient des gerbes d'étincelles. Mais bien vite, son regard fut attiré par des lueurs rouges qui scintillaient dans la nuit : des torches étaient disposées le long de la voie. Un peu plus loin, il distingua la silhouette d'un tracteur immobilisé sur les rails au milieu d'un passage à niveau. Deux hommes se tenaient devant et agitaient frénétiquement les bras.

Le freinage se poursuivit sur une centaine de mètres – avant que le *Ghan* réussisse à stopper. À cet instant, Hayley aperçut à son tour le tracteur.

— C'est une chance que nous ayons pu nous arrêter, dit-elle.

Kurt jeta un coup d'œil alentour.

— Je ne sais pas pourquoi, mais je ne crois pas que la chance y soit pour quelque chose.

Hayley n'eut pas eu le temps de répondre qu'il avait déjà compris ce qui allait se passer : des hommes, le visage dissimulé derrière des masques de ski, émergeaient de la nuit et se dirigeaient droit vers le train immobilisé.

19

LES HOMMES MASQUÉS MONTÈRENT À BORD DU TRAIN, certains grimpant sur les attelages entre les voitures, d'autres enfonçant les portes.

— Que se passe-t-il ? s'inquiéta Hayley.

— Devinez.

Hayley comprit vite.

— C'est à nous qu'ils en veulent ?

— Ou bien c'est le cas, ou bien c'est un remake de *Butch Cassidy* dont on ne m'avait pas parlé.

Hayley saisit son portable pour appeler à l'aide.

— J'ai bien de la tonalité, mais mon appel ne passe pas.

— Vous perdez votre temps. Ils ont dû brouiller le relai.

Il jeta un coup d'œil dehors et constata que, deux voitures plus loin, un homme surveillait les lieux.

— Ils ont posté un guetteur dehors pour s'assurer que personne ne cherche à s'enfuir.

Une voix retentit, amplifiée par les haut-parleurs de la station. Kurt ne reconnut pas tout de suite l'accent. En tout cas, ce n'était certainement pas la voix du contrôleur.

— *Vous êtes priés de garder votre calme. Nous avons détourné ce train, mais nous ne voulons faire de mal à personne. Nous recherchons deux voyageurs. Un homme aux cheveux gris argentés d'environ un mètre quatre-vingts et une femme blonde d'un mètre soixante-cinq. Elle s'appelle Anderson. Coopérez avec nous et personne ne sera blessé. Mais si vous intervenez ou si vous discutez nos ordres, nous vous punirons ou vous abattrons.*

Cette annonce terminée, Kurt entrebâilla discrètement la porte de la cabine pour jeter un coup d'œil dans le couloir.

Il vit deux hommes s'introduire dans un des compartiments. De grosses brutes avec des bras et des jambes de lutteurs. Sans doute des malfrats du voisinage recrutés pour cette tâche.

Ils étaient escortés d'un troisième homme, plus mince et plus grand. Malgré le masque de ski, Kurt pouvait distinguer son visage, étroit, avec des yeux creux. Sans avoir un physique imposant, il avait un air plus menaçant. Kurt devina qu'il était le chef.

Des cris éclatèrent suivis d'un bruit de bagarre puis des gémissements de quelqu'un qui était en train de se faire tabasser. Quelques instants plus tard, on traînait dans le couloir un homme de la taille de Kurt. Une jeune femme se tenait près de lui. Ils avaient l'air de jeunes mariés.

Le chef les examina.

— Non, déclara-t-il tranquillement, ce ne sont pas eux. (Puis il s'approcha de l'homme terrorisé et lui décocha un coup de poing.) Ça, c'est pour avoir résisté.

L'homme que maintenaient les deux bandits s'affaissa. Mais le chef n'en avait pas fini. Il se retourna et lui donna en pleine poitrine un coup de pied qui le renvoya dans son compartiment.

Kurt se retint pour ne pas intervenir, mais les trois brutes étaient manifestement armées. D'ailleurs, il avait pour l'instant la tâche bien précise d'assurer la protection de Hayley Anderson.

Il se tourna vers la fenêtre, s'apprêtant à la faire voler en éclats. Foncer dans l'obscurité et s'attaquer à un seul adversaire lui semblait préférable à un corps à corps avec trois hommes.

Il saisit une chaise, la brandit au-dessus de sa tête mais il n'eut pas le temps de s'en servir : la porte de la cabine s'ouvrit toute grande.

— Lâche ça !

Kurt laissa tomber la chaise sur le plancher.

Il se retourna lentement tandis que les intrus le toisaient du regard, observant plus attentivement Hayley.

— Je présume que vous venez débarrasser, dit Kurt en désignant la pile de vaisselle sale qui s'entassait sur le plancher.

Les deux hommes baissèrent les yeux, leurs regards suivant instinctivement ce que leur avait désigné Kurt. Une réaction peu surprenante de la part des amateurs qu'ils étaient – des truands du coin recrutés pour faire le sale boulot de quelqu'un. Sans leur laisser le temps de comprendre leur erreur, Kurt intervint. Il pivota sur son pied gauche et lança sa jambe droite vers le ventre de son adversaire le plus proche.

Le talon de sa botte frappa l'homme comme un marteau pilon et le fit basculer en arrière. Il s'écroula comme une chaise pliante, le souffle coupé et se tenant le ventre à deux mains. Son compère se jeta sur Kurt, ses grosses mains cherchant son cou.

Kurt lui saisit le poignet pour le retourner et, profitant de l'élan de son adversaire, lui fit perdre l'équilibre. L'homme tomba sur le sol, heurta le plancher avec un bruit sourd avant de recevoir un violent direct en plein visage.

Il aurait bien continué, mais il savait que le patron ne tarderait pas. Il pivota sur ses pieds et se retourna.

Trop tard.

Le chef de la petite équipe était déjà là, un revolver au poing qu'il tenait de côté, dans le style gangster. Il jeta un coup d'œil à Hayley, hocha la tête d'un geste approbateur, puis se retourna vers Kurt.

— Je n'ai rien à faire de toi, dit-il.

Kurt plongea sur sa droite tandis que l'homme tirait sans répit. La première balle le manqua, la deuxième lui égratigna le bras, et la troisième fit voler en éclats la fenêtre derrière lui. Avant que l'homme puisse faire feu une quatrième fois, Kurt perçut un son assourdi, un peu comme celui d'une batte de base-ball frappant à toute volée.

La tête du tireur bascula en avant et le revolver lui échappa de la main. Il s'écroula dans la cabine en heurtant la table avant de s'étaler sur le plancher comme une marionnette dont on aurait coupé les fils.

Derrière lui, Joe Zavala apparut, planté dans l'encadrement de la porte, un pied d'armoire à la main.

Kurt ramassa le revolver.

— Plutôt réussie comme arrivée.

Joe eut un grand sourire.

— Ce que fais, j'aime que ce soit avec style.

Le chef des bandits était évanoui, les deux autres caïds bougeaient un peu mais n'avaient manifestement pas envie de reprendre le combat. Maintenant qu'ils avaient pris une raclée et qu'ils s'étaient fait mettre hors de combat, ils semblaient plus tentés par une capitulation pure et simple.

— Quelqu'un reconnaîtrait-il ce visage ? demanda Kurt en retirant le masque au chef.

Joe comme Hayley secouèrent la tête.

— Jamais vu, dit-elle.

— Je présume qu'il ne s'agit pas de nos copains de la mine, renchérit Kurt.

— Qu'est-ce qui vous fait dire ça ?

— Le fait que nous soyons encore vivants, répondit-il.

Une radio se mit à couiner dans la poche du chef toujours KO.

— *Qu'est-ce que vous foutez? On a entendu des coups de feu. Avez-vous besoin d'aide ?*

Cette fois, Kurt crut reconnaître l'accent.

— Des Russes ?

— On dirait, approuva Joe en hochant la tête.

— Qu'est-ce qu'ils viennent foutre ici?

— Aucune idée, répliqua Joe. J'ai vu un groupe d'hommes se diriger vers l'arrière du train, là où se trouve le fourgon de queue si ce train en possède un.

— Et il y a encore au moins deux autres hommes dehors, annonça Kurt.

Il braqua le revolver sur le costaud qu'il avait assommé.

— Combien de copains as-tu amenés à cette petite sauterie ?

L'homme répondit péniblement.

— Huit ou neuf dans le camion. Je ne les ai pas comptés.

Kurt désigna le Russe toujours évanoui.

— Et les types qui vous ont engagés ? Combien y en a-t-il comme lui ?

— Quatre.

— Cela veut dire au moins trois autres à être armés.

— Et pas mal de costauds pour les corvées.

— Il faut partir d'ici, déclara Hayley.

Joe acquiesça.

— La dame est une spécialiste des fusées. On devrait sans doute l'écouter.

Kurt était bien d'accord mais comment, et pour aller où ? Partir à pied en plein désert ne les amènerait pas bien loin.

La radio se remit à couiner.

— *Victor, réponds. Qu'est-ce qui se passe ?*

Kurt saisit la radio et pressa le bouton d'appel.

— Victor n'est pas disponible pour le moment, il fait une sieste imprévue. Mais ne raccrochez pas, votre appel nous intéresse.

— Que faites-vous ? demanda Hayley, furieuse. Maintenant, ils savent que nous sommes ici.

— Ils le savaient déjà, répondit Kurt. Grâce à Joe, nous avons remporté le premier round. C'est le moment de poursuivre l'offensive en semant le doute dans leur esprit.

La radio se remit à crachoter.

— *Essayez de faire les marioles et vous allez le regretter*, grommela la voix.

— On verra, répondit Kurt. Sachez quand même que c'est moi qui ai le pistolet de votre copain Victor et que, contrairement à lui, je ne rate jamais ma cible.

Kurt était certain que cela leur donnerait de quoi réfléchir. Il sortit dans le couloir. Voyant qu'il n'y avait personne, il fit signe à Joe et à Hayley de le suivre.

Le groupe qui tout à l'heure se dirigeait vers la queue du train devait maintenant être en train de revenir à toute allure vers l'avant. Mais il avait un plan pour les faire ralentir. La première étape consistait à lancer quelques menaces, la seconde à trouver le disjoncteur situé à l'avant du wagon. Il était en train de l'ouvrir quand la radio reprit contact :

— *Abandonnez la femme et vous aurez la vie sauve.*

Kurt appuya sur le bouton de contact.

— Si vous la voulez, venez donc la chercher.

Sur quoi, il abaissa la manette du disjoncteur, plongeant le wagon entier dans l'obscurité et provoquant aussitôt les protestations étouffées des voyageurs.

Kurt n'y prêta aucune attention et se dirigea sans hésitation jusqu'à la portière avant du wagon. Il l'ouvrit toute grande et s'avança, suivi de Joe et de Hayley. Tous trois s'arrêtèrent en découvrant le vide sous l'attelage qui séparait les deux voitures.

— J'espère que tu as un plan, dit Joe.

— Est-ce que je n'en ai pas toujours un ?

— Je ne suis pas certain que tu aies envie que je te réponde tout de suite.

Kurt examina la passerelle métallique qui recouvrait l'attelage en dessous d'eux. Puis, relevant la tête, il jeta un coup d'œil vers la vitre poussiéreuse de la voiture qui se trouvait devant eux.

C'était un wagon panoramique, bien éclairé, à moitié plein. Il aperçut les voyageurs, entassés par petits groupes, les mains sur la tête, trop effrayés pour bouger et surveillés par des types faisant sans doute partie de la bande qui avait détourné le train.

— Vérifiez sur les côtés.

Joe et Hayley regardèrent derrière eux.

— Notre ami est toujours là, déclara Hayley. Maintenant, il a un copain avec lui. Ils ont l'air de venir par ici.

— Il y a aussi un type de l'autre côté, annonça Joe. Il se dirige droit sur nous. Probablement accompagné d'hommes qui sont à l'intérieur.

— Ce qui signifie que mon plan est presque en train de marcher.

Joe fronça les sourcils.

— Comment ça : *presque* ? Nous sommes pratiquement cernés.

— Exactement, approuva Kurt.

— Je ne sais pas si j'ai envie de savoir à quoi ressemblerait une réussite totale, répliqua Joe d'un air déconcerté.

— C'est être complètement encerclés, expliqua Kurt en jetant un nouveau coup d'œil au wagon Pullman brillamment éclairé. Enfin, chuchota-t-il, voilà les deux malabars qui viennent par ici.

Les bandits qui approchaient avançaient lentement, vérifiant chaque rangée de sièges pour s'assurer que Kurt et Hayley ne se trouvaient pas parmi les passagers de la voiture.

— Félicitations, murmura Joe. Te voilà maintenant diplômé de l'Ecole de stratégie du général Custer[1].

Kurt sourit et ouvrit doucement la trappe de la passerelle qui reliait les deux voitures. On apercevait maintenant par l'ouverture la voie ferrée et les traverses sur lesquelles les rails étaient fixés.

— Si Custer savait ce que nous allons faire, il aurait creusé un tunnel sous le camp de Sitting Bull et surgi sous son nez. On va se glisser discrètement et sans bruit sous les wagons.

— Et après ?

— Après, on s'empare du train. Je devrais plutôt dire : on s'en « réempare ».

— On les prend à revers, approuva Joe. Joli coup.

Il passa le premier, suivi de Hayley. Kurt se coula derrière eux, puis referma délicatement la plaque métallique. Il n'avait pas fait plus de cinquante centimètres que la porte du wagon s'ouvrit au-dessus de lui.

1. Allusion à la fameuse bataille de Little Big Horn au cours de laquelle les Indiens firent croire au général Custer qu'il avait devant lui un village avec quelques dizaines d'Indiens alors qu'il s'agissait d'un camp retranché.

Il s'immobilisa tandis que des pas lourds arrivaient bruyamment sur la plate-forme.

Les bandits hésitaient, attendant des instructions ou un signal pour lancer une attaque coordonnée.

— *Nous sommes en position*, dit une voix.

Kurt tendit la main vers la radio pour couvrir éventuellement des ordres, mais elle restait muette : les bandits avaient changé de canal pour l'empêcher d'écouter les instructions qu'on pouvait leur donner.

— *Avancez,* répondit une voix métallique. *Et faites vite. Nous sommes déjà en retard.*

Par un interstice de la plaque, Kurt vit la porte de la voiture, toujours plongée dans l'obscurité, s'ouvrir et les hommes se précipiter. Aussitôt, Kurt se glissa, rampant comme un lézard en prenant appui sur ses coudes et ses genoux, dans un espace d'à peine soixante centimètres qui isolait de la voie les essieux des wagons. Certes, c'était étroit mais suffisant pour la réussite de la manœuvre.

Baignant dans des relents d'huile, de poussière et de créosote, Kurt progressait aussi vite qu'il pouvait.

Il redoutait surtout d'être repéré par les hommes placés sur les côtés de la voie, pourtant il n'avait aucune raison de s'inquiéter : la lumière venant des autres voitures était suffisamment forte pour gêner la vision nocturne des agresseurs. Si par malheur, il leur prenait l'envie de surveiller l'espace sombre sous le train, ils ne verraient qu'un trou noir.

Kurt passa sous les deux bogies sur lesquelles reposaient les voitures Pullman et se faufila sous le wagon suivant où il retrouva Joe et Hayley. Celle-ci avait du mal à avancer.

— Ce n'est pas exactement cette partie du voyage que je préfère, déclara-t-elle.

— En tout cas, vous tenez là-dessous. C'est un peu étroit pour moi et, compte tenu des dimensions de la tête de Joe, je suis étonné qu'il ne se soit pas encore assommé.

Joe se contenta d'un rire étouffé.

Ils poursuivirent leur progression et arrivèrent bientôt à l'arrière des deux locomotives diesel.

— Je crains que nous ne soyons bloqués, annonça Joe.

Kurt regarda devant lui. Le passage était beaucoup plus étroit que sous les voitures de voyageurs.

— Ces machines modernes ont leur moteur au niveau des roues, expliqua Joe. Tout comme la transmission. Sans parler du réservoir de carburant au milieu et sans doute du chasse-pierres devant.

— Tu es sûr qu'on ne peut pas se faufiler ?

— Certain.

Kurt fronça les sourcils. S'ils ne pouvaient pas passer pardessous, il faudrait passer au-dessus ou autour.

— Si tu devais prendre le contrôle d'une locomotive, qu'est-ce que tu surveillerais ?

— Le mécanicien, déclara Joe sans hésiter.

Le visage de Kurt s'éclaira.

— Exactement ce que je pensais.

— Qu'allez-vous faire ? demanda Hayley d'un ton inquiet.

Kurt jeta un coup d'œil derrière eux. Les gardes postés à l'extérieur concentraient toujours leur attention sur la voiture des voyageurs, mais cela ne durerait pas.

Comme le convoi s'était arrêté dans une courbe, il bénéficiait d'un plus vaste champ de vision d'un côté du train.

— Nous allons nous introduire dans la locomotive de tête et surprendre qui s'y trouvera en espérant ne pas avoir à tirer un coup de feu.

Kurt se tourna encore une fois vers les hommes qui patrouillaient et profita qu'ils faisaient demi-tour et se dirigeaient vers la queue du train pour s'extraire de sa cachette. Il grimpa sur l'échelle menant à la passerelle fixée le long de la locomotive comme sur le marchepied d'une vieille automobile.

Joe lui emboîta le pas, Hayley s'empressant de les suivre.

Ils avancèrent vers la cabine. Le vrombissement des deux diesels de seize cylindres masqua leur approche.

Kurt atteignit enfin la portière, parvint à jeter un bref coup d'œil à l'intérieur et aperçut exactement ce qu'il souhaitait voir : un seul bandit armé, de dos, un revolver braqué sur le solide gaillard qui occupait le siège du conducteur.

Il posa la main sur la porte, tâta la résistance de la poignée pour s'assurer qu'elle n'était pas bloquée et pénétra brusquement dans la cabine.

La réaction du bandit ne fut guère rapide. Il se retourna machinalement, s'attendant à voir un de ses camarades. Il ouvrit de grands yeux en découvrant le revolver braqué sur sa tête.

— B'jour, camarade, dit Kurt.

L'homme n'hésita pas longtemps avant de lui tendre son arme.

20

VICTOR KIROV S'ÉVEILLA DANS L'OBSCURITÉ avec un épouvantable mal de tête. Il lui fallut un moment pour se rappeler qui il était et de quelle mission on l'avait chargé. L'éclairage se ralluma d'un coup et, quelques secondes plus tard, certains de ses hommes déboulèrent dans le compartiment.

— Où sont-ils ? demanda l'un d'eux.

— Comment veux-tu que je le sache ? répliqua Kirov. J'étais encore assommé quand ils sont partis.

Un des gros bras du pays qui avait reçu une raclée pointa le doigt :

— Ils sont partis par là.

— On en vient, déclara un autre caïd. On ne les a pas vus.

Kirov se leva, furieux. Les jambes encore flageolantes, il hurla en se redressant :

— Ils se cachent. Fouillez partout. Le toit. Le fourgon à bagages. Fouillez tout.

Nerveux, les hommes se dispersèrent.

L'un des complices de Kirov s'approcha de lui.

— On est déjà restés trop longtemps dans ce train.

Kirov regarda sa montre mais il avait du mal à accommoder sa vision. Il ne savait pas depuis combien de temps il était comme ça, mais peu lui importait.

— Je ne partirai pas sans la femme.

— Nous ne sommes pas dans un pays du tiers-monde, lui rappela son compagnon. Les autorités ne vont pas tarder à arriver.

Kirov réfléchit. Ce serait gênant qu'ils soient surpris en pleine campagne, tous feux allumés.

Soudain, contre toute attente, le convoi s'ébranla. Il reconnut le bruit et la vibration des diesels s'efforçant de traîner le convoi.

— Ils sont sur la machine, cria Kirov en courant vers l'avant.

— Nous n'arriverons jamais à temps, répliqua son camarade.

— Tu oublies que le camion est toujours en travers de la voie. Le train n'ira pas bien loin.

Dans la cabine du diesel de tête, Kurt surveillait d'un œil la porte et de l'autre le bandit qu'ils avaient surpris et maîtrisé. Il se doutait que Hayley et Joe avaient les yeux fixés sur le gros camion qui, trois cents mètres plus loin, leur bloquait le passage.

Le train s'en approcha d'abord lentement puis prit peu à peu de la vitesse. Le grondement de tonnerre des huit mille chevaux des deux locomotives s'accentua. Lorsqu'ils ne furent qu'à environ cent cinquante mètres du camion, le mécanicien fit des appels de phares et actionna sa sirène. Comme si personne ne savait qu'il arrivait.

— Il va bouger, déclara Kurt d'un ton assuré.

— Sinon ? demanda Joe.

— Tu resterais là ?

— Mais un train, ça déraille. Il y a eu dans le monde deux cent cinquante-trois collisions ferroviaires au cours des six derniers mois, déclara Hayley. Et toutes n'ont pas eu lieu en heurtant des camions !

Kurt la regarda.

— Comment le savez-vous?

— Je me tiens au courant de chaque accident de transport afin de me rappeler à quel point j'ai raison de rester tranquillement chez moi.

À moins d'une centaine de mètres, les puissants phares du train éclairaient le camion sur toute sa largeur. Le mécanicien, ébloui, tâchait de se protéger les yeux.

Kurt ralluma la radio, surfant d'un canal à l'autre jusqu'à entendre quelqu'un parler.

— … *ne laissez pas le train passer*, disait une voix avec un fort accent russe.

Kurt intervint dès que la fréquence se libéra :

— Je ne sais pas qui vous êtes mais, à votre place, je descendrais du camion.

On entendit alors la voix de Kirov :

— *Chauffeur, si vous déplacez ce camion, je vous arracherai personnellement le cœur.*

Soixante mètres avant l'impact, alors que le train prenait de la vitesse, le chauffeur du camion eut un comportement inattendu qui les surprit. Il ouvrit la portière, sauta à terre et s'enfuit en courant vers les collines.

— Je ne m'attendais pas à ça, murmura Joe.

— Oh, non, fit Hayley d'une voix blanche.

— *Vous devez stopper* ! hurla Kirov d'un ton menaçant.

— N'arrêtez pas, recommanda Kurt au mécanicien australien.

— Pas de danger, répondit l'homme avec détermination.

— Je n'ai aucune envie de me trouver dans un accident de chemin de fer ! cria Hayley.

Le mécanicien la regarda.

— Ne vous inquiétez pas, chérie. À cette vitesse-là, on n'est plus vraiment dans un train.

Le camion était à trente mètres.

— Dans quoi alors ? demanda Hayley.

Le mécanicien eut une grimace féroce et ouvrit à fond le sifflet de la locomotive.

— Dans le plus gros, le plus puissant bulldozer du monde !

On sentait cet homme au bord de la folie. En tout cas, il ne ralentissait pas. Et Kurt s'en félicitait.

— Cramponnez-vous ! cria le conducteur.

Les trente derniers mètres furent avalés en dix secondes. Le train heurta de plein fouet le flanc du camion et le poussa en avant. Les diesels à eux seuls pesaient plus de deux cent soixante-quinze tonnes. Cette masse, augmentée du poids du train, eut tôt fait de soulever le camion pour le rejeter sur la droite comme une vulgaire boîte en fer blanc.

L'impact se fit dans un vacarme incroyable, un grondement de tonnerre suivi du fracas de plaques métalliques déchiquetées. La locomotive essuya le choc avec peu de dégâts : les phares volèrent en éclats et le pare-brise se fendit, mais par chance le verre de sécurité resta en place. Et, après avoir balayé les derniers fragments du camion le long du remblai, le convoi se trouvait toujours sur ses rails.

Quatre voitures plus loin, on avait ressenti le choc. Kirov et son acolyte durent se cramponner aux poignées pour ne pas tomber. Ils virent les débris du camion projetés sur le bas-côté, puis le convoi poursuivre sa route et accélérer progressivement.

— Comment allons-nous maintenant accéder à cette locomotive ? Dès l'instant où nous ouvrirons la portière, ils nous mettront le grappin dessus. Et encore, si nous arrivons jusque-là. Il n'existe pas de porte entre les deux locomotives. Ce sont des unités séparées.

— Nous pourrions peut-être passer par le toit ? suggéra Kirov.

À l'instant même où il proposait cette solution, Kirov réalisa la folie d'une pareille tentative. Il avait souvent vu semblable exploit au cinéma, mais avancer sur le toit d'un train contre un vent qui soufflait à quatre-vingts kilomètres à l'heure, ce n'était pas faisable. À moins peut-être de ramper sur le toit avant que le convoi ait pris de la vitesse.

Il hésitait encore lorsqu'un message leur parvint par les haut-parleurs du convoi :

— *Ici Kurt Austin. Nous avons repris le train à ceux qui l'avaient détourné et nous poursuivons le trajet prévu. Nous présentons toutes nos excuses aux passagers du* Ghan *pour les désagréments qui auraient pu perturber leur soirée. Nous avons rapidement rétabli les communications par satellite avec l'extérieur pour faire connaître notre situation et nous avons reçu l'assurance que des secours étaient en route.*

« À l'adresse maintenant des pirates qui sont montés à bord à la faveur de cet arrêt imprévu, si vous voulez finir encerclés par les équipes australiennes d'intervention d'urgence et les unités spéciales d'assaut, veuillez vous asseoir et vous installer confortablement. Sinon… foutez-moi le camp de ce train.

Kirov eut la surprise d'entendre les voyageurs pousser des acclamations qui bientôt gagnèrent l'ensemble de la voiture. Il regarda son compagnon.

— Le vent a tourné.

Tous deux se dirigèrent vers la portière. Dix secondes plus tard, ils étaient figés devant l'espace vide qui séparait les deux voitures, et regardaient le sol qui commençait à défiler de plus en plus vite.

Un homme sauta de la voiture suivante. Il trébucha sur le ballast, faisant une chute dont Kirov pensait qu'il ne se remettrait pas. Deux autres suivirent sans plus de succès.

— Il faut sauter, conseilla le compagnon de Kirov.

Kirov n'en avait aucune envie, mais l'autre alternative qui consistait à se retrouver inculpé d'espionnage ou d'actes de terrorisme était encore pire. Il cherchait une solution.

— Toi d'abord !

Sans hésiter, son compagnon sauta. Il sembla atterrir sur le ballast et culbuter dans la pierraille plutôt que de dévaler le remblai.

La sirène du train hurlait dans la nuit et Kirov savait que le temps pressait. S'il attendait davantage, il devrait affronter une mort certaine. Prenant une profonde inspiration, il fit un pas en avant. Pendant une interminable seconde, il plana, agitant les bras pour garder l'équilibre, puis atterrit sur le flanc en tentant de se replier sur lui-même, son visage plaqué sur les pierres, son cou et ses épaules cognant contre le ballast. Il dévala ainsi la pente sur plus d'une quinzaine de mètres et, le nez dans la caillasse, perdit connaissance pour la seconde fois en moins d'une heure.

Dans la locomotive de tête, Kurt, Joe et le mécanicien fêtaient l'événement tandis que le *Ghan* continuait à prendre de la vitesse, abandonnant derrière eux les bandits qui avaient voulu s'en emparer. Hayley, au bord de la nausée, recroquevillée dans un fauteuil, tremblait de tous ses membres.

— Ça va aller ? demanda Kurt en poussant par précaution une corbeille à côté d'elle.

— Je crois que oui. Au moins, c'est fini.

— C'est parfait. Car, sitôt arrivés à la prochaine station, nous sautons dans un hélicoptère pour faire le reste du trajet.

Elle le regarda, affolée.

— Le taux d'accidents en hélicoptère est cinq fois plus élevé que celui des trains de voyageurs.

Elle termina sa phrase avec difficulté. C'en était trop, beaucoup trop. Et brusquement, elle se tourna vers la corbeille pour vomir.

21

QG DE LA NUMA, Washington D.C.

DÈS L'OUVERTURE DES PORTES, Dirk Pitt sortit de l'ascenseur. Contrairement aux autres étages de l'immeuble de la NUMA, ici, au dixième, il n'y avait ni réceptionniste pour accueillir les visiteurs ni employés affairés. Pas un bruit. Seul le ronronnement des ventilateurs et des bouches de climatisation qui maintenaient à la bonne température la salle des serveurs et des ordinateurs.

Dirk avançait d'un pas vif. Il passa entre les armoires du centre informatique et finit par découvrir l'homme qu'il cherchait. Grand, maigre, ses longs cheveux coiffés en queue de cheval, portant des jeans et une chemise de velours côtelé, il se tenait entre trois miroirs en pied comme il est habituel d'en voir dans un salon d'essayage. En l'occurrence, ce jeu de miroirs ne reflétait pas grand-chose sauf peut-être le caractère obsessionnel de celui qui l'avait conçu et qui l'utilisait le plus souvent : Hiram Yaeger.

Hiram était un génie reconnu. Depuis l'âge de douze ans, il concevait et construisait des ordinateurs. À la NUMA, il avait carte blanche pour créer ses propres systèmes informatiques, recueillir les données qu'il souhaitait et les utiliser comme bon lui semblait. Ce dixième étage de l'immeuble de la NUMA s'était révélé insuffisant pour abriter les machines de Yaeger. Il avait donc, ces dernières années, étendu son domaine en s'appropriant une partie du onzième, au grand déplaisir des météorologues qui s'étaient vus relégués au sous-sol.

Yaeger cherchait constamment l'interface la plus efficace entre le cerveau humain et la machine. Il n'avait cessé de redessiner son système, utilisant des claviers à fonctions multiples, des appareils réagissant à la voix et des hologrammes parlants.

Bizarrement, même si les systèmes continuaient à évoluer, Yaeger restait le même. Il représentait la seule constante dans une équation dont les résultats ne cessaient de progresser.

Aujourd'hui, il était planté devant sa dernière trouvaille. Ses yeux allaient d'un écran à l'autre pour y lire les données de ses calculs. Il s'affairait, déplaçant tel ou tel résultat. Un étrange casque lui couvrait une oreille et maintenait devant son œil droit un écran grand comme un doigt sur lequel, Pitt le constata en s'approchant, s'inscrivaient des informations.

— Un jour, dit Pitt, je te trouverai câblé à ton système.

Plongé dans ses recherches, Yaeger n'avait pas remarqué l'arrivée de son ami. Il se retourna brusquement en entendant sa voix.

— Tu aurais pu frapper.

— Toute cette technologie et aucune sonnette ? Ou un de ces machins qui font « ping » quand quelqu'un entre dans la boutique ? Je devrais peut-être t'offrir un chien.

— J'en ai déjà un. Je le laisse à la maison parce qu'il pisse partout et qu'il mâchonne les câbles.

— Une décision raisonnable, approuva Pitt.

— Qu'est-ce qui t'amène ? demanda Yaeger.

Pitt posa sur la table une grosse enveloppe de papier kraft.

— De la part des Australiens. Leur dossier bourré de renseignements techniques. J'ai pensé que toi et tes ordinateurs pourriez analyser ça.

— Ils te l'ont envoyé sur papier ?

— Hiram, il y a encore des gens qui utilisent le courrier !

— Autant écrire avec une plume d'oie, grommela Yaeger.

Pitt monta sur la plate-forme.

— C'est quoi, tout ça ?

— Une nouvelle interface.

— Qu'est-ce que tu as sur l'œil ? demanda Pitt. Tu as l'air de sortir de *Star Wars*.

— Malheureusement, je navigue toujours entre deux galaxies.

— Pourquoi donc ?

— La NSA ne veut pas partager, expliqua Yaeger. Malgré leurs belles promesses, je n'ai toujours rien obtenu d'eux.

— Ils ont dû t'envoyer un paquet de données ce matin, non ?

— Rien que des données d'ordre sismique... qui nous sont utiles, je le reconnais. Mais tu m'as demandé de jeter un coup d'œil à cette théorie dynamique de la gravité que Tesla était censé avoir découverte. J'ai réclamé un tas de documents là-dessus et je n'ai rien reçu. Ils font bel et bien de l'obstruction.

« Laisse-moi te montrer quelque chose, ajouta Yaeger en désignant la plate-forme entre trois écrans.

Pitt s'avança.

— J'ai l'impression que tu vas prendre mes mesures pour me tailler un costume.

— Si tu voulais, assura Yaeger, cet ordinateur pourrait le faire. Mais ce serait une perte d'énergie.

— Cela dépend de mon allure dans le costume.

Yaeger ne releva pas et désigna l'écran gauche sur lequel on apercevait la photo d'un bâtiment en brique d'un seul étage, percé de cinq fenêtres situées de chaque côté d'une porte centrale. On aurait dit une école.

Derrière ce bâtiment se dressait une construction métallique à demi terminée et faite de croisillons en fer, un peu comme la tour Eiffel mais sans aucune grâce. Cette tour, chapeautée d'un dôme, avait l'air d'un gigantesque champignon métallique.

— Wardenclyffe, commenta Yaeger. On l'appelait la folie de Tesla. Sa construction a commencé en 1901. Tesla assurait que ce n'était qu'un prototype et voulait en bâtir d'autres à travers le monde. Ces tours permettaient la transmission immédiate de données et, plus important, la diffusion sans fil d'énergie électrique.

— Étonnant.

— Tout à fait, approuva Yaeger. Tesla a travaillé sur cette tour dans le cadre de ses recherches sur la théorie dynamique de la gravité. Il s'y est épuisé financièrement, physiquement et mentalement. En 1905, il était pratiquement ruiné. Il est resté propriétaire du bâtiment pendant des années mais, la tour étant hypothéquée, les banques ont fini par la saisir. En fin de compte, une entreprise de démolition l'a fait sauter en 1917. Ce fut le plus grand échec de la vie de Tesla. Et pourtant, nous possédons une lettre.

Tandis que Yaeger parlait, le scan d'une page manuscrite apparut sur l'écran central. La lettre signée de Tesla était adressée à un nommé Watterson et datée de mars 1905.

— Qui est ce Watterson ? demanda Pitt.

— Daniel Watterson, un grand fan de Tesla à cette époque. Ordinateur, veuillez lire la lettre.

La machine se mit à lire tout haut avec un accent étranger très convaincant.

— C'est la voix de Tesla ?

— Non, dit Yaeger. Mais c'est une création parfaite de sa voix. Tesla parlait probablement l'anglais avec cet accent.

— Tu as appris à l'ordinateur à faire ça ?

— Non, il a choisi parmi un millier de dialectes différents.

Pitt secoua la tête, en proie à l'incrédulité et à l'émerveillement.

— *Jeune Daniel, nous avons tous deux redouté de voir ce jour arriver. Depuis que la validité de mes brevets sur le courant alternatif est arrivée à expiration, mes rentrées de fonds se sont trouvées terriblement réduites. Ni M. Astor, ni M. Morgan ne semblent disposés à m'octroyer de nouveaux crédits...*

Yaeger se pencha vers Pitt.

— Il s'agit sans doute de J.P. Morgan et de John Jacob Astor IV, qui a péri dans le naufrage du *Titanic*.

Pitt hocha la tête.

— Nos chemins se sont déjà croisés.

— Je m'en souviens.

— ... *Cependant ils m'ont laissé entendre qu'ils pourraient envisager un nouveau financement si nous sommes en mesure de faire une démonstration de la transmission d'énergie mais, comme nous sommes pour l'instant dans l'impossibilité de neutraliser les anomalies auxquelles nous nous sommes heurtés, j'estime qu'il est pour le moment dangereux de tenter l'expérience.*

« Souvenez-vous, on peut surmonter la pauvreté en travaillant dur, mais on ne peut envisager de provoquer une catastrophe qui causerait de nombreuses victimes. Je ne veux pas être responsable d'un désastre qui toucherait tant de gens innocents ne sachant rien de nos recherches et de nos efforts. Pour cette raison, il me faut également décliner l'autre *proposition que vous m'avez faite.*

« Je vous prie de faire savoir au général Cortland que je suis sensible à ses efforts mais que je ne suis pas en mesure de faire un pas avant d'avoir éliminé tous les risques.

« Avec tout mes espoirs, Nikola. »

L'ordinateur avait terminé.

— Qui est donc ce Cortland ?

— Harold Cortland, précisa Yaeger. Un général de brigade chargé à cette époque des équipements spéciaux.

— Tesla a donc décidé de ne pas accepter l'argent de Jacob Astor car il jugeait l'expérience trop dangereuse, comme il a également refusé l'argent de l'Armée américaine ?

Yaeger acquiesça.

— À part cette lettre. Je n'ai découvert aucune preuve que l'Armée ait jamais pris contact avec Tesla, et encore moins qu'elle lui ait offert quoi que ce soit.

Pitt se tourna vers la photo du Wardenclyffe.

— Cela ressemble beaucoup à ce que Kurt et Joe ont découvert dans cette mine inondée.

— Les proportions du dôme par rapport aux canalisations sont presque identiques, précisa Yaeger. Et, comme c'était le cas dans cette mine, la tour du Wardenclyffe de Tesla avait des conduits de transmission électromagnétique qui s'enfonçaient à des dizaines de mètres dans le sol. D'après Tesla, c'était pour « avoir un solide contact avec la Terre » qui, insistait-il, non seulement transmettait l'énergie mais la « fournissait ».

— Une jolie construction d'un million de dollars, dit Pitt d'un air songeur. Pourquoi Tesla semblait-il heureux de s'en débarrasser ? Presque soulagé. Pourquoi ? De quoi avait-il peur ?

Pour Yaeger, la réponse était évidente.

— Il craignait justement l'effet que cherche à obtenir Thero : tout chambouler et provoquer un désastre.

Pitt acquiesça. Il commençait à comprendre le processus.

— D'après ce que tu me dis, et si je me souviens bien des explications de cette chercheuse australienne, le champ d'énergie du point zéro est étroitement lié à la gravitation. Tesla a commencé à peu près en même temps à travailler sur sa théorie de la gravitation et sur ces grandes tours, c'est-à-dire au début du XXe siècle. Il semble avoir arrêté les deux vers… quand ça ?

— *Mille neuf cent trente-sept,* répondit l'ordinateur.

— Merci, répondit Pitt, même s'il trouvait bizarre de répondre ainsi à une machine. Et pourquoi à cette date ?

— *Données insuffisantes*, dit l'ordinateur.

— Il ne peut pas deviner ? demanda Pitt à Yaeger. Mais toi, tu peux sans doute me répondre ?

— Tesla était alors âgé, dit Yaeger, et fauché. Peut-être avait-il besoin d'argent ?

— D'après ce que j'ai lu, c'était habituel. Pourquoi l'année 1937 serait-elle différente ?

— Que veux-tu dire ?

Pitt haussa les épaules.

— Il a enterré son projet de Wardenclyffe alors qu'il aurait pu le sauver ou au moins le maintenir à flot. Et trente ans plus tard, il affirmerait être prêt à révéler sa théorie au monde. Quelles chances y aurait-il eues pour qu'il le fasse sans avoir au préalable une solution ?

Une fois de plus, ce fut l'ordinateur qui répondit :

— *Compte tenu de l'insistance avec laquelle Tesla respectait ses principes, les chances sont inférieures à dix pour cent.*

Pitt était stupéfait.

— C'est à Hiram que je m'adresse. Mais merci quand même.

— Ici, c'est comme ça, expliqua Yaeger. Je parle. Il me répond. J'ai toujours travaillé comme ça.

— Je préférais ton hologramme, grommela Pitt.

— Seulement parce qu'elle flirtait avec toi.

— Tu as peut-être raison. Bon, peut-on revenir à Tesla ?

Yaeger acquiesça.

— Tu suggères que Tesla aurait trouvé un moyen d'éliminer les risques, c'est-à-dire ces anomalies dont il parlait dans sa lettre.

— Cela se pourrait, dit Pitt.

— Peut-être, sauf qu'il n'a jamais publié sa théorie. Et à sa mort, tous ses documents ont disparu.

— Je me demande où, dit Pitt d'un ton sardonique.

— Tu pense que la NSA les a ?

— Ils possèdent sûrement quelque chose.

— Je n'en doute pas, marmonna Yaeger.

Pitt envisagea d'appeler Sandecker pour lui demander de faire pression sur la NSA, mais le vice-président était à Londres pour une réunion du G20 et ce genre de problème ne se réglait pas en trois minutes.

— Que se passerait-il si on secouait un peu leur banque de données ?

— Si on secouait ?

— Tu sais, dit Pitt, comme un distributeur automatique dans lequel tu as mis tes pièces mais qui ne te fournit pas ce que tu as payé. Tu le secoues un peu jusqu'à ce que tombe quelque chose. Qu'arriverait-il si on secouait les ordinateurs de la NSA ?

— À part une peine de prison ou les travaux forcés ?

— Oui, à part ça ?

Hiram poussa un soupir.

— Nous pourrions peut-être trouver une autre manière de procéder.

— Tu pourras toujours mettre ça sur le compte... commença Pitt en désignant de la tête la batterie d'ordinateurs, et en se demandant si la machine pouvait comprendre la solution qu'il proposait.

— Je ne pense pas que nous ayons besoin de faire cela.

— Peut-être pas, dit Pitt. Mais dis-moi, ce Watterson ? Tu as des renseignements sur lui ?

Yaeger poussa un soupir.

— Après avoir travaillé avec Tesla, il n'a pas fait grand-chose. Si je me souviens bien, il est mort jeune. (Il tourna la tête :) Ordinateur, y a-t-il dans la vie de Daniel Watterson des événements ayant un rapport avec notre projet ?

L'ordinateur calcula pendant une seconde, fouillant des milliards d'archives, les croisant à la recherche d'un lien, d'un rapport, d'une donnée qui aurait pu leur échapper. Finalement, il rendit son verdict :

— *Impossible de trouver la moindre influence significative concernant ce projet dans les actes de Watterson après 1905,* annonça la machine. *Une seule improbabilité d'ordre statistique décelée.*

Yaeger se tourna vers l'écran principal.

— Laquelle ?

— *D'après les registres nécrologiques, Daniel Watterson et le général Harold Cortland sont morts le même jour. Leurs décès se sont produits dans des États différents et sont dus à des causes différentes. Toutefois, les deux notices nécrologiques étaient longues d'exactement cinquante-neuf mots et rédigées exactement dans les mêmes termes, à l'exception du nom du défunt, de la cause et du lieu du décès. Les probabilités statistiques pour qu'une pareille coïncidence se produise, compte tenu des différences d'âge, d'occupation et de résidence, sont estimées à moins de 0,01 pour cent.*

Pitt et Yaeger se regardèrent un instant sans rien dire, puis Yaeger déclara en soupirant :

— On dirait que je vais devoir secouer les bases de données de la NSA.

— C'est quelquefois plus simple de faire des excuses après coup que de demander la permission, observa Pitt.

Yaeger hocha la tête.

— Rappelle-moi ça au bagne quand nous casserons des cailloux.

22

Pacific Voyager
2 400 milles au sud-ouest de Perth

PATRICK « PADI » DEVLIN SE TENAIT SUR LE PONT repeint en noir de cette abomination flottante qu'avait jadis été le *Pacific Voyager.* Un vent glacial fouettait la proue du navire. Depuis ces dernières heures, des rafales de neige fondue mêlées de brume avaient réduit la visibilité à moins d'un mille.

Devlin serra son manteau autour de lui et enfonça les mains dans ses poches en regrettant de ne pas avoir d'écharpe. Pourtant, il ne voulait pas retourner à l'intérieur.

— Merci de m'avoir laissé sortir sur le pont, dit-il à une silhouette qui se dressait près de lui et qui n'était autre que Janko Minkosovic, son vieux coéquipier et pour le moment son geôlier.

— Je ne vois pas de mal à ça. Tu ne vas quand même pas rentrer à Jakarta à la nage.

— J'ai noté que tu n'avais pas montré la même courtoisie envers ceux qui sont dans la cale.

— Ils sont vingt-six, dit Janko. Ils viennent de deux bateaux qu'on a coulés. Groupés, ils pourraient devenir dangereux.

Devlin réfléchit. *Cela signifiait-il que Janko ne disposait à bord que d'un équipage réduit ?*

Le vent se mit à souffler plus fort et la neige à tomber plus dru. D'après la température et le bleu cobalt de la mer, Devlin supposa qu'ils faisaient route vers le sud et qu'ils étaient en plein dans les quarantièmes rugissants, peut-être même encore plus au sud. Une tempête semblait se préparer.

— Ça ne te rappelle rien ? demanda Janko.

— Le jour où ce rafiot a coulé ?

— Le jour où tu nous as largués, riposta Janko.

— Tu sais bien que c'était la décision du capitaine, répliqua Devlin. Je l'ai supplié de tenir bon.

— Arrête de l'accuser. D'ailleurs, arrête de te faire des reproches, Padi. Regarde-toi. Tu ressembles plus à une épave que ce rafiot. Et dire que tu croyais un jour te retrouver capitaine !

Devlin lui lança un regard mauvais.

— Personne n'aurait rien pu faire, reprit Janko. Si tu n'avais pas largué le câble, on l'aurait fait de toute façon nous-mêmes.

— Pourquoi ? demanda sèchement Devlin. Pour faire croire que le bateau avait coulé tout seul ? C'était déjà une épave. Et même pas assurée.

— L'homme pour qui je travaille l'avait achetée des années auparavant en cale sèche à Tarakan, expliqua Janko. Il a engagé des ouvriers qui ont réalisé des transformations. Le moment venu, il a eu besoin que ce rafiot disparaisse. Alors il nous a donné l'ordre de le faire remorquer dans la tempête.

Devlin le regarda dans les yeux.

— Mais tu faisais partie de l'équipage ! De notre équipage !

— Pendant six mois, avec les deux autres. C'est avec ton patron qu'il a arrangé ça.

— OK, fit Devlin. Alors tu es venu avec nous et tu as embarqué sur le *Java Dawn*. Mais ce bateau – ce bateau-ci –, il a coulé. Je l'ai vu. Ce n'était pas une illusion.

Janko soupira comme un père fatigué par les questions d'un enfant curieux.

— Non, Padi, absolument pas.

— Alors bon Dieu, comment est-ce possible?

— Suis-moi, dit Janko. Tu vas comprendre.

Janko fit franchir à Devlin la principale écoutille, puis une deuxième, un peu plus bas. Pour la première fois, Devlin remarqua qu'on avait conservé la partie extérieure du navire à peu près comme elle devait être des années auparavant. Tout avait l'air abandonné, inutilisé. Mais, une fois passé le panneau de l'écoutille intérieure, c'était bien différent.

Devlin ne tarda pas à se trouver dans un poste de commandement moderne équipé de nombreux appareils de contrôle, indicateurs de propulsion, écrans radar et graphiques punaisés sur les cloisons. Sur la paroi du fond, de grands écrans montraient ce qu'on voyait de la passerelle : le ciel gris et la mer à perte de vue, tout cela capté par une batterie de caméras vidéos.

— Quand a-t-on organisé tout ça ?

— Je t'ai dit, répéta Janko, ces changements ont été faits avant qu'on remorque le bateau.

— Mais on l'a inspecté pour voir s'il n'y avait pas de voie d'eau.

— Seulement l'extérieur de la coque, lui rappela Janko. D'ailleurs, j'étais avec toi pour m'assurer que tu n'allais pas t'aventurer dans des secteurs sensibles.

Devlin se souvenait maintenant. Ils avaient seulement vérifié les travaux de réparation, la salle des machines et la cale. Personne ne s'était soucié de l'aménagement intérieur du navire.

Janko se tourna vers un des hommes d'équipage.

— Branchez l'infrarouge.

Le matelot pressa un bouton et l'écran sur la droite pivota. La couleur passa du gris à une teinte orangée. Tout d'un coup, les nuages, la brume et la pluie disparurent. La visibilité devenait parfaite. Comme par magie, l'image d'une grande île en forme de cône occupa le centre de l'écran de contrôle. En son milieu, un pic se dressait à des centaines de mètres vers le ciel. Il semblait incroyable qu'à environ un mille de distance la brume ait masqué l'île à ce point.

Devlin ouvrait grands ses yeux quand il fut pris de bourdonnements d'oreille.

— Qu'est-ce qui se passe ?

— La coque intérieure est pressurisée, expliqua un des matelots, et la coque extérieure est en train de se remplir d'eau.

Sur l'écran gauche, Devlin apercevait l'avant du navire orienté vers le fond. Quelques instants plus tard, l'eau déferlait de tous côtés tandis que l'air était expulsé depuis des orifices dissimulés sur la plage avant. Le niveau de l'eau montait rapidement, engloutissant les superstructures et noyant les caméras.

Brusquement, Devlin ne vit plus que l'obscurité et l'eau qui tourbillonnait devant les lentilles. Il fallut une minute pour que l'image retrouve sa netteté et seule l'étrave du navire apparut sur l'écran.

— Un sous-marin ? dit Devlin, stupéfait. Vous avez fait de ce bateau un sous-marin ?

— Comme je viens de te le dire, la partie centrale du navire a une coque pressurisée, expliqua Janko. Le reste n'est que du camouflage.

Malgré sa colère, Devlin était impressionné.

— Jusqu'à quelle profondeur peut-il aller ?

— Pas plus de vingt-cinq mètres.

— Un avion pourrait vous repérer.

— La peinture noire ne reflète pratiquement pas la lumière, et elle absorbe aussi les ondes des radars.

Ce qui expliquait pourquoi la couche de peinture était si épaisse et avait cette consistance caoutchouteuse, se dit Devlin.

— Et que faites-vous des antennes radio et des radars ?

— Nous les avons supprimées. Elles causaient des problèmes en plongée.

— Vous risquez encore d'être repérés au sonar.

— Nous ne naviguons pas en profondeur, Padi, répondit Janko que toutes ces questions semblaient exaspérer. Nous restons en surface comme nous l'avons toujours fait. Nous ne plongeons que pour nous cacher. Et… au mouillage.

— Comment ça ?

— Active les lumières d'approche, dit Janko à un matelot.

Au loin, une rangée de balises d'un jaune verdâtre s'alluma au fond de la mer, comme celles qui, la nuit, signalent le milieu de la chaussée sur une route mal éclairée.

— Cinq degrés à bâbord, dit Janko. Réduis la vitesse à trois nœuds.

Devlin regarda sur sa gauche le marin pianoter sur un clavier.

— Guidage automatique enclenché. Séquence de mouillage parée.

Le navire poursuivait sa route vers les petites lumières.

— En position, annonça le marin.

— Ouverture des portes extérieures.

Janko pianota alors sur un clavier jusqu'à faire apparaître un mince filet lumineux sur ce qui semblait être une paroi rocheuse. Devlin vit la fente s'agrandir puis laisser apparaître d'énormes portes qui, en s'écartant, révélèrent un étroit passage dans les fondations submergées de l'île.

Le *Voyager* remonta le courant à l'aide de ses propulseurs avant et arrière, puis avança à l'intérieur de ce qui s'avéra être une gigantesque grotte naturelle.

— Machines stoppées, annonça le timonier.

— Fermeture des portes de la grotte enclenchée, signala un autre homme d'équipage.

— Faites surface, ordonna Janko.

On entendait distinctement le sifflement des pompes à haute pression évacuant l'eau des ballasts. Le bruit s'amplifia losque les cent vingt mètres du navire refaisaient surface.

Fasciné, Devlin regarda l'eau ruisseler des caméras puis du pont. De nouveaux projecteurs s'allumèrent, illuminant la grotte qui, bien que vaste, était juste assez grande pour abriter le *Pacific Voyager*.

On perçut un léger choc.

— Rampe d'arrimage en place, annonça le marin.

Janko acquiesça de la tête.

— Amenez les prisonniers. Je vais montrer moi-même à Padi sa nouvelle résidence.

— Ma nouvelle résidence ?

— Parfaitement, dit Janko. Bienvenue à Tartare. La prison des dieux.

23

*À bord de l'*Orion*, navire de la NUMA, 15 h 30*
1 700 milles au sud-ouest de Perth

APRÈS AVOIR ÉCHAPPÉ À LA TENTATIVE de détournement du *Ghan*, Kurt, Joe et Hayley avaient adopté de nouveaux moyens de transport. Ils avaient gagné Perth à bord d'un jet puis d'un hélicoptère Sea Lynx qui les avait déposés à bord de l'*Orion*, un navire de la NUMA, qui croisait à trois cents milles de la côte.

Ensuite, l'*Orion* avait mis le cap au sud-ouest où trois autres bateaux de la NUMA devaient se joindre à eux. Situés dans des zones différentes, les quatre navires faisaient maintenant route vers le sud pour former, en suivant les méthodes de détection conçues par Hayley, un véritable cordon bien aligné. Le plan était simple : si Thero essayait d'expérimenter sa machine, ils devraient pouvoir la localiser.

Pendant qu'Hayley entamait le long processus de réglage des détecteurs, Kurt monta sur le pont au moment où débutait le troisième tour de garde.

Le ciel s'assombrissait, les nuages étaient bas et la mer prenait une teinte grise. La houle, poussée par un vent d'ouest, avait à peine plus d'un mètre de creux, un calme surprenant dans cette région du monde. Sans savoir pourquoi, Kurt se sentait inquiet.

Il prit deux bols sur lesquels était gravé le nom ORION orné d'une reproduction miniature de la constellation. Il les remplit de café avant de rejoindre Joe qui examinait les cartes et le bulletin météo debout auprès du capitaine de l'*Orion*.

— Commandant ? proposa Kurt en lui offrant un des bols.

— Non, merci, répondit le commandant.

— J'en prendrais volontiers un, suggéra Joe.

Kurt lui tendit un bol en gardant l'autre pour lui. Il but une gorgée puis, tournant son regard vers le bulletin météo :

— Qu'est-ce que ça dit ?

— Pas encore de tempête, mais la pression commence à baisser. On s'attend à une perturbation venant de l'ouest.

On était en mars, c'est-à-dire au début de l'automne dans l'hémisphère Sud. Le mauvais temps ne viendrait pas avant le mois prochain mais, au sud des quarante degrés de latitude, ils allaient entrer dans la zone appelée des quarantièmes rugissants. À cette latitude, le Grand-Océan austral faisait le tour du globe sans être freiné par la moindre terre et pouvait se déchaîner quand bon lui semblait.

— Jusqu'à maintenant, constata Winslow, nous avons eu de la chance avec le temps. Mais mes vieux os me disent que cela ne va pas durer.

— Le calme avant la tempête ? demanda Joe.

— Quelque chose comme ça, acquiesça le commandant.

— Même si le temps se gâte, dit Kurt, nous devons continuer.

Winslow semblait également déterminé, mais jusqu'à un certain point.

— Nous ne vous laisserons pas tomber, assura-t-il à Kurt. Pourtant, si les risques deviennent trop importants et mettent en danger le navire et l'équipage, il faudra que je prenne une décision. L'*Orion* est costaud, mais il n'a pas été construit pour affronter une tempête de force 12.

Bien que responsable de cette mission, Kurt approuva. Le capitaine était le seul maître à bord et sa parole l'emporterait toujours.

— Et les autres ?

Joe désigna la carte.

— Paul et Gamay sont à bord du *Gemini*.

Sur la carte, le bateau des Trout était très à l'écart de la formation.

— Pourquoi est-il si loin derrière ?

— Il a fait toute la route depuis Singapour.

— C'est frustrant, dit Kurt. Mais cela vaut la peine d'attendre pour que Paul et Gamay puissent se joindre à notre équipe. Et les autres ?

— Le *Dorado* se trouve ici, indiqua Joe en désignant sur la carte une section très à l'est, presque au-dessous du centre de l'Australie.

— Et l'*Hudson* navigue au sud de la Nouvelle-Zélande. On vient juste de leur livrer le matériel. Il leur faudra deux jours, au moins, pour rejoindre la formation.

Kurt étudia sur la carte la position des bateaux. Ces quatre points, perdus dans l'immensité de la mer, représentaient le seul véritable espoir de trouver Thero avant qu'il agisse.

— Tu crois que ça va marcher ? demanda Joe.

— Tout dépend des capteurs de Hayley.

— Tu n'as pas l'air aussi sûr qu'avant.

— Elle nous cache quelque chose, dit Kurt.

— Et pourtant tu l'aimes bien, lui fit remarquer Joe.

— Raison de plus pour être prudent.

Joe acquiesça.

— C'est toujours le coup auquel on ne s'attend pas qui fait le plus mal.

Kurt but une gorgée de café et, par les vitres de la passerelle, regarda le soir qui tombait tout en se demandant d'où viendrait le coup.

À quatre-vingt-six milles derrière l'*Orion*, la silhouette d'un curieux navire se détachait dans l'obscurité. Selon toute apparence, le *Rama* était un porte-conteneurs. Un contrôle de son livre de bord et de sa cargaison prouverait qu'il passait le plus clair de son temps à transporter du fret du Viêtnam en Australie et vice versa. En réalité, le navire était bourré de matériel électronique et se trouvait à seulement quelques heures de Perth quand Dimitri Yevchenko en avait fait l'acquisition. Il l'avait ensuite dérouté vers le sud pour en faire le vaisseau amiral d'Anton Gregorovich et des commandos que le gouvernement russe avait mis à sa disposition.

Avec ses cent soixante-dix mètres, le *Rama* était plus petit que la majorité des porte-conteneurs qu'on pouvait rencontrer et faisait figure de nain auprès des monstres de plus de trois cents mètres. Mais ce qu'il n'avait pas par la taille, il le compensait par sa rapidité, qui pouvait atteindre les vingt-huit nœuds.

Gregorovich se félicitait de ce choix à la lecture d'un message transmis par un satellite russe : les Américains filaient vers le sud à environ trente nœuds depuis le moment où le Russe les avait repérés.

— Pourquoi les suivons-nous ? demanda un homme au visage entouré d'un gros bandeau.

— Parce que tu n'as pas été foutu de capturer la femme, déclara Gregorovich.

— À l'aide d'hélicoptères et de matériel de brouillage, en plus des vingt commandos bien entraînés à bord, répondit Victor Kirov, nous n'aurions aucun mal maintenant à nous emparer d'elle.

Gregorovich supportait mal d'avoir dans son équipe des fonctionnaires russes ainsi que des commandos de l'armée Rouge qu'on lui avait envoyés, mais au moins il faisait confiance aux soldats. Ce qui n'était pas le cas quand il s'agissait de cet ambitieux de Kirov, membre du GRU, la Direction des renseignements extérieurs russes.

— Tu as de la chance que je t'aie autorisé à monter à bord, Victor. Pour moi, tu as perdu la face dans tous les sens du terme.

Kirov tiqua en entendant cette remarque mais ne réagit pas.

— Tu ne comprends donc pas, enchaîna Gregorovich. Les Américains savent quelque chose. Sinon, ils ne fonceraient pas comme ça à toute vitesse. On dirait une meute poursuivant un renard alors que nous tenons le rôle des chasseurs à cheval. Pour l'instant, il vaut mieux les suivre à distance sans nous faire repérer grâce au satellite que le Kremlin nous a nous a autorisés à utiliser. Dès qu'ils seront arrivés à destination, nous agirons.

Kirov ricana en secouant la tête.

— Si Thero prouve que son arme est utilisable, les Américains rappliqueront comme un essaim d'abeilles déchaînées et notre petite troupe ne sera pas à la hauteur. Il faut le trouver et détruire cette arme qu'il est en train de mettre au point. On peut aussi nous en emparer avant qu'il puisse l'essayer et alerter le monde entier.

— Nous en emparer ? reprit Gregorovich. Maintenant nous disposons d'une alternative ?

— Si on a la possibilité de récupérer une partie de la technologie, il faut le faire, observa Kirov.

— Ce ne sont pas les consignes que j'ai reçues.

— Ce sont les miennes, répliqua Kirov.

C'était étrange, mais pas inattendu, se dit Gregorovich. Il haussa les épaules, plus préoccupé par le fait qu'on ne l'avait pas mis au courant que ce qu'on attendait de lui.

— Et que va-t-on faire du petit joujou que tu as apporté ?

De la tête, il désigna une caisse arrimée à la cloison du fond. Elle contenait une tête nucléaire. Une bombe de voyage. Ce qui se faisait de plus perfectionné dans le genre : la RA-117H.

Alors que la plupart des têtes nucléaires ont au mieux une puissance de quelques kilotonnes – de quoi pulvériser plusieurs pâtés de maisons et peut-être tout anéantir sur deux ou trois kilomètres carrés –, la RA-117H avait une puissance trois fois supérieure à celle de la bombe d'Hiroshima.

— Dès que nous aurons découvert l'arme que Thero utilise, il nous suffira d'activer la bombe et de détruire le site pour qu'il ne reste rien de Thero ni de ses expériences.

24

Maximilien Thero passa devant une rangée d'ingénieurs et de techniciens qu'il avait sélectionnés et métamorphosés dans le but de monter une équipe de production performante. Parmi eux, un Nord-Coréen rescapé du régime de Kim Jong-il, et un couple d'Iraniens qui avait éveillé les soupçons du gouvernement d'Ahmadinejad quand la fabrication de la bombe à laquelle il tenait tant avait été sabotée par un virus américain ou israélien. Il y avait également un savant pakistanais recherché par Interpol pour avoir vendu des secrets concernant des techniques nucléaires, une Allemande d'une cinquantaine d'années que ses idées radicales avaient rendue *persona non grata* dans sa patrie et, enfin, un jeune Tchétchène extrêmement brillant, mais contraint à se cacher depuis sa condamnation à mort pour avoir tué des soldats russes.

Dans une certaine mesure, tous étaient ses créatures, cependant Thero ne pouvait ignorer que seules les promesses, la crainte et l'impossibilité de disposer d'un autre choix les maintenaient auprès de lui, à travailler comme des disciples dévoués.

— Vous êtes les agneaux égarés que j'ai recueillis, commença Thero d'une voix de baryton qui retentit avec arrogance dans la pénombre de la salle de contrôle. Ensemble, nous sommes sur le point de récolter le fruit de vos efforts et de mon génie.

Il s'approcha d'un tableau de contrôle, et abaissa plusieurs leviers. Des lumières jaillirent de tous côtés, éclairant une batterie d'écrans. Au fond de la salle, derrière une grande baie en Plexiglas, une vaste caverne s'illumina à son tour. De forme sphérique, elle mesurait près de cent cinquante mètres depuis le sol de pierre polie jusqu'au plafond en forme de dôme. La majeure partie de la grotte était naturelle, mais les disciples de Thero et ses esclaves avaient dû beaucoup travailler pour lui donner ce contour parfaitement sphérique.

Au milieu de cette caverne, une sorte de globe formé par un ensemble de canalisations reposait sur une structure métallique. Le tout ressemblait à un gigantesque gyroscope et pouvait d'ailleurs en faire office puisqu'il pivotait dans toutes les directions.

C'était l'arme secrète créée par Thero – l'ultime expression de son génie –, une arme qui lui permettrait de diriger d'énormes quantités d'énergie vers n'importe quel point de la Terre. De plus, contrairement à la plupart des armes, la destruction surgirait du sol.

En canalisant l'énergie du point zéro contenue dans la Terre, Thero pourrait à son gré la diriger jusqu'au cœur du globe.

Un par un, une série d'indicateurs lumineux passa au vert.

— Tous les systèmes sont parés, annonça le Tchétchène.

— Réglez le pompage d'énergie sur le minimum, dit Thero.

Les ingénieurs s'affairèrent à respecter le protocole établi en suivant fidèlement les procédures indiquées, ne tardant pas à atteindre un point de non retour.

— On passe sur l'alimentation géothermique, annonça l'Allemande.

Les lumières faiblirent une seconde puis retrouvèrent leur éclat habituel.

— Déclenchement de la séquence d'amorçage, annonça l'Iranien.

Quelques secondes plus tard, Thero vit une icône clignoter, annonçant que l'amorçage était terminé. L'heure de vérité approchait. Thero appuya sur le bouton de commande.

Une nouvelle fois, les lumières faiblirent. Quelques-unes s'éteignirent. La formidable ponction d'énergie provoquée par la mise sous contact imposait un terrible effort au réseau électrique.

Sur l'écran posé au-dessus de la baie vitrée, une ligne plate s'afficha, restant immobile. Pendant un bref instant, tout sembla figé. Puis la ligne se mit à osciller, rejointe par une seconde qui ondula sur l'écran.

Dans la caverne, une lumière d'abord faible serpenta dans les canalisations transparentes et courut autour du dôme. Soudain, elle se mit à briller avec plus d'intensité avant de s'éteindre. Suite à une seconde décharge d'énergie, la lumière apparut à nouveau, clignota un moment et, contrairement à la première, ne disparut pas.

— Le champ magnétique tient, annonça l'Iranienne.

Peu à peu, les lumières autour d'eux brillèrent avec plus d'intensité.

— Nous fonctionnons maintenant sur l'énergie du point zéro, déclara fièrement l'Allemande.

Tandis que des applaudissements discrets retentissaient dans la salle, Thero observait l'écran de contrôle placé devant lui. Les pics et les creux de la ligne continuaient à se succéder jusqu'à ce que la lumière jaune d'un indicateur de tension se mette à clignoter.

— Quelque chose ne va pas, annonça le jeune Tchéchène, en revenant vers son pupitre. L'image est instable.

— Ce n'est pas possible, assura quelqu'un.

— Regarde toi-même.

Thero alla jusqu'au moniteur et examina l'écran. L'image, qui aurait dû représenter une sphère aussi parfaite que celle de la caverne, montrait la partie supérieure du dôme déformée.

— Neutralisez, ordonna Thero.

Il avait à peine terminé sa phrase qu'une alarme se déclencha.

— Modulez le champ.

Le Pakistanais se mit à pianoter sur le clavier de son ordinateur. Dans la caverne l'appareil, semblable à un monstrueux gyroscope, se mit à pivoter sur sa large plate-forme. Il tournait lentement comme un télescope géant à la recherche d'un point précis dans le ciel. Au cours de cette rotation, la seconde alarme se tut. Seul un marqueur jaune continuait à clignoter sur l'écran qui rappelait un oscilloscope.

Le gigantesque assemblage de canalisations se bloqua sur place. À l'intérieur de la sphère, des reflets d'énergie électromagnétique, en se croisant, illuminaient ses parois polies. Tout l'ensemble continuait à étinceler à la manière des feux de la Saint-Elme.

— L'impulsion qui fait contrepoids fonctionne, dit l'Iranien. Elle devrait être synchrone, mais il y a encore une légère distorsion.

Furieux, Thero était prêt à abattre le responsable de ce dysfonctionnement. La plus légère distorsion à basse tension risquait d'être fatale lorsqu'on augmenterait la puissance et rendait totalement vaines les menaces qu'il pourrait proférer.

— Expliquez-moi cette défaillance ! hurla-t-il.

Ingénieurs et techniciens se penchèrent tous sur leurs écrans, discutant entre eux afin d'essayer de comprendre ce qui se passait.

— Alors ?

— Ça ne vient pas de nous, finit par dire l'Allemande. Notre débit d'énergie est parfaitement calibré.

— Mais que se passe-t-il donc ?

Le jeune Tchétchène hésita.

— J'ai l'impression que quelqu'un à l'extérieur déchiffre notre signal et le neutralise en partie. Cela crée une interférence qui déséquilibre la transmission.

— On déchiffre notre signal ? répéta Thero, abasourdi.

— Oui, répondit le jeune homme. Mais je crois pouvoir neutraliser cette intervention et rétablir la situation…

Assommé, Thero avait l'impression d'avoir reçu un coup sur la tête. Il commençait à comprendre.

— Non. Arrêtez tout. Stoppez l'émission !

Thero allait couper lui-même le contact quand un bras le freina dans son élan. Il se retourna pour apercevoir son fils, George.

— Comment oses-tu ! cria Thero.

— Il est trop tard, expliqua son fils. on nous a déjà repérés. Inutile de tout stopper maintenant.

— C'est peut-être une erreur, suggéra Thero.

— Tu sais bien que non.

— Alors, il faut qu'on les arrête, balbutia Thero.

Il se tourna vers les ingénieurs.

— S'ils peuvent nous repérer, nous devrions nous aussi pouvoir les localiser. Vite, trouvez l'origine de cette distorsion.

Le Coréen et les deux Iraniens se précipitèrent sur leur clavier, tout en jetant des coups d'œil nerveux vers Thero qui discutait avec son fils.

— Concentrez-vous ! Arrêtez de nous regarder !

Ils se remirent à leur travail, firent une série de calculs et suggérèrent une solution.

— Je les ai localisés, annonça l'Iranienne.

Sur l'écran de contrôle situé au-dessus de la baie vitrée apparut la carte de l'île Tartare, où ils se trouvaient, en plein cœur de l'océan Austral et à l'extrémité sud-ouest de l'Australie. Le point clignotant indiquait l'endroit d'où provenait l'émission qui perturbait leurs essais. Presque plein Est, à seulement neuf cents milles de l'île.

— Comment peuvent-ils être si près ? murmura Thero, stupéfait. Un traître, il y a un traître parmi nous.

— Cela doit venir d'un navire, dit le Coréen.

— Bien sûr que c'est un navire ! rugit Thero.

— Nous devrions peut-être arrêter ? suggéra de nouveau le fils de Thero.

— Maintenant ? hurla son père. Sûrement pas. Comme tu l'as dit, il est trop tard. Préparez-vous à les détruire.

— C'est imprudent de risquer la pleine puissance sans avoir fait de test.

L'équipage, bouche bée, écoutait la discussion entre le père et le fils, ce qui exaspérait encore davantage Thero.

— Assez tergiversé !

— Le système n'est pas prêt, insista son fils.

— Silence !

Alors que le jeune homme s'éloignait, Thero se tourna vers l'équipage.

— Réglez la machine pour une brève pulsion, ordonna-t-il. Alignez le faisceau pour que la dislocation se fasse directement sur leur route. La distorsion seule devrait suffire à tous les engloutir.

25

KURT ET JOE SE TROUVAIENT TOUJOURS sur la passerelle, attendant que l'imprimante crache la dernière carte météo, quand la machine se bloqua au milieu d'une page. Elle refusait de se remettre en marche.

— Qu'est-ce que tu as fait ? demanda Joe.

— Je n'ai touché à rien ! s'exclama Kurt.

Joe s'approcha de l'ordinateur.

— C'est bizarre.

— Quoi donc ?

— Aucun signal.

— La télémétrie nous a lâchés, leur annonça le capitaine Winslow. Toute la journée, elle n'a pas cessé de s'arrêter puis de repartir toute seule. Le problème doit venir des éruptions solaires qui font cafouiller nos satellites.

Kurt se souvint avoir entendu dire que, cette année, le soleil entrerait dans la phase la plus active de son cycle de onze ans, provoquant tempêtes électromagnétiques dans la stratosphère et incroyables aurores boréales au-dessus des pôles Nord et Sud.

— Je vais prendre un peu l'air, dit-il après avoir jeté un coup d'œil par les hublots. Prévenez-moi quand la liaison sera rétablie.

Il ouvrit la porte et sortit sur le pont. Une bouffée d'air glacé le gifla aussitôt. Il serra sa vareuse contre lui et s'empressa de fourrer les mains dans ses poches.

Il marcha jusqu'au bastingage et savoura cet instant de solitude jusqu'à ce qu'une porte s'ouvre derrière lui.

Il se retourna et découvrit Hayley qui arrivait à grands pas sur le pont.

— Kurt, cria-t-elle, je crois que nous les avons trouvés. Nous avons trouvé Thero.

Elle s'approcha en jetant un regard prudent à la rambarde, brandissant deux feuilles de papier que le vent essayait de lui arracher.

Kurt s'en saisit afin de permettre à la jeune femme de s'accrocher des deux mains la rampe du bastingage.

Il regarda la sortie d'imprimante. En haut de la première page, une carte sur laquelle étaient dessinés des arcs et des tracés, tous orientés vers l'ouest, et sur le côté de la page, le relèvement numérique de la cible.

— Ils se trouvent quelque part sur cette ligne, dit-elle. Mais sans deuxième détecteur, impossible d'obtenir une position précise, pourtant ils sont quelque part sur ce tracé.

— Vous en êtes certaine ?

— J'ai recommencé trois fois les calculs. J'ai tout vérifié. Il n'y a pas d'erreur. Quelque chose qui se trouve exactement dans cette direction perturbe le champ de point zéro.

Elle leva vers Kurt un visage radieux. Puis elle se haussa sur la pointe des pieds et lui donna un petit baiser.

— Je faisais juste un test de spontanéité, dit-elle.

— J'aime bien, fit Kurt en souriant.

Il se pencha vers elle, lui passa une main derrière la tête et l'attira à lui pour un vrai baiser.

— OK, je préfère le vôtre. On peut réessayer ?

— D'abord, allons parler au capitaine.

— Avons-nous vraiment besoin de sa permission ? demanda Hayley. Je sais que c'est son navire, mais…

— À propos de la carte, l'interrompit Kurt. Et de notre nouveau cap.

— Oh… très bien, dit-elle en capitulant.

Il la prit par la main. Le couple se dirigeait vers le panneau d'écoutille quand, soudain, un éclair zébra l'horizon.

Il scruta la nuit mais ne remarqua rien d'anormal.

— Vous avez vu ça ? demanda-t-il à Hayley.

— Vu quoi ?

— Cet éclair.

— Non, répondit-elle. Je n'ai rien vu.

Ils restèrent immobiles à sonder les ténèbres, comme s'ils attendaient le départ d'un feu d'artifice, mais Kurt commençait à éprouver une sensation bizarre. Il sentit ses cheveux se hérisser sur sa nuque.

Finalement, une brève lumière jaillit au loin. Cette fois, Kurt la vit très distinctement. Elle ne ressemblait ni à un flash ni à une décharge électrique, mais plutôt à un éclair de chaleur. Alors qu'elle courait en clignotant le long de l'horizon, tout l'océan devint luminescent.

— Est-ce que cela pourrait être l'effet d'une aurore boréale ?

— Il ne s'agit pas d'une aurore boréale, répondit Hayley d'une voix qui tremblait un peu.

— Alors, qu'est-ce que c'est ?

— Une décharge électromagnétique, répondit-elle. Un effet secondaire qui se produit dès qu'on perturbe le champ du point zéro.

— Avec votre détecteur ?

— Non, dit-elle. Ça ne vient pas de nous : c'est Thero.

Un frisson lumineux agita la surface de la mer, plus accentué cette fois, et le navire piqua du nez si brusquement que Hayley et Kurt furent projetés sur le pont. L'étrave s'enfonça dans l'eau, faisant jaillir un mur d'embruns, puis retomba en pluie autour d'eux.

Kurt se releva et regarda vers l'arrière. Une ligne d'écume s'était formée, droite comme une règle et perpendiculairement à leur sillage, mais sans former de vague.

— Kurt ! cria Hayley.

Il se retourna vers l'avant : l'océan recommençait à onduler, puis une ligne d'un vert un peu bleuté, suffisamment lumineuse pour qu'on puisse en distinguer la traînée dans l'obscurité, apparut, alors qu'une autre se dessinait à une cinquantaine de mètres à peine d'eux et creusait sous leurs yeux une sorte de brèche dans l'eau, rappelant le fossé d'écoulement sur une route.

L'*Orion* le franchit en oblique, dans un roulis qui leur sembla bizarre.

Kurt passa un bras autour des épaules de Hayley, la serrant de toutes ses forces, son autre bras cramponné au bastingage.

L'*Orion* franchit ce deuxième creux en plongeant presque, puis lorsqu'il se redressa en arrivant de l'autre côté, il frappa le mur d'eau avec une telle violence qu'ils furent projetés en l'air comme des toréadors soulevés par un taureau furieux.

Ils atterrirent sur le plancher du pont au moment même où un autre rideau d'eau glacée s'abattait sur eux. Sans attendre qu'elle se relève, Kurt empoigna Hayley et courut vers la porte pour se mettre à l'abri.

Une trentaine de centimètres d'eau recouvrait le gaillard avant et s'écoulait par les orifices de drainage, entraînant au passage les papiers de Hayley. Un klaxon se mit à hurler, signal qui annonçait une collision, mais le navire vira brutalement.

— Parés pour l'impact ! hurla la voix du capitaine dans les haut-parleurs. Tout l'équipage paré pour l'impact !

Kurt jeta un coup d'œil vers l'avant du bateau. Les lumières de bord étaient allumées, éclairant un nouveau creux à cent mètres à peine, plus profond, plus large que le précédent, et assez vaste pour engloutir le navire. On aurait dit qu'une falaise se dressait au milieu de la mer et ils fonçaient droit sur elle.

La barre bloquée à fond, l'*Orion* gita violemment. Le navire trembla tandis que les hélices passaient en marche arrière.

D'un rapide coup d'œil, Kurt comprit que la manœuvre serait insuffisante. Il ouvrit alors le panneau d'écoutille, poussa Hayley et se précipita derrière elle avant de claquer la porte d'acier qu'il bloqua juste avant que le pont se dérobe.

Suivit une sensation d'apesanteur, comme s'ils dévalaient les montagnes russes d'un parc d'attractions. Un formidable

« boum » ébranla tout le navire, comme si une douzaine de canons tiraient en même temps : c'était le mur d'eau qui frappait la coque de plein fouet.

Puis tout redevint silencieux. Pour Kurt cela ne faisait aucun doute : le navire sombrait. Si tous les orifices étaient bien verrouillés, l'*Orion* remonterait à la surface, sauf que pour l'instant, rien ne se passait.

De longues secondes s'écoulèrent avant que le bateau réagisse et plusieurs autres avant que la mer le libère.

Puis l'*Orion* réapparut telle une baleine qui émerge. Kurt aida Hayley à se relever avant d'avancer prudemment.

L'eau clapotait dans la passerelle. Les éclats d'un hublot brisé jonchaient le plancher. Le capitaine se cramponnait à la barre, une grande coupure zébrant sa joue. Le second, que le choc avait projeté contre la cloison, était inanimé, à terre.

Joe entreprit de clouer une plaque de métal à la place du hublot fracassé. Mais juste à l'instant où il allait y parvenir, les lumières s'éteignirent.

— Plus de courant ! annonça le capitaine.

La mer s'illumina de nouveau d'un bleu superbe tandis qu'une autre trouée s'ouvrait sous leurs yeux, les eaux s'écartant comme la mer Rouge pour laisser passer Moïse.

Le navire avançait dans la brèche. L'obscurité était terrifiante. La descente en chute libre ne dura que quelques secondes mais elle leur parut sans fin. L'*Orion* toucha le fond dans un bruit de tôles tordues. Sous le choc, des rivets jaillirent jusqu'à la passerelle alors que la quille se brisait. Pour parachever le désastre, d'immenses murs d'eau de mer vinrent s'abattre autour du navire, mains géantes applaudissant à un sinistre spectacle.

Cette dernière manifestation de mer déchaînée aurait pu tuer tout le monde à bord, mais c'était sans compter sur les vagues qui, chaque fois qu'elles rebondissaient, poussaient vers la surface le navire pourtant bien mal en point.

Mais l'*Orion* ne tarda pas à sombrer, sa coque totalement inondée. L'eau glaciale transperçait les naufragés comme autant de coups de couteau. Kurt maintenait toujours Hayley par le bras et, à la lumière de l'éclairage de secours, vit Joe ouvrir un conteneur bourré de canots de sauvetage : le capitaine Winslow s'efforçait désespérément d'ordonner à l'équipage d'abandonner le navire.

Kurt saisit un gilet de sauvetage, le passa par-dessus la tête de Hayley et le boucla soigneusement.

— Restez avec Joe ! cria-t-il.

Elle acquiesça d'un signe de tête tandis que Kurt pataugeait jusqu'à l'endroit où le timonier était tombé. Le soulevant à bout de bras, il le conduisit auprès du capitaine avant de jeter un coup d'œil vers l'escalier qui accédait au pont supérieur.

Il vit un matelot qui montait en trébuchant dans l'eau. L'homme était blessé et avait le plus grand mal à résister au courant. Kurt le souleva et le poussa vers Hayley qui l'aida à enfiler son gilet de sauvetage. Puis, se cramponnant à la rampe, Kurt commença à descendre.

— Pas la peine, dit le matelot, il n'y a plus personne à sauver. Ceux qui n'on n'a pas pu remonter quand la coque a lâché se sont noyés. Sous ce pont, il n'y a que de l'eau.

Sans l'écouter, Kurt descendit encore quelques marches et plongea dans l'eau noire et glacée. Avançant prudemment, une main posée sur la cloison, l'autre tendue devant lui, il cherchait à tâtons le moindre signe révélant une présence humaine : rien. Il grimpa vers la passerelle.

L'eau avait recommencé à s'engouffrer par le hublot fracassé. Seule la partie supérieure de la passerelle restait émergée.

Joe saisit Kurt par le bras et l'arracha à l'escalier.

— Je ne vais pas te laisser te tuer, dit-il en le traînant jusqu'au radeau de sauvetage orange qui s'était automatiquement gonflé.

Il y poussa Kurt et sauta derrière lui. Entraînés vers le large, ils regardeaient l'*Orion* s'enfoncer sous les vagues puis disparaître dans une pétarade d'explosions étouffées à mesure que, l'une après l'autre, se vidaient les poches d'air du navire.

Kurt tournait la tête en tous sens mais, à l'exception de l'unique matelot qui avait réussi à s'extraire de l'entrepont, seuls les marins qui se trouvaient sur la passerelle avaient pu s'en tirer.

Le radeau roula sur une vague. Kurt scrutait les ténèbres, le regard à l'affût du moindre signe indiquant la présence d'un autre canot ou d'un nageur. Il ne vit rien. Pas plus qu'il n'aperçut l'autre lueur, semblable à celle qui avait précédé les étranges creux zébrant la mer, imprimer l'horizon.

— Avons-nous des fusées ?

Joe fouilla dans le kit de survie du radeau.

— Six, dit-il. Trois blanches, trois rouges.

— Tires-en une blanche. Il faut s'assurer qu'il n'y a personne d'autre dans les parages.

Joe braqua le lance-fusée vers le ciel. La petite boule enflammée s'envola en projetant une lumière crue sur la houle. Kurt écarquillait les yeux en observant les vagues qui se succédaient devant lui.

De nombreux débris étaient remontés à la surface : paquets de provisions, ceintures de sauvetage inutilisées, tout ce qui pouvait flotter. Aucune trace de canot, mais deux silhouettes ballottées par les flots.

— Là-bas, indiqua-t-il en saisissant une rame.

La fusée les éclaira encore durant une dizaine de secondes, heureusement, puis Joe braqua une torche électrique sur les hommes à la mer pendant que Kurt et le capitaine Winslow ramaient énergiquement dans leur direction.

Kurt hissa le premier matelot à bord du canot. C'était une jeune femme qu'il reconnut pour l'avoir aperçue dans la cabine radio. L'autre survivant était le maître d'équipage qui avait fait un tour de quart la nuit précédente. Aucun des deux ne semblait réagir.

Plus tard, ils découvriraient deux autres personnes que Kurt n'avait encore jamais vues.

— Est-ce qu'ils sont… vivants ? demanda Hayley en claquant des dents.

— À peine, déclara le capitaine. Ils sont gelés. L'hypothermie survient vite dans une eau à trois degrés. Il faut les réchauffer.

— Avec quoi ?

— La chaleur corporelle, lui répondit Kurt.

Ils installèrent les rescapés au milieu du radeau, se serrèrent les uns contre les autres puis les enveloppèrent d'une couverture de survie en microfibre. Tous, à l'exception de Kurt et de Joe qui braquaient alentour le faisceau de la torche électrique à la recherche d'éventuels autres survivants.

Ils repêchèrent quelques gilets de sauvetage vides et des morceaux de tissu et de plastique qui pourraient se révéler utiles, mais ne découvrirent aucun autre survivant. Ils finirent par se dire qu'il était inutile de continuer à chercher.

— Mieux vaut économiser les piles.

Joe attendit qu'ils aient rejoint les autres pour l'éteindre.

— Trente-neuf hommes et femmes, s'exclama le capitaine. Que s'est-il passé ? Je n'ai jamais vu des vagues comme ça. On aurait dit des cratères qui s'ouvraient devant nous.

Kurt regarda Hayley.

— C'est l'arme de Thero qui a provoqué ça, déclara-t-elle d'un ton consterné. Elle agit sur la gravité.

— Et cette gravité affecte plus facilement les liquides que les solides, précisa Kurt, répétant d'un ton sombre ce qu'elle lui avait expliqué précédemment.

— C'est comme une bulle, parvint-elle à dire. Extrêmement concentrée et très puissante, qui pousse l'eau de côté. Après son passage, le « cratère », comme vous dites, se referme sur lui-même.

— Et l'eau revient s'y précipiter, ajouta le capitaine, montrant qu'il avait compris.

Elle hocha la tête en disant :

— Je suis navrée.

— Ce n'est pas votre faute, répliqua le capitaine.

— Mais si, répondit-elle. J'ai participé à l'élaboration de ce projet et le détecteur que j'ai utilisé a aidé à révéler notre position, leur permettant de nous localiser. C'est la seule explication que je puisse vous donner.

Kurt tenta de la réconforter, mais il ne trouvait pas les mots. De même que, dans ses rêves les plus optimistes, il n'avait pas la moindre idée de la façon dont ils allaient survivre, ni comment empêcher Thero de mettre à exécution son horrible menace.

26

QG de la NUMA, Washington

IL Y AVAIT UN DÉCALAGE HORAIRE DE DOUZE HEURES entre Washington et la petite flotte de navires qui faisait route vers l'Antarctique. À huit heures, l'équipe du matin vint relever les oiseaux de nuit dans le centre de transmissions de la NUMA – une vaste salle qui ressemblait à la tour de contrôle d'un aéroport.

D'ici, on surveillait les équipages et la route qu'ils empruntaient vingt-quatre heures sur vingt-quatre et sept jours sur sept. Afin d'envoyer et recevoir la foule de données et de messages nécessaires, on utilisait différents moyens, avec une nette préférence pour les communications cryptées qui transitaient par satellite. C'était la voie la plus efficace, la plus sûre. Sauf… quand elle ne fonctionnait pas.

Bernadette Conry était arrivée depuis à peine cinq minutes qu'elle maudissait déjà la technologie.

Depuis dix ans, elle était un solide pilier de la NUMA. Cette femme, aux cheveux bruns coupés court et aux yeux vert clair cachés derrière des lunettes très mode, avait un inébranlable sens du devoir et la réputation d'être une directrice de département qui ne laissait passer aucun détail.

À chaque fois qu'elle reprenait son service, sa priorité était de consulter, avec les responsables des communications, la liste des opérations en cours, en s'efforçant de régler ou d'éviter tout problème. Et, tout au long de cette semaine, une légère hausse de l'activité solaire avait rendu cette tâche particulièrement délicate.

Après avoir parcouru l'interminable liste d'appareils et d'équipages qui avaient eu des soucis au cours de la nuit, elle se demanda comment les responsables d'un navire avaient pu mener à bien leurs missions sans repérages ni communications par satellite.

À son grand soulagement, elle constata que presque tous les problèmes rencontrés durant les douze dernières heures avaient été réglés. À l'exception d'un seul.

Elle se dirigea vers une console sur laquelle une plaque annonçait « RÉGION 15 », c'est-à-dire celle qui englobait la plus grande partie de l'océan Austral au-dessous de l'Australie et que la NUMA appelait Antarctique Zone 1.

— Qu'est-ce qui s'est passé avec l'*Orion* ? demanda-t-elle au spécialiste.

— Cela fait une heure que nous n'avons plus aucun contact avec eux, répondit-il. Mais c'est vrai que depuis ces deux derniers jours, ça va et ça vient.

— Et avec le *Dorado* et le *Gemini* ?

Le technicien pianota sur son clavier et reçut une réponse positive.

— Eux aussi, nous les avons perdus un moment, expliqua-t-il. Maintenant cependant la liaison est rétablie.

La situation éveilla les soupçons de la directrice. Elle s'approcha de l'ordinateur du technicien et tapa la touche F5. Aussitôt apparut sur l'écran une carte montrant la dernière position connue de l'*Orion.*

— Il est bien plus au sud que les autres navires. L'activité solaire ayant considérablement diminué, nous devrions recevoir un signal. Avez-vous reçu des appels radio ?

— Ils suivent le protocole « naviguer en silence », lui rappela le spécialiste.

— Qui se trouve à bord ?

— Austin et Zavala.

Mrs Conry poussa un grand soupir.

— Impossible de compter sur ces deux-là pour envoyer régulièrement des rapports. Qui a donné la consigne de naviguer en silence ?

— C'est venu de Dirk Pitt lui-même.

Dans la plupart des cas, le travail se faisait sans histoires en dépit des petits problèmes inhérents à toute bureaucratie. De plus, depuis le début de sa création, l'organisation s'efforçait de se débarrasser de toute procédure inutile ou faisant double emploi. Si on avait imposé la consigne « pas de contact », « naviguer en silence » ou « surveiller sans prise de contact », cela voulait généralement dire qu'il s'agissait d'une mission délicate ou carrément secrète. L'équipe ou le navire concerné ne devait alors être ni dérangé ni contacté pour ne pas alerter des tiers de leur présence.

Les communications par satellite permettaient d'éviter ces inconvénients. Les messages pouvaient être codés puis envoyés et reçus sans que soit révélée la position d'un navire, contrairement à ceux émis par radio qui risquaient d'être interceptés. Mais si une tempête solaire venait causer des interférences dans la transmission, les navires voguant très loin restaient injoignables, de même que les techniciens chargés de les surveiller.

— Rien d'anormal dans leur dernière émission ?

Le spécialiste secoua la tête.

— Toutes les données étaient normales avant que la liaison ne soit interrompue. Aucun signe d'incident. Et la balise d'alarme de l'*Orion* n'a pas été activée.

Les balises d'alarme étaient conçues pour se déclencher automatiquement quand un navire sombrait. Cependant, Bernadette Conry se souvenait du cas où un bateau avait coulé si rapidement que la balise n'avait jamais eu la possibilité d'envoyer un message.

— Que dit le bulletin météo ?

— Rien d'extraordinaire. Houle venant de l'ouest, vagues d'un mètre cinquante à un mètre quatre-vingts. Tempête de force modérée en formation à environ cinq cents milles de leur dernière position connue.

Pas vraiment du gros temps, se dit-elle. Et puis, avec Austin et Zavala…

— Restez à l'affût du moindre changement, recommanda-t-elle. Je vais annoncer au directeur que nous avons perdu leur position.

Après avoir lu le rapport, Dirk Pitt hocha la tête. Il avait l'impression que quelque chose clochait. L'appel suivant, provenant de Hiram Yaeger, ne fit que renforcer ce sentiment.

— La NSA vient de m'adresser un nouvel envoi de données, expliqua Yaeger. Il y a une heure, ils ont repéré un fort jaillissement de neutrinos. Pas loin de l'*Orion*.

— Ça n'est pas bon, commenta Pitt.

— Pourquoi ?

— Il n'émet plus. Nous avons perdu le contact avec lui il y a une heure juste au moment où ils allaient mettre en marche le détecteur de point zéro. Ou bien ils ont eu une panne, ou bien c'est plus grave. Dans un cas comme dans l'autre, notre seul espoir de localiser Thero serait que les autres navires parviennent rapidement à mettre en marche leur détecteurs.

Yaeger resta un moment silencieux.

— Je ne suis pas sûr que ce soit une si bonne idée, finit-il par dire.

— Pourquoi ?

— Aucun de nous ne comprend vraiment comment fonctionne le détecteur. Cette énergie du point zéro est comme un génie dans une bouteille, et un génie capricieux par-dessus le marché. Les simulations que j'ai effectuées ne donnent pas de résultats constants. Compte tenu de ce problème, il se pourrait, si improbable que cela puisse être, qu'il y ait eu interaction entre le détecteur et le champ du point zéro et que cela ait mis hors d'état de fonctionner tous les systèmes informatiques de l'*Orion* ou entraîné des dégâts encore plus catastrophiques.

Pitt envisagea cette possibilité avant de répondre.

— Ce n'est pas ce qui vous inquiète vraiment, n'est-ce pas ?

— Non, répondit Yaeger. De toute façon, le détecteur a probablement révélé leur position. Et si Thero découvre qu'on le surveille…

— … il réagira.

— Exactement, approuva Yaeger. Et s'il a le pouvoir de scinder un continent en deux, couler un navire de moyen tonnage lui sera aussi facile qu'écraser une mouche.

Pitt pensa à l'équipage de l'*Orion*. Il y avait à bord trente-neuf hommes et femmes, dont certains de ses amis les plus proches.

— Pourquoi ne nous ont-t-ils pas prévenus ? se demanda-t-il tout haut. S'il y avait un risque pour que cela se produise, pourquoi Mrs Anderson ne nous aurait-elle pas mis en garde ?

— Aucune idée. Mais à mon avis, il faut renoncer à utiliser ces détecteurs, conseilla Yaeger.

— Ce n'est pas si simple, répliqua Pitt. Nous avons une mission à remplir et peu de temps devant nous.

— Je ne savais pas que nous avions un délai précis.

— Une nouveau message est arrivé, expliqua Pitt. C'est Bradshaw, de la SMA, qui l'a envoyé par e-mail. Je vous l'ai fait suivre. Thero déclare qu'il frappera l'Australie dans deux jours au lever du soleil. Il appelle ça l'Heure H.

Yaeger resta silencieux.

— Hiram, il faut trouver Thero, et vite. Pour l'instant, ces détecteurs sont le seul moyen dont nous disposons. J'ai besoin de savoir s'ils sont fiables. Et dans le cas contraire, il faut que vous me trouviez un autre moyen de le localiser avant que sonne l'Heure H. Ou, mieux encore, un moyen de l'empêcher de frapper s'il met sa menace à exécution.

— Je vais faire tout ce que je peux. Nous sommes face à un étrange phénomène... D'après les recherches de Mrs Anderson, ces brusques émissions d'énergie provoquent une sorte de vague à trois dimensions semblable à une bulle. Nous pouvons peut-être trouver un moyen d'empêcher cette bulle de se former ou une façon de la détruire.

— Prévenez-moi dès que vous en saurez davantage.

Yaeger acquiesça et Pitt raccrocha. Il hésita à peine une seconde avant d'appeler la salle de communications.

Il fut rapide et précis :

— Mrs Conry, veuillez, je vous prie, contacter l'*Orion* par tous les moyens possibles. Si vous n'avez aucune nouvelle d'eux, alertez le *Dorado* et le *Gemini*. Transmettez-leur sa dernière position connue et donnez-leur l'ordre d'entamer les recherches pour le retrouver.

— Rien d'autre ?

— Si, prévenez les navires de n'activer sous aucun prétexte les nouveaux détecteurs sur lesquels ils ont travaillé, ordonna Pitt.

Comme il raccrochait, la sonnerie se déclencha sur la seconde ligne. C'était le vice-président.

— Dans quatre minutes, un Black Hawk des marines se posera sur votre toit, annonça Sandecker la voix déformée par un bourdonnement électronique aigu. J'ai besoin que vous embarquiez immédiatement.

— Je suis un peu bousculé pour l'instant, répondit Pitt.

— Cela ne m'étonne pas. Hiram a harcelé les pontes de la NSA pour qu'on lui donne davantage d'informations sur Tesla. Comme ils ne bougeaient pas, il a piraté leur système informatique pour obtenir quelques dossiers. Connaissant Hiram, je suis certain qu'il ne ferait pas cela sans un ordre venant de vous.

Pitt se doutait qu'ils se feraient pincer, mais pas aussi rapidement.

— J'ai pu lui donner l'impression que je fermerais les yeux, dit-il, mais les services devraient se montrer plus coopératifs. Surtout dans ces circonstances !

— Vous avez de la chance, mon vieux. J'ai fini par les persuader de vous fournir tout ce qu'ils savent sur Tesla. Mais ils veulent d'abord vous montrer quelque chose. Vous avez maintenant trois minutes pour arriver sur le toit.

Pitt n'avait vraiment pas le choix. Il poussa un soupir.

— L'hélico vous conduira à Andrews, précisa Sandecker – faisant allusion à la base de l'Air Force d'Andrews –, à une quinzaine de kilomètres au sud-est de Washington.

— Et de là ?

— Vous le saurez quand nous décollerons.

27

À bord du Gemini, *navire de la NUMA*
Approximativement à 750 milles au nord-est
*de la dernière position connue de l'*Orion

DANS LA LUMIÈRE TAMISÉE DE LA SALLE de communications du *Gemini,* Gamay Trout avait les yeux rivés sur l'écran de l'ordinateur. De nouvelles consignes étaient en train d'arriver du QG de la NUMA.

Assis auprès d'elle, Paul lisait tout haut.

« L'*Orion* ne répond plus à aucun mode de communication. Dirigez-vous le plus vite possible vers sa dernière position connue. Soyez prêts à lancer des opérations de recherche et sauvetage ou de récupération si on ne découvre pas de survivants. Lors de son passage, un satellite n'a détecté aucune signature infrarouge dans un rayon de cinquante milles autour de la position présumée de l'*Orion.* En raison de l'épaisse couverture nuageuse, aucune confirmation visuelle n'est possible pour le moment. »

Le rapport était d'une terrible froideur. Il s'agissait pourtant de leurs amis et collègues !

— Cela n'est pas possible, murmura Gamay. Aucun appel d'urgence ? Pas de signal de détresse ? Je ne vois pas comment un de nos navires pourrait couler aussi vite.

— De nouvelles consignes, poursuivit Paul, concernent l'appareil de détection conçu par Mrs Anderson.

« Il ne doit en aucun cas être utilisé. Si ce détecteur est déjà en marche, il doit immédiatement être déconnecté de tous les systèmes du *Gemini.* Les stations au sol de la NSA ont découvert une corrélation chronologique entre l'activation du détecteur de l'*Orion* et un jaillissement de neutrinos extrêmement actifs. On ne sait pas s'il s'agit ou non d'une coïncidence mais, pour l'instant, c'est une hypothèse qu'on ne peut écarter. »

Paul et Gamay n'avaient pas prévu d'activer leur propre détecteur avant plusieurs heures.

— Aurait-on vraiment pu le faire sauter ?

— On n'a jamais trouvé d'explication satisfaisante à l'explosion de Yagishiri qui a détruit le laboratoire de Thero, dit Paul. Yaeger pense que la mise en marche du détecteur a probablement révélé la position de l'*Orion* et permis à Thero de frapper.

Le *Gemini* virait déjà de bord, la vibration des machines et des hélices s'accentuait. Gamay regarda la carte.

— Sept cent cinquante milles, murmura-t-elle. Trente heures de route. C'est trop long. Ils ne s'en tireront jamais.

Paul était, lui aussi, très pessimiste.

— S'ils sont dans l'eau, c'est déjà fini pour eux. Trois heures ou trente heures, cela ne changera rien. Espérons seulement qu'ils ont pu utiliser les canots de sauvetage.

Gamay comprit son raisonnement, mais elle n'avait guère d'espoir.

— Si le bateau a sombré trop vite et qu'ils n'ont même pas eu le temps d'actionner la sirène d'urgence, quelles sont leurs chances d'avoir pu mettre à l'eau un canot de sauvetage ?

Elle s'imaginait ce qu'avait pu connaître l'équipage de l'*Orion*. La température de l'eau devait être aux alentours de zéro et celle de l'air ambiant dans les moins sept ou moins huit.

Paul s'approcha et la prit dans ses bras.

— Il ne faut pas perdre espoir. Surtout pas.

— C'est pour ça que je t'aime, Paul. Même si par moments tu me rends dingue, tu sais toujours comment me réconforter.

— Je sais aussi que Kurt et Joe s'en tirent toujours. Chaque homme et chaque femme à bord de ce bateau a suivi un sérieux entraînement. Ne faisons donc pas trop vite une croix sur eux. Au contraire, tenons-nous prêts à les secourir quand nous arriverons là-bas.

Elle se blottit contre Paul et hocha la tête.

— D'accord, mais continue de me bercer comme ça. J'en ai encore besoin avant de reprendre pied.

À sept cent cinquante milles du *Gemini,* les rescapés de l'*Orion* étaient blottis dans le petit canot de sauvetage orange balloté par une houle d'ouest persistante.

Depuis près de quatre heures, ils tournaient sur place en tanguant dans une obscurité totale. Ni lune ni étoiles ne perçaient l'épaisse couche de nuages. À part la faible lueur de sa montre, Kurt n'apercevait pas la moindre lumière.

Mais le silence était pire que l'obscurité, même si le plus pénible, c'était le froid.

Pour ces hommes et ces femmes trempés dans leurs vêtements, l'air glacé était insupportable. Ils avaient beau se blottir les uns contre les autres sous une couverture thermique, leur température corporelle ne cessait de baisser, d'autant plus rapidement que l'heure de leur dernier repas s'éloignait.

Kurt avait faim mais il s'efforçait de ne pas penser à la nourriture. Il essayait de s'imaginer en plein soleil sur une plage méditerranéenne buvant un verre de rosé.

En proie à la dépression, il fallait qu'ils se secouent, pensait Kurt.

— Aucune chance de voir tes copains extra-terrestres venir nous tirer de là ? murmura-t-il à Joe. J'échangerais bien ce canot de sauvetage contre un vaisseau spatial bien chauffé dirigé par plein de petits hommes verts.

Joe haussa les épaules.

— En tout cas eux aussi n'ont pas l'air d'aimer le froid. Roswell, Chichén Itzá. Si nous avions fait naufrage près d'un de ces coins-là, nous aurions une chance d'être sauvés, lança-t-il à Kurt qui ne prit pas la peine de lui faire remarquer qu'il n'y avait guère d'eau à proximité de ces endroits.

— Le *Dorado* et le *Gemini* ne sont pas trop loin. Si notre balise a disparu de leurs écrans, ils doivent être à notre recherche.

— Est-ce qu'ils ont un distributeur de chocolat chaud à bord ? demanda Joe.

— J'espère.

— Et un sauna ? demanda quelqu'un d'autre.

— Quelque chose me dit que ce n'est pas le genre de la NUMA.

— Dommage, soupira Joe.

— Je me contenterai de vêtements secs et d'une couchette bien chaude, répondit Kurt. En attendant, j'essaie d'imaginer un sauna avec des panneaux en bois et un parfum d'huile d'eucalyptus, mais cela n'a pas l'air de marcher. Apparemment, ces foutaises sur l'esprit qui domine la matière ne marchent pas à tous les coups.

— Je ne sais pas, répliqua Joe. Pour l'instant, j'ai réussi à me persuader que j'entends un bateau approcher.

Kurt tendit l'oreille… Rien.

— Quel genre de bateau ? demanda-t-il d'une drôle de voix car il avait les lèvres pratiquement gelées.

— Un superbe yacht avec de jolies filles, du genre hawaïennes, et un bar bien fourni. Il me semble même entendre un orchestre de jazz jouer un air d'Armstrong.

— Tu déraillles totalement, déclara Kurt. Mais si tu dois fantasmer…

Il s'arrêta au milieu de sa phrase. Si bizarre que cela paraisse, il crut, lui aussi, discerner au loin un martèlement de moteurs diesels. Il ne l'aurait sans doute pas entendu s'il y avait eu du vent mais, pour l'instant, la mer était calme.

À la consternation générale, il repoussa le bord de la couverture thermique.

— Hé, grommela quelqu'un. Qu'est-ce que tu fais ?

— Silence !

— Quoi ?

— Joe a entendu un bateau et moi aussi.

Kurt scrutait la nuit. Si un bateau passait dans les parages, il devrait repérer ses feux de bord. Pourtant aucune lueur ne troublait l'obscurité. Il ne voyait rien.

— Moi aussi je l'entends ! s'exclama Hayley.

Prudent, Kurt envisageait la possibilité d'une crise d'hystérie collective. Les cas étaient fréquents chez les survivants d'un naufrage, mais cela survenait généralement après plusieurs jours de déshydratation et d'exposition au froid.

— Passe-moi une fusée, dit Kurt.

Joe lui tendit le lance-fusées. On entendait maintenant très distinctement les diesels. Un navire approchait, naviguant pour une raison inconnue tous feux éteints.

Kurt braqua le lance-fusée vers le ciel et appuya sur la détente. La fusée monta tout droit, éclairant d'une lumière blanche la mer autour d'eux. À un demi-mille environ, Kurt repéra la proue d'un cargo. Il avançait dans leur direction, mais un peu trop à l'est.

— Ce n'est pas un des nôtres, déclara le capitaine Winslow.

— Et pas non plus un yacht avec orchestre et bar, renchérit Joe. Mais je prends quand même.

La fusée brûla quarante secondes avant de retomber dans la mer, les plongeant à nouveau dans l'obscurité.

Ils attendirent un moment.

— C'est impossible qu'ils n'aient pas vu la fusée, insista Joe.

Kurt en introduisit une nouvelle dans le pistolet.

— Espérons qu'ils ne sont pas en train de dormir ou de regarder la télé.

Il allait lancer la seconde fusée quand le bruit des machines se modifia.

— Ils ont ralenti, annonça Winslow tout joyeux.

Kurt s'abstint de tirer la précieuse fusée. Il attendait. Plein d'espoir.

Un projecteur s'alluma à l'arrière du gros navire, balayant l'eau pour finir par se braquer sur le canot de sauvetage orange. Il s'éteignit une seconde puis se mit à envoyer un message.

— Prends la torche, dit Kurt.

Joe se pencha, alluma la lampe et se mit à envoyer un SOS en morse.

De nouvelles lueurs leur répondirent.

— Ils approchent, dit le capitaine, déchiffrant le message sans laisser à Kurt le temps de dire un mot. Ils vont nous recueillir.

Des hourras jaillirent de la frêle embarcation.

Le projecteur braqué sur eux, les survivants regardèrent le cargo ralentir considérablement en s'approchant pour s'immobiliser à une centaine de mètres à l'ouest du canot.

Kurt et Joe se mirent à ramer avec enthousiasme pour combler la distance : le petit canot gonflable vint heurter la coque bleue du cargo, les récompensant de leurs efforts.

Dix mètres plus haut, un panneau s'ouvrit dans le flanc du navire et quelques visages apparurent. On descendit un grand panier pour hisser à bord les matelots blessés puis un grand filet fut déployé contre la coque pour permettre au reste des survivants de grimper sur le pont.

Ils montèrent un par un jusqu'à ce qu'il ne reste plus que Kurt et le capitaine.

— Après vous, dit Kurt.

Le capitaine secoua la tête.

— Mon navire a coulé sans moi, insista Winslow. Le moins que je puise faire est de rester le dernier à bord.

Kurt acquiesça, accrocha le lance-fusée à sa ceinture et se mit à grimper les mailles du filet. En se retournant, il vit que Winslow avait saisi le filet tandis que le canot orange commençait à dériver.

Ils avaient vraiment eu de la chance. Beaucoup de chance d'avoir survécu au naufrage, d'avoir évité l'hypothermie, d'avoir été recueillis par des sauveteurs qui n'appartenaient ni à la NUMA ni à une équipe de gardes-côtes. Le bateau était un navire marchand. Kurt distinguait d'ailleurs, à une douzaine de mètres au-dessus de lui, la silhouette carrée des conteneurs qui s'entassaient sur plus d'un mètre de hauteur.

Une pensée commença à se former dans son esprit, une amorce d'intuition malgré son cerveau engourdi par le froid : ils se trouvaient à un millier de milles de la route commerciale la plus proche, que venait donc faire là un porte-conteneurs ?

Lorsqu'on le hissa par l'écoutille et qu'il sentit qu'on appuyait sur sa tempe le canon d'un pistolet, il avait sa réponse.

En apercevant tous ses compagnons à genoux, encadrés par des hommes qui n'avaient pas l'air de plaisanter armés de kalachnikovs, il frissonna. Le capitaine Winslow qui venait de les rejoindre subit lui aussi droit le même traitement.

Quelques instants plus tard, Kurt comprit tout quand un des hommes armés décrocha le téléphone du bord.

— *Da*, dit-il en collant le combiné contre son oreille et en se tournant vers les prisonniers. Nous avons eu beaucoup de chance. La femme est avec eux.

— Des Russes, murmura Kurt.

L'homme raccrocha tandis que le bruit des hélices se remettant à tourner faisait vibrer tout le navire. Il s'approcha de Kurt. Il était grand mais un peu maigre et, bien que la moitié de son visage soit couvert de croûtes, Kurt le reconnut aisément.

— Comme on se retrouve, dit Kirov en abattant le canon de sa kalachnikov sur les jarrets de Kurt qui tomba à genoux.

Il résista à l'envie de riposter et lancer une remarque sarcastique, mais puisque Kirov s'était abstenu de l'abattre sur-le-champ, il s'en félicita. Ce fut du moins ce qu'il crut, jusqu'au moment où le Russe se dirigea vers l'écoutille ouverte d'où s'engouffrait un air glacé à mesure que le navire prenait de la vitesse.

— Vous m'avez fait sauter d'un train en marche, dit Kirov en contemplant les vagues. Il semble que le destin veut que je vous rende la pareille.

Il fit un signe à ses hommes.

— Jetez-le à la mer.

Deux d'entre eux empoignèrent Kurt et essayèrent de le traîner vers la porte. Kurt réussit à se libérer de l'un et assomma l'autre, tandis qu'un troisième intervenait à son tour.

Profitant que tous les regards étaient tournés vers Kurt, Joe pivota sur place et détourna du bras la kalachnikov braquée sur lui. Puis, s'agenouillant, il décocha un uppercut dans l'entrejambe du matelot qui s'écroula en lâchant son arme, avec un hurlement de douleur.

Le capitaine Winslow entra à son tour dans la partie. Il plongea sur un des gardes et l'envoya au tapis sans lui laisser le temps de tirer.

Cette seconde intervention détourna l'attention de Kirov. Kurt en profita pour se débarrasser d'un coup de pied du matelot qui restait. Il se jeta sur Kirov et le bloqua d'une clé au cou avant que les autres aient pu se regrouper.

— Assez !

La voix de Kurt retentit contre les cloisons métalliques du compartiment. Tous les regards se tournèrent vers lui. D'un bras il étranglait Kirov en même temps que, de l'autre, il lui plaquait le lance-fusée contre la joue.

Un pesant silence s'abattit. Joe allait se pencher pour saisir un fusil tombé sur le plancher lorsqu'un garde braqua son arme sur lui.

— Dites à vos hommes d'abaisser leurs fusils, ordonna Kurt en s'adressant à Kirov, ou je vous expédie sur la figure une giclée de poudre dont vous ne serez pas près de vous remettre.

Kirov avala péniblement sa salive, sa pomme d'Adam montait et descendait, écrasée par l'avant-bras de Kurt.

— Abaissez tous vos armes, dit-il, mais gardez-les près de vous.

Une demi-victoire, se dit Kurt, mais c'était mieux que rien.

Il se demandait ce qu'il allait faire maintenant quand il entendit le bruit d'une clef qui tournait dans la serrure de la porte métallique.

Elle s'ouvrit sur un solide gaillard aux pommettes saillantes dans un visage anguleux. Il était habillé d'un pantalon kaki et d'un chandail noir et portait deux revolvers, pour l'instant chacun dans son étui, de part et d'autre de son torse puissant. En dépit de sa taille, il marchait d'un pas étonnamment souple.

Les hommes du commando se redressèrent sur-le-champ. Kurt devina que c'était le supérieur de Kirov. Il en avait l'allure.

— Que se passe-t-il ici ? demanda-t-il.

— Nous avons un petit désaccord, répondit Kurt. Votre costaud là-bas voulait me jeter à l'eau. Cela ne m'a pas plu.

— C'est ce qu'il me semble.

— Qui êtes-vous ? lui demanda Kurt. Vous n'étiez pas dans le train.

— Mon nom est Gregorovich. Et vous avez raison, j'ai évité ce lamentable épisode.

Gregorovich regarda autour de lui.

— Vous semblez avoir tiré le meilleur parti de la situation, dit-il à Kurt. Cependant vous n'avez pas l'avantage du nombre ni des armes. Une seule personne parmi vous présente un intérêt, c'est la femme. Et, à mes yeux, Kirov n'est absolument pas une monnaie d'échange.

Il se tourna vers un des hommes du commando.

— Abattez-les tous les deux.

Tandis que l'homme épaulait son fusil, Kurt poussait Kirov devant lui, l'utilisant comme bouclier humain et s'apprêtant à tirer avec le lance-fusée en plein sur la figure de Gregorovich.

— Attendez ! hurla Hayley. Il est le seul à savoir.

Une nouvelle fois, à l'aube d'un bain de sang, le temps fut suspendu.

— À savoir quoi ? demanda Gregorovich.

— Où se trouve Thero, dit Hayley. Je suis au courant de sa menace. C'est d'abord à mon pays qu'il s'attaquera, ensuite à la Russie, puis aux États-Unis. Vous êtes russes et, comme nous, vous le recherchez. C'est la raison de votre présence ici. Vous avez tenté de me faire quitter le train, vous imaginant que je peux vous aider à le trouver, mais vous vous trompez. Kurt est le seul à savoir où se cache Thero.

En entendant la jeune femme, Kurt reprit espoir.

— Vous vous attendez vraiment à ce que je vous croie ? fit le colosse russe. Ces hommes vous ont emmenée avec eux parce que vous êtes *la* scientifique, c'est également la raison pour laquelle nous avons tenté de vous kidnapper. Vous êtes la seule à comprendre ce que fait Thero. Il est donc évident que c'est *vous* et non pas lui qui avez découvert où se trouve Thero.

— C'est grâce à notre ordinateur que nous avons découvert la cachette de Thero, expliqua Hayley à bout d'arguments. J'ai montré à Kurt un document couvert de chiffres et de tracés auxquels je ne comprenais rien. Il a su déchiffrer ces séries d'azimuths, de portées et de coordonnées et nous a convaincus que nous allions dans la mauvaise direction. Ensuite la vague nous a frappés, elle a brisé le bateau et en trente secondes nous a fait sombrer.

Les hommes du commando se regardèrent.

— Nous nous demandions ce qui s'était passé, dit Gregorovich. Nous sommes tombés sur un tas de débris et sur quelques-uns de vos matelots. Tous morts, je le crains.

— L'arme de Thero est opérationnelle, reprit Hayley. Il nous a découverts parce que nous avons envoyé une onde radio. Ce qui veut dire que même si je vous construis un détecteur, vous signerez votre arrêt de mort en l'utilisant. Il vous détruira comme il l'a fait avec nous.

Gregorovich se tourna vers Kurt.

— Elle présente bien son affaire, mais cela ne change que provisoirement la situation. Vous allez me donner ce que je veux ou bien je tuerai vos amis l'un après l'autre.

Kurt était certain que ce serait de toute façon ce qui se passerait.

— Non, intervint-il. Cela ne se passera pas comme ça.

Le Russe haussa les sourcils.

— Cela se passera exactement comme je le dis, répliqua le Russe.

— Vous n'avez pas l'air d'un imbécile, commença Kurt, alors ne me traitez pas comme si j'en étais un. Après vous avoir donné ce que vous désirez, nous ne vous serons plus d'aucune utilité et vous nous supprimerez tous. Je ne suis pas assez bête pour penser que nous aurons la vie sauve en vous remettant notre seule monnaie d'échange.

— Alors, je vous l'arracherai sous la torture, insista Gregorovich. Je vous garantis que vous parlerez.

Kurt regarda le Russe droit dans les yeux.

— Allez-y, essayez donc. Je parlerai peut-être. Je pourrai vous indiquer un endroit, peut-être même une douzaine de sites différents et vous passerez alors tout votre temps à parcourir l'Antarctique en cherchant votre Terre promise. Ou bien je vous enverrai pile sur lui pour qu'il vous coince et détruise votre navire comme il l'a fait avec le nôtre. Voulez-vous prendre ce risque ? Alors, allez-y, venez m'arracher par la force ce que je sais sans penser aux conséquences...

Gregorovich semblait impressionné par l'attitude de Kurt. Il eut même un petit rire.

— Belle réaction. Et, qui plus est, je vous crois. Non pas parce que je le dois, mais parce qu'à votre place c'est exactement ce que je ferais. Toutefois, j'ai mes ordres et je les exécuterai... *à la lettre*, conclut-il en regardant Kurt droit dans les yeux.

— Alors, conseilla Kurt, laissez-moi vous aider.

Gregorovich le dévisagea sans rien dire.

— Nous avons le même objectif, expliqua Kurt. Empêcher Thero d'agir. Vous ne vous souciez peut-être pas du timing mais, dans notre cas, nous aimerions y parvenir avant qu'il déclenche une catastrophe en Australie.

— Nous avons les moyens de l'arrêter, insista Gregorovich. Indiquez-moi où il se trouve et je détruirai son repaire. Je vous donne ma parole que vous et votre équipe serez libérés quand nous en aurons terminé.

— J'ai une meilleure idée, proposa Kurt. Je vais vous conduire jusqu'à lui et nous l'anéantirons ensemble.

Gregorovich prit une profonde inspiration. Il semblait agacé d'avoir à négocier ou d'envisager toute forme de compromis. S'il n'aimait pas la première proposition, se dit Kurt, les clauses en petits caractères n'allaient vraiment pas lui plaire.

— Et, ajouta Kurt, vous allez nous fournir des armes. Des fusils et quelques chargeurs, pour moi, pour Joe, pour le capitaine et pour tout membre de notre équipage qui en réclamera.

— Et ne m'oubliez pas, intervint Hayley.

Gregorovich haussa les sourcils.

— Vous comptez sur moi pour vous armer ? Ici, à bord de ce navire ?

— Parfaitement. Et je ne compte pas vous aider en quoi que ce soit avant que vous le fassiez.

Gregorovich enrageait. Il grinçait presque des dents. Il était coincé et le savait. Son regard se durcit mais il ne repoussa pas tout de suite la proposition. Cela signifiait qu'au moins il soupesait le pour et le contre.

— Un de mes compatriotes a employé la formule « la paix par la force », exposa Kurt, citant Ronald Reagan. Votre nation et la nôtre ont passé un demi-siècle à se brandir mutuellement sous le nez des armes nucléaires. Face à ces menaces, des relations plus stables – bien qu'un peu tendues – ont pu s'établir et personne n'a encore pressé la détente. Puisque cela a fonctionné, je me dis qu'en quelques jours nous pourrions parvenir à un accord de ce genre.

— C'est de la folie, répliqua Kirov.

Sans quitter Gregorovich des yeux, Kurt attendit.

Appuyé contre la cloison, le Russe se frottait le menton d'un air songeur. Kurt croyait presque entendre son cerveau travailler.

— Je vais vous donner un seul pistolet, finit-il par dire. Et je donnerai un autre fusil à un ami de votre choix. Vous n'obtiendrez rien de plus de moi, excepté la mort.

— Mais pas avant d'atteindre notre but commun, précisa Kurt.

Gregorovich ne fit aucun commentaire. Il regarda Joe :

— Vous. Prenez une arme.

Joe fut autorisé à ramasser un fusil. Il l'examina rapidement et le braqua sur Gregorovich. Deux gardes aussitôt pointèrent leurs armes sur lui.

— Tu vois, dit Kurt. On l'a bien en main.

Il libéra Kirov. Tendit ensuite le lance-fusée au capitaine Winslow et ramassa un des pistolets Makarov qui traînait sur le pont. Il fit brièvement glisser la culasse pour s'assurer que l'arme était chargée puis la referma.

— Vous avez vos armes, déclara Gregorovich. Maintenant, accompagnez-moi sur la passerelle pour indiquer au pilote quelle direction prendre.

Kurt se tourna vers ses amis, ce qui lui valut quelques coups d'œil qui voulaient dire « *j'espère que tu sais ce que tu fais* ».

— Je vous suis.

Le Russe franchit l'écoutille, suivi de Kurt, Kirov et des autres leur emboîtant le pas.

Il ne fallait pas plus d'une minute pour gagner la passerelle : un délai que Kurt pouvait allonger un peu en traînant les pieds. Mais c'était le seul répit dont il disposait pour trouver un plan. Un plan qui orienterait le cargo dans la bonne direction et satisferait les Russes sans mettre en danger sa vie et celle des survivants de la NUMA.

Soit cent vingt secondes tout au plus, se dit Kurt. Et les secondes s'écoulaient…

28

Passerelle du Rama*, 23 h 40,*
*À cinq milles au sud-est du point où l'*Orion *a sombré.*

— EH BIEN, NOUS ATTENDONS M. AUSTIN !

C'était Gregorovich qui s'impatientait, mais il aurait aussi bien pu s'agir de n'importe quel homme parmi les commandos ou matelots de l'équipage vietnamien du cargo, et même d'un des survivants de la NUMA car tous, c'est-à-dire vingt personnes – dont la moitié était armée –, s'entassaient autour de Kurt, les regards fixés sur lui, dans une pièce prévue pour en abriter huit ou dix.

— Donnez-nous une direction ! s'impatienta Gregorovich en armant son pistolet.

Kurt se tenait debout devant une table à cartes étonnamment moderne. En réalité, il s'agissait d'un gigantesque écran de contrôle tactile blanc bordé d'un liseré noir, sur lequel apparaissait une carte presque banale si ce n'est qu'elle était éclairée par-dessous, qu'on pouvait zoomer dessus ou avoir une vue panoramique de l'ensemble, et qu'elle indiquait les courants, les vents et les marées, bref toutes sortes d'informations essentielles même si Kurt n'en avait pas l'utilité pour le moment.

Au centre de la carte il repéra le *Rama*, solitaire au milieu d'une mer à perte de vue.

— Zoomez plus large, demanda Kurt.

Le timonier vietnamien jeta un coup d'œil à Gregorovich qui approuva d'un signe de tête.

L'homme posa un doigt sur une icône marquée d'une minuscule loupe et obtint sur l'écran un grossissement qui balaya une surface de quatre cents milles.

— Plus large encore, insista Kurt.

Ils répétèrent l'opération jusqu'au moment où la carte couvrit tout l'hémisphère Sud.

— Si on ne repère pas encore l'endroit, dit Gregorovich, il va nous falloir plus de fuel.

Il y eut quelques rires nerveux dans l'assistance.

— Rétrécissez, demanda Kurt.

La carte, cette fois, se centra sur Perth et le bord sud-ouest de l'Australie. En bas de l'écran, on distinguait le contour déchiqueté de la côte antarctique et, tout à fait à gauche, la pointe de Madagascar.

Kurt gardait les yeux fixés sur le point indiquant le *Rama* tout en essayant d'utiliser sa vision périphérique, car il ne voulait à aucun prix jeter ne serait-ce qu'un coup d'œil dans une direction qui leur indiquerait ce qu'il recherchait. Il se concentrait : il devait bien y avoir un échappatoire.

Il savait où le navire devait se rendre, mais comment pouvait-il diriger le *Rama* vers cet objectif sans en révéler l'emplacement aux Russes ?

Gregorovich s'approcha et appuya le canon froid de son arme sur la nuque de Kurt.

— Je ne vous le demanderai pas une seconde fois, menaça-t-il.

Soudain, un souvenir datant des années où il étudiait la guerre marine lui revint : les navires – comme les convois alliés – zigzaguaient, changeant de cap toutes les heures, presque au hasard, pour éviter d'être repérés par les sous-marins allemands durant la Seconde Guerre mondiale.

Cette tactique avait deux avantages. D'abord, laisser les Russes dans l'ignorance et la vie à Kurt et à l'équipage. Ensuite, si quelqu'un d'aventure les observait, il s'interrogerait sur la route invraisemblable que suivait un porte-conteneurs perdu au bout du monde.

— Timonier, dit Kurt, les yeux toujours fixés sur le centre de la carte, voudriez-vous garder le cap sur exactement 195 degrés ?

Gregorovich baissa son pistolet et recula. Tous les regards se fixèrent sur la carte. Le timonier enregistra les coordonnées et un tracé apparut sur la carte : il allait plein sud après une légère bifurcation vers l'ouest et s'arrêtait à l'extrémité d'une petite péninsule dont la côte dentelée pointait dans l'Antarctique.

— C'est donc là que se trouve la station de Thero ? demanda brusquement Kirov. Dans l'Antarctique ?

Kurt ne répondit pas. Il gardait les yeux fixés sur l'horizon pour calculer la vitesse du navire.

Le *Rama* amorça un virage, le premier des zigzags de Kurt qui regarda sa montre. Quatre heures, se dit-il. Dans quatre heures, il leur donnerait un nouveau cap.

— Répondez ! insista Kirov en prenant Kurt par le bras.

— Attends, cria Gregorovich. Nous sommes sur la bonne route. Je suppose que si nous dérivons, Mr Austin qui est notre étoile polaire nous remettra sur le bon chemin.

De toute évidence, il avait clairement compris ce que faisait Kurt et, pour on ne sait quelle raison, il semblait d'accord, conclut Kurt en le voyant tendre une arme de plus au capitaine Winslow.

— Pour la détente, dit-il en guise d'explication…

Puis il claqua des doigts pour appeler un des matelots vietnamiens.

— Conduis-les à leurs cabines. Mr Austin et moi allons tous deux prendre un verre.

La situation semblait s'améliorer plus que Kurt aurait pu l'espérer. Il avait gagné du temps et ils possédaient maintenant deux fusils plus son pistolet. De quoi survivre peut-être jusqu'au matin.

Dirk Pitt se trouvait en plein brouillard sur un petit tertre entouré de grands pins et de cèdres. Le vice-président Sandecker et lui s'étaient fait prendre en stop à bord d'un bombardier B-1 qui effectuait un vol transcontinental. Volant à Mach 2, ils étaient arrivés à la base d'aviation de Travis en Californie du Nord près d'une heure avant d'avoir décollé, à en croire du moins l'horloge locale.

Le vol avait été parfait, Pitt l'avait apprécié en tant que pilote et en aurait davantage profité s'il avait connu la raison du voyage.

De Travis, un CH-53 Sea Stallion les avaient emmenés dans le nord-ouest pour finir par les déposer sur une excroissance rocheuse au sommet d'une corniche inaccessible qui dominait le lac Sonoma.

C'était l'endroit où Pitt et Sandecker avaient rendez-vous avec Jim Culver, le directeur de la NSA. Ce dernier était fou de rage et Pitt et lui auraient pu en venir aux mains si Sandecker n'avait pas été là pour intervenir.

— Vous vous prenez pour qui, tous les deux ? Pirater une base de données sécurisée de la NSA !

— Je dirais qu'elle n'était pas aussi sécurisée que ça pour que nous ayons réussi à le faire en une journée, répliqua Pitt, bien qu'il savait pertinemment que des gens comme Yaeger ne couraient pas les rues.

« En outre, ajouta-t-il, je n'aurais pas eu besoin de le faire si vous aviez été moins réticents à nous fournir quelques informations concernant Tesla et une théorie dont il avait caché ou brûlé les documents il y a cinquante ans.

— Vous l'avouez donc ?

— Bien sûr, dit Pitt, mais nous avons affaire à un terroriste qui menace de transformer en terrain vague un pays entier. Et je vais tout faire pour l'en empêcher. Que je froisse au passage votre susceptibilité, peu m'importe. Un de mes navires a déjà disparu. Il pourrait bien avoir coulé avec tout son équipage. Comparé à toutes ces vies, je me fiche éperdument de tous les secrets que vous essayez de protéger.

Culver battit en retraite. Des années passées à Wall Street et dans divers conseils d'administration, suivies d'une brillante carrière politique, ne l'avaient pas préparé à une telle exaltation chez son interlocuteur. La colère qui brillait dans les yeux de Pitt lui fit même oublier qu'il avait quelques centimètres et quinze kilos de plus que lui.

Il se tourna vers Sandecker.

— Je sais, monsieur le vice-président, qu'il s'agit d'un de vos amis. Et je suis sûr que vous allez prendre sa défense. Mais c'est quand même inexcusable.

— Non seulement, déclara Sandecker d'un ton vibrant, il est un de mes amis, mais c'est un patriote qui en a fait plus pour ce pays que vous et toute votre armée de bureaucrates et de magouilleurs n'en ferez jamais. Alors quel que soit votre problème, vous devez faire avec. Le Président a ordonné qu'il y ait sur cette affaire une totale coopération. C'est pourquoi nous sommes ici.

— Avez-vous une idée de ce qui est en jeu ? dit Culver.

— Et vous ? répliqua Pitt.

Culver était furieux. Il se rendait compte que sa position était indéfendable.

— D'abord, comprenez bien ceci. Ce que je vais vous montrer est un secret d'État du plus haut niveau qui n'est connu que de quelques personnes et auquel aucun des membres haut placés du Congrès n'a accès. En parler ou y faire la moindre allusion de quelque façon que ce soit serait considéré comme un acte criminel. Et cela s'applique même à vous, M. Pitt.

Pitt regarda autour de lui.

— Je ne vois pas très bien de quoi vous avez peur… Pour autant que je sache, nous sommes au milieu d'un parc national.

— Non, dit Culver, vous vous trouvez sur le lieu d'un désastre, le véritable épicentre du tremblement de terre de San Francisco de 1906, une catastrophe naturelle aux yeux du monde. Mais, en réalité, la plus terrible tragédie que les États-Unis se soient infligé de toute leur histoire.

— Avril 1906, précisa Pitt. Le jour où Daniel Watterson et le général Cortland ont trouvé la mort.

— C'est exact, dit Culver, seulement, ils ne sont pas morts l'un à Topela au Kansas et l'autre à San Diego en Californie, comme on a pu le lire dans les journaux. Ils sont morts ici, vingt étages plus bas, sous nos pieds, avec quatre-vingt-une autres personnes. Sans compter tous ceux qui ne figurent pas sur la liste officielle des victimes du séisme.

— Vous faites allusion aux notices nécrologiques, précisa Pitt. Toutes les mêmes, avec juste quelques mots changés : nom, cause du décès et lieu où il s'est produit. Toutes rédigées par la même personne pour mieux dissimuler les circonstances. Nul n'a pris la peine d'y regarder de plus près. À cette époque évidemment les ordinateurs n'existaient pas, il était donc difficile de recouper ces informations.

— C'était en 1906, ajouta Culver d'un ton sarcastique. J'imagine qu'on ne voyait pas aussi loin. Suivez-moi.

Ils redescendirent dans la forêt, longèrent une clôture électrifiée et arrivèrent devant un panneau si massif qu'il rappela à Pitt les portes de la casemate du NORAD, mais en beaucoup plus petit.

Culver pianota un code puis introduisit une carte en guise de clé. Un joint s'écarta et le panneau s'ouvrit comme une huître, révélant les marches d'un escalier qui s'enfonçait dans le sol.

Les trois hommes pénétrèrent à l'intérieur du bunker. Culver appuya sur une série de boutons pour allumer une rangée d'ampoules halogènes. Les installations semblaient un peu vétustes. Après avoir fait quelques pas, ils franchirent une autre porte blindée et pénétrèrent dans une cabine d'ascenseur qui les descendit dans une caverne gigantesque.

Elle semblait avoir été creusée et étayée manuellement. Par endroits, les parois étaient consolidées avec des plaques de ciment, ailleurs, des poutres d'acier les soutenaient dans tous les sens, donnant à Pitt l'impression qu'un géant s'était déchaîné avec un jeu de Lego.

Ils débouchèrent sur un espace découvert qui n'était autre qu'un gouffre béant profond de plusieurs centaines de mètres. Au fond, il était rempli d'eau.

— C'est ici qu'a eu lieu l'expérience, expliqua Culver. Watterson, s'appuyant sur la théorie de Tesla, prétendait créer et transmettre une quantité illimitée d'énergie. Il avait construit une machine qui ressemblait beaucoup à celle que votre ami a trouvée dans la mine.

Pitt devina la suite des événements.

— Comme Tesla avait fermé les installations de Wardenclyffe, Watterson proposa l'idée à l'armée et passa un accord avec le général Cortland.

Culver acquiesça.

— À en croire Watterson, il avait mis au point une version améliorée de la machine.

— Tout dépend de votre définition du terme « amélioré », précisa Sandecker.

— En effet, approuva Culver en désignant un résidu brillant sur la paroi de la grotte. Vous voyez cela ? C'est du quartz choqué. On est censé en trouver quand un météore heurte la Terre ou lors de l'explosion d'une bombe atomique. Cette grotte en est remplie, jusque dans le gouffre.

— À cause de l'expérience ? demanda Pitt.

Culver acquiesça.

— Watterson, après avoir activé sa machine, a décelé une réaction. Une station en surface a enregistré de multiples vagues d'énergie, provenant toutes d'une impulsion initiale de faible ampleur. Chaque vague d'énergie étant beaucoup plus forte que la précédente.

— L'expérience de Watterson était donc une réussite, fit observer Pitt.

— En fait, dit Culver, elle a même trop bien réussi. Watterson n'a pas été capable de l'arrêter, ni de contrôler l'énergie qu'il avait libérée. Dans la caverne, les ondes prirent une telle ampleur qu'elles secouèrent les parois jusqu'à les briser. Les observateurs et les militaires qui assistaient à l'expérience furent tous broyés et ensevelis sur place. Mais les ravages ne se sont pas arrêtés là : les ondes ont déclenché dans la faille de San Andreas une secousse à laquelle on s'attendait depuis longtemps.

— C'est donc cette expérience qui a provoqué le tremblement de terre de San Francisco en 1906 ? demanda Pitt qui voulait être sûr d'avoir bien compris.

Culver hocha la tête.

— En fait, cela veut dire que c'est le gouvernement qui l'a déclenché, mais il ne l'a jamais avoué. Trois mille personnes trouvèrent la mort et on ne sait combien d'autres furent gravement brûlées ou blessées. La ville fut détruite à 85 %. Vous comprenez maintenant pourquoi tout cela doit rester secret. S'ils l'apprenaient, les gens ne feraient plus jamais confiance au gouvernement.

Dirk Pitt n'en croyait pas ses oreilles.

— Je vais vous dire une chose, Culver. Personne ne fait confiance au gouvernement. Et la première raison, c'est parce qu'il garde de pareils secrets.

— Ce que je viens de vous dire ne sort pas de cette caverne, insista Culver.

— Entendu, grommela Pitt. Ce qui s'est passé il y a cent ans ne me concerne pas vraiment. Ce que j'essaie de faire, c'est empêcher que pareille catastrophe se reproduise. Et en mille fois pire. Pour y arriver, j'ai besoin de la théorie de Tesla. Je sais que ces documents sont entre vos mains. À la mort de Tesla, le Bureau des Biens Étrangers a saisi ses papiers. L'OSS[1] a mis la main dessus et, d'une façon ou d'une autre, ils ont fini chez vous.

— Nous les avons en effet, reconnut Culver, mais pas parce qu'ils ont été volés. C'est l'OSS qui a fait venir Tesla ici en 1937, quand il a menacé de publier sa découverte. Nous lui avons montré cet endroit et nous lui avons révélé ce qui s'était passé. Le jour même, il nous a remis ces documents. Le Bureau des Biens Étrangers voulait juste s'assurer qu'il n'existait pas d'autres copies.

— Alors, dit Pitt, vous feriez mieux de nous confier la vôtre.

— Je vais vous la remettre. Mais que ce soit bien clair : la théorie et la technologie qui en découle doivent rester absolument

1. OSS : Bureau des services stratégiques.

confidentielles. Depuis cet accident, nous avons surveillé les gens qui s'intéressent à ce que Tesla a découvert. Quatre-vingt-dix-neuf pour cent d'entre eux laissent tomber rapidement, même les plus sérieux. Ceux qui ont persisté ont rencontré bien des difficultés.

— Vous gardiez donc Thero sous surveillance, dit Pitt d'un ton ironique. Probablement pour vous assurer qu'il échouerait.

— Ce n'était pas bien difficile, fit Culver. Ce type était dingue, plein d'illusions et peut-être un peu schizophrène. Nous nous sommes contentés d'aider les gens à s'en rendre compte.

Pitt se tourna vers Sandecker.

— Ne vous imaginez surtout pas, bien que vous soyez paranoïaque, que ces gens n'essaient pas de vous avoir.

— En effet, dit Sandecker.

Pitt revint à Culver.

— Vous auriez sans doute pu épargner au monde bien des malheurs si vous aviez essayé de le ramener à la raison.

— Nous aurions surtout dû l'abattre, déclara Culver. Nous ne voulons pas de types comme lui qui s'intéressent à ce genre de recherches. À aucun prix.

— Pourquoi donc ? fit sèchement Pitt. Nous nous intéressons à toutes sortes de technologies. Les bombes nucléaires, les armes biologiques et chimiques. Pourquoi pas celle-ci ?

Culver ne broncha pas mais se lança dans de longues explications.

— Ma femme et moi nous possédons une ferme, M. Pitt. Nous y avons quelques vaches, et de nombreux chiens. Des gros, des petits et même quelques-uns plutôt méchants. Nous en avons un tout petit, maigrichon, vraiment impossible et qui n'a jamais deux fois de suite la même réaction. Un jour, il est gentil comme tout, le lendemain, il essaie de vous arracher le bras. Je crains plus ce chien que ceux qui sont vraiment hargneux. Il fait si peur aux autres qu'ils cherchent toujours à l'éviter. Même les plus costauds.

« L'énergie du point zéro, c'est la même chose. Imprévisible. Inattendue. La NSA l'étudie depuis des décennies. Nous sommes trop trouillards pour tenter l'expérience car, chaque fois que nous faisons les calculs, nous tombons sur une série de résultats possibles au lieu d'en obtenir un seul fiable. Vous imaginez-vous tirer un coup de revolver en ayant une chance sur deux de toucher la cible, en risquant qu'elle vous saute à la figure ?

— Non, reconnut Pitt.

— Moi non plus, dit Culver. Mais c'est ainsi. Avec un pistolet, vous appuyez sur la détente et la balle part. Avec une bombe, vous déclenchez le détonateur et les explosifs sautent. Idem pour une bombe à hydrogène car on connaît son rayon d'action. Mais avec cet engin, les résultats varient et se montrent anarchiques. Cela veut dire qu'en pressant le bouton, tous les paris sont permis. Il peut arriver n'importe quoi.

Pitt se rappela le commentaire de Yaeger évoquant un mauvais génie qu'il valait mieux garder dans une bouteille. La NSA semblait du même avis. Il avait l'impression que Culver ne disait pas tout.

— Que cherchez-vous vraiment à dire ?

Culver tournait manifestement autour du pot, savourant peut-être le peu de pouvoir qui lui restait encore.

— Demandez à votre homme de faire le calcul, dit-il. S'il n'est pas d'accord avec nos spécialistes, nous pourrons en discuter. Il faut à tout prix empêcher cet engin de fonctionner. Je vous assure que le Président est de cet avis. Nous avons deux sous-marins nucléaires d'attaque qui patrouillent dans la zone. Dès que nous aurons découvert où se trouve l'installation, ils détruiront le site avec des missiles de croisière à tête nucléaire.

Pitt regarda Sandecker qui hocha la tête. Il était au courant.

— Il faut le faire, déclara Sandecker.

À sa grande surprise, Pitt approuva.

29

À bord du cargo Rama, *à 3 heures heure locale*

Après s'être arrêté au mess et s'être changé, Kurt s'était retrouvé dans une cabine miteuse aux murs d'un brun grisâtre, avec une unique ampoule pour tout éclairage. Un échiquier était posé devant lui sur une petite table. La partie avait commencé : un quart des pièces étaient renversées, et les soldats déjà vaincus par l'autre joueur.

Sur la gauche de la table étaient posés une bouteille de vodka Stolichnaya et deux verres à shot qu'Anton Gregorovich venait de remplir pour la septième fois. Sur la droite – à portée de main des deux hommes –, le pistolet Makarov que le Russe avait donné à Kurt.

Ils avaient passé une grande moitié de la nuit à jouer et entamaient leur troisième partie. Parfois Gregorovich posait des questions auxquelles Kurt faisait de son mieux pour répondre de façon évasive. Mais la plupart du temps, il restait silencieux et réfléchissait.

Kurt supposait que c'était une sorte de test pour voir s'il pouvait tenir l'alcool ou sa langue.

Les yeux fixés sur l'échiquier, Gregorovich finit par jouer un coup en poussant son fou dans le camp de Kurt qui avait le choix entre sauver un pion ou une tour ou bien prendre l'offensive et sacrifier ses deux pièces.

Après avoir joué son coup, Gregorovich tendit à Kurt un des verres plein à ras bord et porta l'autre à ses lèvres. Il le vida d'un trait puis se détourna pour se resservir. Kurt en profita pour sournoisement vider le contenu de son propre verre dans un pot occupé par une fougère mourante.

Il venait de faire semblant d'avaler la dernière goutte de vodka quand Gregorovich se retourna vers lui.

— Je ne ferais pas ça, conseilla Kurt en reposant son verre.

— Quoi donc ? demanda le Russe. Vous parlez de la tour ou de la vodka ?

— Vous vous exposez à être mis en échec, dit Kurt.

— Seulement si vous sacrifiez une de vos pièces, répliqua Gregorovich en vidant son verre.

Kurt examina attentivement l'échiquier. Il déplaça sa tour d'une case, protégeant ainsi ses deux pièces au lieu de menacer son adversaire d'être mis en échec.

— Je pense que vous ne comprenez pas ce jeu, déclara Gregorovich. Vous avez un jeu défensif pour protéger vos pièces. Mais ici, comme dans la vie, l'important réside dans l'attaque.

Il prit une autre des pièces de Kurt, mettant imprudemment sa reine en danger.

— Que connaissez-vous de la vie à part savoir comment la supprimer ? répliqua Kurt en attrapant la bouteille et les servant d'une main tremblante pour donner l'impression qu'il était ivre.

Gregorovich ricana.

— Ce qui compte dans la vie, c'est de trouver sa place. Certains y arrivent facilement, c'est peut-être votre cas. Moi, j'ai eu un itinéraire compliqué. Ma mère nous a abandonnés quand j'étais enfant. Elle en avait marre du caractère emporté de mon père et des coups qu'elle recevait. Alors, il s'est vengé sur moi. Ivre ou à jeun, tout était perpétuellement de ma faute.

« Je ne sais pas pourquoi, reprit Gregorovich en secouant la tête, mais il décrétait toujours que j'étais dans mon tort et il me battait. Son jeu préféré consistait à me forcer à rester debout dans l'eau glacée de la mare devant la maison. J'en avais les cuisses tout engourdies. Ensuite il me fouettait jusqu'au sang avec sa ceinture jusqu'à ce que mes genoux tremblent et que je finisse par tomber. J'avais tout le bas du corps engourdi, et je sentais de plus en plus fort chaque coup de ceinture sur mon dos.

« Un jour, poursuivit Gregorovich, j'ai décidé que je resterais debout jusqu'à ce qu'il me tue, et qu'enfin je sois libéré. J'ai tenu le coup : il me fouettait et je continuais à rester debout. Furieux, il a fini par entrer dans la mare pour me faire tomber dans l'eau. Alors, quelque chose en moi a cédé. Un sentiment de victoire que je n'avais encore jamais éprouvé. Au lieu de le laisser me noyer, j'ai riposté. Pour la première fois de ma vie, j'ai levé le poing sur lui et je l'ai cogné jusqu'à ce qu'il ne soit plus qu'une loque sanguinolente. Et pour finir, j'ai étranglé ce salopard.

Kurt restait silencieux.

— Le regard qu'il avait au moment de mourir, poursuivit Gregorovich, n'était pas d'étonnement ni de peur. C'était un regard de respect. Pour la première et dernière fois de ma vie, je l'avais impressionné.

En voyant Gregorovich baisser la tête, Kurt vida par terre une nouvelle rasade de vodka.

— Pourquoi me racontez-vous cette touchante histoire de famille ?

— Parce qu'à compter de ce jour, j'ai su qui j'étais, répondit calmement Gregorovich. J'ai compris la vie. J'ai décidé de devenir un assassin, un tueur. C'est un don que je possède. *Jamais* je n'ai failli à une mission. *Jamais* je n'ai manqué ma cible. Je suis la perfection même.

— Sauf avec Thero, suggéra Kurt.

En entendant ce nom, Gregorovich parut s'assombrir.

— Allons, dit Kurt. C'est facile à comprendre. L'installation de Thero a été réduite en cendres. Par je ne sais quel miracle, il a survécu. C'est vous qui avez fait tout sauter là-bas. Il semble que vous ayez tout anéanti sauf la tête du serpent. Permettez-moi de vous dire que ce coup-là s'est soldé par un joli fiasco. Et maintenant la Russie se trouve en bonne place sur la liste de ce fou.

Gregorovich se précipita sur la table, et fit valser les pions à travers la pièce en saisissant la crosse de son Makarov. Kurt n'eut pas d'autre choix que de saisir la bouteille de vodka, de la fracasser contre la cloison et de plaquer, comme une lame, le goulot brisé contre le cou de Gregorovich à l'instant précis où le canon du Makarov se logeait contre son ventre.

Le cran d'arrêt était relevé et le foie de Kurt, comme la carotide du Russe, étaient vulnérables. Chacun des deux aurait pu dans l'instant régler le sort de son adversaire. Ils étaient dans une impasse. Si Gregorovich faisait feu, le corps de Kurt aurait une dernière convulsion et le verre acéré de la bouteille sectionnerait l'artère du Russe. Si Kurt poussait sur le tranchant de la bouteille, il blesserait mortellement Gregorovich, mais la mort ne viendrait pas assez vite pour empêcher la balle de 9 mm de s'enfoncer dans son foie en lui déchiquetant les entrailles.

Ils se regardèrent dans le blanc des yeux.

— C'est ce qu'on appelle « pat » aux échecs, déclara Gregorovich. Une pièce contre un pion. Ma mort contre la vôtre. Mais l'échange ne serait pas égal car Kirov tuerait votre équipage avant le lever du jour et les pions que vous vous efforciez désespérément de protéger mourraient avec leur roi. Je sens que vous n'avez pas le cran pour choisir ce genre de solution.

— C'est peut-être vrai, dit Kurt. Pourtant, si vous me tuez, vous perdriez toutes vos chances de racheter le grand échec de votre carrière. Votre orgueil vous en empêchera, même si je vous ai mis en colère.

— Au moins, fit le Russe en se mettant à rire, nous nous comprenons.

Il laissa tomber son pistolet sur les genoux de Kurt. Puis il s'écarta lentement du tesson de bouteille.

Kurt ramassa le Makarov et lacha le morceau de verre qui tomba à terre.

— Je trouverai Thero et je le tuerai, déclara tranquillement Gregorovich. Que ce soit avant ou après l'anéantissement de l'Australie, de la Russie ou du reste du monde, peu m'importe. Je le traquerai et je l'abattrai car j'en fais une affaire personnelle. Et je le ferai même si je dois, pour y parvenir, causer la mort de tous ces hommes ou femmes qui se trouvent à bord de ce navire.

Kurt hocha la tête. Il savait reconnaître ce genre d'obsession quand il en rencontrait un exemple.

— Pourquoi faudrait-il que vous traitiez vos hommes avec une telle dureté ? demanda Kurt. Est-ce qu'ils n'ont pas reçu les mêmes ordres que vous ?

— Les ordres, oui. Mais ils n'ont pas mon acharnement. Ils sont mal à l'aise depuis qu'ils savent ce qui est arrivé à votre bateau. Comme les hommes de Christophe Colomb, ils ont peur de passer de l'autre côté de la carte.

— C'est donc pour cela que vous nous avez donné les armes ? demanda Kurt.

— Vous et vos hommes êtes un contrepoids efficace en face d'eux, expliqua Gregorovich. Maintenant, ils vont s'inquiéter de vous tous plutôt que chercher à se débarrasser de moi.

— Un véritable Machiavel, commenta Kurt.

— Jusqu'à maintenant cela a marché, déclara fièrement Gregorovich. Mais pour combien de temps ? Je l'ignore. Kirov les pousse à comploter contre moi. Ils peuvent encore trouver le courage de me provoquer. S'ils le font, vous et vos hommes mourront certainement.

— Ou se battront pour vous, suggéra Kurt.

— Oui, aussi étrange que cela puisse paraître.

— Je pense que nous n'avons pas le choix. Le problème est de savoir de combien de temps nous disposons avant que cela arrive.

— Non, dit Gregorovich en secouant la tête, la question n'est pas là, mais plutôt : jusqu'où irez-vous pour arrêter Thero ?

C'était donc cela. Gregorovich cherchait un allié pour poursuivre une proie qui lui échappait. Kurt était d'accord pour l'aider à condition qu'ils y parviennent à temps.

— Pour empêcher Thero de tuer des millions de gens, dit Kurt, j'irai jusqu'au bout de la terre s'il le faut.

Gregorovich hocha la tête. C'était la réponse qu'il voulait entendre. Et il se trouvait qu'elle était sincère.

— Loin au sud, dit le Russe, il semblerait que nous y sommes presque.

— Pas tout à fait, répondit Kurt. (Il se leva et regarda sa montre : il était temps de changer de direction.) Dites à votre timonier de changer de cap. Il faudrait virer à 245 degrés.

— Alors, finalement nous n'allons plus vers l'Antarctique ?

— Pas encore en tout cas, dit Kurt en gardant pour lui la vérité. Je vais regagner mes quartiers et tâcher de dormir un peu. À condition que Kirov ne me descende pas pendant la nuit, j'aurai un changement de cap pour vous demain matin.

Gregorovich acquiesça et Kurt sortit dans le couloir où un homme du commando attendait.

— Vous devez être le groom, lui dit Kurt. Conduisez-moi à ma cabine.

L'homme l'escorta à l'arrière du navire. Deux autres gardes étaient de faction devant la cabine où était enfermé l'équipage de la NUMA. Quand il entra, le capitaine Winslow et son second ainsi que Joe et Hayley étaient en grande conversation.

— … il nous a conduits jusqu'ici, insista Hayley.

— Il joue avec nos vies, insista le second.

— Nous serions morts s'il leur disait ce qu'ils voulaient entendre, ajouta Joe.

Apparemment, voilà qu'une mutinerie se préparait à bord.

— De qui parlez-vous ? les interrompit Kurt.

— Des Russes, répondit le capitaine Winslow au nom du petit groupe. Pendant que vous buviez avec leur chef, ils ont embarqué notre matelot blessé à l'infirmerie. Maintenant ils nous disent que personne ne sera soigné tant que nous ne leur aurons pas donné plus de renseignements.

Kurt n'aimait pas cela. Mais impossible de faire machine arrière.

— Je ne sais pas si c'est la bonne méthode, ajouta Winslow.

— C'est pourtant la seule solution qui nous reste, dit Kurt.

— Il faut leur donner quelque chose, insista Winslow. Au moins une indication.

— Non. S'ils devinent l'emplacement, ils ne nous épargneront pas, expliqua Kurt. Ils nous attacheront des poids aux pieds et nous balanceront par-dessus bord pour ne pas gâcher leurs munitions.

— Mes hommes sont en état de choc, dit Winslow. Presque mourants. Bon sang, Kurt, soyez raisonnable.

— Vous ne comprenez donc pas, s'impatienta Kurt, qu'il n'y a maintenant plus de place pour la raison ?

Tous le dévisagèrent, surpris par cet accès de fureur insolite.

— Nous sommes pris en étau entre un obsédé et un fou, expliqua-t-il. Gregorovich est cinglé. Pour lui, il ne s'agit pas d'un *travail* mais d'une sorte de *vendetta*. Peut-être même d'une mission suicide. Cela le ronge littéralement de ne pas avoir réussi à tuer Thero il y a trois ans. S'il le faut, il nous sacrifiera tous autant que nous sommes pour avoir une nouvelle occasion d'y parvenir. Quant à Thero, il est encore plus dangereux. Il était déjà, depuis des années, schizophrène et sociopathe. Imaginez quels dégâts le temps et la rancœur ont faits depuis. Il a appelé son repaire « Tartare », la prison des Dieux, car il se considère comme un dieu. Et un dieu persécuté avec ça ! Vous croyez qu'il va renoncer à sa menace ?

Ils regardaient Kurt avec stupéfaction, car à ce moment précis il avait lui-même l'air un peu dérangé.

— Cela ne peut pas être si terrible, dit le second.

— Si, ça l'est, répliqua Kurt. Si l'un de vous espère survivre à cette aventure, je lui conseille de cesser de perdre son temps parce que, de toute évidence, nous n'en disposons pas de beaucoup. Nous devons empêcher Thero d'agir. Et pour y arriver, nous avons besoin des Russes autant qu'eux-mêmes ont besoin de nous.

Joe, en fidèle ami, soutint Kurt. Hayley semblait comprendre la situation et s'y résigner. Même le second paraissait moins réticent. Mais Winslow secoua la tête.

— Ce sont mes hommes et je suis responsable d'eux, affirma-t-il avec énergie.

Kurt le comprenait, certain que le manque de sommeil et le sentiment de culpabilité pesaient assurément sur l'attitude du capitaine.

— La plupart de vos hommes ont déjà donné leur vie pour ce combat, dit-il. De même que neuf membres de l'ASIO, le Service de renseignement australien, et au moins quatre civils qui ont essayé d'échapper à Thero. La seule façon de donner un sens à toutes ces morts, c'est d'empêcher Thero de tenir ses promesses. Nous avons une chance d'y parvenir en nous alliant à Gregorovich. C'est un pari risqué, mais nous n'avons pas le choix.

Winslow n'avait pas l'air convaincu.

Kurt posa sa main sur l'épaule du capitaine et le regarda droit dans les yeux.

— Je sais ce que vous éprouvez. Aucun de nous ne serait dans cette situation si je n'avais pas fourré mon nez dans cette affaire. C'est moi qui suis responsable de la mort de vos hommes. Nous ne pouvons pas les faire revenir. Mais nous pouvons nous assurer qu'ils ne sont pas morts pour rien.

Winslow regarda Kurt, résigné.

— Alors, que doit-on faire maintenant ?

— Il faut réduire les effectifs des Russes pour équilibrer un peu nos chances.

— Comment faire? Ils nous surveillent.

Pendant sa partie d'échecs contre Gregorovich, Kurt avait pensé à une stratégie.

— Ici, toute la nourriture est disposée sur une sorte de buffet, expliqua-t-il, l'ayant constaté en traversant la cantine. Ce navire est d'une saleté incroyable. Ramassez toute la crasse que vous pourrez trouver. Peu m'importe où et, franchement, je ne veux pas le savoir. Vers l'heure du repas, vous verserez tout ce que vous aurez ramassé sur la nourriture… après que nous nous soyons servis, évidemment.

— Une guerre bactériologique, observa Joe.

— Si les hommes du commando sont trop malades pour se battre, Gregorovich n'aura pas d'autre solution que de compter sur nous.

— L'idée me plaît, dit Joe. Mais s'il ne veut pas de nous quand même ?

— Alors, nous prendrons le contrôle de navire et alerterons la NUMA.

Joe approuva, Hayley esquissa un pâle sourire. Le second acquiesça à l'idée de prendre l'offensive et Winslow hocha la tête.

— D'accord. Je vous suis.

30

Tartare

BIEN LOIN SOUS LA SURFACE DE L'ÎLE couverte de glace, Patrick Devlin souffrait de bourdonnements d'oreille. Depuis une heure, il endurait le martèlement effroyable d'une énorme perceuse forant la roche. Quand elle s'arrêta, le silence devint presque douloureux.

— C'est suffisamment profond comme ça, cria un robuste contremaître.

Couvert de poussière, Devlin s'écarta de la paroi. Son travail consistait à maintenir sous pression la grosse perceuse fixée sur une sorte de chariot et percer dans la roche une succession de trous. Alors un autre mineur plaçait dans les orifices une série de charges explosives et attachait des fils aux amorces.

Un coup de sifflet retentit.

— Tout le monde dans le tunnel, ordonna un contremaître.

Une douzaine de travailleurs, répartis dans la vaste caverne, concassaient des fragments de roche qu'ils déversaient sur un tapis roulant. Ils s'arrêtèrent et se dirigèrent d'un pas lourd vers l'entrée d'un petit tunnel situé sur le côté de la grotte. Ils s'y installèrent, épuisés, s'abritant sous les arches d'acier. Ils étaient trop heureux de poser un moment leurs outils.

Pendant que le contremaître, fusil en bandoulière, vérifiait les explosifs avec son assistant, Devlin tenta sa chance.

— Comment t'appelles-tu ? demanda-t-il au Noir debout à côté de lui.

— Masinga, répondit l'homme avec un accent sud-africain très marqué.

— Moi, c'est Patrick. Les gens m'appellent souvent Padi. Qu'est-ce que c'est que ce foutu endroit ?

— Tu ne sais pas ?

Devlin secoua la tête.

— Une mine de diamants, dit Masinga.

Devlin examina les éclats de roche sur le tapis roulant immobile.

— Je ne vois pas de diamants.

— Ils sont dans la roche, expliqua Masinga. Tu fais un drôle de mineur, si tu ne le sais pas.

— Je ne suis pas mineur, répliqua Devlin.

— Alors, qu'est-ce que tu fous ici ?

— On m'a embarqué sans me demander mon avis. Pas toi ?

— Non. J'ai signé un contrat. Comme tout le monde. On nous paie deux fois plus qu'à la De Beers. Seulement à la fin du contrat, quand ce fut le moment de partir, on nous en a empêchés.

— Tu n'as pas essayé de t'échapper ?

L'homme se mit à rire.

— Est-ce que j'ai l'air d'un poisson ? Nous sommes sur une île, au beau milieu de l'Océan. Où irions-nous ?

— Mais vos familles ? Ils doivent sûrement se faire un sang d'encre.

— On leur a raconté qu'on était morts dans un accident, dit un homme qui avait l'air de venir d'Amérique du Sud. De toute façon, ils n'ont jamais su où nous étions et nous-mêmes ne l'avons découvert qu'en arrivant ici.

Devlin trouvait cela invraisemblable, d'ailleurs il n'avait pas compris grand-chose depuis qu'il avait repéré le *Voyager* dans le port près de Jakarta.

— Et toi ? demanda Masinga plein d'espoir. Peut-être que quelqu'un te cherchera…

— C'est peu probable, le découragea Padi en se souvenant que Keane dormait quand il avait découvert le *Voyager*. À mon avis, tout le monde pense aussi que je suis mort.

— Alors, conclut Masinga, on est tous dans le même cas.

— Tartare, marmonna Devlin, la prison en enfer.

Maintenant, il en comprenait la signification.

— Paré au feu ! cria le contremaître.

Le gros type abaissa une manette. Une douzaine de petites charges sautèrent rapidement les unes après les autres, ébranlant la paroi qui trembla avant de s'écrouler avec fracas.

Des ventilateurs se mirent en marche et évacuèrent le nuage de poussière vers un large puits qui conduisait à la surface de l'île. La poussière tourbillonna devant eux, se collant au passage à leurs corps couverts de sueur. Quand le nuage se dissipa, Padi avait le visage aussi foncé que celui de Masinga. D'ailleurs, quel que soit la couleur de leur peau, ils avaient tous la même grise mine.

Le contremaître les regarda, le fusil toujours sur l'épaule.

— La pause est finie, cria-t-il. Au travail.

Masinga et les autres travailleurs se levèrent, suivis à contrecœur par Devlin, et regagnèrent lentement leur poste.

31

À bord du Rama, 17 h 45
Position : 61°37 longitude Sud, 87°22 latitude Est

QUINZE HEURES APRÈS AVOIR INTERROMPU BRUTALEMENT sa partie d'échecs, Gregorovich, planté devant la table à cartes lumineuse, contemplait le tracé d'une nouvelle route qui les emmenait maintenant vers le nord-ouest.

Kirov se tenait en face de lui avec un des gardes.

— C'est le neuvième changement de cap qu'il ordonne.

On sentit le *Rama* virer à tribord.

— On approche du nouveau cap, annonça le timonier d'un ton nerveux. Trois cent vingt-trois degrés.

— Il se fout de nous, déclara Kirov d'un ton excédé. Et tu le laisses faire.

Gregorovich le regarda. La présence du second garde était une idée de Kirov. Une démonstration de force. À n'en pas douter, la mutinerie qu'il sentait venir n'allait pas tarder à éclater.

La nervosité des hommes devenaient palpable. Peu habitués à la mer, ces hommes se sentaient loin de chez eux, dans une situation dangereuse qui ne cessait de se dégrader. Le navire tanguait dans une houle de plus en plus forte et le ciel s'assombrissait. La neige n'allait sans doute plus tarder à tomber. Sur les instructions d'Austin, ils étaient descendus si loin au sud qu'ils commençaient à esquiver de petits icebergs, dans une visibilité réduite.

Le pire était qu'ils avaient entendu raconter avec force détails les conditions dans lesquelles l'*Orion* avait été broyé et entraîné sous l'eau, comme happé par un monstre marin. Jusqu'à présent, l'ordre continuait à régner, mais Gregorovich supposait que ça ne durerait pas.

— Au moins, dit-il en se tournant vers le timonier, nous faisons route vers le nord. Qu'y a-t-il dans cette direction ?

L'homme tapota l'écran et la carte zooma lentement jusqu'à ce que Gregorovich repère un point jaune juste sur leur route.

— Heard Island, annonça le timonier.

Kirov tapota l'écran sur l'emplacement de l'île, faisant apparaître une multitude d'informations.

— Territoire australien, dit-il en lisant ce qui s'affichait sur l'écran. Île volcanique. Dernière éruption enregistrée en 2005. Couverte de glaciers et totalement inhabitée.

Kirov releva la tête avec un grand sourire.

— Heard Island. Voici la cible. C'est l'endroit où se cache Thero. Austin a fini par montrer son jeu. On peut se débarrasser de lui et de son équipage et régler l'affaire sans eux.

Gregorovich n'aimait pas l'idée de perdre son contrepoids. Pas plus qu'il ne croyait qu'après s'être révélé si malin pendant tout ce temps, Austin aurait eu la bêtise de dévoiler son secret.

— Zoome plus large, ordonna-t-il.

Le timonier vietnamien obéit et la carte se précisa. Un autre point apparut, situé sur la même route, approximativement à deux cent soixante-dix milles au-delà de Heard Island.

Austin avait manœuvré le *Rama* de façon à ce qu'il se trouve à égale distance des deux îles.

— TAAF : Terres australes et antarctiques françaises, commenta le timonier.

— Qu'est-ce que c'est que ce nom ? répéta Kirov.

— Un nom que vous n'oublierez pas, je crois, dit Gregorovich. Cette route passe au milieu des deux îles. Thero pourrait se planquer dans l'une comme dans l'autre. Ou bien Austin pourrait nous emmener plus près de l'une et virer dans une nouvelle direction. Nous ne pouvons pas le tuer avant d'être sûrs de l'endroit.

— Et quand nous le saurons ?

— Essayons de réfléchir avec un coup d'avance, conseilla Gregorovich. Supposons que le labo de Thero soit sur Heard Island, c'est-à-dire en territoire australien. Nos ordres sont de le détruire, lui et son laboratoire, avec notre arme nucléaire. Ne voyez-vous pas l'avantage que nous tirerions en laissant, à la limite du site, quelques corps américains carbonisés et irradiés ?

Kirov acquiesça.

— Envoyez les drones à longue portée, dit-il. Si quoi que ce soit bouge sur Heard Island, nous le saurons bientôt.

Le vrombissement des moteurs à piston attira l'attention de Joe Zavala alors qu'il se dirigeait vers le mess du navire en compagnie de Hayley Anderson.

— Quel est ce bruit ? demanda Hayley.

Joe tendit l'oreille. Le son lui rappelait celui d'un avion militaire sans pilote sur lequel il avait travaillé quelques mois plus tôt.

— Les Russes sont en train de lancer quelque chose sur le pont, expliqua-t-il. Peut-être un drone.

— Pourquoi feraient-ils cela ?

— Aucune idée, répondit distraitement Joe en voyant un groupe de Russes descendre la coursive. Dépêchons-nous d'aller faire la queue au mess avant tous ces types.

Il se retourna rapidement et s'engouffra dans la salle suivi d'Hayley qui jeta un coup d'œil dans le couloir.

Arrivé au buffet, Joe huma l'air avec délice. Il adorait la cuisine vietnamienne et le cuisinier du bord avait préparé tout un assortiment de plats.

— Ils arrivent, chuchota Hayley.

Joe hocha la tête, fit un grand sourire au chef et se mit à entasser dans son assiette de généreuses portions de tout ce que proposait le menu : de quoi nourrir au moins trois personnes.

Comme le cuistot le dévisageait avec étonnement, Joe se frotta l'estomac.

— Rien n'excite plus l'appétit que de se retrouver naufragé dans une eau glacée et d'être ensuite kidnappé par de prétendus sauveteurs.

Le cuisinier gardait un visage impassible. Joe devina que l'anglais ne figurait pas parmi les langues qu'il pratiquait. Il joignit les mains et s'inclina légèrement. « *Kam ung* », dit-il, *merci* étant un des quelques mots de vietnamien qu'il connaissait.

Le cuistot, sincèrement ravi, sourit. En fait, l'équipage du *Rama* était autant prisonnier que les rescapés de l'*Orion.*

Hayley se glissa près de Joe et commença à se servir à son tour.

— C'est maintenant ou jamais, souffla-t-elle.

Joe montra au cuisinier un wok qui fumait et qui commençait à brûler derrière lui. Comme le cuistot se retournait pour éteindre ce début d'incendie, Joe, avec une habileté de prestidigitateur, tira de sa manche un petit sachet. D'un geste rapide, il en saupoudra le contenu sur tous les plats du buffet. Puis fourra le sac vide dans sa poche.

Quelques secondes plus tard, les Russes arrivèrent. Ils regardèrent avec surprise Joe et Hayley, mais bien vite attirés par la nourriture ils vinrent rapidement se placer, en tête de la file, devant le buffet.

Joe et Hayley s'assirent dans un coin et s'efforcèrent de ne pas observer les gardes en train de se servir de généreuses portions de nourriture avariée.

Huit heures plus tard, à bord du *Rama*, Kurt contemplait d'un air songeur des clichés de Heard Island.

Longue de presque vingt-cinq kilomètres sur une quinzaine de large, l'île avait la forme d'une amande posée en travers de l'Océan.

Vue de profil, Heard Island était manifestement volcanique. Au centre se dressait le pic Big Ben en forme de cône. Il s'élevait à plus de deux mille cinq cents mètres d'altitude. C'était le plus haut sommet existant en territoire australien.

Sur une photo prise par satellite, Joe remarqua que les glaciers rayonnaient depuis Big Ben, longeaient les pentes abruptes jusqu'à l'océan et donnaient naissance à des icebergs quand ils arrivaient à la mer. De nombreux blocs de glace, dont certains plus gros que le *Rama,* encerclaient l'île comme des poissons pilotes entourant la tête d'un requin.

Tandis que Kurt examinait les photos, Kirov et Gregorovich attendaient tranquillement, l'air très content d'eux, ravis de lui montrer ce qu'ils avaient découvert.

— Avez-vous des clichés pris aux infrarouges ? demanda Kurt.

Gregorovich fit glisser sur la table lumineuse une nouvelle série de photos prises par les drones.

Sur le premier cliché, uniquement des phoques, des pingouins et des colonies d'oiseaux dans leurs nids. Mais sur le suivant, il vit distinctement une série de sources de chaleur groupées sur la côte sud-est de l'île à un endroit baptisé le Lagon Winston.

— On aperçoit sur certaines photos des sortes d'orifices de ventilation. Ils pourraient être d'origine naturelle et avoir un rapport avec le volcan, expliqua Gregorovich, ou bien avoir été aménagés par la main de l'homme, ce qui révélerait l'existence d'une activité souterraine. Les autres clichés montrent des hommes, difficiles à identifier, circulant sur des motoneiges. Quoi qu'il en soit, quelques instants après qu'on a pris ces images, ils ont disparu dans des cavités creusées dans le sol.

Kurt examina les photos des engins.

— Ces gens arrivent du Lagon Winston, dit-il. Un bon abri. Mais je ne vois aucun bateau par là.

— On les a donc parachutés, dit Gregorovich. C'est la méthode de Thero. À Yagishiri, il possédait un laboratoire souterrain. Les expériences qu'il effectuait se faisaient toujours à une grande profondeur. Ces cavités que l'on voit permettent d'accéder aux installations de Thero. J'en suis certain.

Kurt n'en doutait pas. Comme il était convaincu que Thero était prêt à répondre à une attaque.

— Croyez-vous qu'ils aient entendu vos drones ?

— Les hommes que nous avons aperçus n'avaient pas l'air inquiets, dit Gregorovich. Nos drones sont pratiquement silencieux et presque invisibles à l'œil nu.

Kurt hocha la tête. Le *Rama* était encore à une bonne distance de l'île et ses machines maintenaient une pression juste suffisante pour lui permettre de rester sur place malgré le courant.

— Avez-vous repéré des radars ?

— Aucune émission, affirma Gregorovich. Se terrer leur semble suffisant. Ils ne savent pas que nous arrivons.

— Il existe des méthodes plus discrètes pour détecter un ennemi qui approche, répliqua Kurt. Par exemple, des infrarouges comme ceux que vous utilisez avec vos drones, ou le repérage visuel. Thero pourrait avoir des caméras qui repèrent les mouvements et captent les sons. Lorsque vous arriverez, il abattra vos hélicoptères avant même qu'ils touchent le sol. Et comme il est sous terre, si vous larguez quelques missiles sur l'île, cela ne lui fera aucun effet.

— Nous n'avons aucune raison de croire que Thero possède des armes antiaériennes, lança Kirov d'un ton narquois.

— Il n'en a pas besoin, rétorqua Kurt. S'il repère ce navire, il utilisera son rayon de la mort et enverra une décharge d'énergie pour broyer le *Rama* comme il l'a fait avec l'*Orion.* Et s'il repère vos drones en plein vol, il les frappera avec cette autre arme qu'il a mise au point : une sorte d'éclair, qu'il a utilisé contre l'ASIO et qui bloquera tous les réseaux de vos appareils y compris le système nerveux du pilote qui les guide. Vous mourrez tous sur le coup.

Kurt parlait rapidement, s'efforçant de prendre l'initiative avant qu'ils décident de se passer de lui. Le Russe le regarda comme si tout cela n'était qu'inventions de sa part.

— Vous essayez juste de sauver votre peau, fit Kirov.

— Ma foi j'y tiens. Après toutes ces années, je m'y suis attaché, déclara Kurt à Kirov qui n'avait pas l'air d'apprécier l'humour.

— Nous pourrions conserver notre position actuelle, proposa Gregorovich en regardant la carte. Envoyer nos hélicoptères très au nord, hors de portée de leur champ visuel, et puis virer de bord derrière l'île. En arrivant par le nord, le massif montagneux au centre nous dissimulerait et nous pourrions ainsi surgir sans avoir été repérés.

— C'est ridicule, déclara Kirov. C'est maintenant notre prisonnier qui donne des ordres et des conseils tactiques ?

Sans l'écouter, Gregorovich désigna sur la carte un point proche du contrefort de Big Ben.

— Si nous arrivons par ici pour nous poser de l'autre côté de Big Ben, ils ne devraient pas découvrir notre présence. Et de là, il n'y a pas plus de onze ou douze kilomètres pour arriver au lagon Winston. De plus, la plupart du trajet sera en descente.

C'était un bon plan et ils n'avaient certainement pas besoin de Kurt pour le suivre.

— Eh bien, bonne route, leur souhaita Kurt tandis que sa main descendait subrepticement jusqu'à son pistolet au cas où ils n'auraient définitivement plus besoin de lui.

— Il n'y aura pas que nous, répondit Gregorovich. Nous vous emmenons, vous et votre équipage.

Kurt le regarda.

— Nous allons être un peu serrés à bord des hélicoptères, sans compter le supplément de carburant qu'il vous faudra pour ce long détour.

— Justement quelques places se trouvent disponibles, expliqua Gregorovich. Douze hommes du commando souffrent d'horribles maux d'estomac et doivent rester à bord.

— Alors, donnez-leur une potion et qu'ils cessent de tirer au flanc, répliqua Kurt en espérant que personne ne suivrait son conseil.

Gregorovich secoua la tête.

— Nous ne pouvons pas faire des kilomètres sur un glacier avec des hommes en train de vomir toutes les cinq minutes. Ils sont trop déshydratés et affaiblis pour nous servir à quoi que ce soit. Vous et vos hommes les remplacerez.

— Ne croyez pas qu'ils soient tous en pleine forme. Quatre sont dans votre infirmerie.

— Seulement trois, rectifia Kirov. Il semble que l'un d'entre eux soit mort pendant la nuit. Des conséquences de l'effet de choc.

— Ils n'avaient tous besoin que de simples traitements, observa Kurt, furieux. Quelle sorte de gens êtes-vous donc ?

— De ceux qui font couler le sang s'il le faut, intervint Gregorovich, faisant allusion à leur partie d'échecs et à l'altercation qui avait bien failli tourner mal. Les autres bénéficieront des soins nécessaires aussi longtemps que vous coopérerez.

— Qui voulez-vous emmener ? interrogea Kurt.

— Vous, votre ami Zavala et Mrs Anderson.

— Je ne vois pas de raison d'emmener cette femme.

— Je n'ai besoin d'aucune raison pour cela, répliqua Gregorovich.

Kurt se demanda si le Russe savait que c'était justement ce qu'il avait espéré.

— Très bien, accepta-t-il. Mais pas avant d'avoir la certitude que tous les hommes seront bien traités.

Le Russe se fendit d'un sourire glacial.

— Vous continuez à protéger vos pions. D'accord. Nous les soignerons comme il convient. Mais, pour vous et moi, l'heure est venue de poursuivre notre partie. Là où vous avez dit que nous serons : « Au bout de la Terre. »

32

À bord du Gemini *de la NUMA*

Assise dans la pénombre du poste de contrôle des véhicules télécommandés, Gamay Trout avait les yeux fixés sur l'image en noir et blanc de l'écran. À près de quatre mille mètres de profondeur, un des engins avait repéré un amas de plaques métalliques et de planches disloquées.

Des débris de toutes sortes jonchaient le fond de la mer. Gamay en avait déjà vu des douzaines lorsque la NUMA explorait et inventoriait le contenu de diverses épaves. Mais, cette fois, il s'agissait d'un de leurs navires.

— Le magnétomètre réagit, dit Paul qui se trouvait à côté d'elle. On ne doit pas être loin.

Paul, Gamay et le capitaine du *Gemini* se serraient dans une cabine avec trois autres techniciens. Leurs regards étaient fixés sur l'écran du moniteur et aucun n'avait envie de voir ce qu'ils s'attendaient à découvrir.

Gamay ralentit la progression de l'engin et braqua la caméra vers le haut. Un instant plus tard, apparut sur l'écran la plaque rouge de la quille de l'*Orion*, avec son gouvernail tordu et son hélice à six pales. Le navire était couché sur le côté.

— C'est bien l'*Orion*, soupira le capitaine. Faites monter le robot à une trentaine de mètres pour que nous ayons une vue d'ensemble.

Gamay obéit, ses gestes étaient calmes mais son estomac noué.

L'engin s'éleva au-dessus de l'épave, révélant ainsi l'étendue des dégâts. La quille du navire avait été éventrée en son milieu comme on ouvre un œuf gigantesque. On ne sait comment les deux moitiés restaient attachées car on ne reconnaissait pas grand-chose dans cet enchevêtrement de tôles tordues.

— Pas étonnant qu'ils aient coulé si vite, dit Paul.

Tandis que le robot dérivait au gré du courant, on pouvait constater que la fracture s'étendait sur toute la largeur de la coque.

— Je n'ai jamais vu un navire découpé de cette façon, s'étonna le capitaine.

L'épave commençait à dériver plus loin.

— Gamay ? fit Paul, inquiet de la voir si pâle.

— S'il vous plaît, dit-elle en se levant, est-ce que quelqu'un peut me remplacer ?

Un des techniciens prit sa place et, passant devant les autres, elle se dirigea vers le pont arrière et poussa un panneau. Une fois dans l'air glacé, elle respira à pleins poumons.

Son malaise commençait à se dissiper quand son regard se posa sur une bâche attachée au pont. Elle recouvrait les trois corps qu'on avait retrouvés dans la mer. Des marins de l'*Orion* qui avaient dû se noyer ou mourir d'hypothermie en attendant des secours, et qui gisaient maintenant dans de simples sacs car le navire n'avait pas de chambre froide. Heureusement, la température sur le pont suffisait à les préserver.

Elle se retourna en entendant Paul qui venait la rejoindre.

— Ça va ?

— Non. Pas du tout. Je ne parvient pas à traiter cela comme une enquête ordinaire. C'est un de *nos* bateaux qui a coulé. Et ces gens sont nos amis.

— C'est bien pour cela que nous avons besoin de savoir pourquoi il a sombré. S'il y a des traces de brûlures causées par des explosifs ou par des tôles chauffées à blanc, s'ils ont heurté une mine ou été frappés par une torpille, un missile, si les plaques de tôle ont été déformées par une explosion venue de l'intérieur… Si les dommages ont été causés de l'extérieur, alors nous devrons éliminer le détecteur de vibrations de Mrs Anderson et activer le nôtre.

— Je sais tout cela.

— Mais ?

— Si nous découvrons Kurt ou Joe ? Si notre robot tombe sur le corps de l'un d'eux ? Chaque fois que nous avons repêché un cadavre, j'avais peur que ce soit quelqu'un que nous connaissions.

Paul lui prit la main.

— Je comprends. Je vais charger un des autres techniciens de piloter le robot.

Elle savait qu'il réagirait ainsi, mais refusait cette option. Elle avait juste besoin de reprendre ses esprits.

— Tu penses qu'il y a une chance qu'ils soient encore en vie ?

Paul hésita un moment, puis secoua la tête.

— Je ne vois pas comment.

Elle apprécia sa franchise.

— Tu as raison, fit-elle en revenant vers la porte. Je crois que si j'avais disparu, je voudrais qu'ils comprennent dans quelles circonstances.

— Moi aussi, dit Paul.

Il ouvrit la porte. Gamay passa dans la coursive, s'armant de tout son courage pour affronter ce qu'ils allaient découvrir.

On distribua à Kurt, Joe et Hayley un minimum de vêtements d'hiver : une combinaison en thermolactyl qui les moulait suivie d'une seconde couche de vêtements en tissu étanche. Pantalon, blouson et capuchon tous de couleur blanche et grise pour n'être pas trop repérables. On leur procura aussi des bottes blanches ainsi que des étuis en tissu blanc pour dissimuler leur carabine.

— J'ai l'air de quoi ? demanda Joe ainsi harnaché.

— Du petit frère de l'abominable homme des neiges, dit Kurt.

— Apparemment, ils n'ont rien à ma taille, fit remarquer Hayley, les manches de son blouson lui recouvrant entièrement les mains.

— C'est sans doute ce qu'ils ont trouvé de mieux, répliqua Kurt qui, étouffant dans la chaleur de la cabine, était déjà prêt à partir en espérant ne pas déraper sur la glace.

Il fourra le pistolet Makarov dans l'étui fixé à sa cuisse, poussa le panneau d'écoutille et déboucha sur le pont. Là, derrière les piles de conteneurs, attendaient deux hélicoptères gris les plus laids qu'il ait jamais vus.

— C'est dans ces machins que nous allons voler ? demanda Hayley, horrifiée.

Pimpant n'était pas l'adjectif qu'on aurait employé pour décrire les Kamov Ka-32 russes auxquels l'Otan avait donné « Helix » comme nom de code. Ils ressemblaient à de vieux bus aux angles arrondis et paraissaient juchés sur trois petites roues plantées sous la carlingue. Une double queue semblait avoir été rajoutée après coup par des ingénieurs distraits qui l'auraient oubliée à l'origine.

Le système russe à double rotor leur donnait l'air encore moins navigable. Au lieu d'un rotor de queue pour assurer la stabilité de l'appareil, les Russes avaient préféré en utiliser deux qui tournaient chacun en sens contraire pour stabiliser l'appareil. Cela faisait des années que les Russes utilisaient ce système mais, au sol, avec les rotors qui ployaient sous leur propre poids, l'Helix avait l'air d'un projet d'ingénieur qui avait mal tourné.

— Je me suis toujours demandé comment ces rotors ne s'empêtrent pas l'un dans l'autre, dit Joe. Ce machin ressemble à un gigantesque fouet à œufs. On se demande comment les pales ne se déchiquètent pas l'une contre l'autre.

Kurt fit trop tard un signe à Joe. Hayley n'avait malheureusement pas perdu un mot de ses commentaires.

— Allons, dit Kurt, remarquant que le vent se levait et que des flocons de neige commençaient à tomber. Il nous reste moins de dix-huit heures.

Gregorovich dirigea Zavala vers un hélicoptère dans lequel avait pris place Kirov et ordonna à Kurt et Hayley d'embarquer sur l'autre appareil.

— Combien d'hommes avons-nous ? demanda Kurt tandis qu'on fermait soigneusement la porte et que les moteurs commençaient à tourner.

— Dix, sans compter les pilotes. Vous trois, moi, Kirov et cinq hommes du commando.

À l'arrière, au fond de l'appareil, Kurt remarqua trois motoneiges ainsi que des rouleaux de corde et du matériel d'alpinisme.

— Nous prendrons ces engins ou nous irons à pied ?

— Les deux, répondit Gregorovich. Nous utiliserons les motoneiges sur la plus grande partie du voyage mais, quand nous approcherons du glacier, le bruit des moteurs risquant de porter jusqu'à la caverne, nous devrons continuer à pied.

Comme en réponse à ses propos, le vrombissement des turbines s'accentua et le souffle des rotors fit trembler l'hélicoptère lourdement chargé. Il oscilla quelques secondes puis lentement s'éleva. Kurt regarda par le hublot tandis qu'un vent de côté les poussait par le travers.

Le pilote réagit juste à temps pour éviter d'emboutir un des conteneurs entassés sur le pont. L'hélicoptère s'éleva encore d'une dizaine de mètres, puis le pilote accéléra pour passer au-dessus de l'étrave du *Rama.*

À l'intérieur ils ne disposaient pas d'écouteurs, et devaient crier pou se faire entendre malgré le vacarme des rotors.

— Vous croyez que le bateau sera encore ici à notre retour ? cria Kurt en jetant un dernier regard au *Rama.*

— Qu'il y soit ou pas, je m'en fiche éperdument, fit Gregorovich en haussant les épaules.

Il restait à bord au moins trois hommes du commando, sans compter ceux que Joe avait intoxiqués. Kurt espérait que tous respecteraient la paix, certes fragile ; dans le cas contraire, il se disait que le capitaine Winslow et son second se défendraient avec succès. Il n'avait rien pu faire de plus pour les protéger. L'important maintenant était de mener à bien la mission qui les attendait.

— Alors, demanda Kurt, comment comptez-vous l'empêcher d'agir ?

— En prenant d'assaut son repaire, répondit Gregorovich en désignant, sanglée à l'arrière de la carlingue, une valise à coque dure sur laquelle figurait le symbole international indiquant un risque de radiation.

« Et ensuite faire sauter la bombe.

— Est-ce bien ce que j'imagine ? demanda Hayley avec effroi.

— J'en ai peur, dit Kurt.

Elle verdit. Kurt se dit que partager une cabine avec une arme nucléaire n'allait pas la guérir de sa phobie des voyages. D'un autre côté, puisque l'assassin russe était devenu son partenaire, Kurt n'était pas mécontent d'avoir cette bombe à bord.

Des nouvelles arrivant à Washington au beau milieu de la nuit étaient rarement de bon augure. Lorsque Dirk Pitt reçut la communication dans son bureau, l'horloge affichait presque minuit.

— *... nous avons pour l'instant localisé huit corps dans l'épave...* Pitt reconnut dans le haut-parleur du téléphone la voix de Paul Trout déformée par les parasites.

— *... Presque tous coincés à leur poste ou juste à côté. Compte tenu des dimensions de la brèche dans la coque, ceux qui se trouvaient sous les ponts n'ont eu aucune chance de s'en tirer.*

Pitt se frotta les tempes.

— Pouvez-vous dire ce qui a causé cette brèche ?

— *Les tôles sont terriblement déformées. Mais nous n'avons trouvé aucune trace ni preuve d'explosion. Il semble que par endroits la coque a été tordue vers l'extérieur. Mais je ne peux rien vous affirmer de définitif.*

Pitt était renvoyé à la case départ. Il avait espéré qu'on pourrait prouver qu'il s'agissait d'une attaque par un missile ou une torpille, voire d'une explosion interne qui aurait révélé la présence d'explosifs à bord. Bref, quelque chose qui disculperait le détecteur de Mrs Anderson. Faute de quoi, il ne pouvait ordonner au *Gemini* de déclencher leur appareil et risquer le même sort.

— *Nous avons mis la décision aux voix*, précisa Paul. *Tout le monde à bord est prêt à prendre le risque d'utiliser le détecteur si cela nous permet de retrouver les gens qui ont fait ça.*

Pitt eut un petit sourire. Il était fier du courage manifesté par l'équipage du *Gemini*.

— Dommage que la NUMA ne soit pas une démocratie, dit-il. Gardez tout cela pour vous tant que je ne vous aurai pas donné d'autres instructions.

— *Entendu.*

— Prévenez-moi immédiatement si vous avez d'autres nouvelles.

— *C'est le milieu de la nuit là-bas.*

— Nous disposons de dix-sept heures avant l'Heure H. D'ici là, tout le monde doit rester à son poste.

— *Compris….*

Pitt attendit que celui-ci annonce la fin de la conversation, mais rien ne venait.

— Autre chose, Paul ?

Pendant un instant, de nombreux parasites brouillèrent la ligne.

— *Vous ne l'avez pas demandé. Mais je pense que je dois vous dire que nous n'avons trouvé aucune trace de Kurt ni de Joe.*

— Continuez à chercher, dit Pitt.

— *Bien sûr.* Gemini, *terminé.*

Lorsque la communication fut coupée, Pitt se carra dans son fauteuil. Par la fenêtre, il jeta un coup d'œil aux lumières qui clignotaient sur l'autre rive du Potomac. Il ne pouvait pas en toute conscience donner l'ordre au *Gemini* de prendre le même risque que l'*Orion*, mais du coup comment débusquer Thero et l'empêcher d'agir ?

Il pressa le bouton du téléphone intérieur pour appeler l'étage de Yaeger.

— Yaeger, dit une voix lasse.

— Hiram, dites-moi que vous avez du nouveau.

— J'ai trouvé quelque chose, mais je ne crois pas que ça nous avance beaucoup.

— Au point où j'en suis, dit Pitt, tout m'intéresse.

— J'ai mis l'ordinateur sur le mode recherche automatique, dit Yaeger, et cela nous a permis d'établir un rapport entre les notices nécrologiques de Cortland et de Watterson.

— Et qu'avez-vous trouvé cette fois-ci ?

— L'ordinateur a découvert une autre coïncidence bizarre concernant les messages manuscrits adressés à l'ASIO.

— Continuez.

— En les comparant, l'ordinateur a établi avec une probabilité de quatre-vingt-dix pour cent que la lettre de menace destinée à l'Australie et les documents envoyés à l'ASIO par l'informateur étaient écrits par la même personne.

Pitt se cala dans son fauteuil.

— Je croyais que l'ASIO avait éliminé cette hypothèse. L'une était écrite par un gaucher et l'autre par un droitier.

— L'écriture a été déguisée pour paraître différente, mais le choix des mots, les points de pression et la longueur des jambages sont similaires.

— Pourtant on a comparé la lettre de menace avec un échantillon de l'écriture de Thero.

— Je sais, dit Yaeger. Alors ou bien l'ordinateur se trompe, ou bien ce Thero est tout à la fois l'auteur *et* l'informateur du crime.

Pitt ne comprenait pas ce que voulait dire cette stupéfiante révélation, mais il se doutait qu'elle dissimulait quelque chose d'inquiétant. En tout cas, il n'allait pas contredire les conclusions de l'ordinateur de Yaeger.

Il jeta un coup d'œil à l'horloge : l'aiguille des minutes avait franchi le cap de minuit. Quelle que fût la signification de ce dernier rebondissement, on s'en occuperait plus tard.

— Peu m'importe comment vous vous y prendrez, Hiram, mais vous disposez de deux heures pour trouver le moyen de localiser Thero. Après, il faudra que je donne au *Gemini* l'ordre d'activer leur détecteur.

Yaeger marmonna quelque chose que Pitt ne comprit pas puis déclara :

— Je m'en occupe.

Pitt raccrocha et se tourna vers la baie vitrée. À Washington, c'était la pleine nuit, mais en Australie il faisait grand jour. S'ils n'arrivaient pas à trouver Thero et à l'empêcher d'agir, il se pourrait que ce soit la dernière journée de tranquillité que cette nation allait connaître.

33

Les hélicoptères russes avaient décollé du pont du *Rama* en pleine tempête de neige. Ils se dirigeaient pesamment vers l'ouest, les réservoirs de carburant chargés à plein. Ils étaient secoués par les turbulences et la visibilité était tombée à moins d'un mille. La température avait chuté, si bien que de la glace commençait à se former *à l'intérieur* de la cabine sans chauffage.

— Cela me rappelle le frigo que j'ai chez moi, dit Hayley.

— C'est la condensation de notre haleine, expliqua Kurt.

— Je n'aurais jamais pensé découvrir ce que ressent une boîte de pois congelés, répondit-elle.

Une nouvelle vague de turbulences les secoua et Hayley se cramponna au bras de son fauteuil.

— Vous ne tenez pas mal le coup, remarqua Kurt.

— Je me sens toute engourdie.

— Regardez plutôt le bon côté des choses. Si nous nous en tirons, cela vous débarrassera de votre peur de l'avion, dit-il en souriant.

Elle avait un regard sans expression et l'air de quelqu'un en proie à un profond découragement.

Kurt devint sérieux.

— Quand nous aurons atterri, qui sait ce qui nous attend ? J'ai besoin de savoir si je peux compter sur vous.

— Vous pouvez, affirma-t-elle.

— Alors, dites-moi ce que vous cachez. Depuis le début, vous gardez un secret. Il est temps de parler.

Elle le regarda un instant, puis déclara :

— Je crois que je sais qui est le dénonciateur. C'est George, le fils de Thero.

— Le fils de Thero ?

Elle hocha la tête.

— Qu'est-ce qui vous fait croire cela ?

— L'écriture ressemblait à la sienne, dit-elle. Dans la première lettre, l'informateur écrivait qu'il agissait pour avoir *meilleure conscience.* La plupart des gens disent qu'ils agissent par *bonne conscience.* Mais George, lui, utilisait toujours cet autre terme. Par moments, il affirmait être *la conscience de son père.* Il arrivait à persuader Thero de ne pas prendre autant de risques, à freiner son enthousiasme délirant ou sa colère à propos d'un rien.

— Mais je croyais que le fils en question était mort.

— Moi aussi. Nous l'avons tous cru.

Kurt acquiesça.

— Après l'explosion, il ne restait pas grand-chose, reprit Hayley. Il y a bien eu un enterrement, mais, comme vous le savez, les cercueils étaient vides.

— Si Thero a survécu, il est fort possible que ce soit aussi le cas de ses enfants, dit Kurt. Pourquoi n'avoir rien dit ?

— Au début, je n'en étais pas certaine. Lorsque j'ai acquis la conviction que c'était George qui nous prévenait et vu que, sous nos yeux, les deux premiers messagers ont été interceptés et abattus, il devenait évident qu'il y avait eu une fuite à l'intérieur de l'ASIO. J'ai pensé que toutes les informations que je confiais à Bradshaw risquaient de tomber entre les mains de Thero, alors je n'ai rien dit. À supposer que j'aie raison et que George ait bien survécu à l'explosion de Yagishiri, je ne voulais pas qu'il se fasse tuer pour avoir essayé de nous alerter.

— Je crois que vous avez sans doute fait le bon choix, approuva Kurt. Vous pensez vraiment qu'il pourrait être l'informateur ?

— C'était quelqu'un de raisonnable, insista-t-elle. Il ne voulait pas aller au Japon ni poursuivre les expériences. Cependant, il estimait que s'il ne venait pas, personne, sur place, ne pourrait retenir son père.

— C'est pourquoi vous estimez lui être redevable ?

— Ne le pensez-vous pas ?

— Ce n'est pas à moi de répondre, déclara Kurt.

— Si nous parvenons à le trouver et entrer dans le repaire de son père, il pourra nous aider.

Kurt hocha la tête.

— Peut-être, répondit-il prudemment.

Une nouvelle succession de trous d'air ballotta l'hélicoptère. Hayley saisit le bras de Kurt qui lui tapota la main pour la réconforter. Il profita de l'occasion pour se lever et se diriger vers le cockpit. Passant la tête dans l'habitacle, il trouva Gregorovich et le pilote qui observaient le sol à l'aide de lunettes fixées sur leur casque. Il sentit l'appareil ralentir.

— Sommes-nous déjà arrivés ?

— Presque, lui répondit Gregorovich.

Kurt jeta un coup d'œil par le pare-brise. Nuages blancs et flocons de neige défilaient à toute allure. Ce qu'on voyait par les lunettes devait être plus intéressant, amélioré sans doute par le télémètre à laser et les capteurs à infrarouges qu'il avait vus fixés au nez de l'hélicoptère.

— J'espère que vous avez branché votre système de dégivrage.

L'hélicoptère, violemment secoué, ne cessait de descendre. L'altimètre annonçait en russe la distance au sol. Kurt aperçut devant eux l'autre appareil qui, une seconde plus tard, disparut parmi les nuages et les tourbillons de neige.

De nouvelles turbulences ébranlèrent l'hélicoptère.

— Les tourbillons viennent de Big Ben, déclara le pilote, cramponné à ses commandes.

Ils finirent par descendre plus bas que les nuages et Kurt constata qu'ils se trouvaient à moins d'une douzaine de mètres du sol couvert de neige. À droite devant eux, l'autre appareil croisait au-dessus du terrain. Tout était blanc et sans lunettes, il était difficile de faire la différence entre le sol et le ciel. Enfin, les deux appareils ralentirent et finirent par amorcer les manœuvres d'atterrissage.

Les remous soulevés par les rotors provoquaient un blizzard qui les poussait de côté, cependant les roues finirent par toucher le sol et s'enfoncer dans la neige.

Kurt n'était pas mécontent de retrouver la terre ferme.

Cinq minutes plus tard, après une rapide reconnaissance des lieux pour s'assurer qu'ils n'avaient pas été repérés, ils déchargèrent des hélicoptères les six motoneiges, du matériel d'alpinisme et la valise abritant la bombe, prête à servir.

Ils coururent se mettre à l'abri. Le vent continuait à souffler, soulevant des tourbillons de neige. Kurt se demandait jusqu'à quel point le temps allait s'aggraver. Big Ben avait déjà presque entièrement disparu dans les nuages.

Tandis que Gregorovich donnait des coups de sifflet pour rassembler l'équipage, Kurt surprit Joe en train d'attacher à son sac une corde et un objet qui ressemblait à une sorte de fer de lance. Il s'approcha, luttant contre le vent de plus en plus violent.

— As-tu eu des miles de fidélité sur ce vol ?

— Bien sur, répondit Joe. Et toi ?

— Je n'ai pas signé le formulaire. Je n'en voyais pas l'utilité puisque j'espérais ne plus jamais voler sur cette compagnie. (Il désigna le fer de lance :) Qu'est-ce que c'est ?

— Un harpon propulsé par fusée. Tu vises une paroi de glace à laquelle ta corde se fixe et tu peux grimper.

— Pourquoi te l'ont-ils donné ?

— Personne ne veut le porter. La tête est dans un alliage de tungstène et de plomb et pèse une tonne.

— Au moins cela nous fera gagner du temps si nous devons faire de l'escalade.

— Et toi, qu'est-ce qu'on t'a donné à porter ?

— Des charges de plastic et quelques détonateurs. Au cas où il faudrait faire sauter quelque chose pour entrer.

— Fais attention ! Souviens-toi de cette soirée du 4 juillet où tu avais acheté toutes ces fusées en solde et…

Joe fut interrompu par un tir de kalachnikov.

Kurt se jeta dans la neige et sortit son Makarov. Il se retourna tandis que Joe plongeait près de lui à l'abri de la motoneige.

Parcourant du regard la zone d'atterrissage, Kurt ne vit aucun agresseur mais seulement quelques Russes prêts à tirer. Gregorovich arrivait, un filet de fumée sortant du fusil qu'il tenait à la main.

— Les pilotes sont morts, annonça-t-il.

— Quoi ? s'écria Kurt. Vous êtes fou ?

— Juste prudent. Je les ai surpris en train de discuter. Ils comptaient nous laisser ici et rejoindre le cargo avant que le mauvais temps les empêche de décoller. Maintenant, cela n'arrivera pas.

Les soldats écoutaient, un peu nerveux. Gregorovich regarda Kirov.

— Tu comptais peut-être partir avec eux, dit-il à son rival. Me tirer une balle dans le dos et rentrer comme un lâche ?

— Pas du tout, protesta Kirov.

— Mais tu sais piloter, précisa Gregorovich. C'est dans ton dossier.

— Oui, mais…

Gregorovich l'abattit sans lui laisser finir sa phrase. Kirov s'écroula. Sous lui, un filet de sang teintait le blanc de la neige.

— Mauvaise réponse, murmura Kurt à Joe.

— Je saurai quoi répondre s'il m'interroge, répliqua Joe.

Atterrés, les gardes du commando observaient la scène.

— Comment va-t-on partir d'ici quand le travail sera terminé ? demanda l'un d'eux.

— C'est moi qui piloterai, annonça Gregorovich. J'ai passé trois ans à piloter des avions de combat en Afghanistan. Des Mi-17 et des Mi-24. Ceux-ci ne sont pas si différents.

— Et on tiendra tous dans un seul appareil ? demanda un autre garde.

Gregorovich acquiesça.

— Sans l'équipement, il y aura de la place. Mais personne n'ira nulle part avant que nous ayons découvert et fait sauter la tanière de Thero.

La tension montait, mais Gregorovich maîtrisait à tel point la situation que les hommes ne pouvaient qu'obéir s'ils voulaient rentrer chez eux. En fait, ils étaient même forcés de protéger de leur vie celle de Gregorovich.

Ils reposèrent leurs armes.

— Un coup de chance pour nous, murmura Joe. Être pris au milieu d'une révolution bolchevique, il n'aurait plus manqué que ça.

— C'est comme Cortès qui avait fait brûler ses vaisseaux dans le port de Vera Cruz pour obliger ses hommes à ne pas quitter le Mexique.

— Il pense à tout, ce gaillard, dit Joe.

— On peut le dire, reprit Kurt. Quoi qu'il se passe, ne lui dis jamais que tu sais piloter.

Joe acquiesça et Kurt partit dans les rafales de neige rejoindre Hayley.

— Tout va s'arranger, dit-il.

— Sûrement pas, répliqua-t-elle sèchement. Rien ne va s'arranger.

Kurt enfourcha la motoneige et attendit qu'Hayley monte derrière lui. Quand elle noua ses bras autour de lui, il la sentit trembler. Et ce n'était pas de froid.

Il ne pouvait rien dire pour effacer ce qu'elle venait de voir. D'autant plus qu'il était quasiment certain que ce ne serait pas la dernière effusion de sang à laquelle ils assisteraient dans les heures à venir.

Gregorovich leva le bras, puis le chef des gardes fit pétarader sa machine et démarra. Joe suivit la moto de tête. Kurt passa sur son front une paire de lunettes orange puis ce fut son tour de partir. D'un coup de poignet sur la manette des gaz, il accéléra et se glissa dans les traces des Russes. Gregorovich fermait la marche, ne voulant laisser personne échapper à son regard.

Ils avaient repéré leur trajet sur une carte : un parcours d'une douzaine de kilomètres à l'ombre de Big Ben, suivi d'une montée d'une soixantaine de mètres le long d'une crête, puis encore trois kilomètres à effectuer dans un champ sillonné d'ornières. Une fois parvenus de l'autre côté, ils atteindraient le bord du glacier de Winston et chercheraient des panneaux d'accès qu'ils feraient sauter pour pénétrer dans le repaire de Thero.

Un plan tout simple, songea Kurt, à ceci près qu'environ un million de choses pouvaient mal tourner. Mais, avec un peu de chance, ils seraient dans l'antre du lion à la tombée de la nuit avec au moins dix heures de battement.

34

Quartier général de la NUMA

PRESQUE À L'AUTRE BOUT DU MONDE, Dirk Pitt avait été contraint de prendre une décision pénible. Sans nouvelles d'Hiram Yaeger, il allait mettre en danger le sort du *Gemini.*

— Tous les panneaux d'écoutille sont-ils bien condamnés ? demanda-t-il par l'interphone.

— *Toutes les portes étanches sont bouclées,* répondit Paul Trout. *Tous les membres de l'équipage ont passé leurs combinaisons de survie avant de monter sur le pont supérieur. Les canots sont parés. Si cet engin ouvre une brèche dans la coque ou si Thero nous bloque à l'intérieur et nous envoie une décharge qui fait sauter le bateau, en soixante secondes nous aurons évacué le* Gemini.

Toutes les précautions avaient été prises, se dit Pitt. Il ne pouvait rien faire de plus.

— Espérons que nous dramatisons les choses.

— *Comment fonctionne la liaison télémétrique ?*

Pitt jeta un coup d'œil à l'écran de l'ordinateur.

— Mieux depuis que l'activité solaire a diminué. Nous recevons les données sans sautes d'image.

— *Bon,* fit une voix féminine. *Si on saute, vous serez le premier informé.*

— Je croyais qu'on vous avait ordonné à tous de monter sur le pont, dit Pitt à Gamay.

— *Elle y était,* répondit Paul. *Mais elle est tout d'un coup descendue à cause d'un problème d'audition défectueuse et n'a pas entendu cette consigne.*

— Je comprends. Alors, quand vous serez prêts !

Quelques minutes de silence, puis la voix de Paul reprit :

— *Début de la séquence de mise sous tension dans cinq... quatre...*

— Attendez ! cria une voix dans l'antichambre du bureau de Pitt. Attendez !

Hiram Yaeger déboula avec une liasse de papiers dans les mains.

— J'ai trouvé quelque chose.

— Arrêtez tout, commanda Pitt dans l'interphone. Qu'avez-vous découvert, Hiram ? Dites-moi qu'il s'agit de Thero.

— Pas exactement.

Il tendit une page imprimée où, sur un fond bleu, on distinguait une ligne en zigzag qui reliait une série de points.

— Qu'est-ce que c'est ?

— C'est la route que suit un navire depuis quarante-huit heures, expliqua Yaeger.

— Quel navire ?

Hiram était tout essoufflé. Il avait grimpé en courant jusqu'au dixième étage en voyant que l'ascenseur n'arrivait pas assez vite.

— Je ne sais pas de quel navire il s'agit précisément, dit-il. Mais c'est important... j'en suis sûr.

Pitt ne mettait pas en doute les propos de son collaborateur, mais il avait besoin de précisions.

— Pourquoi ? Expliquez-vous !

— Il y a une tempête qui se prépare dans ces parages, précisa Yaeger. Tous les bateaux doivent quitter cette zone, ou du moins s'en éloigner le plus vite possible ; or ce navire change de cap à n'importe quel moment et à intervalles irréguliers, en décrivant des cercles. En naviguant tout droit, il aurait pu effectuer ce trajet en dix heures. Ces manœuvres sont incompréhensibles. Tout cela est suspect.

Pitt en convenait. Mais certains navires avaient parfois des raisons qui les poussaient à suivre des routes bizarres.

— Il y a une recrudescence de pêche illégale dans cette zone. Les Australiens passent leur temps à pourchasser les bateaux. Chaque année, ils en arraisonnent quelques-uns qui recherchent les grosses prises à l'écart des routes maritimes. Ces bateaux ne restent pas bien longtemps dans une même zone pour éviter de se faire prendre.

— J'y ai d'abord pensé, rétorqua Yaeger. Seulement il ne s'agit pas d'un chalutier mais d'un porte-conteneurs. Ces changements de cap ne sont pas effectués au hasard, comme on pourrait le croire à première vue. Ils suivent un certain plan.

Pitt regarda ce tracé en zigzag.

— Je ne vois là aucun plan.

Yaeger avait à la main un autre document : une carte transparente sur laquelle il avait dessiné quelque chose.

— Les angles sont légèrement décalés, dit-il, et les traits n'ont pas tout à fait la bonne longueur, mais il s'en faut de très peu.

Il posa la carte transparente sur le bureau et l'aligna sur la page imprimée. Le côté droit du dessin de la feuille transparente correspondait pratiquement au tracé des routes empruntées successivement par le navire mystère.

Pitt reconnut aussitôt le dessin.

— La constellation d'Orion.

Yaeger acquiesça.

— Pour des raisons totalement incompréhensibles, ce porte-conteneurs a suivi le tracé de la moitié de la constellation d'Orion. Et avec une précision étonnante.

— Pourrait-il s'agir d'une coïncidence ? se demanda tout haut Pitt.

Yaeger secoua la tête.

— Il y a une chance sur dix millions qu'un bateau fasse ce genre de détour dans les mêmes proportions. Ajoutez à cela que l'*Orion* a sombré quelques heures avant que s'inscrive ce tracé, et la chance se réduira à une sur un milliard.

Pitt acquiesça. Quelqu'un à bord contrôlait les mouvements de ce navire et s'efforçait de lancer un signal. Il était incapable d'en deviner les raisons, mais par contre il se doutait de l'identité de celui qui pouvait être assez malin et assez intelligent pour être l'auteur de cet étrange phénomène.

— Kurt, murmura-t-il presque machinalement.

Yaeger acquiesça.

— C'est le plus fana d'astronomie du service. Il grimpe tout le temps sur le toit avec son télescope.

— Où ce trouve le navire maintenant ?

— Ici, dit Yaeger en désignant une position sur la carte. À trois cent milles de Heard Island. Il est resté là un moment, mais maintenant il a mis le cap au nord-est et file probablement à sa vitesse maximum.

Pitt se tourna vers l'interphone.

— Paul, avez-vous écouté cette conversation ?

— *Nous n'en avons pas perdu une miette tous les deux,* dit Paul. *Au fait, les problèmes d'oreille de Gamay ont pratiquement disparu. Sans parler de notre moral qui a bien remonté.*

— Le mien aussi, déclara Pitt. Mais ne nous laissons pas emporter par notre enthousiasme. Que chacun regagne son poste. Continuez à ne pas brancher ce détecteur et dites au capitaine de faire route plein ouest à toute vapeur.

— *Devons-nous essayer de les contacter par radio ?* demanda Paul.

Pitt réfléchit une seconde.

— Non. Nous ignorons ce qui se passe là-bas, mais si nous avions quelqu'un à bord de ce navire qui ait eu accès à un émetteur, il nous aurait déjà appelés. Gardez le silence radio jusqu'à ce que nous en sachions davantage. Je vous donnerai d'autres instructions dans un moment, mais ce ne serait pas une mauvaise idée de commencer à préparer un abordage.

— *Bien, monsieur*, dit Paul. *Ici* Gemini. *Terminé.*

Pour la première fois depuis des jours, Pitt se sentait plein d'optimisme. Il se pencha de nouveau sur la carte pour s'assurer que le dessin du tracé n'était pas le fruit de son imagination.

— Trouvez-moi tous les renseignements que vous pourrez découvrir sur ce navire, dit-il à Yaeger. Je veux savoir qui en est le propriétaire, d'où il vient et ce qu'il fait au bout du monde.

Yaeger acquiesça.

— Devons-nous communiquer ces informations à la NSA ?

Pitt hésita puis secoua la tête.

— Assurons-nous d'abord que nous ne nous berçons pas d'illusions.

35

Heard Island

JANKO AVANÇAIT À GRANDS PAS dans un tunnel peu éclairé, à quelques centaines de mètres au-dessous de la surface de Heard Island. Après avoir longé un tapis roulant qui transportait en sens inverse pierres et matériel, il déboucha dans une grande salle grossièrement creusée dans la roche.

Large d'une trentaine de mètres, elle descendait par paliers comme une succession de terrasses.

Une vingtaine d'ouvriers, éclairés par des projecteurs, trimaient comme des forçats dans une atmosphère chargée de poussière et dans un vacarme assourdissant dû aux marteaux-piqueurs et aux pioches. Ils transportaient dans des brouettes le fruit de leur labeur qu'ils déversaient sur un tapis roulant.

Janko s'approcha du robuste contremaître qui surveillait les ouvriers.

— Quelle surprise de te voir ici, grommela l'homme.

— Le rendement a baissé, rugit Janko. Tu ne nous envoies que de la rocaille.

Le contremaître déplaça sa lourde carcasse pour se tourner en ricanant vers Janko.

— Cela fait des mois que je t'ai averti que cela arriverait, déclara-t-il. Dans cette montagne, les veines de kimberlite ont été poussées pendant des éternités à la surface par l'activité volcanique. Il se trouve que les veines de cette mine ne sont pas horizontales mais verticales. On a eu du bol que la partie supérieure soit si riche. Et le vieux s'est gardé la part du lion, pas vrai ?

Janko ne réagit pas.

— En tout cas, le rendement va continuer à baisser tant que tu ne m'auras pas fourni de l'équipement lourd, et de préférence utilisable sous l'eau.

— On a essayé, dit Janko, mais l'ASIO a intercepté le chargement.

— Alors vous feriez bien de nous fournir davantage d'*employés*, fit tranquillement le contremaître en insistant sur ce terme.

Janko regarda autour de lui. Autrefois plus de cent personnes travaillaient ici : des hommes et des femmes, enlevés ou appâtés par de gros contrats. Le travail était dur et les accidents fréquents. L'année précédente, la moitié des équipes avait trouvé la mort : travailleurs victimes d'accidents ou tentatives d'évasion ayant mal tourné, mais aussi employés torturés et tués, pour l'exemple, afin de montrer aux autres qu'il valait mieux travailler que se révolter.

Un interphone fixé à la paroi se mit à sonner. Janko décrocha et fut surpris d'entendre la voix de Thero.

— *Nous avons un problème*, annonça ce dernier.

— De quel ordre ?

— *Nous ne sommes plus seuls sur notre île déserte.*

Janko sursauta.

— S'agit-il de gens dont nous pouvons tolérer la présence, comme ces braconniers qui sont venus l'année dernière chasser le phoque sur la côte ?

— *Non*, dit Thero. *Ils sont dans la plaine et circulent sur des motoneiges. Ils ont dû se faire déposer par avion sur le glacier. Cela prouve que ce sont des militaires.*

— Quels sont vos ordres ?

— *Prépare les hovercrafts et occupe-toi d'eux.*

— Je pars tout de suite, dit Janko avant de raccrocher.

Il échangea un long regard avec le contremaître.

— Les carottes sont cuites, hein ? fit celui-ci.

— Pas forcément, dit Janko. Nous savions bien que cela ne pourrait pas durer éternellement. Tu ferais peut-être bien de préparer le dernier colis. Si on se barre, on aura très vite besoin de pognon transportable.

36

Glacier de Stephenson, Heard Island

PENDANT CE TEMPS, le groupe de motoneiges traversait le paysage hivernal avec d'infinies précautions. Tous les désagréments d'une tempête – gros nuages, neige qui tombait dru et bourrasques de vent – étaient au rendez-vous et rendaient leur progression difficile.

À deux reprises, la motoneige de tête s'enlisa et il fallut la dégager. À un moment, la pente devint trop raide pour que les machines puissent la gravir sans risque, ce qui les contraignit à rebrousser chemin pour trouver un passage plus accessible.

Lorsque Gregorovich s'arrêta dans une portion abritée du chemin pour étudier une carte, Kurt en profita pour ôter ses grosses lunettes et se tourner vers Hayley.

— Ça va ?

— Je suis gelée, dit-elle. Je ne sens plus mes doigts de pied.

À son tour, elle retira ses lunettes ; elle avait les joues brûlées par le vent, les lèvres bleues de froid et quelques mèches de cheveux blonds, échappées de son bonnet, étaient recouvertes de glace.

Il descendit de sa selle.

— Nous devrions profiter de cet arrêt pour faire quelques pas, ça activera la circulation du sang.

Hayley accepta et Kurt l'aida à descendre de la machine.

— Où allez-vous ? demanda un des deux Russes.

— Faire un tour. C'est une si belle journée.

— Ne vous perdez pas.

Cette recommandation laissa Kurt songeur. Le blizzard l'aurait dissimulé s'il avait voulu s'enfuir, mais à quoi bon ? Pour aller où ?

Il fit quelques pas et désigna la pente.

— Prévenez le chef que je vais escalader cette crête pour voir ce qu'il y a devant nous. Je n'en aurai pas pour longtemps.

Sur quoi, il prit la main de Hayley et commença à grimper. Sous l'effort fourni pour gravir péniblement la colline, de la neige jusqu'aux genoux, son cœur s'emballa. À mi-chemin du sommet, Kurt avait l'impression d'avoir les poumons en feu et son visage était congestionné.

— Ça va mieux ? demanda Kurt.

— Oui, je me réchauffe. Y aurait-il par chance un chalet là-haut ?

— Je ne pense pas. Mais à tout hasard...

Kurt ne termina pas sa phrase : ses oreilles avaient capté, malgré le vent, un son bizarre. Une sorte de bourdonnement qui ressemblait au bruit d'un petit moteur d'avion.

Il regarda autour de lui et vit que, d'un côté, la crête des collines qui les entouraient formait un demi-cercle – un demi-bol – parfait pour capter des sons éloignés.

Quand il perçut de nouveau le bruit, Kurt regarda de l'autre côté de la plaine glacée. Mais la neige tombait de plus en plus fort, l'empêchant de distinguer quoi que ce soit. Il remit ses lunettes afin d'obtenir un contraste plus accentué et aperçut aussitôt un groupe de curieux véhicules se diriger vers eux.

Ils se déplaçaient de façon bizarre et semblaient glisser sur la neige presque sans effort.

— Houston, nous avons un problème.

— Quoi donc ?

— Nous allons avoir des ennuis.

Il saisit la main de Hayley et tous deux commencèrent à descendre en alternant les bonds et les glissades pour rejoindre plus vite le groupe de Russes.

— Des gens arrivent ! cria-t-il, hors d'haleine.

— D'où ? demanda Gregorovich.

— De l'autre côté de la crête.

— À pied ?

— Non, fit Kurt. Je crois qu'ils ont des aéroglisseurs.

Quelques instants plus tard, on distingua le bruit très particulier des engins.

— En route ! ordonna Gregorovich.

En quelques secondes, les motoneiges démarrèrent, tandis que le groupe d'hovercrafts dévalait la pente, surgissant des rafales de neige comme une horde de fantômes assoiffés de vengeance.

Kurt et Hayley sautèrent sur leur machine.

— Cramponnez-vous ! hurla Kurt en démarrant.

Ils se dispersèrent tous dans différentes directions comme un troupeau de gazelles attaqué par des lions. Bien que cette tactique ne soit pas délibérée, le résultat fut efficace car il y avait six motoneiges mais seulement quatre aéroglisseurs, ils ne pouvaient donc pas les poursuivre tous.

Kurt dévala la pente en évitant les congères. Il jeta un coup d'œil derrière lui, par-dessus l'épaule de Hayley, et se rendit compte qu'un des poursuivants les talonnait.

— Cramponnez-vous solidement, recommanda-t-il. On va être secoués.

Il se retourna, accéléra à fond et se mit à zigzaguer à travers le champ de neige. S'il avait vu une forêt, il s'y serait précipité, mais l'île était aride et presque dépourvue d'arbres.

Il coupa vers la droite et, du coin de l'œil, surprit la lueur d'une petite explosion. Il fit un brusque écart sur la gauche et aussitôt, le phénomène se reproduisit sans bruit, sans secousse ni fumée. En fait, il avait plutôt l'impression de voir l'image un peu brouillée que laisse sur son passage un moteur à réaction.

— Est-ce que c'est ce à quoi je pense ?

— Le flash d'un éclair, cria Hayley. Ne regardez pas.

— Sage conseil, dit-il.

Ils poursuivirent leur course à toute vitesse. Bien qu'aidé de ses lunettes, Kurt repérait difficilement les creux et bosses du terrain qu'il traversait. Par deux fois, ils faillirent tomber et même, tout d'un coup, ils s'envolèrent littéralement au-dessus d'une petite crête.

À plus de soixante à l'heure, la motoneige décolla de plus d'un mètre avant de retomber sur la pente.

Kurt se cogna le menton contre le pare-brise, tandis que Hayley se collait à lui tel un boa constrictor.

L'aéroglisseur qui le poursuivait se précipita sans hésitation sur la crête et retomba en douceur sur son coussin d'air sans subir le choc qu'avaient connu Kurt et Hayley.

Kurt comprit soudain quelle sorte d'engin Joe avait croisé l'autre jour dans le désert : un aéroglisseur. Un parfait véhicule tout-terrain.

Il se remit à foncer, cherchant désespérément le moyen d'échapper à ses poursuivants.

Alors que Kurt et Hayley filaient éperdument, Joe Zavala se dirigeait vers la crête que ces derniers venaient de franchir. Il évalua très vite le péril de cette escalade et, les mains crispées sur les poignées de sa motoneige, tourna à fond la manette des gaz. Le moteur s'emballa. Les chenilles patinèrent un instant, ce qui le força à braquer énergiquement son engin dans une autre direction.

Il fonça, grimpa un petit monticule et redescendit par l'autre versant, puis soudain il bifurqua brutalement pour éviter d'emboutir un des Russes que poursuivait un aéroglisseur.

Large, assez plat et de couleur grise, l'aéroglisseur faisait penser à une grande raie. Sa partie centrale, un peu plus haute, abritait la cabine de pilotage et le moteur à turbine. Le corps, plus aplati de la machine, était composé d'une jupe en caoutchouc mou conçue pour créer le coussin d'air sur lequel l'engin se déplaçait.

Comme l'aéroglisseur poursuivait la motoneige des Russes, Joe en profita pour se glisser derrière. Il avait l'impression que le pilote ne l'avait pas repéré, son attention tout entière concentrée sur sa proie. Pendant qu'ils fonçaient tous sur la glace, Joe essaya d'attraper le fusil qu'il portait en bandoulière, ce qui lui valut de friser la catastrophe.

Après de nombreux efforts, il réussit enfin à le passer par-dessus sa tête et à se rapprocher de sa cible. Joe voulut débloquer le cran de sûreté de son fusil, mais les gros gants qu'il portait rendaient la tâche difficile. Il s'acharnait en vain quand la motoneige des Russes vira brusquement à droite.

L'aéroglisseur suivit, imité par Joe qui s'efforçait de le garder dans son viseur. Il porta alors son gant à sa bouche, mordant le cuir à pleines dents pour l'arracher. Bien que l'air glacé lui gelât les doigts, il parvint à repousser le cran de sureté et à faire feu.

Une grêle de balles jaillit du canon, sans résultat.

Comme l'aéroglisseur tournait à gauche, Joe tira une nouvelle salve. Cette fois, il toucha sa cible – comme en témoignaient les fragments de verre qui s'envolèrent – mais l'ennemi filait toujours, sans paraître affecté par cette fusillade.

Devant eux, les deux Russes du commando étaient arrivés devant une étroite brèche creusée entre une crête rocheuse et une épaisse congère de neige fraîche. Ils foncèrent dans cette direction : fatale erreur.

Le pilote de l'aéroglisseur n'eut aucun mal à les mettre en joue et à faire feu. Le projectile atteignit les deux hommes et la motoneige cala aussitôt. Les patins se mirent en travers, celui de droite se coinçant dans une ornière. Sous le choc, les deux passagers déjà sonnés furent éjectés chacun d'un côté de la motoneige.

Pour ne pas répéter l'erreur de la motoneige, l'hovercraft vira à droite, escalada à toute allure la colline, se déporta sur la droite pour que le pilote n'eut plus qu'à pointer son arme sur Joe.

Joe enclencha son sélecteur sur « automatique » et se mit à tirer en rafales, déchiquetant l'avant de l'aéroglisseur et faisant voler en miettes le pare-brise. Mais ces dommages n'arrêtèrent pas la lourde machine.

Joe tenta alors d'éviter la collision, malheureusement il dérapa sur la glace. Pour éviter de finir en bouillie ou décapité, il sauta de sa moto et se jeta à terre.

L'hovercraft passa au-dessus de lui comme un grondement de tonnerre, et broya la motoneige comme un rouleau compresseur. La formidable pression d'air qui soufflait de la jupe de la machine projeta Joe sur le côté, tel un journal pris dans les tourbillons d'un camion filant sur l'autoroute.

Ses culbutes à peine terminées, Joe se releva et s'enfuit en courant. Devant lui, l'aéroglisseur pivota sur place pour revenir à la charge. Joe imaginait les brutes à l'intérieur, bavant d'impatience et jubilant : « Écrase-le. »

Cela ne prendrait pas longtemps.

Déjà Joe entendait le sifflement du véhicule qui approchait. Il se plaqua au sol tandis que crépitait une arme automatique. Il leva les yeux à temps pour voir l'engin quitter sa trajectoire et s'écraser le nez dans la neige. Il laboura le sol sur trois bons mètres avant de s'immobiliser dans un panache de fumée.

Une motoneige déboucha devant Joe et s'arrêta au bout d'une longue glissade.

— Montez ! cria Gregorovich.

En général, Joe préférait conduire, mais il n'allait pas discuter. Il enfourcha le siège et eut à peine le temps de s'assoir que Gregorovich mettait pleins gaz et redémarrait.

À huit cents mètres de là, Kurt continuait à zigzaguer pour éviter le tir incessant de la mitrailleuse, mais il ne parvenait ni à semer ni à dépasser ses poursuivants. Il ne disposait que d'un seul avantage.

— Notre direction est plus précise, cria-t-il à Hayley.

— Quoi ?

— Ce gros machin vire comme un bateau ou un avion. Quand nous sommes sur la glace, nous pouvons chaque fois tourner avec un rayon plus court.

— Et quel est l'avantage ?

— Regardez, dit-il en virant sèchement sur la droite, pour reprendre immédiatement la direction d'où ils venaient.

L'hovercraft qui les suivait prit un plus large virage avant de revenir se placer derrière eux, comblant rapidement la distance qui les séparait.

Kurt appuya à fond sur l'accélérateur, et fut sur le point de perdre le contrôle de sa motoneige en arrivant sur un terrain défoncé.

Telle une étoile filante, un nouvel éclair passa sur leur droite.

— Il était rudement près, constata Hayley.

Ils avaient atteint un passage étroit, à peine plus large qu'un couloir de ski. Le glacier descendait à pic sur la droite tandis que sur la gauche, le passage s'élevait vers la crête rocheuse de Big Ben.

Kurt choisit la crête, en se serrant côté montagne pour éviter le versant abrupt, tout en fermant légèrement les gaz.

— Ils se rapprochent ! cria Hayley.

Comme le chemin tournait et devenait plus étroit, Kurt dut freiner violemment, tourner son guidon et peser de tout son poids sur la gauche de sa machine, comme un motocycliste amorçant un virage en épingle à cheveux.

Les skis de sa machine s'enfoncèrent dans la neige. Derrière lui, l'hovercraft amorçait en trombe le virage. Il eut ensuite l'impression qu'un nouvel éclair l'éblouissait puis tout s'obscurcit.

Son corps inerte bascula de la selle, glissa sur une quinzaine de mètres avant de s'arrêter contre un talus de neige. Il resta un moment à demi enseveli et complètement inconscient. Hayley, elle aussi, dégringola de la motoneige. Sa parka, accrochée au guidon, traînait derrière la machine, comme un parachute d'arrêt sur le pont d'un porte-avions, avant de se déchirer et de s'immobiliser au bout de quelques mètres.

Kurt ne vit rien de tout cela, pas plus qu'il ne constata l'efficacité de son plan.

L'aéroglisseur, comme il l'avait espéré, fut incapable d'effectuer un virage aussi serré. Il dérapa, emporté par sa vitesse. Un petit saut sur un terrain même accidenté n'aurait posé aucun problème, mais cette chute de vingt-cinq mètres lui fut fatale.

Un hovercraft devait toujours garder le contact avec le sol, mais celui-ci ayant soudain disparu, la machine tomba lourdement sur le côté et dévala la pente en effectuant plusieurs tonneaux.

Des fragments de fibre de verre s'envolèrent dans toutes les directions. Et l'hovercraft termina sa chute dans un amoncellement de débris, sans que personne réussise à s'en extraire.

Un peu plus bas, Joe et Gregorovich rencontraient eux aussi quelques problèmes. Un autre aéroglisseur de Thero les avait repérés et les poussait vers l'imposante muraille du glacier.

— Il va nous coincer contre la montagne ! cria Joe dans les oreilles de Gregorovich.

— Je ne peux pas le contourner, lui répondit ce dernier.

Joe jeta un coup d'œil par-dessus son épaule. L'hovercraft se balançait d'un côté puis de l'autre pour contrer chaque mouvement de Gregorovich. Joe savait qu'il devait faire quelque chose. Il voulut retirer le chargeur de son fusil, mais sa main nue était complètement engourdie. Il réussit à ôter son autre gant et parvint à extraire le chargeur vide qu'il remplaça par un neuf.

— Je descends ici ! cria-t-il.

Il poussa sur ses jambes et sauta de la motoneige. Pour la seconde fois, il bascula dans la neige.

Joe rebondit dans la neige, glissa la tête la première sur quelques mètres et se recroquevilla pour éviter que la neige s'engouffre dans le col de son blouson. En quelques secondes il se releva, s'essuya le visage et examina la situation.

Gregorovich, poursuivi par l'hovercraft, fonçait toujours vers le glacier. Joe épaula son fusil, le braqua sur l'engin. Il allait tirer quand un nouveau sifflement attira son attention.

Il pressa la détente au moment où le frappait une balle paralysante. Il se rappela avoir déjà vu cette lumière aveuglante dans le désert australien, et il s'effondra dans la neige sans savoir s'il avait fait mouche.

37

TRENTE MINUTES PLUS TARD, alors que le ciel s'assombrissait, les deux derniers aéroglisseurs s'approchaient avec prudence de la crête où Kurt et Hayley venaient de s'écraser. Avec une lunette à infrarouges, Janko scrutait les débris de l'hovercraft amoncelés au fond du ravin. Quelques secondes plus tard, il repéra la motoneige.

Il pressa la commande d'émission de sa radio.

— Unité 2, descendez la pente et vérifiez s'il y a des survivants. Nous remontons.

— *Roger*, répondit l'autre conducteur.

Les deux équipes se séparèrent. Janko scanna la pente à la recherche d'éventuelles sources de chaleur, et en repéra deux : le moteur chauffé à blanc de la moto et une silhouette qui gisait, à trois mètres de là.

Il ôta ses lunettes, stoppa l'aéroglisseur et ouvrit la porte.

— Reste ici, dit-il à son mitrailleur. Et ouvre l'œil.

Une mitraillette à la main, Janko descendit de sa machine et se dirigea vers les débris de l'hovercraft. Il constata que la motoneige était inutilisable : le moteur arraché, la batterie morte.

— Au moins, ils ont fait mouche, se dit-il.

Il s'approcha du corps qui gisait dans la neige et le retourna. À sa grande surprise, une crinière blonde dépassait d'un bonnet blanc.

Janko ôta les lunettes encore posées sur le visage de la femme et la reconnut aussitôt. C'était elle qu'il avait abandonnée, ligotée auprès de la caisse d'explosifs, dans le labo de la mine.

— Alors, murmura-t-il, tu as réussi à t'en tirer.

La radio crachota.

— *Janko, ici unité 2.*

Janko approcha de sa bouche la radio portable.

— J'écoute.

— *Nous sommes allés en bas. L'unité 3 est en morceaux. Le pilote et le mitrailleur sont morts tous les deux. Pas moyen de remonter l'épave. Voulez-vous qu'on la brûle ?*

— Non. Inutile d'attirer davantage l'attention. Le blizzard va souffler et il tombera plus de trente centimètres de neige dans les douze prochaines heures. Cela suffira largement pour les dissimuler.

— *Et les hommes ?*

— Enlevez-les, dit-il. Je veux qu'on emporte tous les corps. Les nôtres et les leurs.

Un double clic lui fit comprendre que son subordonné avait entendu et qu'il obéirait. Il changea ensuite de réseau et attaqua une autre conversation.

— Thero. C'est Janko. Vous me recevez ?

— *Vas-y*, répondit la voix râpeuse de Thero.

— On a terminé ici.

— *Vous les avez tous eus ?*

— On a perdu deux hovercrafts dans l'opération, mais les motoneiges sont détruites. Tout est réglé.

— *Qui sont-ils ?* demanda Thero.

— Des Australiens, je crois, répondit Janko. J'ai reconnu une survivante. Une blonde qui était dans la station quand l'ASIO a essayé de nous attaquer dans le désert.

Un moment de silence, puis :

— *Elle est en vie ?*

— Affirmatif. Nous avons aussi capturé deux hommes. Les autres sont morts.

— *Ramène-les*, dit Thero. *Je veux les interroger. Il faut savoir s'ils opèrent seuls.*

— C'est exactement ce que je pense, approuva Janko avant de raccrocher la radio à sa ceinture.

Il se saisit de la femme et la bascula sur son épaule. Quelques secondes plus tard, il avait regagné l'hovercraft et jeté Hayley dans la soute. Il regagna le cockpit puis remit les moteurs en marche, virant à vingt mètres à peine de l'endroit où se trouvait Kurt.

Une épaisse couche de neige le recouvrait maintenant. Sa parka blanche, la lumière déclinante et le blizzard qui soufflait le rendaient invisible. Ainsi, ni Janko ni son mitrailleur ne le virent avant de disparaître dans le ciel de plus en plus sombre.

38

APRÈS LES DOUZE HEURES RÉGLEMENTAIRES à briser la roche et en charger les débris sur l'infatigable tapis roulant, Patrick Devlin avait l'impression d'avoir été toute la journée roué de coups de matraque, ou d'être passé sous un camion.

La douche chaude, même prise en commun, lui parut une divine aubaine. L'eau ruisselait, formant à ses pieds une boue marron chargée de toute la poussière qui lui recouvrait le corps. Plus tard, il put dévorer un copieux dîner composé de viande de phoque et d'oiseaux sauvages. Ces animaux vivaient en abondance sur l'île et des travailleurs bien nourris sont plus productifs.

Le dîner terminé, Devlin fut emmené dans une salle creusée à même la roche. Le long de deux parois, des couchettes superposées s'alignaient sur quatre niveaux. La plupart d'entre elles étaient inoccupées.

Alors qu'on refermait la porte à clef derrière lui, il aperçut, en s'avançant dans la salle, Masinga en train de jouer aux cartes avec le Sud-Africain.

— Quelle couchette ? demanda Devlin.

— Choisis n'importe laquelle, lui répondit Masinga. Il y a de la place.

Patrick Devlin jeta ses affaires sur l'un des lits puis vint s'asseoir auprès des autres.

— Pourquoi fait-il si chaud ici ?

Masinga abattit une carte.

— Parce que nous sommes dans un volcan, dit-il. D'où crois-tu que vient l'eau chaude ?

— D'une source géothermique ?

Les deux hommes hochèrent la tête.

Devlin regarda autour de lui et repéra au-dessus de la porte une grille de ventilation.

— À quelle profondeur sommes-nous ?

Pas de réponse. Le Sud-Américain joua une carte. Masinga la regarda un instant puis fit un geste pour la prendre, mais Devlin plaqua sa main dessus.

— J'ai demandé, à quelle profondeur sommes-nous ?

Masinga renversa la table, empoigna Devlin par sa chemise, le souleva de terre et le poussa dans un placard.

— Tu crois être le premier à faire des plans pour t'évader ? cria-t-il. Les hommes qui gèrent cet endroit ne sont pas idiots. Ils savent qu'ils risquent une condamnation à mort s'ils se font prendre. Alors penser à s'échapper est considéré comme un crime. Parler d'évasion t'expédiera dans la salle des tortures. Et seulement essayer… La règle ici est simple : un seul révolté et c'est trois hommes qu'on tue.

Devlin se libéra.

— Alors, tu supportes tout cela jusqu'à ce que tu en crèves ?

Masinga le foudroya du regard.

— Mon père a passé douze ans dans une prison d'Afrique du Sud à cause de ses activités politiques. Il a survécu jusqu'à ce que son salut vienne de l'extérieur. C'est notre seul espoir de retrouver une vie normale et je ne vais sûrement pas te laisser le gâcher en ouvrant ta grande gueule.

Devlin regarda ses deux compagnons.

— Vous allez peut-être la jouer comme ça, mais moi, je compte bien sortir d'ici ou alors mourir en essayant.

Le Sud-Africain intervint.

— Il y a des informateurs partout, même parmi nous. Peut-être Masinga, peut-être moi. Alors, à ta place, je ferai attention à ce que je dis. Et à qui je m'adresse.

Devlin aspira un bon coup avant de déclarer :

— Ils m'ont amené ici en bateau. Je vais essayer d'une façon ou d'une autre de repartir de la même manière. Si l'un de vous deux compte moucharder, alors qu'il le fasse tout de suite et qu'on en finisse.

Ils le regardèrent d'un air navré. Masinga se leva pour redresser la table.

— Sais-tu au moins naviguer, mon ami ?

Devlin se rassit.

— Je sais à peu près tout d'un bateau, annonça-t-il en souriant à ses compagnons.

39

Après avoir été touché par le coup de Taser, Kurt se réveilla aussi désorienté que Joe dans le désert. Il crut d'abord s'être endormi sur son canapé. Mais même au cœur de l'hiver, il ne se souvenait pas avoir eu si froid dans sa maison.

Lorsqu'il se releva, le vent lui fouetta le visage et lui éclaircit un peu les idées. En ouvrant les yeux, il réalisa que tout était blanc autour de lui et qu'il était couvert de neige. Il se dégagea d'une congère, s'épousseta et fit quelques pas.

Très vite, il retrouva ses esprits et commença par chercher Hayley. Il regarda autour de lui. Seules quelques roches noires venaient rompre les reflets du champs de neige et la grisaille du ciel.

— Hayley ! cria-t-il. Hayley !

Mais seul le vent lui répondit.

Il se força à marcher, ignorant les crampes et les courbatures qui le tenaillaient. Arrivé près de la motoneige accidentée, il pensa que Hayley avait peut-être perdu connaissance, qu'elle ne devait pas être loin et ne s'inquiéta pas tout de suite.

Il fouilla la couche de neige et inspecta la corniche, mais ne remarqua aucune bosse qui aurait pu signaler sa présence. Il revint jusqu'à la motoneige et découvrit, coincé sous le guidon, un morceau du manteau de Hayley et une succession de creux dans la neige qui partaient vers le glacier. Il n'était pas certain qu'il s'agissait de traces de pas car la neige fraîchement tombée avait presque comblé les trous.

Kurt supposa que Hayley avait peut-être été capturée. Il se demanda alors ce qu'il était advenu des autres et notamment de son copain Joe. Rien dans les parages ne signalait leur présence.

Il grimpa sur une petite éminence pour examiner les environs et, dans la lumière déclinante, ne vit pas la moindre trace des motoneiges. Cela ne le surprit pas étant donné la manière dont ils s'étaient dispersés.

Il commença à réaliser que c'était un coup de chance qu'il s'en soit si bien tiré compte tenu de l'impact du Taser et de la détermination des hommes de Thero qui étaient sans doute partis après avoir ramassé les blessés et les morts.

Comme il ne pouvait pas parcourir à pied l'île parsemée de glaciers pour chercher de l'aide et que maintenant le temps pressait, Kurt revint vers la motoneige. Il empoigna le guidon et poussa la machine sur la piste. À première vue, les dégâts semblaient surtout d'ordre esthétique. Il appuya sur le démarreur mais n'obtint aucun résultat. Même les lumières refusèrent de s'allumer.

— Ce Taser commence vraiment à m'agacer, marmonna-t-il.

Il ouvrit un petit compartiment à l'arrière de la machine, espérant y trouver quelque chose d'utile, mais il n'y avait qu'une torche électrique dont la pile était à plat.

— Parfait, grommela-t-il.

Il regarda le ciel. La nuit arrivait vite et la neige tombait dru. Il avait bien l'intention de découvrir le repaire de Thero, mais comment y parvenir avec l'obscurité qui n'allait pas tarder à envelopper l'île ?

Il avait une vague idée de l'endroit où il se trouvait. S'il descendait la falaise puis traversait le champ de neige, il arriverait pile sur le glacier Winston. De là, il devrait prendre à gauche, continuer jusqu'au lagon et, un peu plus bas, il tomberait sur les sources de chaleur photographiées par les drones russes.

Il commença à descendre avec prudence la pente escarpée, et aperçut, presque tout en bas, l'épave de l'hovercraft à demi enfouie dans la neige. Seul était visible le capot du moteur qui dégageait encore de la chaleur.

La portière était entrouverte. Il parvint à la pousser et se glissa à l'intérieur de la carlingue à la`recherche de tout ce qui pouvait lui être utile : vivres, cartes, radio, etc.

Il découvrit une torche électrique et pressa le bouton : par bonheur, elle s'alluma. Il repéra la radio. Le cadran s'alluma au premier essai mais, même avec le casque, Kurt n'entendit pas le moindre grésillement. Quelque chose avait dû sauter sous le choc. Peu importait, c'était un appareil à courte portée qui ne lui aurait pas permis d'appeler du secours.

Quelques minutes à fourrager çà et là lui permirent d'améliorer son butin : un briquet Zippo, quelques chiffons graisseux qui pourraient brûler s'il avait besoin d'un peu de lumière et, surtout, une paire de lunettes de vision nocturne.

Sans elles, la nuit qui tombait, la lune et les étoiles masquées par d'épais nuages auraient été pour Kurt un énorme handicap.

Impossible, sans ce genre d'assistance, de faire trois pas. Marcher en s'éclairant avec la torche électrique ou en brandissant une poignée de chiffons allumés aurait signalé sa présence, ce qui était bien trop risqué. Avec ces lunettes providentielles, Kurt avancerait dans l'obscurité comme une chauve-souris grâce à son sonar.

Il regarda sa montre : juste vingt heures, heure locale. Il disposait de neuf heures avant l'attaque promise par Thero et il estimait qu'une marche de trois heures l'attendait.

— Ce n'est pas le moment de traîner.

Il resserra une fois de plus son manteau autour de lui, repoussa le panneau de la carlingue et sortit au milieu des flocons de neige, abandonnant son seul abri avant des kilomètres. Il partit vers l'ouest, au-devant d'une confrontation dont il avait peu de chances de sortir vainqueur.

Tandis que Kurt espérait trouver un chemin qui le conduirait au repaire de Thero, Joe se demandait s'il retrouverait un jour le monde extérieur.

Dans les entrailles de la caverne, il faisait moins froid mais l'endroit n'était pas accueillant pour autant. Joe était enchaîné à une paroi de roche volcanique comme un prisonnier dans un donjon médiéval. Il avait les mains attachées de chaque côté au-dessus de la tête et les pieds maintenus au sol. À en juger par le sang séché sur le sol et l'usure des entraves, ce n'était pas la première séance de torture dont cette salle était le théâtre.

Hayley et Gregorovich se trouvaient également enchaînés de chaque côté de Joe. Pour attiser encore davantage leur peur on brandissait, avant de les jeter un par un sur le sol, les corps disloqués des Russes du commando.

Trois hommes avaient été fusillés et deux autres semblaient morts sous les coups.

— Dites-nous ce que nous voulons savoir ou bien vous finirez comme eux.

L'homme barbu et raide comme un piquet qui les interpellait ainsi avait le regard dur et l'air déterminé. Joe ne pouvait pas savoir qu'il s'agissait de Janko, capitaine de la garde de Thero.

Joe examina les corps et surtout les visages et reprit soudain espoir. Kurt n'était pas parmi eux.

— Tu ne veux pas parler ? insista Janko. (Il désigna d'un signe Gregorovich aux deux solides gaillards qui l'accompagnait.) Commencez par lui.

Les deux brutes s'approchèrent et commencèrent par lui administrer une succession de coups dans les reins. Directs au foie et punchs au ventre se mirent à pleuvoir. Gregorovich tressaillait, gémissait mais jamais ne détournait les yeux. À chaque pause, il se redressait et regardait ses bourreaux.

— Comment es-tu arrivé jusqu'à cette île ? demanda Janko.

Gregorovich le fixa droit dans les yeux et ne prononça pas un mot.

— Effacez-moi cette expression, dit calmement Janko en s'adressant à ses hommes.

Les deux brutes firent craquer les jointures de leurs poings puis se plantèrent chacun d'un côté du Russe pour lui asséner une série d'uppercuts qui le laissèrent le nez cassé, la bouche en sang et l'œil droit pratiquement fermé.

Ils reculèrent pour apprécier leur besogne. Gregorovich était effondré dans ses chaînes, la tête pendante, le visage ruisselant de sang. Il semblait avoir été mis K.O. quand, au bout de quelques secondes, lentement et péniblement, il se redressa une nouvelle fois.

Joe, bien qu'il n'aimât pas le Russe qui les avait kidnappés, était impressionné.

Janko, lui, était furieux.

— Brisez-lui les jambes ! cria-t-il.

Le plus costaud des deux bourreaux se jeta sur Gregorovich et lui décocha sur la cuisse un coup de genou qui fit un bruit sourd.

— Encore ! hurla Janko.

Un nouveau coup suivit, puis un troisième.

— Hé ! cria Joe. Gardez-en pour moi !

Le groupe se tourna vers lui.

— Tu auras ta part, lui prédit Janko.

Gregorovich s'efforçait avec difficulté de se redresser à l'aide de ses bras car même s'il n'avait pas les jambes cassées, il ne pouvait plus s'en servir.

— Allons, dit Joe. Vous êtes fatigués ?

Joe ne savait pas ce qui le poussait à essayer de les écarter de Gregorovich. Peut-être était-ce par stratégie, pour empêcher que le Russe soit battu à mort, ou bien par pure compassion. Toute sa vie, Joe avait eu tendance à défendre le plus faible mais il ne se serait jamais attendu à voir un assassin russe figurer dans cette catégorie.

Janko semblait déconcerté. Les bras croisés sur la poitrine, il s'approcha de Joe d'un pas nonchalant.

— Servez-le donc.

Le premier direct atterrit quelques secondes plus tard et, durant les minutes suivantes, les costauds de Janko ne cessèrent de frapper Joe, ne prenant entre deux coups que le temps de poser une question ou deux.

Joe restait muet et la rossée continuait.

Contrairement à Gregorovich qui tenait à encaisser chaque assaut comme si rien ne pouvait l'ébranler, Joe utilisait son habileté de boxeur pour parer la grêle de coups. Il contractait ses muscles, se tortillait pour esquiver leurs directs. Cependant, après le quinzième ou seizième coup bien envoyé, il était certain d'avoir une côte ou deux de cassées.

Janko finit par lever une main à la manière d'un empereur romain faisant signe aux gladiateurs d'arrêter le combat.

— Ne soyez pas idiots, déclara-t-il. Dites-moi qui vous êtes. Comment vous êtes arrivés ici. Et avec qui.

Joe garda le silence, ce qui lui valut un direct en pleine figure. Il l'esquiva de son mieux mais se retrouva quand même avec la lèvre fendue.

— J'allais vous le dire, fit Joe en relevant la tête, mais vous venez de me rendre amnésique.

Janko renonça et désigna Hayley. Blottie contre la paroi, elle essayait désespérément de dégager ses mains des menottes. Voir les deux hommes mis en bouillie l'avait terrorisée. Cela ne ferait que faciliter les choses pour Janko.

— On abandonne si vite ? lança Joe, essayant d'attirer de nouveau l'attention sur lui.

Un des bourreaux tourna la tête.

— Et moi qui croyais qu'on commençait tout juste à s'entendre. J'aurais dû savoir que vous étiez trop faibles tous les deux pour finir le boulot.

Exaspéré, il se rendait maintenant compte que Joe lui tendait un piège. Il passa devant lui sans s'arrêter et se dirigea vers Hayley. Joe en profita pour lui cracher en pleine figure un mélange de sang et de salive.

Furieux, il revint sur ses pas et lui décocha un nouveau direct à l'estomac. Joe se plia en deux, seules ses chaînes l'empêchaient de s'écrouler.

— Tu ne trouves pas qu'on s'entend mieux maintenant? demanda Janko d'un ton narquois.

— Je n'ai pour ainsi dire rien senti, grommela Joe en se redressant.

Sur un signe de Janko, un des gardes plaqua Joe contre la roche avant de lui placer un crochet du droit en pleine tête, créant une profonde entaille. Il commença aussitôt à saigner. Joe resta un instant la tête pendante, puis la releva, prenant bien soin d'avoir l'air sonné.

— C'est tout... ce que tu as dans les pognes ?

Cette fois la brute recula d'un pas pour lui envoyer un crochet dans l'œil. Joe pencha la tête de côté avec une stupéfiante rapidité et le poing du bourreau se fracassa sur la paroi rocheuse dans un horrible craquement d'os. L'homme poussa un hurlement de douleur et s'effondra à genoux en se tenant le poignet.

Joe réussit à sourire. Gregorovich éclata de rire.

— Arrêtez ce cirque ! cria Janko en s'avançant vers Hayley qu'il empoigna par les cheveux.

— Parlez ou je vais m'occuper d'elle !

Il n'en dit pas plus car la porte d'acier venait de s'ouvrir : trois hommes apparurent dans l'ombre. Joe n'y voyait pas très bien dans son état, mais il était presque certain que l'homme au centre du petit groupe portait un masque.

Ils pénétrèrent dans la salle. Aussitôt Janko se mit au garde-à-vous.

— Alors, voilà nos ennemis, dit l'homme masqué.

Son regard s'attarda sur Hayley qui le regarda à son tour. Il jeta ensuite un coup d'œil sur Joe puis sur Gregorovich.

— Quand ils en auront terminé avec vous, vous devrez porter un masque comme le mien.

— Qu'est-ce qu'ils ont apporté ?

Janko désigna la valise blindée qui contenait la bombe.

— Est-elle désactivée ?

— Le mouvement d'horlogerie a été débranché, répondit Janko.

— Prenez-la, dit l'homme masqué en s'adressant à ses gardes.

Ils la soulevèrent et l'emportèrent dans le hall.

Les gardes disparurent et leur chef masqué se tourna de nouveau vers Hayley.

— Qu'elle se lave et amenez-la-moi, ordonna-t-il. J'ai quelque chose à lui montrer.

— Elle est dans le coup. Elle travaille avec l'ASIO depuis le début, expliqua Janko. Elle sait ce qui est en jeu.

— Oui, répondit l'homme d'un ton sinistre. Et elle en sait plus que tu ne crois.

Brusquement, il tourna les talons et sortit, laissant Janko pétrifié.

Ce dernier mit un certain temps avant de réagir et de débarrasser Hayley de ses menottes et des entraves fixées à la paroi. Puis il l'entraîna avec lui, suivi des deux gardes. L'un d'eux, à n'en pas douter, prendrait le chemin l'infirmerie.

Ils refermèrent à clef la porte blindée. Joe et Gregorovich se retrouvèrent seuls face aux corps des hommes du commando.

Joe pencha vers Gregorovich.

— Enchanté, fit-il.

— Je n'avais nul besoin de votre aide, répondit Gregorovich, le visage encore ruisselant de sang.

— Vraiment ?

— Merci quand même.

Joe se dit qu'il n'obtiendrait rien de mieux.

— Vous encaissez plutôt bien pour un Russe.

— Et pour un Américain décadent, vous supportez bien les coups sans même avoir besoin de whisky.

Joe accepta ce compliment équivoque.

— Si par hasard vous aviez une bouteille sur vous, j'en boirais bien un coup, avoua-t-il.

Les deux hommes se dévisagèrent un moment et Gregorovich finit par éclater de rire. Joe l'imita. Cela faisait rudement mal, mais en valait la peine.

— Qu'est-ce qui vous est arrivé quand vous avez sauté de la moto ? demanda Gregorovich. J'ai cru que vous alliez filer.

— Je n'avais pas prévu que leur équipier surgirait derrière moi. Et vous ?

— Ils m'ont embouti.

— Comment ont-ils réussi à s'approcher de vous à ce point ?

Gregorovich hésita.

— Je revenais sur mes pas pour vous chercher. Une erreur tactique évidente.

Gregorovich n'avait pas été frappé par le Taser ; il s'était fait prendre en tentant d'aider Joe.

— On les aura tous, dit Joe en regardant les corps entassés sur le sol. N'avez-vous pas remarqué un détail ?

Gregorovich acquiesça.

— Il en manque un.

— Kurt ne renoncera, déclara Joe. S'il est vivant, il ne nous laissera pas mourir ici. S'il y a un moyen de nous aider ou de nous tirer de là, il le trouvera.

Gregorovich secoua la tête parce qu'il en doutait.

— Il ne reste qu'un seul pion, murmura-t-il, découragé. Un seul cavalier pour sauver tous les pions. J'ai du mal à me dire que maintenant j'en suis un.

Un sourire étira les lèvres tuméfiées de Joe.

— Bienvenue au club, dit-il.

40

HAYLEY SE TRAÎNAIT DANS LES TUNNELS MAL ÉCLAIRÉS du repaire souterrain de Thero. Janko lui avait laissé le temps de faire un brin de toilette et lui avait fourni des vêtements de rechange avant de l'emmener dans les profondeurs de l'installation.

Elle avançait lentement, pleine d'appréhension, et regrettait presque de ne plus être avec Joe et Gregorovich dans cette sorte de cachot où on les avait interrogés. Se retrouver toute seule avec Janko lui paraissait une nouvelle épreuve.

— Sois forte, se dit-elle tout bas. Quoi qu'il arrive, affronte-le avec courage.

Janko la poussa dans une grande pièce où des batteries de générateurs électriques étaient alignées par groupes de huit sur deux rangées entre lesquelles il fit passer Hayley pour atteindre une porte au fond de la pièce.

Janko appuya sur un bouton.

— J'ai la femme annonça-t-il dans le micro.

— *Amène-la*, répondit une voix rauque.

Janko pianota un code sur la serrure et, après un déclic, poussa la porte et fit entrer Hayley. Elle franchit le seuil, s'armant de courage pour affronter ce qui l'attendait.

La pièce ne ressemblait à rien de ce qu'elle avait vu jusque-là. Les murs étaient recouverts d'un plastique blanc extrêmement brillant. On avait installé çà et là des ordinateurs, des tableaux de commandes avec des écrans de contrôle. Un éclairage indirect diffusait une lumière douce.

— Bienvenue au centre de contrôle, lui dit l'homme au masque.

Malgré sa voix déformée par des cordes vocales endommagées, Hayley était à peu près certaine de savoir qui lui parlait.

— Max ? Est-ce vraiment vous ?

L'homme la dévisagea un moment puis se tourna vers Janko.

— Laisse-nous maintenant.

— Elle pourrait être dangereuse, avertit Janko.

— Pas avec moi, répliqua Thero.

Janko poussa un grand soupir et sortit.

Sitôt la porte refermée, Thero s'approcha en tendant à Hayley une main couverte de cicatrices et de traces de brûlures.

— Cela fait si longtemps, déclara-t-il d'un ton de reproche. Nous nous sommes retrouvés bien seuls.

Malgré la peur qui tenaillait Hayley, les idées se bousculaient dans sa tête.

— Nous ? George est donc vivant ? Il est ici avec vous ?

Thero acquiesça.

— Comment va-t-il ? demanda-t-elle dans l'espoir que George pourrait l'aider à mettre un terme à la folie de son père, mais redoutant aussi de le voir couvert de brûlures et de cicatrices comme Thero.

— Il ne va pas tarder. Il sait que tu es ici. D'ailleurs c'est lui qui a suggéré que nous discutions un moment tous les deux, il pense que peut-être tu nous comprendras.

Elle sourit et c'était sincère. George représentait son seul espoir.

— Je suis heureuse de vous revoir. Comment va Tessa ?

— Ils l'ont tuée.

Hayley baissa les yeux. George et Tessa avaient été pour elle un frère et une sœur ; elle avait tant espéré les retrouver sains et saufs. George, du moins, avait survécu. Elle y voyait une chance : au dernier moment, la raison pourrait peut-être triompher.

— Je suis navrée pour Tessa, et je remercie le ciel que vous et George soyez vivants. Comment avez-vous survécu à l'explosion ?

— J'avais commencé à travailler à un nouveau projet, expliqua Thero. En utilisant un projecteur sphérique plutôt qu'en forme de dôme, je pensais que l'onde serait plus stable. Nous commencions juste à creuser le sol quand une fusillade a éclaté. George et moi nous sommes enfuis nous enfermer dans l'excavation pendant qu'ils abattaient les autres.

Elle le regarda sans rien dire.

— Nous n'avons rien pu faire, insista Thero.

— Je m'en doute, dit-elle doucement. Je comprends.

Il la regarda un moment droit dans les yeux avant de continuer.

— La fusillade terminée, tout étant redevenu silencieux, nous avons descellé la porte. Quelques secondes plus tard il y a eu une série d'explosions. J'ai été grièvement brûlé mais George a été épargné. Il m'a soigné avant que nous puissions aller à l'hôpital. Nous avons dépensé une fortune pour que l'affaire ne s'ébruite pas. Je ne voulais pas qu'on nous retrouve, surtout après avoir réussi à sauver notre peau. Comme il était dangereux de rester là plus longtemps, il fallait trouver un endroit où nous serions en sûreté.

— Alors, vous êtes venus ici ?

— Pas tout de suite. Nous avions besoin d'un refuge où personne ne pourrait jamais nous trouver. Et qui offrirait certains avantages.

« Ici, nous profitons d'une énergie géothermique. Les phoques, les poissons et les oiseaux nous fournissent de quoi nous nourrir. Et mes études de géologie se sont révélées des plus précieuses quand nous avons découvert la mine de diamants. Une série de veines de kimberlite assez riches pour financer nos travaux une fois dépensé l'argent que nous avait donné Tokada.

— Pourquoi ne pas prendre l'argent et partir ? demanda-t-elle. Profiter de la vie. Vous avez déjà tant fait.

— Quelle vie ? s'écria-t-il. Partout où nous allons, nous sommes traqués. Nous sommes condamnés à vivre exilés aussi bien pour échapper à la jalousie et à la haine des gens que poussés par notre besoin de travailler sans être dérangés. Tu comprends, le monde n'était pas disposé à profiter de ma lumière. Alors, c'est moi qui vais maintenant les aveugler et les brûler.

La situation était délicate face à la démence de Thero. Hayley décida de flatter son ego.

— Le monde est plein d'imbéciles et de jaloux, déclara-t-elle. Mais tu t'enrichirais et tirerais plus de gloire en leur prouvant qu'ils ont tort plutôt que d'entamer une guerre qui ne provoquera que des victimes.

— Quel plaisir d'être riche pour un homme qui ne peut ni montrer son visage ni respirer ? dit-il. Mes poumons nécessitent une atmosphère humide. Ma peau se dessèche au soleil. Je ne fais plus partie de ce monde. Je suis condamné à vivre ici, sur cette île perdue, et perpétuellement dans l'obscurité. Alors que peut m'apporter la lumière ? La vengeance, c'est tout ce qui me reste.

— La vengeance contre l'Australie ?

— Contre eux tous, rugit Thero. Contre tout ce monde qui nous en veut. Contre quiconque me met au défi !

Hayley recula, horrifiée, ce qui attisa la colère de Thero.

— Tu n'as aucune raison d'avoir peur de moi, insista-t-il.

— J'en ai plein, répliqua-t-elle. Vous êtes devenu un meurtrier. L'homme que j'ai connu n'était pas comme cela. Vous vouliez la paix.

— Et vois où cela m'a mené !

Il arracha son masque, révélant un visage couvert de cicatrices et de traces de brûlures. Les flammes lui avaient consumé le nez, la peau au-dessus de son œil droit était ratatinée, si bien que son œil ressemblait à une horrible boursouflure.

Thero s'avança vers elle d'un pas furieux. Elle voulut reculer mais trébucha et tomba. Le regard de Thero se tourna vers la droite avant de revenir se fixer sur elle.

— Pourquoi pas ? dit-il tout haut. Elle nous a trahis comme tous les autres.

Hayley le dévisagea, une main dressée pour se défendre. Elle regarda autour d'elle pour comprendre à qui il s'adressait, mais ne vit personne d'autre dans la pièce.

Toujours prêt à l'attaquer, Thero jeta un coup d'œil derrière lui, puis, lentement, baissa le bras et se tourna de nouveau vers elle :

— Ils se servent de toi.

— Qui ça ?

— Tous, répondit-il. L'ASIO, les Américains, les Russes. Ils cherchent tous à nous détruire.

Les fantasmes paranoïaques de Thero avaient toujours penché vers le grandiose. Et maintenant, les extravagances de son comportement unissaient contre lui une bonne partie du monde.

— Ils m'ont obligée à les accompagner, dit-elle, improvisant au fur et à mesure. Ils allaient me jeter en prison si je ne les aidais pas. Ils prétendaient que je collaborais avec vous.

Thero la regardait. Aucune émotion ne se lisait sur son visage massacré. Dans une certaine mesure, elle le plaignait. En même temps elle avait peur de lui et ne savait plus très bien où elle en était.

Thero, une nouvelle fois, détourna les yeux, son regard perdu dans le lointain. Elle était terrifiée.

Puis il secoua la tête, comme pour répondre à une question.

— Non, murmura-t-il. Non, je ne suis pas d'accord. Il faut être prudent. Qu'est-ce qui te fait croire qu'on peut se fier à elle ?

Encore une fois, Hayley suivit son regard. Mais il n'y avait personne, même dans l'ombre au loin. Elle sentait ses pensées tourbillonner dans sa tête et, s'armant de courage, elle murmura :

— George ? George, je te promets que je suis venue t'aider.

Thero continuait à la fixer.

— Je vous ai cherchés tous les deux, insista-t-elle. Après les explosions, je suis allée au Japon. J'ai pris l'avion pour vous retrouver, bien que ce moyen de locomotion me terrifie. Tu sais à quel point j'ai horreur de voyager. Il faut que tu saches que j'étais présente à la cérémonie commémorative organisée pour toi, pour ton père et pour Tessa. Et maintenant, regarde le chemin que j'ai parcouru pour te retrouver.

Thero parut se détendre un peu.

— Je lui ai dit que tu avais toujours été loyale, dit-il d'un ton étrange.

Il tendit sa main, la gauche cette fois. La peau était lisse, intacte. George était gaucher tandis que Thero se servait de sa main droite. Elle se pencha et serra cette paume douce.

— Viens avec moi, dit Thero. Je vais te montrer ce que Père et moi avons construit.

Père et moi.

Elle comprenait maintenant la situation. George était mort. Elle en était certaine. Il était mort au Japon avec Tessa. Seul Thero avait survécu. La douleur et le remords avaient à jamais brisé son esprit déjà fragile et provoqué chez lui un dédoublement de la personnalité. La menace de tout détruire et la possibilité bien fragile d'empêcher ce désastre venaient du même corps. De son vivant, on appelait George Thero la « conscience de son père ». Et après la mort, c'était ce qu'il était devenu.

Hayley se sentit envahie d'une immense tristesse. Une partie de son esprit la poussait à agir. En se servant de cette rupture avec la réalité elle pouvait sauver son pays, elle devait le tenter, si déplaisant que cela puisse être.

Elle tendit la main et toucha le visage ravagé de Thero en le regardant dans les yeux comme si elle contemplait un vieil ami.

— Je suis contente de te voir, George, dit-elle. C'est si bon de te revoir.

Les larmes qui brillaient dans ses yeux étaient sincères. Elles touchèrent le côté sensible de la personnalité de Thero.

— C'est bon de te revoir aussi, répondit-il avec douceur. Tu nous as manqué si longtemps, à Père et à moi.

41

DES HEURES DE MARCHE DANS LE BLIZZARD et la nuit glaciale amenèrent Kurt jusqu'à un amas de débris rocheux que le glacier avait déposé sur son flanc et que les géologues appellent moraine latérale. Un peu plus loin, il aperçut la muraille de glace imposante du glacier de Winston.

Ce premier point de repère atteint, Kurt tourna à gauche et commença à descendre la pente qui conduisait au lagon photographié par les drones russes.

Sur le chemin, il reçut un signal « batterie faible » sur ses lunettes de vision nocturne.

Il savait que le froid viderait les piles et n'avait utilisé que parcimonieusement ses lunettes, les branchant uniquement pour étudier le terrain et les éteignant dès qu'il reprenait sa marche. Mais depuis qu'il descendait avec difficulté la pente escarpée, il en avait besoin presque constamment. Quand elles finirent par s'éteindre, Kurt se retrouva dans une totale obscurité.

Ôtant ses lunettes devenues inutiles, Kurt poursuivit péniblement sa descente en se protégeant le visage, sauf les yeux, avec le capuchon de sa parka. Il trébucha sur un tas de pierres qu'il n'avait pas vu et jura sous cape en se frottant la jambe, puis poursuivit son chemin sur un terrain accidenté jusqu'au moment où il fit un faux pas.

Cette fois, il tomba et glissa sur une pente plus abrupte, provoquant une petite avalanche qui l'entraîna jusqu'à un plat quelques mètres plus loin.

Kurt s'octroya un bref instant de repos. Il avait assez d'expérience pour savoir qu'il ne fallait pas s'attarder car le froid et la fatigue l'entraîneraient dans un sommeil dont il ne se réveillerait pas. Trouvant un point d'appui, il se força à se remettre debout.

Comme il prenait une profonde inspiration, il fut surpris non pas par un bruit insolite ni par un détail qui aurait attiré son regard, mais par une odeur bizarre qu'il n'arrivait pas à l'identifier : un relent de cuisine, où de la mauvaise graisse se mêlait à de la fumée. Il était certain que cette odeur peu agréable n'était pas le fruit de son imagination.

Il oublia aussitôt sa fatigue en se rappelant les photos prises par les drones et les points chauds signalés à l'avant du glacier.

— Même des gens qui vivent sous terre ont besoin de manger, se dit-il tout bas.

Kurt renifla pour tenter de repérer d'où venait l'odeur, mais il n'était pas un chien de chasse. Tout ce dont il était capable, c'était de sentir qu'elle remontait jusqu'à lui. Il avança avec précaution jusqu'à une colonne de neige et de glace ayant vaguement la forme d'un arbre.

Il sortit d'une de ses poches la torche électrique et l'alluma en ne laissant qu'un mince filet de lumière s'échapper sous son gant.

La colonne mesurait environ trois mètres de haut. À quelques pas, pointait une deuxième colonne d'à peine plus d'un mètre, et dix ou douze mètres plus loin, il en vit une troisième, puis une quatrième et une cinquième.

Kurt éteignit sa torche et s'approcha de la plus petite colonne. Elle avait en haut un orifice à peu près circulaire. Le vent s'y engouffrait par rafales en faisant un bruit sourd, comme celui qu'on entend lorsqu'on souffle dans le goulot d'une bouteille de vin vide.

Il se pencha pour regarder par l'ouverture de ce tube glacé qui avait à peu près le diamètre d'une plaque d'égout. Il ne put rien voir dans l'obscurité, pas plus qu'il ne sentit d'odeur de cuisine ou de graisse. La chaleur qui s'échappait de l'orifice et montait jusqu'à son visage lui semblait surréelle après toutes ces heures passées dans le froid. En même temps, il perçut une certaine humidité.

Kurt posa une main sur le bord de la colonne et en brisa un morceau. C'était juste de la glace, pas très épaisse et noircie de suie. Il commençait à comprendre.

Quelques années auparavant, au cours d'un voyage en Islande, il avait trouvé des structures similaires près des cheminées géothermiques sur les pentes des montagnes ayant une activité volcanique épisodique. L'air chaud provenant de l'intérieur de la cheminée se frayait un chemin vers la surface, apportant avec lui une certaine humidité dont une partie refroidissait et gelait immédiatement au contact de l'air extérieur glacé. Peu à peu, comme des coraux formant un récif, la vapeur d'eau créait, en gelant, des tubes semblables à des conduits de cheminée, qui s'écroulaient sous la poussée des vents violents et se reformaient dès que ces derniers soufflaient normalement.

Kurt prit le risque d'allumer sa torche qu'il braqua dans l'ouverture de la cheminée.

Il ne vit rien. Il ressentit la chaleur mais ne respira aucune odeur de soufre comme il s'y serait attendu si le phénomène avait eu une origine volcanique.

Il attrapa son briquet et mit le feu à l'un des chiffons huileux jusqu'à en enflammer environ le tiers. Puis il le laissa tomber dans le conduit.

La torche plongea dans le trou noir comme un petit météorite, illuminant au passage les parois lisses du conduit jusqu'à heurter un obstacle qui l'immobilisa.

Pendant que le chiffon brûlait, Kurt aperçut le contour d'une grille. La cheminée n'était donc pas d'origine volcanique, elle avait été construite par l'homme et conçue pour évacuer la chaleur, la fumée et diverses choses indésirables. Elle devait aboutir dans le repaire de Thero. *Il en était certain.*

Kurt déploya aussitôt sa corde. Pour bien s'assurer, il enfonça trois ancres dans une moraine latérale. Il n'avait pas de harnais, ni le temps d'en improviser un, tant pis, il descendrait en rappel en se servant de ses mains pour contrôler sa descente.

Le conduit était si étroit qu'il pouvait à peine voir ses bottes en descendant. Six ou sept mètres plus bas, la couche de glace qui tapissait la paroi avait disparu et le tunnel s'élargissait. Kurt poursuivit sa descente. Lorsque ses pieds touchèrent la grille, il estima avoir descendu une trentaine de mètres.

Il se colla à la paroi, inspecta la grille, et aperçut un sol poussiéreux trois mètres plus bas. Il n'y avait pas âme qui vive.

Il fit quelques bonds pour tester la solidité du grillage. Au troisième saut, il le sentit presque céder.

— C'est le moment de sauter, murmura-t-il.

Il enroula sa code autour d'un des barreaux de la grille et sauta avec vigueur. La grille céda.

Le bruit des éclats de roche tombant sur le sol s'entendit à peine pendant que Kurt et la grille restaient suspendus à la corde.

Kurt descendit doucement et atterrit sans un bruit, la grille toujours accrochée à la corde.

Il était arrivé.

Précisément où ? C'était une autre question.

42

PAUL TROUT SE TENAIT SUR LA PASSERELLE du *Gemini* qui fonçait dans les vagues en direction du *Rama*. Ce dernier faisait route vers le nord-est depuis qu'il avait renoncé à calquer sa trajectoire sur le modèle de la constellation d'Orion. Cela faisait huit heures que le *Gemini* s'efforçait de le rattraper et il était arrivé presque à portée de voix.

— Tu crois que nous allons être capables de faire ça tout seuls ? demanda Gamay qui se trouvait sur la passerelle à côté de Paul.

— Nous avons de bonnes chances de réussir.

Il aurait préféré avoir quelques renforts, mais ils étaient si loin des routes fréquentées que pas un navire de guerre ni un garde-côte ne se trouvait dans un rayon d'un millier de milles.

— Sans ce fichu temps, dit-elle, nous aurions pu au moins disposer d'un appui aérien australien. Quelques passages à basse altitude d'une escadrille de chasseurs ou de bombardiers anti-sous-marins autour du bateau nous auraient aidés.

Paul était totalement d'accord, mais le front d'une tempête naissante fouettait la mer et projetait une pluie glaciale sur le pont du *Gemini*. Pas vraiment les conditions idéales pour permettre à un avion d'effectuer quelques passages spectaculaires au ras des vagues. Surtout à quinze cents milles de la terre la plus proche.

Tout cela signifiait que le *Gemini* désarmé constituait le seul espoir d'arrêter le *Rama* et de savoir si des membres de l'équipage de l'*Orion* se trouvaient à son bord.

— À quelle distance sont-ils ? demanda Paul.

Ils avaient bien le *Rama* dans le champ du radar, mais la visibilité ne dépassant pas un quart de mille, ils ne l'avaient pas encore aperçu dans l'obscurité.

— Presque mille, s'étonna Paul. Ils doivent naviguer sans feux.

— Dans cette bouillie, nous pourrions l'éperonner avant de le repérer, ajouta le capitaine.

— Non, fit Gamay en regardant avec ses jumelles. Je viens de le voir. Tout près de l'avant, à bâbord.

Paul suivit ses indications et aperçut la silhouette d'un navire qui peinait dans l'obscurité.

— Éclairez-le, ordonna le capitaine.

Le second abaissa une série de manettes et trois puissants projecteurs s'allumèrent, perçant la nuit et la pluie pour converger sur le bateau.

Trois fois plus gros que le *Gemini,* le *Rama* roulait et tanguait dans la houle mais progressait quand même.

— C'est le moment de commencer le spectacle, déclara Paul en tendant ses jumelles au capitaine.

— Je vais nous amener le long de son bord, annonça le capitaine. Préparez-vous à jouer les commandos.

— Inutile de te dire d'être prudent, recommanda Gamay.

— Non, répondit Paul avec un grand sourire. Sûrement pas.

Sur ces bonnes paroles Paul quitta la passerelle et dévala l'escalier. Quelques minutes plus tard, il se postait avec une douzaine d'autres volontaires derrière le panneau d'écoutille avant. Tous, vêtus de noir, portaient des brassards improvisés affichant quelque chose qui ressemblait au pavillon australien bleu avec ses étoiles de la croix du Sud et l'Union Jack dans le coin.

— Prenez tous des armes, recommanda Paul.

Le coffre abritant l'arsenal du *Gemini* ne contenait que six fusils et deux pistolets. On distribua donc aux autres des imitations en bois du fusil M16 qu'on avait peints en noir et que les volontaires les plus mal lotis pointaient en riant.

— Que fait-on s'ils ne se rendent pas ? demanda un homme.

— Ou bien vous plongez, ou bien vous les assommez avec vos armes comme vous le feriez avec des battes de base-ball.

Paul espérait qu'ils n'auraient à recourir à aucune de ces deux alternatives.

Il ouvrit une fente de quelques centimètres dans le panneau pour regarder la pluie et la brume. Le *Rama* était juste à côté, baigné dans le faisceau des projecteurs, tandis que le « whoop whoop » de l'alarme du *Gemini* hurlait comme une sirène de garde-côtes.

Ils harcelèrent ainsi le *Rama* quelques minutes sans aucun effet.

— *Ils ne réagissent à nos appels radio*, annonça la voix de Gamay par le téléphone intérieur.

— Compris, répliqua Paul. Je vais armer les lance-roquettes. Dis au capitaine de nous rapprocher. Vraiment très près. Et prépare-toi à balancer ton boniment par le haut-parleur.

— *Entendu. Bonne chance.*

Paul regarda le chef du groupe.

— Je vais foncer. Soyez prêts à prendre position sur le pont.

— On sera prêts, répondit-il.

Paul se dirigea vers une autre porte qu'il poussa pour avancer sur le pont qui tanguait violemment. Il traversa la plage avant jusqu'à une imposante structure qui ressemblait de façon convaincante à une tourelle de bateau de guerre avec sa collection de lance-roquettes qui la hérissaient de tous côtés.

Une grue hydraulique, utilisée pour plonger ou remonter de l'eau les engins téléguidés, avait voilà bien longtemps occupé cet espace. On avait démonté le mât de charge et soudé la paroi métallique d'une tourelle sur la base de la plaque tournante de la grue, puis récupéré dans divers endroits du navire des conduits d'aération métalliques qu'on avait coupés à la bonne longueur et fixés aux flancs de la tourelle. Peinte en gris foncé avec une fausse antenne à son sommet, la « tourelle » donnait l'impression tout à fait raisonnable de posséder un armement redoutable.

Paul se glissa à l'intérieur par une ouverture faite dans la paroi métallique. Il trouva le grutier à son poste.

Il alluma la radio.

— Éclairez la plage avant, dit-il. Qu'ils voient à quoi ils ont affaire.

Quelques secondes plus tard, plusieurs projecteurs s'allumèrent sur la tourelle tandis que la voix autoritaire de Gamay retentissait du haut-parleur.

— *Ici le capitaine de frégate Matilda Wallaby de la Marine royale australienne,* lança-t-elle avec un accent fort bien imité. *Votre navire a été repéré en train de braconner du poisson dans les eaux territoriales australiennes. Veuillez réduire votre vitesse et vous préparer à être abordés, faute de quoi nous devrons mettre hors de service votre navire.*

Paul suivit la scène par une fente de la paroi métallique. Il n'enregistra aucune réaction du *Rama* mais remarqua des changements d'éclairage aux alentours du pont.

— Espérons qu'ils regardent par ici, se dit-il.

Le *Gemini* s'était rangé juste le long de l'imposante superstructure du porte-conteneurs. Il n'y avait pas plus de quinze mètres entre les deux navires et, lorsqu'une grosse vague déferla sur eux, le *Gemini* faillit frapper le flanc de l'énorme cargo.

— Toujours rien ? demanda Paul dans la radio.

— *Pas encore*, répondit Gamay.

— Envoie-leur une autre sommation et demande au capitaine de tirer une salve de balles traçantes.

La voix de Gamay retentit une nouvelle fois dans le haut-parleur.

— *Au navire marchand* Rama, *ceci est notre dernier avertissement. Réduisez votre vitesse et préparez-vous à être abordé, sinon nous ouvrons le feu.*

— Montrons-leur de quoi nous disposons, proposa Paul.

Le grutier brancha et poussa une commande sur le côté. La tourelle et les tubes de lance-missiles commencèrent à pivoter sur la base de l'ancienne grue. L'ensemble tourna en sens inverse des aiguilles d'une montre jusqu'à ce que les tubes soient braqués sur le pont du *Rama.*

Paul utilisa ensuite un second déclencheur qui les fit monter et descendre un peu n'importe comment de façon à bien attirer l'attention de l'équipage du *Rama*. Quand il eut terminé son numéro, il les remit en position, pointés approximativement sur la passerelle du porte-conteneurs.

— Ils ont dû nous voir, déclara-t-il.

Le grutier se contenta de hausser les épaules.

Pendant ce temps, le capitaine et son petit commando se déployaient sur le pont, leurs fusils épaulés.

— *Qu'est-ce que vous en pensez, Paul ?* couina la radio.

— Allez-y, tirez, capitaine.

Le bruit d'une fusillade crépita. Paul regarda une série de balles traçantes frôler la passerelle du *Rama* et disparaître dans la nuit. Derrière les hublots, il aperçut dans ses jumelles des silhouettes qui les observaient. Il espérait que ces gens commençaient à être nerveux.

— À nous, dit Paul en posant ses jumelles.

On avait préparé deux fusées de fortune en utilisant de la poudre, du combustible provenant d'une boîte de fusées et les talents des hommes de l'atelier. Elles ne causeraient aucun dommage, mais pourraient faire impression.

Paul en chargea une dans le lanceur et ferma la culasse.

— Tournez-nous de cinq degrés à droite, demanda-t-il.

Cela ferait mauvais effet que la fusée touche la cible et se révèle être un projectile bidon. Elle devait passer devant le *Rama*, assez près pour effrayer l'équipage, et assez loin pour être convaincante.

La tourelle pivota et s'immobilisa.

— Attendez, dit Paul en voyant le *Gemini* descendre la crête d'une vague et commencer à remonter. Attendez… (Il regardait par la fente du viseur comme un officier d'artillerie de la Première Guerre mondiale et essayait de calculer le rythme auquel chaque navire allait monter et descendre sur la houle.) Attendez... répéta-t-il.

Le *Gemini* atteignit la crête d'une vague et marqua un temps.

— Maintenant !

Le grutier appuya sur un bouton : la fausse fusée s'alluma. Elle jaillit du tube, déversant à l'intérieur de la tourelle un torrent de fumée et d'étincelles, puis franchit l'intervalle qui la séparait du porte-conteneurs, laissant dans sa trajectoire une traînée de feu et passant à quelques mètres à peine de la passerelle du *Rama.*

— Superbe ! cria Paul en toussant à cause de la fumée. C'était parfait.

Quelques secondes plus tard, la voix de Gamay retentit dans le haut-parleur.

— *Le prochain missile touchera votre passerelle. Réduisez votre vitesse, ou nous vous stopperons de force.*

À bord du *Rama*, depuis l'intervention du *Gemini,* le chef du commando russe n'avait cessé de discuter avec le capitaine vietnamien. Il avait donné l'ordre de quitter la station de Heard Island pour éviter tout problème ou conséquence fâcheuse au cas où Gregorovich réussirait à faire sauter sa bombe. Tomber maintenant sur une frégate australienne n'était assurément pas la solution qu'il avait espérée.

— Je ne me rendrai pas, déclara-t-il.

— Vous ne pouvez pas les combattre, répliqua le capitaine.

Les salves de balles traçantes sillonnaient l'obscurité. Cela l'inquiétait, mais ne le faisait pas changer d'avis.

— Attention ! cria-t-il quand il aperçut le « missile ».

Les hommes du commando et les membres de l'équipage qui se trouvaient sur la passerelle se plaquèrent sur le pont juste au moment où l'engin, en filant dans l'encadrement des grands hublots, illuminait tout sur sa trajectoire.

— Il n'est pas passé loin, dit le capitaine en bougonnant.

— Ils ne tireraient pas un missile sur des braconniers, assura quelqu'un. Ils doivent savoir qui nous sommes et ce que nous avons fait. Si nous ne stoppons pas, nous allons tous être tués.

— Nous ne pouvons pas les combattre, répéta le capitaine vietnamien. Une fois qu'ils seront à bord, nous pouvons négocier. L'immunité diplomatique, voilà ce que vous pourrez plaider. Mais seulement si vous êtes encore en vie.

Le chef du commando doutait de l'effet qu'obtiendrait le capitaine en invoquant les conventions du droit de la mer, mais il estimait qu'ils s'en tireraient mieux et qu'ils auraient davantage de chances de survivre en se rendant plutôt qu'en se battant.

— Faites ce qu'ils disent, conclut-il à contrecœur.

Sur la passerelle du *Gemini*, Gamay attendait, très tendue. Si leur bluff ne prenait pas, ils devraient prendre le risque d'une dangereuse manœuvre d'abordage en pleine tempête.

Elle s'apprêtait à lancer une nouvelle menace par le haut-parleur quand la radio de bord se mit à couiner.

— *Ici le cargo* Rama, dit en anglais une voix avec un fort accent. *Nous allons réduire notre vitesse à sept nœuds et permettre à vos hommes de monter à bord.*

Des acclamations jaillirent sur la passerelle du *Gemini* et Gamay transmit le message aux autres.

— Beau travail, commandant Wallaby, dit le capitaine.

Elle sourit. Maintenant l'abordage serait simplement risqué et non plus d'une incroyable témérité.

43

— C'EST UNE MINE, SE DIT KURT.

Il était tombé sur des couloirs creusés dans le roc, un tapis roulant et une série de canalisations courant le long de la paroi qui abritaient sans doute des câbles électriques. Il avait également aperçu dans un coin des pioches, un marteau-piqueur et des brouettes.

Pourquoi cette mine était-elle dissimulée dans les entrailles de Heard Island ? Kurt n'en avait pas la moindre idée. Peu importait pour le moment. L'important, c'était de retrouver Joe et Hayley s'ils étaient vivants et d'arrêter à tout prix Thero.

Il se débarrassa de sa lourde parka et remit son sac à dos sur ses épaules. Il suivit le tunnel plongé dans l'obscurité, sa main suivant le tapis roulant et baissant la tête pour éviter les dangereuses saillies rocheuses qu'il ne découvrirait probablement que trop tard.

Après avoir traversé plusieurs secteurs déjà exploités, il arriva dans une salle plus vaste, vaguement éclairée par deux ou trois ampoules nues.

Le tapis roulant s'arrêtait là, auprès d'un groupe de grosses machines destinées à broyer les morceaux de roche et à trier le gravier. Il avait déjà vu ce genre d'installation dans une mine de diamants et comprit soudain comment Thero finançait son projet.

Apercervant une porte au fond, il traversa la salle. Juste à l'instant où il allait poser la main sur la poignée, le battant se déplaça et la porte s'entrouvrit. Kurt fit un pas en arrière et braqua son pistolet sur les trois hommes qui entraient.

— Ne bougez pas !

Les trois hommes fixèrent le revolver et se figèrent sur place dans un silence tendu. Kurt aurait pu les descendre tous les trois mais, sans un silencieux, les coups de feu auraient retenti dans la caverne et fait accourir les hommes de Thero.

Kurt les détailla. Ils tenaient en guise d'arme de gros bouts de métal brut. Deux d'entre eux semblaient pétrifiés sur place, le troisième paraissait surpris mais plus calme.

— Déposez vos armes, ordonna Kurt, puis il ajouta : Sans bruit.

Ils obéirent.

De la tête, Kurt désigna les broyeuses.

— Là-bas.

Les trois hommes s'approchèrent d'un pas traînant des machines. Kurt garda ses distances au cas où ils tenteraient un geste imprudent.

— Deux d'entre vous vont se retrouver attachés à cet engin, leur dit-il. Celui qui n'a pas envie de passer la nuit de cette façon devra me conduire jusqu'à Thero.

— Vous conduire à Thero ? demanda l'un d'eux d'une voix au fort accent sud-africain.

— C'est qui, Thero ? s'étonna un autre qui devait être Irlandais.

— L'homme à cause de qui nous sommes ici, répondit le Sud-Africain.

— Silence. Lequel veut me montrer le chemin ?

Les trois hommes se regardèrent, manifestement déconcertés.

— Pourquoi voudrait-on vous y conduire ? demanda le troisième homme.

— Parce que j'ai un rendez-vous, et que je ne veux pas le manquer.

Ils reprirent leur air étonné. De tout évidence, ils n'étaient pas sensibles à l'humour.

— Vous voulez dire lequel d'entre nous veut aller avec vous et mourir le premier ? commenta le Sud-Africain.

Kurt lui lança un regard surpris. Cette déclaration n'avait aucun sens.

— Qu'est-ce que vous racontez ?

— Qu'est ce que *vous,* vous racontez ? répéta le Sud-Africain.

Kurt avait l'impression de se retrouver dans la quatrième dimension. Il regarda avec plus d'attention les trois hommes. Ils étaient crasseux, vêtus de loques et portaient des armes rudimentaires. Soudain, il comprit.

— Tous les trois, vous travaillez dans la mine et vous essayez de vous échapper. Qui en a eu l'idée ?

Deux d'entre eux désignèrent l'Irlandais.

— Salauds, fit celui-ci. Tous autant que vous êtes.

Un large sourire éclaira le visage de Kurt qui déclara :

— Allons. La question est plutôt : « Par où comptez-vous vous enfuir ? »

Pendant les minutes suivantes, Kurt parvint à soutirer quelques informations aux mineurs. Il apprit leurs noms et obtint des précisions sur l'installation. Masinga, le Sud-Africain, était arrivé au début de sa construction.

— Il y a huit mois, j'ai volé une clef à un des gardiens qui ne l'a jamais signalé parce que Thero l'aurait tué pour l'avoir perdue, expliqua-t-il.

— Il en a fallu de la patience pour ne pas s'en servir immédiatement, observa Kurt.

Devlin, l'Irlandais, répondit :

— Apparemment, la patience, c'est de famille chez lui.

Masinga sourit.

— J'espérais qu'un jour viendrait où s'échapper signifierait autre chose que mourir de froid. Devlin ici présent nous a dit être arrivé par bateau et savoir comment le retrouver.

— Je suis navré de vous l'apprendre, fit Kurt, mais vous n'êtes pas sur la bonne voie. Ce n'est pas un tunnel creusé sous terre qui vous mènera à votre bateau.

Les deux autres prisonniers lancèrent à Devlin un regard menaçant.

— Voilà ce que c'est de m'écouter, dit Devlin. Je ne suis ici que depuis deux jours.

— Qu'est-ce que c'est que cette histoire de mine ? Je ne me souviens pas que Thero s'y connaisse dans ce domaine.

— Il a d'autres talents, expliqua Masinga. Par exemple, ses rapports avec les chefs de chantier sont bizarres. Il leur tient parfois la laisse serrée, mais la plupart du temps, il leur fiche la paix. Ils nous font trimer et s'occupent de vendre les diamants. Thero leur laisse une part du gâteau, enfin, c'est ce que j'ai entendu dire.

— L'esclavage, observa Kurt, c'est une bonne façon de gonfler la marge de bénéfice.

— Au fur et à mesure que les gens meurent, ils en font venir d'autres, ajouta Masinga. Ils enlèvent des gens qui n'ont pas de boulot, ou ils les allèchent avec de belles promesses.

Kurt comprenait fort bien. Encore une nouvelle raison de se débarrasser de Thero, mais moins importante que de sauver l'Australie.

— Y a-t-il eu de nouveaux arrivages ces dernières heures ?

— Vous cherchez quelqu'un de précis ? demanda Devlin.

— Quelques amis. Les hommes de Thero nous ont attaqués. Nous avons été séparés. Je crois qu'on les a faits prisonniers.

— Ça n'est pas bon, déclara Masinga. Thero va les torturer jusqu'à ce qu'ils cèdent ou qu'ils meurent.

Kurt examina le visage de Masinga. On lui avait manifestement cassé le nez et une vilaine cicatrice à la hauteur de l'oreille semblait le résultat d'un interrogatoire musclé.

— Je pense que vous savez où cela devrait se passer ?

— En effet.

— J'ai besoin que vous me montriez.

— C'est là-bas, montra le troisième membre du trio. Au milieu de ce labyrinthe. Les hommes de Thero ne vous laisseront jamais passer.

— Peut-être bien. Mais *nous* allons essayer. Vous allez *tous* venir avec moi.

— Ça me va, déclara Devlin. J'ai un compte à régler avec un des types.

— Moi aussi, renchérit Masinga.

— Attachez-moi à la machine, déclara le troisième. J'attendrai votre retour.

Kurt le foudroya du regard.

— Qu'est-ce que ça change ? Trois contre trente ou quatre contre trente ? Ça laisse autant de chances. Vous n'avez pas besoin de moi.

D'une façon détournée, l'homme avait raison. Kurt eut une nouvelle idée.

— Combien d'autres prisonniers y a-t-il là-bas ?

— Soixante ou soixante-dix, répondit Masinga.

— Et combien d'entre eux aimeraient avoir une occasion de se venger ?

— Au moins soixante ou soixante-dix, répéta le Sud-Africain en souriant.

— Cela veut dire que notre premier arrêt sera pour les quartiers d'habitation.

Joe et Gregorovich restèrent dans la salle d'interrogatoire à transpirer sous une température qui devait friser les quarante degrés. En sentant la transpiration couler sur son visage et le long de son nez, Joe ne put s'empêcher de murmurer :

— Et dire qu'il y a une heure je croyais que j'allais mourir de froid.

— Et maintenant, ils nous font griller à petit feu, répondit Gregorovich.

Comme la chaleur devenait étouffante, Joe se dit que le moment était venu de faire quelque chose. Il se contorsionna pour frotter le côté de son visage contre le dos de sa main. Quand la sueur ruisselant de sa joue et de ses cheveux en eut recouvert le revers, il changea de position.

Serrant ses doigts les uns contre les autres autant qu'il pouvait, Joe glissa sa main dans le bracelet de la menotte puis, comme un contorsionniste, il la tourna dans tous les sens.

— Vous n'arriverez jamais à vous libérer de cette manière, dit Gregorovich.

— J'ai de gros poignets et des mains de taille moyenne. Ces vieilles menottes ont beaucoup de jeu.

La sueur agissait comme un lubrifiant, Joe réussit lentement à faire glisser sa main hors du bracelet de la menotte et à la libérer.

Il eut un sourire de victoire.

— Du sang, de la sueur et des larmes, comme disait Churchill. Il n'en faut pas plus.

Gregorovich regarda plus bas.

— Et vos pieds ? Je suppose que vous n'avez pas de grosses chevilles et que vos pieds sont étroits.

Joe n'avait pas pensé si loin.

— Chaque chose en son temps, répliqua-t-il. Chaque chose en son temps.

44

DANS LA SALLE DE CONTRÔLE DE L'ÎLE, Hayley faisait de son mieux pour paraître sereine. Elle continuait à s'adresser à Thero comme si elle parlait à George, avec affection et tout en conservant un ton naturel.

Thero, pendant ce temps, lui montra le tableau de commande de l'énorme machine et la conduisit jusqu'à la grande baie vitrée d'où elle pouvait voir l'immense sphère posée au milieu de la caverne plongée dans l'obscurité.

Il pressa une série de boutons et des projecteurs s'allumèrent, révélant une imposante construction sphérique qu'elle reconnut : des années plus tôt, Thero lui en avait montré le projet.

— C'est incroyable, s'émerveilla-t-elle.

— Mon père avait raison, dit George. En voici la preuve. À partir d'ici, nous pouvons diriger d'énormes quantités d'énergie que nous tirons du point zéro vers n'importe quelle partie du globe.

— Sans avoir besoin de générateurs ?

— Seulement pour déclencher l'onde de départ, expliqua-t-il.

Cela donna une idée à Hayley. En détruisant les générateurs qu'elle avait vus en arrivant, peut-être parviendrait-on à empêcher la machine de se mettre en marche.

— C'est stupéfiant. Mais comment avez-vous résolu le problème de la rétroaction dynamique ?

— Nous n'y sommes parvenus qu'en partie, reconnut-il.

— Vous vous retrouvez donc encore avec des vibrations incontrôlables en bout de course ?

— Nous utilisons l'eau comme champ d'humidification. Cela absorbe une grande partie de l'énergie. Et en créant un émetteur sphérique, nous obtenons une onde beaucoup plus stable.

— Tu as toujours une longueur d'avance sur nous, George, dit-elle en souriant. C'est vraiment une idée brillante.

— Mon père s'est chargé de l'essentiel du travail préparatoire. Je ne me suis farci que les calculs.

Tandis qu'ils discutaient, elle essayait de mesurer quelle emprise exerçait sur son père le personnage de George. En travaillant sur ses propres phobies, elle avait appris beaucoup de choses sur la santé mentale. Elle avait entendu parler de cas où des sujets souffrant de désordres causés par une personnalité multiforme n'avaient absolument aucune idée de ce que préparaient les autres personnes qui cohabitaient dans leur esprit. À tel point que, si la personnalité dominante était en sommeil, on pouvait sans aucun résultat les soumettre au détecteur de mensonges après avoir commis des crimes ou eu des liaisons dans des existences totalement différentes.

Si c'était le cas ici, peut-être pourrait-elle obtenir de George qu'il les libère, qu'il se rende ou du moins qu'il leur laisse plus de temps pour l'empêcher de concrétiser le plan apocalyptique qu'il préparait.

— C'est toi qui as envoyé les lettres ? demanda-t-elle, pleine d'espoir.

Thero la regarda manifestement sans comprendre.

— Pour me prévenir, dit-elle, risquant le tout pour le tout.

— Oui, finit-il par répondre. J'espérais que nous pourrions fournir au monde une énergie nouvelle dans des conditions pacifiques.

— Ton père ne le sait pas, dit-elle. Il ne faut pas lui en parler. Il ne comprendrait pas. Nous pouvons encore l'aider.

— Je suis d'accord, dit Thero. Il pourrait me haïr mais je l'ai fait pour son bien.

— C'est toi qui as aidé les autres à s'échapper ? risqua-t-elle.

Thero acquiesça.

— Je leur ai donné une chance et je les ai informés. Ils n'ont jamais su que c'était moi. Je leur ai même transmis des notes pour rendre les choses crédibles.

Elle se retint de frissonner en imaginant ce conflit intérieur : en étant George, il avait aidé les messagers à atteindre la liberté. Mais ensuite, en tant que Thero, il les avait traqués et faits abattre. Pas étonnant alors que le secret de chaque rencontre fût éventé. Il n'y avait pas eu de fuite à l'ASIO : la fuite venait de la source elle-même. Cela voulait dire que toute information passait de la personnalité de George à celle de Thero. Cette idée rendait Hayley de plus en plus nerveuse, mais elle devait poursuivre.

— Je croyais que la raison pourrait l'emporter, insista George.

— Elle peut encore, dit-elle avec ardeur.

— Non, répondit-il avec tristesse. Ils viennent encore pour nous tuer. Seule une imparable démonstration de force les arrêtera.

Elle devait réfléchir vite.

— Je peux négocier avec eux, fit-elle en serrant sa main si douce. Tout ce que tu auras à faire, c'est rentrer aux États-Unis avec eux.

— Tu parles d'amnistie ?

— Oui, dit-elle. Pour toi et pour ton père, ajouta-t-elle, faisant tous les efforts dont elle était capable pour maintenir la personnalité de George à la surface.

— Pourquoi le proposeraient-ils ?

— Ils ont peur que les Russes mettent la main sur cette découverte.

— Mais ils travaillent avec les Russes ? s'étonna George.

— Non, dit-elle. Les Russes nous ont enlevés. Ils veulent te tuer. Mais si tu me procurais une radio, je pourrais demander de l'aide.

George hésitait.

— Tu en es sûre ?

— Je te le promets, dit-elle. Donne moi juste une chance de te le prouver.

Il la regarda un long moment, comme s'il réfléchissait à ce qu'elle avait dit.

— C'est pour cela que tu m'as tendu la main.

Il finit par hocher la tête.

— Viens avec moi.

Il l'entraîna devant le tableau de contrôle et s'arrêta soudain devant la dernière console.

Hayley vit pourquoi. Gisant sur le sol, il y avait plusieurs hommes et quelques femmes qui portaient des blouses blanches tachées de sang. On les avait abattus.

— Père, qu'as-tu fait ?

Hayley avait le souffle coupé.

— George, dépêchons-nous !

Thero hésita. Il pencha la tête de côté.

— Pourquoi dis-tu que c'étaient des traîtres ? demanda-t-il dans le vide.

Hayley réalisa ce qui était en train de se passer.

— Non, George, dit-elle d'un ton pressant. Ne lui parle pas.

— Ils travaillaient pour toi, dit-il sèchement en s'adressant à son père. C'est pour toi qu'ils ont construit ça.

Comme en transe, Thero gardait le silence. Hayley le sentit vaciller.

— George, reste avec moi ! supplia-t-elle.

Thero hésitait. Il avait du mal à tenir debout et il lui lâcha la main.

— George ? demanda-t-il.

— George, supplia encore Hayley.

— Non !

Cette fois, il avait hurlé.

Brusquement, le regard de Thero lança des étincelles. Il empoigna Hayley à la gorge et, de la main gauche, la plaqua contre la paroi. Le choc lui coupa le souffle tandis que la main de Thero, lui serrant le cou, semblait empêcher le sang de monter jusqu'à son cerveau.

— Pitié... haleta-t-elle en s'adressant à l'autre visage de Thero. Pitié !

Il la lâcha et elle s'écroula sur le sol auprès des corps ensanglantés.

— Comment oses-tu retourner ainsi mon fils contre moi !

— Mais pas du tout, parvint-elle à dire. Nous... essayions seulement de vous aider.

— Je n'ai pas besoin de ton aide ! Ni de celle de mon fils, d'ailleurs. Je vais mettre le monde à mes pieds. Une fois qu'on aura vu ce que j'ai été capable de faire à l'Australie, on implorera ma miséricorde.

Il recula jusqu'au tableau de contrôle et poussa le commutateur principal sur la position « marche ». Le contact s'établit, et les gros générateurs de la salle voisine se mirent en marche. Les lumières autour d'eux baissèrent sensiblement avant de briller d'un vif éclat.

Bientôt, les machines se mirent à vrombir et à tourner plus vite.

— Non, supplia-t-elle. Je vous en prie, ne faites pas cela.

— Je suis content que tu sois ici, cria Thero. Je ne vais même pas attendre l'Heure H. Je vais les punir immédiatement. Et tu seras avec moi lorsque je me vengerai de ceux qui m'ont persécuté.

À côté, dans la caverne sphérique, les engrenages s'étaient mis à tourner et le gigantesque ensemble de canalisations et de circuits électriques à basculer. La redoutable machine pivotait lentement, dans une succession de petits chocs, comme des chariots remontant la pente d'une montagne russe jusqu'au point d'où on les lâcherait.

Hayley se sentit prise de vertige en regardant l'arme qui tournait en cliquetant pour prendre une nouvelle position et braquer une vague d'ondes à travers la croûte terrestre jusqu'à cette crevasse endormie dans le sous-sol du désert australien.

45

KURT ET SES TROIS NOUVEAUX COMPAGNONS suivirent plusieurs tunnels successifs reliant les divers secteurs exploités par les mineurs et arrivèrent finalement dans le quartier d'habitation des prisonniers.

Tous les six ou sept mètres, était aménagée une alcôve que condamnait une solide porte en acier. À l'extrémité de ce long couloir, un gardien était assis derrière un bureau et surveillait les lieux.

— Comment êtes-vous passés la première fois ? demanda Kurt.

— Nous avons attendu qu'il fasse une pause pipi, répondit Masinga.

— À moins qu'il ait bu du café toute la nuit, je ne pense pas que nous ayons le temps d'attendre cette fois-ci. On va plutôt utiliser la clef que vous avez piquée.

Il prit une profonde inspiration pour se détendre. Puis, calmement, il pénétra dans la salle, tenant d'une main ferme le Makarov, avançant d'un pas décidé.

Quand le garde leva les yeux, Kurt n'eut plus le choix. En deux gestes rapides, il arma son revolver et tira. Le fracas de la détonation retentit dans l'étroit couloir comme un coup de tonnerre. Les deux balles atteignirent le gardien à la poitrine, il dégringola de sa chaise et s'affala sur le sol.

À la surprise de Kurt, un second garde apparut auprès du

premier. Kurt fit feu de nouveau. L'homme s'écroula mais, dans sa chute, réussit à appuyer sur le bouton d'alarme.

Une sonnerie stridente se déclencha aussitôt et une lourde porte en acier commença à glisser entre Kurt, le poste de garde et tout ce qui pouvait se trouver derrière. Kurt se précipita, mais la porte se ferma avant qu'il puisse l'atteindre.

Derrière lui, Masinga courait vers les cellules pour libérer les prisonniers qui clamaient leur joie dans diverses langues. Ils emplirent bientôt la salle et, à tout hasard, se précipitèrent vers Kurt pour le remercier avec enthousiasme.

— Et maintenant ? demanda Devlin qui l'avait rejoint avant la cohue.

Kurt fit glisser son sac à dos de ses épaules et le posa sur le sol. Quand il l'ouvrit, Devlin aperçut les explosifs qui y étaient entassés.

— Que chacun regagne sa cellule, ordonna Kurt.

— Vous allez faire sauter ce machin ?

— On n'a pas d'autre choix, dit Kurt. Espérons seulement que le plafond ne s'écroule pas du même coup.

Kurt avait tendance à ne pas lésiner : si un petit marteau faisait l'affaire, avec une massue, il était assuré du résultat. Dans le cas présent, il se maîtrisa quelque peu et ne plaça que deux pains de plastic près de la porte.

— Tu es sûr que ça suffira ? demanda Devlin. Ou c'est peut-être trop ?

Kurt ne répondit pas. Le hurlement de l'alarme l'avait passablement énervé et les questions de Devlin n'arrangeaient rien.

— Je parie que nous allons découvrir un moyen de sortir, dit Kurt. Maintenant, faites reculer tout le monde.

Pendant que Kurt attachait un fil à chacun des détonateurs, Devlin recula dans le tunnel en ordonnant aux autres de s'éloigner.

Kurt ne tarda pas à les rejoindre en déroulant les cordons jusqu'à la première alcôve où il s'engouffra. Les prisonniers, tout heureux d'être libérés, se pressaient autour de lui pour le regarder attacher les fils du détonateur à un petit relais pas plus gros qu'une main.

— Qu'est-ce que c'est ? interrogea Devlin.

— Il y a des gens qui appellent ça un clap, comme sur un tournage de film. C'est pour déclencher les explosifs.

Autour d'eux, les prisonniers baissèrent la tête et se bouchèrent les oreilles. Heureusement, le fameux « clap » était un minuscule générateur qui se contenta d'envoyer une infime impulsion électrique dans les fils. Elle suffit néanmoins à activer les détonateurs qui à leur tour firent exploser le plastic.

Une explosion assourdissante retentit dans les salles souterraines, provoquant un violent courant d'air qui s'engouffra dans le tunnel et dans l'alcôve où ils s'étaient regroupés. Kurt, le souffle coupé, s'écroula sur le sol avec tous les autres.

Se relevant rapidement, il se fraya tant bien que mal un chemin dans le tunnel, malgré le nuage de poussière qui avait tout envahi. Heureusement, il commençait à se dissiper à mesure qu'il avançait. Bientôt, il aperçut de la lumière et déboucha dans la partie du couloir où se trouvaient les deux gardes qu'il avait tués.

En s'avançant, Kurt ne rencontra aucune résistance.

— La voie est libre, cria-t-il. Allons-y.

Devlin et Masinga se précipitèrent aussitôt. Kurt leur tendit les armes récupérées auprès des gardes et tous les trois foncèrent, la foule des prisonniers sur leurs talons.

Thero s'attaquait à la check-list de démarrage quand le hurlement de la sirène d'alarme retentit. Il s'arrêta, se demandant ce qui pouvait se passer.

Comme il attendait que cela cesse, Hayley en profita pour revenir à la charge :

— George, cela ne doit pas se passer ainsi. Dis à ton père qu'il y a une autre solution.

Thero regarda sur sa gauche. Son fils était là, dévisageant Hayley comme un collégien amoureux.

— Ne l'écoute pas, cria Thero. Elle ne s'est jamais souciée de nous. Sinon, elle serait venue au Japon. Elle nous a trahis. C'est elle qui a amené ces hommes à notre porte.

— Je veux seulement vous aider, insista Hayley.

Thero essayait de se concentrer sur la procédure de démarrage. Il n'avait pas de temps pour se soucier des faiblesses de son fils.

— Je peux vous faire sortir d'ici, reprit Hayley. Tous les deux. Vous pourriez réaliser paisiblement tous vos rêves si c'est ce que vous voulez vraiment. Vous savez que c'est la bonne décision à prendre.

Thero commençait à s'y perdre un peu. Son fils le poussait maintenant à reconsidérer les choses.

— Père, je crois…

Une violente explosion ébranla la pièce. Cela venait des profondeurs de la caverne. On les attaquait.

Quand Thero releva les yeux, George avait disparu. Il avait dû s'enfuir quelque part.

— Lâche !

— Je vous en prie ! cria Hayley.

— Silence, tonna Thero.

Il n'avait plus le temps de s'inquiéter du sort de son fils, il devait frapper avant d'être pris au piège et enseveli sous les décombres comme la dernière fois, à Yagishiri. Il devait réagir vite pour infliger au monde entier le châtiment qu'il méritait pour tout ce qu'on lui avait fait subir.

— Si vous faites ça, reprit Hayley, ils apprendront où vous êtes et détruiront votre installation et vous avec.

Thero la regarda et s'approcha.

— Bien sûr qu'ils le feront. Mais je ne serai plus là. Et j'aurai emporté avec moi cette chose avec laquelle ils voulaient me menacer, pour l'utiliser contre eux.

Il désigna un objet posé auprès du mur : la valise des Russes avec la bombe. Il pourrait à son gré l'utiliser pour anéantir un ennemi, ou bien la vendre pour une fortune.

Thero décela de la peur dans le regard d'Hayley. Ravi, il se tourna vers sa console et décrocha le téléphone intérieur.

— Janko ! Qu'est-ce qui se passe ?

— *On nous attaque. Ce doit être...*

Le crépitement d'une fusillade effaça la fin de la phrase.

— Janko !

— *Ils ont libéré les ouvriers,* hurla Janko. *C'est une émeute. Nous sommes dépassés.*

— Fais monter tes hommes ici, ordonna Thero. Nous pourrons les empêcher d'arriver au poste de contrôle.

— *Je les envoie tout de suite*, dit Janko dont les paroles furent entrecoupées par une nouvelle fusillade.

Thero se tourna vers le moniteur. Les niveaux montaient et atteignaient la zone verte. Il amorça le processus de mise en marche : les premiers clignotements lumineux commencèrent à apparaître derrière la vitre de la caverne.

Ce spectacle le fascinait, comme toujours. À tel point qu'il ne vit pas Hayley Anderson se glisser jusqu'à lui.

Elle se jeta sur lui et lui asséna un violent coup de poing en plein visage. Thero sentit le choc mais ne ressentit aucune douleur car il n'avait plus à cet endroit que très peu de terminaisons nerveuses. Fou de rage, il la repoussa et l'envoyant valser la tête la première contre la console, la mettant K.O.

Il éprouva un bref instant de remords qui passa vite. Elle le méritait. Elle aussi l'avait trahi.

Il se leva et se dirigea vers la baie vitrée. Le globe s'était mis en marche, avec l'Australie pour cible. Le système commençait à puiser son l'énergie dans le champ du point zéro.

L'attente ne serait plus très longue.

46

LE VENT AVAIT FORCI. Paul et les autres hommes de la NUMA eurent du mal à monter à bord du *Rama*. L'opération réussie, ils se dirigèrent vers la passerelle et prirent le commandement du cargo.

Le capitaine vietnamien les emmena à l'infirmerie où étaient détenus le capitaine Winslow et quatre membres de l'équipage de l'*Orion*. Ils y trouvèrent également quatre gardes russes complètement déshydratés.

— Prenez leurs armes, dit Paul au second du *Gemini*.

Lorsque les hommes échangèrent leurs fusils de bois pour de vraies carabines, Paul eut l'impression qu'il commençait enfin à maîtriser la situation.

Il s'approcha du capitaine Winslow qui le regardait d'un drôle d'air.

— Paul ? dit celui-ci en regardant le brassard aux couleurs australiennes qu'il arborait. Vous avez changé de carrière récemment ?

— Pas vraiment, répondit Paul. Le *Gemini* n'est là que pour aider. Où en est-on ici ?

Winslow lui raconta le naufrage de l'*Orion* et le sauvetage par les Russes aussitôt devenus leurs geôliers.

— Comment avez-vous pris le contrôle du navire ? demanda Paul.

— Apparemment, ce n'est manifestement pas le cas.

— Mais cela fait trente heures que ce cargo suit le sillage de la constellation d'Orion, dit Paul. Cela ne peut pas être une coïncidence.

— Kurt, expliqua-t-il en souriant, a rendu les Russes dingues en les faisant zigzaguer sur l'océan. Il leur faisait croire que c'était pour garder secrète la destination finale. Qui pouvait supposer qu'il envoyait un message en même temps ?

— Où est-il ? dit Paul. Nous ne l'avons pas vu.

— Les Russes l'ont gardé avec eux, comme Joe et la jeune femme australienne. Ils préparent une sorte de raid sur Heard Island. C'est là que se trouve la base de Thero. C'est là qu'il se cache.

Paul se tourna vers le capitaine vietnamien.

— Où est votre centre de communication ?

À Washington, on apprit avec joie la nouvelle que Joe, et au moins une partie de l'équipage de l'*Orion,* avaient survécu. Une joie que tempéra pourtant le cadran de l'horloge. Cent vingt minutes seulement les séparaient de l'Heure H.

Pitt regarda Heard Island sur la carte. Le fax du satellite espion russe débitait des vues de l'emplacement du repaire présumé de Thero. Plus Pitt les étudiait, plus la situation lui paraissait précaire.

— Ce type a toujours travaillé sous terre, dit-il. On dirait qu'il a fait la même chose ici. Il faut que je transmette cette info à la NSA.

Yaeger avait l'air sombre.

— Ils vont cribler le repaire de missiles.

— Je sais, dit Pitt sans sourciller.

Yaeger se pencha vers lui.

— Alors, on les aura ramenés d'entre les morts juste pour qu'ils se fassent pulvériser par les missiles Tomahawak de nos propres sous-marins ?

Pitt leva les yeux vers son vieil ami. Il comprenait parfaitement ce que Yaeger était en train de dire.

— Je ne fais pas ça d'un cœur léger, Hiram. Mais nous n'avons pas le choix.

Il appuya sur le bouton de l'interphone.

— Passez-moi Jim Culver à la NSA.

47

JOE ZAVALA ET GREGOROVICH RESSENTIRENT aussi l'explosion qui ébranla la caverne. Ils dressèrent l'oreille et ne tardèrent pas à entendre une fusillade nourrie. Il semblait qu'une bataille acharnée faisait rage.

— Ça vient par ici, dit Joe.

Gregorovich acquiesça d'un hochement de tête.

Joe reprit ses efforts pour se libérer en s'efforçant de dégager sa main gauche, mais le bracelet de la menotte était trop serré.

Du menton, Gregorovich lui montra quelque chose qui traînait sur le bureau.

— Des pinces. Vous arriverez peut-être à les attraper.

Joe regarda en face de lui et vit un bureau encombré de pinces, de poings américains, et autres babioles utilisées pour intimider le client. Il tendit la main, mais tout ce matériel se trouvait au moins quinze centimètres trop loin.

— Allons, dit Gregorovich, un petit effort.

— Qu'est-ce que vous croyez, je ne suis pas en caoutchouc !

Des coups de feu et des éclats de voix retentissaient maintenant derrière la porte.

Joe redoubla d'efforts. Il se déhancha avec plus de vigueur mais il n'arrivait toujours pas à atteindre la table.

La porte s'ouvrit. Un des hommes de Thero recula dans la pièce, le regard et le fusil braqués vers l'extérieur.

Comme il tirait une rafale sur un ennemi invisible, Joe se jeta sur lui, enroula son bras libre autour de son cou et le tira énergiquement en arrière.

L'homme lâcha son fusil et agrippa l'avant-bras de Joe pour ne pas étouffer. Joe tenait bon, chaque muscle tendu dans la « prise du sommeil », comme l'appellent les catcheurs.

L'homme se débattait et tentait de donner des coups de pied, mais Joe pesait de toutes forces. Bizarrement, le fait d'être ancré au mur l'aidait plutôt. Joe sentit son adversaire s'affaisser mais le maintint encore une bonne minute avant de le lâcher. L'homme s'écroula sur le sol et Joe se baissa pour s'emparer de son fusil.

En se tortillant, il essaya de le braquer sur la chaîne qui emprisonnait sa main gauche au mur, mais le canon était trop long. Il se tourna vers Gregorovich.

— On dirait que c'est vous qui allez être libéré le premier.

Gregorovich se redressa et s'écarta de la paroi.

— Il vaut mieux faire vite. Avant qu'un autre rapplique.

Tant bien que mal, Joe essaya de viser les chaînes de Gregorovich en ne tenant le fusil que d'une seule main.

— Faites attention, recommanda le Russe en voyant le fusil osciller.

Joe n'avait pas encore réussi à viser avec précision que la porte s'ouvrit pour la seconde fois. Joe braqua le fusil dans cette direction.

— Attention, mon vieux, lança une voix familière.

— Kurt ! hurla Joe en abaissant l'arme. Ce n'est pas trop tôt. J'allais être obligé de me tirer de là moi-même.

— Je ne sais pas, mais tu as l'air de contrôler plutôt bien la situation, reprit Kurt. Tu veux un coup de main ?

— Tu ferais bien mieux de t'en occuper, dit Joe en lui tendant le fusil.

Joe regarda Kurt viser avec soin et faire sauter la chaîne qui lui bloquait le bras puis en faire autant pour libérer ses pieds. Quelques secondes plus tard, Kurt délivra de la même façon Gregorovich.

Kurt les briefa sur la présence des prisonniers et la mêlée qui faisait rage dehors. Puis il tendit à Gregorovich les deux pistolets qu'il avait confisqués aux gardes de Thero.

— Je crois nous sommes en train de prendre le dessus, mais nous sommes à court de temps, dit-il. Savez-vous où est passée Hayley ?

— Thero l'a emmenée, dit Joe. Il voulait lui montrer quelque chose. Je me doute que nous savons tous les deux de quoi il s'agit.

— Où sont-ils allés ?

— Je crois, répondit Joe, qu'il a employé les mots « amène-la-moi là-haut ». Je n'en suis pas certain mais, si j'étais un criminel avec un repaire souterrain, je choisirais probablement de l'installer quelque part pas loin de la surface.

Quelques secondes plus tard, Devlin et Masinga arrivèrent en trombe. Leur compte rendu de la situation semblait coïncider avec l'hypothèse de Joe.

— Les hommes de Thero sont en train de battre en retraite vers les étages supérieurs, expliqua Devlin. Nous avons essayé d'en faire autant, mais ils bloquent le couloir. Cependant, nous avons trouvé quelque chose d'intéressant.

— Quoi donc ?

— La salle radio.

Kurt eut un grand sourire.

— On progresse. C'est le moment de faire venir la cavalerie.

48

Le message de Dirk Pitt à Jim Culver déclencha une folle activité. Dans les dix minutes qui suivirent son déchiffrage, une réunion d'urgence se tenait dans la Salle de situation de crise de la Maison Blanche. Il y avait là Culver, ainsi que le Président, le vice-président Sandecker et divers hauts gradés de l'état-major des Armées. Un groupe de conseillers et d'assistants était également présent tandis que Pitt et Yaeger suivaient les débats sur un écran relié à un réseau vidéo sécurisé.

Après quelques remarques préliminaires, on aborda la question primordiale : compte tenu du peu de temps dont on disposait, pouvait-on faire quelque chose pour arrêter Thero ?

Le seul dont la voix comptait vraiment était un contre-amiral qui portait le titre de COMSUBLANT, un acronyme signifiant qu'il était « Commander of US Submarine Forces in the Atlantic » (Commandant des Forces sous-marines américaines dans l'Atlantique) et qu'il avait donc également la charge des sous-marins affectés au golfe Persique et à l'océan Indien. C'étaient les navires les plus proches de ce que l'on considérait maintenant comme la zone cible : Heard Island.

— ... Les missiles Tomahawk qui se trouvent à bord de ces navires ont une portée assez longue, expliqua-t-il en réponse à une question du Président, qui mettent l'*Albany* et le *New Mexico* à portée de tir de Heard Island, mais tout juste.

— Alors, demanda Culver, quel est le problème ?

— Une question de temps : le Tomahawk est une arme subsonique.

— Ce qui signifie ?

L'amiral poussa un soupir.

— Le temps qui sépare le lancement de l'impact est de plus de trois heures. D'après l'horaire que vous nous avez communiqué, nous avons moins de quatre-vingt-dix minutes avant que cet homme agisse.

Le silence se fit dans la salle. Tous savaient ce que cela signifiait.

— Comment est-ce possible ? demanda Culver d'un ton agressif. Voilà deux jours que nous avons donné à ces navires l'ordre de rejoindre leur position.

— La Marine a réagi immédiatement, répondit l'amiral. Mais Heard Island est un des coins les plus perdus de la terre et nous ne passons pas beaucoup de temps à patrouiller au bout du monde. L'*Albany* était alors le navire opérationnel le plus proche et il se trouvait à quatre mille milles de là.

Un aide de camp arriva en trombe et tendit une note à Culver.

— Je pense que cela n'a pas d'importance, dit ce dernier. Notre réseau d'alerte a relevé une vague de neutrinos dans l'hémisphère Sud. Nous n'avons pas de positionnement précis, mais je suis pratiquement certain que nous pouvons en deviner l'origine.

— Thero ne va donc pas nous accorder quatre-vingt-dix minutes, déclara le Président. Il est pressé.

Le vice-président Sandecker intervint.

— Nous ferions mieux d'informer le Premier ministre australien. Lui dire que le jugement dernier arrive avec un peu d'avance.

Pitt suivait stoïquement la discussion quand la sonnerie de son téléphone intérieur se fit entendre. C'était Mrs Conry du service des communications.

— *Dirk, j'ai un appel radio pour vous.*

Dirk appuya sur le bouton de contact.

— Ce n'est vraiment pas le moment.

— *C'est Kurt Austin,* précisa-t-elle. *Il appelle sur une bande d'ondes courtes. Le signal est très faible.*

— Passez-le-moi, dit aussitôt Pitt.

Quelques secondes plus tard, ce fut sur la ligne un déferlement de parasites et de crachotements.

— Kurt ? demanda Pitt. Vous m'entendez ?

Nouveau crépitements de parasites, puis enfin la voix de Kurt.

— *À peine,* dit-il. *Nous sommes sur Heard Island. Nous avons trouvé la base de Thero. Elle est sous terre. Près de la façade du glacier Winston.*

— Nous le savons, dit Pitt. Hiram a réussi à vous localiser grâce à votre signal et Paul et Gamay en bluffant sont parvenus à obtenir la reddition du *Rama.* Où en êtes-vous de votre côté ?

Le son faiblit de nouveau, déformé par des vagues d'interférences.

— *Nous avons réussi à déclencher une petite rébellion et nous avons pris le contrôle de plus de la moitié des installations, mais Thero et ses hommes se sont barricadés à un étage supérieur. Hors d'atteinte pour nous.*

— Le réseau de détecteurs de la NSA capte des émissions de neutrinos, dit Pitt. Nous pensons que Thero est en train de charger son arme. Pouvez-vous le confirmer ?

— *Pas exactement, mais cela expliquerait les émissions lumineuses que nous observons. Il vous faudra cogner fort pour le mettre K.O. Nous sommes au moins à trente mètres de profondeur.*

— Nous ne sommes pas en mesure d'acheminer à temps le matériel nécessaire sur place, dit Pitt. Vous allez devoir vous-mêmes empêcher Thero d'agir.

Un silence s'ensuivit, puis à nouveau un crépitement de parasites.

— Kurt ? Vous me recevez ?

— *Cinq sur cinq. Je vais voir ce que nous pouvons faire.*

Les parasites cessèrent brusquement : Kurt avait raccroché.

Le silence envahit la salle radio de Heard Island.

— Aucune aide en chemin, annonça Kurt. À nous de nous débrouiller.

— Alors, quel est le plan ?

Kurt se tourna vers Gregorovich.

— Vous avez une idée de ce qu'est devenue cette caisse de feux d'artifice que vous avez apportée de Moscou ?

— Les gens de Thero l'ont prise en emmenant Hayley.

— Alors, nous ferions mieux de rejoindre ce centre de contrôle, dit Kurt.

L'éclairage faiblit et un léger frisson traversa la salle : les premières ondes d'énergie provenant de la machine de Thero balayaient la caverne. Kurt leva les yeux en voyant un peu de poussière tomber d'en haut.

— Est-ce bien ce que je pense ? interrogea Joe.

Kurt acquiesça.

— D'après Dirk, le spectacle commence avec de l'avance.

Il se tourna vers les prisonniers :

— Y a-t-il un autre moyen de gagner le niveau supérieur ?

Ce fut Masinga qui répondit le premier.

— Dans la mine, il y a un puits vertical qui a été scellé dès que nous avons commencé à creuser latéralement. En passant par là, on devrait pouvoir contourner les défenses de Thero.

— Pouvez-vous le retrouver ?

— Je crois que oui, répondit Masinga.

— Allons-y.

Deux minutes plus tard, ils étaient dans le tunnel en train d'ôter une plaque métallique sur une section de la paroi. Quand ils l'eurent retirée, Kurt passa la tête dans l'ouverture.

Il leva les yeux : il fallait grimper à la verticale sur une vingtaine de mètres pour arriver en haut.

— Nous n'avons plus qu'à trouver une échelle, suggéra Joe.

— Pas le temps. Il va falloir prendre un raccourci.

Kurt jeta un coup d'œil vers le bas. Le puits s'enfonçait sur une trentaine de mètres. Kurt aurait juré qu'il sentait l'odeur de la mer. Il se tourna vers Devlin.

— Je crois savoir où vous trouverez ce bateau dont vous nous avez parlé.

— Je me disais la même chose, dit Devlin.

— Rassemblez les prisonniers. Qu'ils descendent jusqu'ici.

Devlin acquiesça de la tête et Masinga l'imita.

— Une fois qu'on sera arrivés, nous vous attendrons.

— Pas la peine. Continuez jusqu'à la mer, ordonna Kurt.

Devlin le regarda un moment, puis lui fit un salut militaire avant d'aller avec Masinga regrouper les prisonniers.

— Joe, tu devrais vraiment partir avec eux, conseilla Kurt.

— Désolé. Notre dernière croisière m'a donné le mal de mer. Mauvais temps. Cabine inconfortable. Et ne me parle pas de la nourriture. Épouvantable. Ils devraient envoyer quelqu'un contrôler les conditions d'hygiène à bord de ce bateau.

Kurt se contenta de rire. La réaction de Joe ne le surprenait pas. Il se tourna vers Gregorovich.

— Prêt pour un dernier coup ?

— Prêt à terminer cette partie une fois pour toutes, approuva le Russe.

49

KURT, JOE ET GREGOROVICH ESCALADÈRENT LE PUITS abandonné tandis que Devlin, Masinga et le Sud-Américain faisaient descendre les prisonniers survivants jusqu'au niveau de la mer.

Ils étaient presque arrivés en haut quand une autre forte secousse fit vibrer la caverne. Dans le puits, on aurait cru entendre un train passant à toute vitesse.

Kurt se cramponna à l'échafaudage. Il remarqua sur les parties métalliques une bizarre luminescence, quelque chose qu'il n'avait jamais vu.

— On ferait bien de se dépêcher, suggéra-t-il.

Les deux autres suivaient avec peine : la raclée qu'on leur avait infligée les ralentissait.

Kurt arriva en haut et s'arrêta pour attendre Joe et Gregorovich.

Une autre plaque de tôle ondulée leur barrait le chemin. Lorsque Kurt y colla son oreille, il perçut un fort bourdonnement.

— Qu'est-ce que c'est ? demanda Joe.

— Des générateurs.

Kurt posa son sac à dos et le coinça contre l'échafaudage pour en retirer le dernier pain d'explosif.

— Qu'est-ce que tu vas faire ? demanda Joe.

— La plaque m'a l'air fixée en quatre points, dit Kurt. Si je bloque un peu d'explosif dans l'espace qu'il y a entre la tôle et la paroi et que je les fais sauter tous en même temps, la plaque devrait valser dans la salle.

— Quelle quantité de C4 vas-tu utiliser ?

Kurt se mit à rire.

— Devlin et toi, vous avez étudié dans la même école : on vous a appris à poser trop de questions.

Contrairement à l'effort qu'il avait fallu déployer pour ouvrir la lourde porte qu'il avait fait sauter en premier, Kurt voulait utiliser ici le moins d'explosif possible. Juste de quoi séparer la plaque de tôle de l'ouverture qu'elle obstruait.

Il arracha des petits fragments de plastic qu'il enfouit dans les coins, comme on calfeutre une fenêtre qui laisse passer des courants d'air. Ensuite, il mit en place les détonateurs et régla une nouvelle fois la commande.

— Surtout agrippez-vous bien, recommanda-t-il.

Joe et Gregorovich se cramponnèrent à l'échafaudage, imitant Kurt.

Alors qu'une nouvelle onde d'énergie recommençait à faire vibrer la caverne, Kurt pensa que c'était l'occasion idéale : il abaissa le levier du détonateur. Les quatre petites charges d'explosif sautèrent simultanément, et la plaque de tôle se décolla de la paroi dans un petit nuage de fumée puis retomba bruyamment alors que le bourdonnement devenait plus intense.

Kurt regarda à l'intérieur. Il aperçut une silhouette derrière l'un des générateurs et, quelques secondes plus tard, une fusillade nourrie jaillit depuis les deux autres.

Kurt plongea derrière un pan de roche qui saillait de la paroi tandis qu'une grêle de balles s'abattait à l'intérieur du puits.

— Bravo pour cette arrivée surprise, commenta Joe.

Une cinquantaine de mètres plus bas, Devlin et Masinga atteignaient le bas du puits. Ils suivirent un court tunnel qui débouchait dans la caverne où ils trouvèrent le *Voyager* toujours ancré.

Devlin aperçut un homme qui arrivait par un tunnel latéral. Il apportait une caisse sur le bateau.

Posant un doigt sur ses lèvres, il bondit de sa cachette et abattit la crosse de son fusil sur la tête de l'homme qui trébucha et s'affala sur le sol en lâchant sa charge.

Devlin le reconnut et lui plaqua le canon de son arme contre le visage.

— On se taille encore, Janko ?

Janko se pétrifia en reconnaissant son interlocuteur.

— Regarde ça, dit Masinga en ouvrant la caisse. Des diamants !

Devlin recula et frappa à nouveau Janko de son arme pour le mettre K.O.

Quelques minutes plus tard, revêtu des vêtements de Janko, il montait à bord du *Voyager* et se dirigeait vers la passerelle.

Il braqua son fusil sur les membres de l'équipage qui se trouvaient là, avant de faire signe à Masinga et aux autres prisonniers d'avancer.

— Venez, cria-t-il tandis que la caverne recommençait à trembler.

Cette nouvelle série de secousses dura plus longtemps et semblait plus violente que les précédentes, déclenchant çà et là de petits éboulements.

Comme le dernier des anciens prisonniers montait à bord, Devlin se tourna vers le timonier.

— En avant toute !

Arrivés en haut du puits, juste devant la salle des générateurs, Kurt, Joe et Gregorovich s'étaient heurtés à une défense mieux préparée qu'ils ne l'avaient prévue : huit des hommes de Thero les affrontaient, dissimulés derrière les machines.

— Avancer sous ce tir croisé serait suicidaire, déclara Joe.

— J'ai une idée, dit Kurt. (Il regroupa ce qui restait du plastic et se tourna vers Joe.) Prépare-toi ! cria-t-il.

Joe eut un geste affirmatif et bloqua le sélecteur de son fusil sur la position « automatique ».

Kurt lança le paquet dans la salle, pressant une dernière fois le déclencheur. Une violente explosion ébranla la salle des générateurs, faisant sans doute du même coup tomber par terre les défenseurs.

— En avant ! cria Kurt.

Joe allait charger, lorsque Gregorovich le tira sur le côté pour passer devant et foncer dans la salle faisant feu avec ses deux revolvers dans toutes les directions sans se soucier d'être touché par les hommes de Thero.

Joe et Kurt profitèrent que le Russe attirait les tirs ennemis pour se ruer derrière lui. Chacun d'un côté, ils eurent tôt fait d'abattre les derniers hommes de Thero.

Quand la fusillade s'arrêta, seuls Kurt et Joe restaient debout. Ils se précipitèrent vers Gregorovich qui, grièvement blessé, gisait sur le sol.

50

IGNORANT LA FUSILLADE qui faisait rage dehors, Maximilien Thero trônait debout au milieu de la salle de contrôle, baigné dans la lumière de sa redoutable création. Fasciné, il regardait par le hublot le rayon de l'énergie du point zéro tourbillonner à l'intérieur de la machine en forme de globe. Il tournoyait de plus en plus vite et prit la forme d'un éclair aveuglant qui fila vers l'Australie.

Personne, sauf peut-être quelques kangourous dans le désert, ne ressentit les premières pulsations. Un léger frémissement fit vibrer les vitres et trembler les portes, préparant le terrain à ce qui allait suivre.

Thero regarda l'écran de contrôle. La prochaine oscillation commençait à s'amorcer.

Soudain, la porte s'ouvrit derrière lui. Il se retourna juste à temps pour entendre le claquement d'un coup de feu et apercevoir l'éclair qui jaillissait du fusil de Kurt Austin. Il tomba en arrière, heurtant au passage le grand hublot sur lequel il glissa en laissant une traînée sanglante sur le Plexiglas.

En s'écroulant sur le sol, il roula vers Hayley affalée à quelques mètres de là.

— Mer… ci, parvint-il à soupirer.

— George, murmura-t-elle.

Il hocha la tête puis ses yeux se fermèrent.

Kurt se précipita dans la salle et courut jusqu'à Hayley.

— Ça va ?

— Je crois que oui, dit-elle en commençant à bouger.

Pendant qu'il l'aidait à se relever, de violentes secousses ébranlèrent la pièce.

— Que se passe-t-il ? demanda-t-elle.

— Thero a mis en marche sa machine. Il faut que vous m'aidiez à l'arrêter.

Joe apparut sur le pas de la porte, soutenant Gregorovich qu'il installa dans un fauteuil tandis que Kurt entraînait Hayley jusqu'à la console. Kurt la regarda examiner l'un après l'autre tous les écrans de contrôle. Il la sentait de plus en plus nerveuse.

— Je ne peux pas l'arrêter, finit-elle par dire.

— Quoi ? fit Kurt. Pourquoi ?

— Thero a modifié le processus en tendant le chargeur comme on tire sur un élastique. L'onde suivante va mettre plus longtemps à arriver mais quand elle frappera la cible, ce sera monstrueux.

— Pas si nous détruisons ce machin, dit Kurt, prêt à cribler de balles l'ordinateur.

— Vous ne comprenez pas. Il est déjà fermé. Ce que vous voyez en ce moment, c'est la réaction en chaîne d'une structure libre qui provient du déséquilibre au sein même du champ d'énergie du point zéro.

Kurt jeta un coup d'œil vers les générateurs. Hayley avait raison. La dernière charge de plastic avait coupé l'alimentation des générateurs, mais ils tournaient toujours.

— Comment l'arrête-t-on alors ?

— On ne peut pas. C'est comme une voiture qui dérape sur du verglas en zigzaguant. Elle s'arrêtera quand elle emboutira un obstacle. Ici, il faudrait qu'une très forte charge d'énergie s'abatte sur l'onde pour l'écraser.

— Quand la faille en Australie cèdera ? demanda Kurt.

Elle acquiesça.

Il n'arrivait pas à croire ce qu'il était en train d'entendre. Il devait bien y avoir un moyen. Il regarda autour de lui et découvrit la bombe atomique russe.

— Et si l'onde en question rencontrait une autre source d'énergie ? Une source très proche ?

Elle se tourna à son tour vers la bombe.

— Cela pourrait marcher, dit-elle. À une distance aussi réduite, l'explosion pourrait suffire à écraser l'onde...

Kurt s'approcha et ouvrit la valise.

— Gregorovich, comment ça marche ?

— C'est une simple minuterie, parvint à dire le Russe. Réglez l'heure voulue, appuyez sur DÉMARRAGE et à zéro, la bombe sautera.

Kurt regarda la minuterie. Le tableau de commande avait été écrasé. Il pressa le bouton de contact : Rien. Il le manipula un moment : toujours rien.

— La minuterie est morte, annonça-t-il.

— Alors, il faut la déclencher manuellement, dit Gregorovich.

Kurt se tourna vers Joe et Hayley.

— Vous deux, sortez d'ici. Descendez par le puits et regagnez le bateau.

— Non, dit Hayley. Vous ne pouvez pas rester ici.

— En tout cas, dit Joe, pas tout seul.

Ils entendirent soudain le déclic d'un revolver qu'on armait et virent, tous les trois, Gregorovich qui braquait son arme sur eux.

— Vous allez tous partir, déclara-t-il. C'est moi qui vais déclencher la bombe.

Kurt le dévisagea.

— Regardez-moi, dit le Russe. Je suis incapable de rentrer chez moi.

— Très bien, dit Kurt qui se rendait bien compte que Gregorovich était mourant.

Il fit glisser la bombe jusqu'au Russe.

— Retirez la minuterie, demanda Gregorovich.

Kurt obéit. Il n'y avait dessous qu'un simple bouton : la commande du détonateur.

— Armez la bombe.

Kurt tourna le bouton sur la position « armé ».

— Vous êtes certain de pouvoir le faire ?

— C'est très simple, dit Gregorovich. Il suffit que j'appuie sur le bouton.

— Vous savez bien ce que je veux dire.

— Je termine ce que j'ai commencé, répliqua Gregorovich.

— Huit minutes, dit Hayley en regardant l'écran de l'ordinateur. À ce moment-là, l'onde aura atteint un point d'instabilité maximum. Faites sauter la bombe à cet instant précis. Pas plus tard, sinon l'Australie sera en ruines.

Gregorovich hocha la tête tandis qu'une nouvelle secousse ébranlait la pièce. Kurt remarqua qu'elle était différente. Plus forte.

Il était temps de partir.

Il tendit la main à Gregorovich qui la serra. Le temps qu'il se libère, Joe et Hayley descendaient déjà l'échafaudage.

— Vous aviez raison, lui lança Gregorovich. Les pions ont parfois leur utilité.

Kurt acquiesça et franchit la porte. Il se précipita vers le puits et commença à descendre. À mi-chemin, il sentit la caverne trembler. Des fissures commencèrent à serpenter de haut en bas des parois d'où une eau glacée se mit à ruisseler.

Il rejoignit précipitamment Joe et Hayley qui venaient d'arriver près d'un bassin dissimulé dans une caverne qui faisait office de port. D'ailleurs, un étrange bateau noir était amarré au bout d'un quai.

— Venez, cria du pont une voix à l'accent irlandais.

— Cette fois-ci, pas question que je laisse quelqu'un derrière moi.

Kurt était extrêmement content que Devlin n'ait pas suivi son conseil. Il se mit à courir avec Joe et Hayley et tous trois sautèrent sur le navire au moment où il s'écartait du quai. À bord, ils découvrirent aux commandes quelques-uns des hommes de Thero, surveillés par Masinga aidé des prisonniers.

— Ouvrez les vannes, ordonna Devlin. On s'en va.

Des secousses ébranlèrent la caverne et des pierres se détachèrent du plafond. Des roches entières pleuvaient de tous côtés, secouant le pont. Un énorme pan de la paroi vint s'écraser dans l'eau à quelques mètres seulement du *Voyager*. Quelques secondes plus tard, à demi submergé, le bateau fonçait vers l'ouverture de plus en plus large qui s'amorçait entre deux vannes.

— Plus vite, ordonna Devlin.

Le timonier obéit et le *Voyager* fonça.

— C'est comme cela que finit le capitaine Nemo, dit Joe avec désinvolture.

— À ce qu'on dit, répondit Kurt. À ce qu'on dit à la fin.

Hayley serra de toutes ses forces la main de Kurt tandis que tous les regards étaient fixés sur les portes qui s'écartèrent lentement. Le *Voyager* se stabilisa, augmenta sa vitesse et s'engouffra entre les vannes, la coque s'éraflant au passage contre le panneau de droite.

— Si j'étais vous, dit Kurt, je pousserais les machines à fond.

— Tu as entendu ? ordonna Devlin. Pousse les machines à fond.

Le timonier n'eut pas besoin de se le faire dire deux fois. Il poussa la commande à fond. Le gros navire trembla tandis que les hélices tournaient à plein régime.

— On ira bien plus vite quand on aura fait surface.

— Fonce, insista Devlin.

Un homme d'équipage se pencha pour évacuer l'eau des ballasts : le *Voyager* commença à remonter. Une minute avant l'heure prévue de l'attaque de Thero, il fit surface.

Dans la salle de contrôle, une partie du plafond s'était effondrée, par laquelle s'engouffrait la neige et des pans du glacier qui fondaient lentement.

Cette boue gelée entraîna Gregorovich à l'autre extrémité de la salle et le plaqua contre le mur avant de refluer.

Il regarda sa montre. Il ignorait tout des ondes et de leur amplitude dans le champ d'énergie du point zéro, il n'avait en tête que la promesse qu'il avait faite : faire sauter la bombe dans huit minutes.

Il lui restait trente secondes. Il voulut se relever, mais il fut incapable de se mettre debout. L'eau clapotait autour de lui, emplissant peu à peu la salle.

Il se traîna comme il put dans cette boue glacée en repoussant tant bien que mal les débris. Sa vue déclinait, ses idées se brouillaient. Il pensa au froid glacial de la tourbière où son père l'avait un jour plongé et se redressa.

Il n'était pas question qu'il renonce. Il avança jusqu'à la bombe. Sur sa montre, l'aiguille des secondes arrivait sur le zéro. Il abattit alors son poing sur le détonateur.

Kurt regardait par les hublots du *Voyager* quand la mer devint d'un blanc éblouissant…

Il se retourna vers l'île à l'instant où une onde d'énergie déferlait du lagon derrière eux. Il vit une boule blanche et orange foncer vers eux. Puis, aussi soudainement qu'elle était apparue, elle s'effondra sur elle-même. Quelques instants plus tard, dans un épouvantable fracas, un rideau d'eau chargé de débris s'abattit sur le *Voyager* comme une averse de grêle. Puis tout devint silencieux. Aucune flamme, pas la moindre sensation de chaleur. La mer s'était calmée et l'obscurité était revenue.

Cela semblait trop beau pour être vrai. Pendant quelques instants, personne ne dit un mot. Ce fut Kurt qui finit par poser la question que tous avaient sur les lèvres. « C'est fini ? »

Hayley leva les yeux vers lui, puis se tourna vers la mer. Le navire montait et descendait avec la houle. Tout avait l'air normal. La terrifiante vibration avait disparu.

— Je crois que oui, dit-elle. Il a réussi à le faire.

Gregorovich avait fait exactement ce qu'il avait promis.

— Si quelqu'un peut me trouver une radio, demanda Kurt. Il faut que nous sachions si l'Australie est toujours en un seul morceau.

51

HUIT HEURES APRÈS L'EXPLOSION, le *Voyager* retrouvait le *Gemini* et le *Rama*. Kurt, Hayley et Joe embarquèrent à bord du *Gemini* où on leur réserva comme on pouvait l'imaginer un accueil chaleureux. Au milieu des rires, on se racontait la mise en garde énergique du « capitaine de frégate Matilda Wallaby » à tel point que Gamay finit par en être embarrassée. L'histoire de la fausse tourelle bricolée par Paul eut droit au même traitement : tous deux pouvaient être assurés d'avoir leur place dans le folklore de la NUMA.

— Rappelez-moi de ne vous inviter ni l'un ni l'autre à un poker ce soir, lança Joe en riant.

Pour sa part, Kurt restait silencieux. On avait perdu trop de vies au cours de ce voyage pour qu'il éprouve autre chose que du soulagement à l'idée que la catastrophe avait été évitée.

Un peu plus tard dans le soirée, il se rendit dans la salle de radio et profita de l'équipement du *Gemini* pour passer un appel longue distance.

— Salut, papa, dit Kurt en entendant son père décrocher. J'espère que je ne te dérange pas.

Cela faisait six mois qu'ils n'avaient pas échangé plus que quelques mots. Certes, il avait été plutôt occupé, mais cela faisait trop longtemps.

Pendant que tout le monde dormait à bord, Kurt et son père évoquèrent de vieilles aventures et se promirent d'en avoir de nouvelles sans trop tarder.

Quelques jours plus tard, le bateau accosta enfin à Perth. Suivit alors un sérieux *debriefing* des membres du commando russe et de l'équipage du *Rama*. Les Australiens finirent par laisser partir le navire et permirent aux Russes de rentrer par avion chez eux, où à n'en pas douter ils furent plus amplement interrogés par leurs supérieurs.

Toute tentative pour récupérer sur Heard Island quoi que ce soit d'utile se révéla vaine, comme Kurt l'expliqua au cours d'une téléconférence avec Dirk Pitt.

— Ils ont utilisé des sonars à pénétration de sol pour examiner le secteur où se trouvaient les tunnels et le labo de Thero. Il ne reste aucun espace dégagé. Nous sommes pratiquement certains que l'explosion nucléaire a pulvérisé le laboratoire et tout ce qui s'y trouvait. Il semble que l'onde de choc a fait sauter la structure même de la caverne et qu'elle se soit effondrée sur elle-même. La roche en dessous est maintenant radioactive et le restera pendant de nombreuses années. Toute tentative pour étudier ce terrain est encore plus problématique : les secousses et l'explosion ont liquéfié la partie inférieure du glacier Winston. Ce qui avait pu être épargné de ce côté, non seulement a été vaporisé, mais se trouve maintenant enseveli sous quelques millions de tonnes de roche et de glace.

Sur l'écran, Kurt vit Pitt hocher la tête.

— C'est certainement ce qu'il y a de mieux, dit-il.

— Exactement ce que je pense.

Pitt sc tourna vers Hayley.

— On est en train de préparer à l'ONU un traité visant à interdire les recherches sur cette forme d'énergie. Les détecteurs que vous avez mis au point vont être précieux pour faire respecter cette interdiction.

— C'est bon de savoir que j'ai enfin fait quelque chose de positif.

— Vous avez sauvé des millions de victimes potentielles, répondit Pitt. On ne peut pas être plus positive que cela.

Elle sourit.

— C'était de justesse, dit-elle. Apparemment, il y a quand même eu toute une série de secousses sismiques au fin fond du désert. On enregistre encore des répliques, certes chaque jour de moins en moins fortes. D'ailleurs, la fissure semble stabilisée.

— Je suis heureux de l'apprendre, dit Pitt. Maintenant, en ce qui concerne ces caisses de diamants disparues, Cecil Bradshaw de l'ASIO m'a demandé de me renseigner sur leur destination éventuelle. Comme elles proviennent de Heard Island, elles appartiennent en fait à l'Australie.

— A-t-on une idée de ce qu'elles sont devenues ?

Kurt, Joe et Hayley opinèrent.

— J'ai eu vent d'une rumeur, dit Kurt. On dit que Devlin...

— Le capitaine Devlin, corrigea Joe.

— C'est exact, reprit Kurt. Le capitaine Devlin et son intrépide second Masinga ont pris des dispositions pour que ces diamants soient répartis entre les mineurs survivants et les familles de ceux qui sont morts. Comme le capitaine Devlin ne se trouve plus sur le territoire australien, je suis sûr que cela n'ira pas plus loin que cela.

— Bon, dit Pitt. M. Zavala, ajouta-t-il en se tournant vers Joe, dans un tout autre domaine j'ai une nouvelle mission pour vous.

Joe haussa les sourcils.

— Je suis en vacances.

— D'après mon agenda, elles viennent de se terminer. Pour votre toute première mission, vous devez prendre l'avion pour Cairns et expliquer à cette pauvre Mme Harrington de l'école primaire de Dooley pourquoi vous avez causé une telle déception à ses jeunes élèves en leur faisant faux bond suite à l'annulation de leur expédition sur la grande barrière.

— Elle était en colère ? demanda Joe.

Pitt acquiesça.

— Mais elle est prête à vous pardonner si vous l'accompagnez pour une excursion privée de son choix. Je crois que pour l'occasion, vous aurez besoin d'un smoking.

Joe poussa un soupir puis se reprit.

— Quand je pense à toutes les choses que je fais pour cette agence, déclara-t-il. Je devrais vraiment toucher une indemnité pour relations publiques en plus de mon salaire. Enfin, dès que c'est au nom de la science…

Pitt éclata de rire.

— Je suis fier de vous tous, conclut-il. Je vous recontacterai demain.

Pitt raccrocha, Joe se tourna vers Kurt et Hayley.

— Je pense qu'on n'a plus besoin de moi ici.

Hayley le serra dans ses bras.

— Bon voyage, dit-elle en riant.

Kurt étreignit son vieux copain.

— Si tu es encore en Australie quand je reviendrai de ce côté-là, je te ferai signe.

— Quand penses-tu être là-bas ?

Kurt jeta un coup d'œil à Hayley.

— Tout dépend du temps qu'il faudra pour traverser le continent à pied.

— Je n'attendrai pas si longtemps, dit Joe en riant avant de sortir.

Resté seul avec Hayley pour la première fois depuis qu'ils s'étaient rencontrés, Kurt la prit par la main et l'embrassa.

— Venez avec moi, dit-il en l'entraînant dans le hall.

— Où allons-nous ? demanda-t-elle d'un ton méfiant.

— Faire un petit voyage.

Elle se raidit.

— Je crois que j'ai suffisamment voyagé pour quelque temps.

Il ne la lâchait pas.

— Votre ami Bradshaw m'a envoyé des billets pour le match de rugby de ce soir au Perth Oval.

Elle le suivit docilement, quoique un peu désorientée.

— Ce soir, avec des projecteurs ?

Kurt acquiesça.

Il était juste midi passé.

— Est-ce que nous ne partons pas un peu tôt ?

— Pas vraiment, compte tenu du moyen de locomotion que j'ai choisi.

Il lui ouvrit la porte et sortit. Et là, au bord du trottoir, une calèche de l'époque victorienne attelée à un vieux cheval châtaigne attendait patiemment.

— Je vous présente Lambin, dit Kurt en lui caressant l'encolure. On m'a promis que c'était le cheval le plus lent et au pied le plus sûr de tous les territoires occidentaux.

Hayley eut un grand sourire et gratta le cheval entre les oreilles, ce qui lui arracha un hennissement de plaisir.

— Ce n'est pas un défaut, dit-elle à l'animal, d'être lent et d'avoir le pied assuré. Ni d'être attentionné ajouta-t-elle en se tournant vers Kurt.

Il lui tendit la main pour l'aider à monter dans la voiture.

— Attention, dit-il, Lambin n'a jamais perdu un passager et nous ne voudrions pas qu'il commence avec vous.

Elle s'installa avec un sourire radieux. Kurt s'assit à côté d'elle et prit les rênes pendant qu'elle examinait le panier de pique-nique qu'il avait fait préparer.

— Combien de temps pensez-vous que cela va nous prendre pour aller jusqu'au stade ?

— De combien de temps disposez-vous ?

— De toute la journée, dit-elle. Et de toute la nuit.

Kurt hocha la tête.

— Dans ce cas, nous ferions mieux de prendre un raccourci.

Il secoua les rênes et Lambin s'ébranla avec une lenteur digne de son nom. Hayley se glissa contre Kurt, le prit par la taille et posa la tête sur son épaule.

— C'est le genre de vitesse qui me convient, dit-elle.

Kurt passa un bras autour de sa taille et l'attira contre lui. Cela lui convenait aussi.

FIN

Cet ouvrage a été imprimé par
CPI BRODARD ET TAUPIN
pour le compte des éditions Grasset
en octobre 2017

Ce volume a été composé
par BELLE PAGE

PAPIER À BASE DE FIBRES CERTIFIÉES

Le Livre de Poche s'engage pour l'environnement en réduisant l'empreinte carbone de ses livres. Celle de cet exemplaire est de :
450 g éq. CO_2
Rendez-vous sur www.livredepoche-durable.fr

Dépôt légal : novembre 2017
N° d'édition : 20118 – N° d'impression : 3024590
Imprimé en France